HEYNE ‹

W0031944

Das Buch

Januar 1938: Walter Redlich ist auf der Flucht aus Oberschlesien. In Afrika will er für seine Familie eine neue Heimat schaffen.

Im Juni des selben Jahres nehmen seine Frau Jettel und seine Tochter Regina den Zug nach Hamburg, um sich dort nach Mombasa einzuschiffen. Auf der Weiterfahrt nach Nairobi öffnen sich die Augen der fünfjährigen Regina erstmals für die Schönheit Afrikas.

Die Schicksalspunkte im Leben der Familie Redlich sind durch Zugfahrten markiert. Mit feinen Wahrnehmungen und einer berührenden Vertrautheit gelingt ihr ein zeithistorisch bedeutendes Werk.

Die Autorin

Stefanie Zweig, 1932 in Oberschlesien geboren, wanderte 1938 mit ihren Eltern nach Kenia aus und verlebte ihre Kindheit in Ostafrika. 1947 kehrte die Familie nach Deutschland zurück. Die Autorin lebt heute als freie Schriftstellerin in Frankfurt. Für ihre Jugendbücher wurde sie mehrfach ausgezeichnet. Alle ihre großen Romane standen wochenlang auf den Bestsellerlisten und erreichen eine Gesamtauflage von über 6 Millionen Exemplaren. 1993 erhielt Stefanie Zweig die Verdienstmedaille des Verdienstordens der Bundesrepublik Deutschland. *Nirgendwo in Afrika* wurde von Charlotte Link verfilmt und erhielt 2003 den Oscar für den besten ausländischen Film.

Weitere Informationen zur Autorin und ihrem Werk finden Sie im Anschluss an den Roman.

Bei Heyne sind erschienen:
Nirgendwo in Afrika - Irgendwo in Deutschland – Doch die Träume blieben in Afrika - Und das Glück ist anderswo – Katze fürs Leben

STEFANIE ZWEIG

Nur die Liebe bleibt

Roman

WILHELM HEYNE VERLAG
MÜNCHEN

FSC
Mix
Produktgruppe aus vorbildlich
bewirtschafteten Wäldern und
anderen kontrollierten Herkünften

Zert.-Nr. SGS-COC-1940
www.fsc.org
© 1996 Forest Stewardship Council

Verlagsgruppe Random House FSC-DEU-0100
Das für dieses Buch verwendete
FSC-zertifizierte Papier *Holmen Book Cream*
liefert Holmen Paper, Hallstavic, Schweden.

Vollständige deutsche Taschenbuchausgabe 12/2007

Copyright © 2006 by Langen*Müller* in der
F.A.Herbig Verlagsbuchhandlung GmbH, München
Copyright © 2007 dieser Ausgabe
by Wilhelm Heyne Verlag, München,
in der Verlagsgruppe Random House GmbH
Printed in Germany 2007
Umschlagfoto: © Frans Lanting / Corbis
Umschlaggestaltung: Nele Schütz Design, München
Druck und Bindung: GGP Media GmbH, Pößneck

ISBN: 978-3-453-40156-5
www.heyne.de

Erinnerungen sind Wunden,
die nie verheilen.

1
LEB WOHL FÜR IMMER!
Breslau, 8. Januar 1938

»Ihr geht jetzt am besten«, sagte Walter Redlich. »Sie muss mich ja nicht abfahren sehen. Ein kurzer Abschied wird es uns allen leichter machen. Mir auf alle Fälle.«

»Mir nicht«, sagte Regina. Vater, Mutter, Großmutter und Tante schauten die Fünfjährige erschrocken an, doch keiner sagte ein Wort.

Die Bahnhofsuhr zeigte neun Uhr zweiunddreißig. Am Bahnsteig sieben wartete außer Walter und den Seinen nur eine Handvoll Reisender. Zwei Männer mit gleichen Aktentaschen und gleichen Koffern blätterten zeitgleich in kleinen schwarzen Notizbüchern. Sie redeten auffallend leise miteinander und machten den Eindruck, sie würden selbst für kurze Strecken nicht in der dritten Klasse reisen. Die Vorstellung, ihnen nach der Abfahrt nicht mehr begegnen zu müssen, erleichterte Walter.

Ein junges Ehepaar mit so umfangreichem Gepäck, wie es wohl nur Reisende ohne Furcht vor Menschen in Uniform mitzunehmen wagten, schaukelte abwechselnd ein weinendes Baby. Das Kind schaute aus einem hohen Korbwagen heraus; Walter war ganz sicher, es würde im selben Abteil landen – ganz gleich, ob der Zug voll belegt war oder halb leer. Er hatte da ein persönliches Gesetz der Serie entwickelt. Heulende Kleinkinder reisten grundsätzlich im selben Abteil wie er, entweder auf dem Platz neben ihm oder gegenüber, und fast alle hatten sie das Verlangen, ihre Fingerchen an seiner Hose abzuwischen. Nur war es das erste Mal in seinem Leben, dass ihm ein schreiendes Baby als Reisegenosse viel angenehmer erschien als zwei seriöse Männer mittleren Alters. Sosehr Walter den Gedanken zu unterdrücken versuchte, erinnerten ihn deren dunkle Mäntel und ihre tief in die Stirn gezogenen Hüte an die Gestapo.

Am Ende des Bahnsteigs hatte sich eine Gruppe Halbwüchsiger formiert. Sie trugen alle die gleichen Hosen und dunkelbraune Hemden, zwar militärisch geschnitten mit Achselklappen und großen Taschen, aber nicht mit der Uniform der Hitlerjugend zu verwechseln. Trotzdem assoziierte Walter mit den schweigenden Jungen, die alle in die gleiche Richtung schauten, spontan einen Aufmarsch auf dem Leobschützer Ring. Es war ganz zu Beginn des Schreckens gewesen. Die hasserfüllten Texte der Schmählieder, die er da zum ersten Mal hörte, noch mehr jedoch der Umstand, dass Walter so manchen Jungen kannte, der nun grölend mitmarschierte und von dem er wusste, dass dessen Familie als anständig und fromm katholisch galt, hatte ihm ein für alle Mal den Glauben genommen, die Nazis würden nur ein kurzer Albtraum werden und dann für immer von der Bühne der Weltgeschichte verschwinden.

Zu seinem Erstaunen beruhigte sich Walter schneller als sonst, wenn er an die letzten fünf Jahre dachte. Für einen kurzen Moment, ehe die Scham ihn versengte, dass er Jettel und das Kind für mindestens sechs Monate in Deutschland zurückließ, belebte ihn gar der Gedanke an die Zukunft. Wenn alles nach Plan und Wunsch verlief, würde Walter Redlich, der bis zum 30. Januar 1933 vor keinem Menschen in Deutschland Angst gehabt hatte, sich ab der österreichischen Grenze nicht mehr vor vierzehnjährigen Jungen in braunen Hemden fürchten. Auch würde er nicht mehr überlegen müssen, ob Männer mit dunklen Hüten und hochgeklapptem Mantelkragen von der Gestapo waren oder nur besonders empfindlich gegen den Ostwind im Breslauer Winter.

»Es ist doch verdammt kalt heute«, sagte er. »Meine selige Mutter hat immer gesagt, wenn man friert, muss man sich warme Gedanken machen. Hätte ich sie bloß beizeiten gefragt, wo man die herkriegt.«

»Deine Mutter muss eine kluge Frau gewesen sein«, sagte seine Schwiegermutter. »Es hätte sich gelohnt zu fragen.«

Der Minutenzeiger hatte sich um vier Striche bewegt. Kroch die Zeit, oder konnte sie fliegen? Mit zwei schwarzen Flügeln, die sich als Uhrzeiger tarnten? Der Mann mit den belegten Brötchen und dem Obst auf dem weißen Karren, der Regina so faszinierte, weil der Wagen sehr hohe Räder hatte und über der Lenkstange ein roter Luftballon schwebte, war zu einem anderen Gleis weitergezogen. Der Zeitungsverkäufer, auf den Walter gesetzt hatte, um sich zum letzten Mal mit den Zeitungen der Heimat zu versorgen, war gar nicht erst erschienen. Es war auch nur ein einziger Gepäckträger da, und die ganze Zeit waren keine Reisenden mehr dazugekommen. Also war der Rat von Heini Wolf, nach Dresden den fast immer schwach belegten Zehnuhrzug zu nehmen, genau richtig gewesen.

Walter hatte Heini erst in Breslau kennengelernt. »Du warst«, pflegte er zu sagen, »mein letztes bisschen Glück in diesem Leben. Ein Abgesandter des Himmels. Von Gott persönlich geschickt.«

Heini war ein alter Freund von Ina Perls. Schon als junger Mann hatte er Walters Schwiegermutter verehrt, die schöne junge, gastfreundliche Witwe mit drei ebenso schönen Töchtern. Selbst als er verheiratet war, änderte sich nichts. Jeden Dienstag rückte Heini in der Breslauer Goethestraße 15 zum Abendessen an. Seitdem er vor einem Jahr überraschend Witwer geworden war, ließ er sich hin und wieder von Ina seine Sachen aufbügeln. Der graue Flanellanzug war allerdings nur ein Vorwand, um die Einsamkeit und Ängste eines Mannes zu kaschieren, der alle Entscheidungen im Leben seiner Frau überlassen hatte.

Die meisten von Heinis Freunden waren bereits ausgewandert, seine Kollegen, soweit sie jüdisch waren, ausnahmslos. Ursprünglich hatte auch Heini zu emigrieren vorgehabt; er wusste auch, wohin er wollte, und er hatte auch noch genug Geld, um sich in einem fremden Land Arbeit zu suchen, ohne sofort verdienen zu müssen. Nur hatte er nicht mehr die Energie und den Mut, sich um Visa und Bürgschaften zu kümmern. Dafür wusste er stets Bescheid, wer vor der Auswanderung stand und wohin die Leute reisten.

Heini beriet viele von ihnen. Auch solche, die es sich hätten leisten können, ihm mit Geld für sein gutes Herz und sein lebensrettendes Wissen zu danken; nun, es revanchierten sich sowieso nur die wenigsten. Als er noch in Lohn und Ansehen gestanden hatte, war Heini bei der HAPAG angestellt gewesen. Von seinem Chef wurde er den Kunden als Kapazität empfohlen, bei allen Kollegen war er gut gelitten. Auch bei denen, die ab dem

1. Februar 1933 nicht mehr mit »Guten Morgen«, sondern schon mit »Heil Hitler!« grüßten.

Der »Leitwolf«, wie Heini zu seinem Stolz schon in jungen Jahren genannt wurde – es gab noch einen Namensvetter in der Abteilung, allerdings einen sehr unbedeutenden –, war Experte für Schiffsreisen gewesen. Er kannte sich aber durch einige privat unternommene Reisen fast so gut an der italienischen Riviera aus wie im Riesengebirge oder in Brieg, woher er stammte und wo er regelmäßig seine alte Mutter besuchte. Mit der Lust der alten Tage und der Wehmut von Menschen, die auf einen Schlag ohne Perspektiven und deshalb auch ohne Ansehen sind, hatte die von der HAPAG entlassene Kapazität Heinrich Siegfried Wolf die unfreiwillige Reise des ehemaligen Leobschützer Rechtsanwalts und Notars Dr. Walter Redlich zusammengestellt. Der Berater tat dies mit jener Liebe zum Detail, der er seine Karriere verdankte. Per Bahn von Breslau nach Genua und von dort mit dem Schiff nach Mombasa. Selbstredend ohne Rückfahrschein und samt den beiden Übernachtungen, die nötig sein würden, ehe die »Ussukuma« ablegte. Sogar sechs billige Lokale in Genua, die er in seinem Berufsleben wahrlich nie empfohlen hätte, deren Namen er jedoch einmal für seinen jungen Neffen eruiert hatte, hatte er für Walter aufgeschrieben – mit der Ermahnung, den Zettel bloß nicht zu den offiziellen Reisepapieren zu legen. »Vor dem Paradies«, wusste Heini aus den Berichten derer, die dem Vaterland entkommen waren, »stehen der deutsche Zoll und seine Helfershelfer. Wer weiß, was die vermuten, wenn die sehen, dass du in Genua einen Teller Nudeln essen willst.«

»Ohne dich«, sagte Walter, »hätte ich zu Hause bleiben

müssen. Gegen mich war Hänschenklein ein Weltreisender. In den letzten fünf Jahren bin ich immer nur von Leobschütz nach Breslau gefahren. Um neun Uhr hin und zurück am nächsten Tag um fünf Uhr drei. Damit ich bei Ina noch Bratkartoffeln essen konnte. Ich kann noch nicht einmal ein Kursbuch richtig lesen. Vielleicht bringst du mir das vor der Abfahrt noch bei. Ich muss doch wenigstens ohne fremde Hilfe herausbekommen können, wann ich wo zu sein habe.«

»In Afrika wirst du kein deutsches Kursbuch mehr brauchen, mein Guter. Wenn ich mir die Lage genau begucke, wirst du überhaupt nie mehr ein deutsches Kursbuch brauchen. Wichtig für uns alle ist jetzt ja nur, dass wir den letzten Zug nicht verpassen. Augen zu und los. Komm, das haben schon ganz andere geschafft.«

Mit dem Zug, der um zehn Uhr nach Dresden abfuhr, hatte Heini langjährige Erfahrungen. »Der war nie besonders beliebt bei den Leuten«, sagt er an Walters letztem Abend in der Goethestraße. »Ich habe die Hälfte meines Berufslebens damit zugebracht, nach dem Grund zu forschen. Nun ist es allerdings für mich selbst und für die Menschen, denen ich zu helfen versuche, Gold wert zu wissen, in welchen Zügen man sich nicht wie ein Eierdieb umzugucken braucht und wo man vielleicht nicht mehr Gespenster zu sehen bekommt, als der Mensch ertragen kann.«

»Und bedankt euch noch einmal bei Heini«, sagte Walter, als ihm noch genau sechzehn Minuten und dreißig Sekunden in Breslau blieben. »Ohne ihn hätte ich wirklich ganz schön alt ausgesehen. Sagt ihm, ich wünsche ihm von Herzen alles Gute, und gib ihm einen Tritt von mir. Er soll endlich an sich denken. Und ihr, ihr solltet jetzt wirklich gehen.«

Es kostete Walter Mühe, sich nicht sein Verlangen anmerken zu lassen, niemandem mehr Antwort geben zu müssen, keinen mehr zu trösten. Wenn ihm die Familie die letzten Minuten von seinem Schmerz erließ, brauchte er sich nicht zu zwingen, der Mann zu sein, der er nicht mehr war. Dann würde die Zeit reichen, um noch einmal auf den Bahnhofsvorplatz zu gehen und den Türmen und Bögen Lebewohl zu sagen. Und den Träumen der Jugend. Sollte Gott ihn erhört haben, würde er den Breslauer Hauptbahnhof ja nie wieder sehen.

Mit neunzehn Jahren war er das erste Mal nach Breslau gekommen. Er hatte es gar nicht abwarten können, die Universität zu sehen und sich zu immatrikulieren. Nun war er dreiunddreißig und gebrochen, ein Mann ohne Zukunft und bald auch ohne Sprache.

»Warum?«, fragte Regina, »warum sollen wir gehen? Das Baby darf doch auch bleiben?«

»Das fährt ja auch mit.«

»Ich kann doch nichts dafür, dass ich nicht mitfahren darf. Ich will ja.«

Wenn sie nörgelte, fiel Walter auf, hatte sie das gleiche Gesicht wie ihre Mutter. Und die gleiche Stimme. Er musste sich zusammennehmen, um nicht zu lächeln. Auch Abschiede hatten ihre Gebote und Rituale. Wer wegfuhr, musste alles erklären, selbst ein Lächeln. Wahrscheinlich hatte auch Penelope Odysseus gefragt, weshalb er lächelte. »Der hatte wenigstens allen Grund dazu«, sagte Walter.

»Wer?«, fragte Jettel.

»Wer?«, plapperte Regina nach. Wieder die gleiche Tonlage wie Jettel, die gleiche Mimik. Sie sah so ernst aus, als könnte sie verstehen, was geschah.

In den letzten sechs Monaten, seit dem Abschied von dem Apfelbaum im großen Garten, von Anna, dem geliebten Kindermädchen, und von Leobschütz, wo sie geboren worden war und sämtliche Straßen um den Asternweg herum kannte, hatte sich Regina ebenso sehr verändert wie die äußeren Lebensumstände ihrer Eltern. Sie fragte nur noch selten nach den Dingen, die fünfjährige Kinder, die auf der Sonnenseite des Lebens stehen, sonst wissen wollen. Regina schaute nicht nach Sonne, Mond und Sternen, sie träumte nicht von Märchenprinzessinnen und fürchtete sich nicht vor Hexen, die es auf brave Kinder abgesehen haben. Regina, herausgerissen aus einer gleichmäßig temperierten Welt von Liebe und Geborgenheit, begehrte allzeit Auskunft über die neue Wirklichkeit. Unter gewöhnlichen Umständen hätte es die Familie entzückt, wie verständig und vernünftig das Kind geworden war. In der gegenwärtigen Situation indes waren Reginas schnelle Auffassungsgabe und ihre Wissbegier eine Belastung. Eine Frage zur falschen Zeit und am falschen Ort konnte lebensgefährlich werden.

Unbestimmte Andeutungen und bewusste Umschreibungen, um Geschehnisse und Vorhaben zu verschleiern, von denen außerhalb der großmütterlichen Wohnung niemand etwas wissen durfte, genügten oft nicht, um die Fünfjährige zu täuschen. »Sie hört das Gras wachsen«, sagte ihre Großmutter.

»Wenn du mich fragst, dann sät sie es«, seufzte ihr Vater. Regina war, weil ohne Geschwister und kaum mit gleichaltrigen Kindern aufgewachsen, immer altklug gewesen. Seit dem Umzug von Leobschütz nach Breslau war sie hellhörig geworden – und bedrohend neugierig. Sie hatte einen früh ausgeprägten Instinkt für die Stimmungen und Ängste der Erwachsenen, dazu ein außergewöhnliches Gedächtnis für Einzelheiten, von denen ihre Eltern den Himmel anflehten, sie würde sie entweder nicht mitbekommen haben oder auf der Stelle vergessen. Das geschah jedoch schon deswegen nicht, weil Regina es nie leid wurde, sich die Gespräche der Erwachsenen anzuhören.

Aus Angst, sie würde beim Einkaufen, bei Spaziergängen im Park oder vor den Nachbarn im Hausflur Zukunftspläne ausplappern oder Gespräche wiederholen, von denen nichts bekannt werden durfte, hatte Regina erst beim Frühstück von der anstehenden Reise des Vaters erfahren. Kein Ziel war genannt worden, der Name des Schiffs nicht erwähnt. Trotzdem hatte Regina spontan gewittert, dass etwas von enormer Wichtigkeit bevorstand, und zur allgemeinen Bestürzung hatte sie gefragt, ob es in Nairobi auch Kinder gebe. »Oder nur Löwen und Mohren?«

Während der Fahrt im Taxi und auch noch auf dem Bahnhof hatte sie bis zu dem Moment, da ihr Vater sie hatte wegschicken wollen, kein Wort gesagt. Erst der Trotz hatte ihre Zunge gelöst. »Warum?«, bohrte sie zum zweiten Mal, »warum willst du, dass wir jetzt gehen?«

Weil wieder einmal alle so taten, als hätten sie ihre Frage nicht gehört, wurde sie wütend und stampfte mit dem linken Fuß auf. Die neuen weißen Gamaschenhosen, die sie am Morgen nicht hatte anziehen wollen, weil nur kleine Kinder Gamaschenhosen trugen, wurden nass. Braune Spritzer von den Füßen bis zu den Knien. Kleine graue Schneehaufen fielen von den neuen Schnürstiefeln ab.

Sie zerschmolzen auf dem Boden von Gleis sieben zu winzigen Pfützen.

»Meine Handschuhe sind aber ganz trocken«, sagte sie triumphierend und hielt ihrem Vater beide Hände hin.

Walter wollte seine Tochter an sich ziehen, ihr beweisen, dass er ihr nicht zürnte und dass ihm Spritzer auf weißen Gamaschen absolut gleichgültig waren, doch mit einem Mal konnte er sich nicht mehr bewegen. Sein Körper war steif und kalt, und immerzu schoben sich wabernde schwarze Hügel vor seine Augen – Lavaberge der Verzweiflung. Er schämte sich seines Kleinmuts, doch ihm fiel nichts ein, was er hätte sagen können. Trotzdem gelang es ihm, nach ein paar Sekunden die Schultern zu straffen und den Kopf zu befreien. Er grub seine Hände in die Manteltaschen, schob seinen rechten Fuß in eine der Pfützen und sagte: »Huch!« – so keck, als wäre ihm nur ein kleines Bubenmissgeschick passiert. Er hatte fest damit gerechnet, dass seine kleine schauspielerische Einlage Regina ablenken würde. In dieser Beziehung reagierte sie wie alle Fünfjährigen: Es machte ihr Spaß, wenn andere zu Schaden kamen. Doch sie sah ihn sehr ernst und ziemlich verblüfft an. Wieder wurde sich der Vater bewusst, wie sehr sich seine Tochter von der Natürlichkeit der Kinder fortentwickelt hatte; er hätte sich absolut nicht gewundert, wenn sie ihn ermahnt hätte, nicht so albern zu sein und besser auf seine neuen Schuhe zu achten.

Der Gedanke an die neuen Schuhe, in der letzten Woche in Leobschütz gekauft, tat ihm nicht gut. Walter dachte an den Mann, der sie ihm verkauft hatte. Er hatte ihn nie zuvor gesehen; sie hatten kaum miteinander gesprochen, doch der Verkäufer war absolut im Bild gewesen. Beim

Zahlen hatte er fünf Mark nachgelassen. Ohne ein Wort der Erklärung.

Obwohl sich Walter wehrte, fiel ihm beim Thema neue Schuhe seine früh verstorbene Mutter ein; er fragte sich und nicht zum ersten Mal, was die wohl zu einem Sohn gesagt hätte, der dabei war, nach Afrika abzufahren und seine Frau und sein Kind zurückzulassen. Sein Vater und Liesel, seine Schwester, hatten ihn einen eigensinnigen, verantwortungslosen Idioten genannt, was Jettel so gut getan hatte, dass sie immer noch davon sprach, doch Walter war bei seinem Entschluss geblieben. »Erst eine Arbeit finden und dann die Familie nachkommen lassen«, erzählte er jedem, der ihn zur Rede stellte.

Die Mutter hatte ihn grundsätzlich nicht mit neuen Schuhen auf Reisen gelassen. »Das tun nur Spießer«, hörte Walter sie sagen. Ihre Stimme war immer noch klar. In zwei Wochen jährte sich ihr Todestag zum zwölften Mal. Zum ersten Mal würde der Sohn keine Kerze zur Jahrzeit anzünden. Nicht auf dem Schiff und mit zwei Fremden in der Kabine. Wenn er erst eine feste Adresse hatte, würde er seinen Vater bitten, ihm Jahrzeitkerzen nach Afrika zu schicken. Beim Packen hatte er nicht an sie gedacht. Einen fatalen Moment ließ Walters Aufmerksamkeit nach. Er hatte sich vorgenommen, sich bis zur Abfahrt noch mehr zusammenzureißen als in den letzten Tagen und die Gedanken nicht schweifen zu lassen, doch die Bilder seiner Jugend hämmerten gnadenlos auf ihn ein.

»Dabei bin ich damals nie weiter als bis nach Hirschberg gefahren«, erinnerte er sich. Wie war er bloß auf Hirschberg gekommen? Er hatte in den letzten Monaten wahrhaftig keinen Moment an Hirschberg gedacht. Dort hatte er Abitur gemacht und war nur zu einem Klassentreffen im Jahr 1927 wieder hingekommen.

»Was ist los?«, fragte Jettel.

»Vergiss es«, sagte Walter, »dein Mann ist ein Trottel. Ein ganz erbärmlicher Idiot.«

Trotz der Januarkälte, die noch in der Bahnhofshalle den Atem dampfen ließ, wurde ihm heiß. Und übel. Trotzdem verlangte es ihn nach einer Zigarette, aber sein Sinn für Haltung und Würde sträubte sich, den Abschied mit einer so profanen Handlung einzuläuten. Eine Trennung, von der man nicht wusste, wie lang sie vom Schicksal bemessen war, erforderte bestimmt eine tragende Geste, wenigstens ein bedeutsames Wort, das in Erinnerung blieb. In der Jugend hatte der Schüler Redlich immer wieder bedauert, dass ihm das Romantische so gar nicht gegeben war. Die meisten seiner Mitschüler hatten Gedichte verfasst oder feinsinnige Sprüche gesammelt, um beim Rendezvous die Mädchen zu beeindrucken. Er hingegen hatte der schönen Rosemarie einen Erzählband von Ernst von Wildenbruch mit dem Titel »Das edle Blut« geschenkt. Doch die blonde Angebetete mit dem reizvollen Silberblick hatte Walter einen komischen kleinen Spießer genannt, und er war nie dahintergekommen, was an Wildenbruch nicht stimmte. Betreten steckte er die Packung »Juno« zurück in die Manteltasche. Er überlegte, wie er sich künftig Zigaretten kaufen sollte – er wusste ja noch nicht einmal, wie er in Kenia den Unterhalt für Frau und Kind verdienen sollte. »Ich werde das Rauchen aufgeben«, beschloss er.

»Warum?«, fragte Jettel. »Du hast doch dein ganzes Leben geraucht. Es muss doch nicht alles anders werden.«

»Ein bisschen anders wird uns ja gar nicht so viel schaden.

Alles fließt, hat Heraklit gesagt. Mir hat der Gedanke immer gefallen.«

Noch floss der Fluss nicht zu neuen Ufern. Am Vortag hatte er Jettel nicht davon abhalten können, Regina die verflixten neuen Gamaschenhosen zu kaufen. Und dann auch noch die albernen Stiefel aus hellem Ziegenleder. Wenn Gott es gut mit ihnen meinte, würde Regina nur noch diesen einen Winter in Breslau erleben und danach keine Gamaschenhosen mehr zu sehen bekommen – und Schnee schon gar nicht. In der Kinderabteilung von Wertheim hätte Walter aber nicht mit Jettel über die Mode und die Witterung in Afrika diskutieren können, ohne dass die Verkäuferin mitbekommen hätte, dass von Auswanderung die Rede war und dass sie es mit Juden zu tun hatte. Mit ihrer üblichen Chuzpe hatte Jettel das Dilemma umgehend zu nutzen gewusst. Nicht nur, dass sie für Regina die Gamaschenhosen mit den unpraktischen Stiefeln kaufte. In der Hutabteilung, in die sie Walter versehentlich bugsierte, ergatterte sie für sich eine unglaublich teure Kappe mit Pelzumrandung. Die würde in Kenia genauso fehl am Platz sein wie das Bürgerliche Gesetzbuch, seine Doktorrolle und die Urkunde seiner Ernennung zum Notar. Von den Beweisen für sein Leben in Stolz und Ehren hatte sich Walter beim Packen trotz eines ehelichen Gewitters, das noch in der Küche zu hören war, nicht trennen können. Jettel, die den Platz in Walters Koffer für ihr graues Gabardinkostüm nutzen wollte, das ihr voranreisen sollte, hatte ihn einen sentimentalen Narren genannt.

Als Jettel schon schlafen gegangen war, hatte er mit Ina zum letzten Mal ein Glas Schlehenschnaps getrunken. Er hatte sie gebeten, nach seiner Abfahrt ernsthaft mit ihrer

Tochter zu reden und ihr klarzumachen, dass sie nicht mehr die hoch verehrte Gattin eines Rechtsanwalts und somit auch nicht mehr die feine »Frau Doktor« war, sondern die Frau eines Emigranten und Habenichts, dem man Beruf, Ansehen und Heimat genommen hatte. »Sie ist nichts, und ich bin nichts«, hatte er seiner Schwiegermutter erklärt. »Und null und null gibt null, aber rechnen kann ja deine dickschädelige Tochter auch nicht. Ihr Mann ist ein Nebbich. Er ist auf dem Weg in ein Leben, in dem es ganz bestimmt nicht auf Fellmützen ankommt, mit denen die gnädige Frau im Caféhaus fremden Männern den Kopf verdreht, sondern auf Hände, die zupacken können. Sämtliche der verdammten gesellschaftlichen Gepflogenheiten, an die wir uns noch festgeklammert haben, als das Boot schon am Sinken war, sind keinen Pfifferling mehr wert. Wie die Vollidioten haben wir uns benommen, und ich werde mir das bis zum letzten Tag meines Lebens nicht verzeihen. Von jetzt ab muss deine Frau Tochter jeden Pfennig für die Schiffspassagen zurücklegen, die sie hoffentlich in ein paar Monaten schon buchen kann. Sag ihr das. Am besten drei Mal täglich.«

»Sie wird das alles noch lernen«, hatte Ina ihren Schwiegersohn beschwichtigt. »Lass ihr Zeit. Jettel war immer eine, die Zeit brauchte, um zu kapieren, was die Uhr geschlagen hat. Aber sie hat ein gutes Herz, und sie liebt dich. Vergiss das nie.«

»Sag das Hitler!«, hatte Walter räsoniert. »Sag ihm, er soll uns Zeit lassen, uns daran zu gewöhnen, dass wir verachtete Ausgestoßene sind, die sich für jeden Tritt in den Hintern auch noch bedanken müssen.«

Mit einem zweiten Schlehenschnaps hatte er eine Schlaftablette genommen. Ina hatte darauf bestanden. Geweint hatte sie erst, als sie allein war.

Nun hatte Jettel rote Augen. Mit der neuen roten Kappe, die ihr zu Walters Verärgerung besonders gut stand, wartete sie am Breslauer Hauptbahnhof auf die Einfahrt eines Zuges, den sie verfluchte. Obwohl sie mit erhobener Rechter geschworen hatte, das nie vor Regina zu sagen, sprach Jettel von einem Abschied fürs Leben. Sowohl ihre Tränen als auch die schmeichelnde Biberumrandung ihres Gesichts machten sie schön.

Trotz seiner Not ließ sich Walter einen Herzschlag lang weich stimmen. Jettel gehörte zu den wenigen Frauen, deren Schönheit nicht litt, wenn sie weinte. Solche Frauen blieben immer eine Spur geheimnisvoll. Und begehrenswert. »In ihren Augen glitzern Diamanten«, hatte Martin Batschinsky gesagt, als die sechzehnjährige Jettel ihm beim Abschlussball der Studententanzstunde die Vernunft raubte.

Nur im allerletzten Moment konnte sich Walter davor zurückhalten, Martins Namen auszusprechen. Er biss sich auf die Lippen. Wie Regina, wenn sie fürchtete, Dinge auszuplappern, die sie nicht wissen durfte. Ausgerechnet von seinem besten, dem ältesten Freund hatte Walter sich nicht mehr verabschieden können. Martin Batschinsky war unauffindbar gewesen, Adresse: unbekannt verzogen. Hoffentlich nicht nach Buchenwald. Greschek, der Getreue, hatte das ausgesprochen. Er verehrte Martin. Allerdings hatte Heini Wolf vor zwei Wochen erzählt, Martin wäre unterwegs nach Johannesburg.

Trotz der Tanzstunde, die sie beide – Jettels wegen – kurzfristig zu Rivalen gemacht hatte, war Walter nie eifersüchtig auf seinen Freund und Weggenossen gewesen. Martin, der fröhliche Sieger, der weder Pessimismus noch Zagen buchstabieren konnte, wurde ab dem ersten Semester in Breslau ein strahlender Fixstern an Walters Firmament. Zunächst verband die beiden die Liebe zur gemeinsamen Heimat Oberschlesien, bald auch der derbe Humor und die trotzige Aufrichtigkeit, die charakteristisch für die Region waren. Hinzu kam der Umstand, dass sie beide ein Zimmer bei der Wirtin Walburga Piokowsky mieteten, die ihre »jungen Herren« jeden Sonntagmorgen mit zwei Stück frisch gebackenem Mohnstriezel weckte und ihnen jeden Mittwochmittag Hefeklöße mit warmem, selbst getrocknetem Backobst kochte. Das Duell um Jettel entschied Martin auf eine für ihn ungewohnt großzügige Art. Gerade noch rechtzeitig begriff er, dass es Walter war und nicht er, der die kapriziöse, verwöhnte Jettel wirklich liebte. Er wurde Trauzeuge und später häufiger, stets bejubelter Gast, als die beiden nach Leobschütz zogen, wo das Hausmädchen Anna und das Baby Regina gemeinsam um seine Gunst buhlten.

Ausgerechnet in den letzten Minuten, die ihm blieben, um die Bereitschaft zum Aufbruch und Neubeginn in sein Herz zu pflanzen und seiner Familie Mut zu machen, dachte Walter mit einem Anflug von Neid an Martin. Das war ihm in all den Jahren, die sie gemeinsam verbracht hatten, keinen Tag widerfahren. »Nein«, flüsterte er entsetzt; er faltete seine Hände hinter dem Rücken und meinte, es hätte ihn keiner gehört.

Durch das Entgegenkommen eines gutmütigen Schreiners war es Martin gelungen, gleichzeitig Jura zu studieren und eine Tischlerlehre zu machen. Die Idee stammte von Martins Vater, einem wohlhabenden Viehhändler aus

Neiße. Bei der Erziehung seiner vier Söhne hatte der nämlich die gleichen Ideale wie einst Kaiser Wilhelm II. bei den seinen. »Ein Handwerk ernährt immer seinen Mann und schützt vor Flausen im Hirn«, war die Devise des alten Batschinsky.

Walter und Martin, berauscht von Vorstellungen, die ausschließlich steile akademische Karrieren in Rekordzeit und vor allem den Doktortitel samt gesellschaftlicher Anerkennung anpeilten, hatten noch im dritten Semester ihre jungen ehrgeizigen Köpfe geschüttelt und wie Batschinskys Pferde gewiehert. Obwohl Martin eigensinnig wie ein Maulesel war, hatte er den väterlichen Wunsch respektiert, was ihn selbst am meisten verwunderte. Hinzu kam, dass die Ausbildung zum Schreiner ihm bald wesentlich mehr Freude als das Jurastudium machte. Er war geschickt und ausdauernd, und dass sich der Erfolg von manueller Arbeit – im Gegensatz zum juristischen Studium – umgehend einstellte, empfand er als eine Erfahrung, über die er immer wieder mit anschaulichen Beispielen zu referieren wusste. Den Epilog der Geschichte schrieb dann die Zeit. Menschen mit einem handwerklichen oder technischen Beruf, die aus Deutschland vor den Nazis fliehen mussten und zur Emigration das rettende Visum brauchten, waren in der ganzen Welt willkommen, Ärzte kaum irgendwo und die Juristen nirgendwo.

»Wo ist«, fragte Regina, »meine liebe, liebe Tante Suse?« Weil sie die Antwort Silbe für Silbe kannte, machte sie aus der Frage ein kleines Lied. Beim letzten Ton drückte sie jedoch hastig zwei Finger auf ihre Lippen und hisste: »Jetzt nicht!«, wie es die Erwachsenen taten, wenn sie vergaß, dass manche Worte nicht die Wohnung der Großmutter verlassen durften und ein Name schon gar nicht. Regina kreuzte ihre Arme hinter dem Rücken – wie es der Vater soeben getan hatte. Sie schaute sich um und flüsterte zweimal: »Nein.« Gespannt schaute sie Walter an, doch ihr ging auf, dass er weder die Stellung ihrer Arme bemerkt hatte noch, wie gut sie flüstern konnte.

»Das sag ich dir zu Hause«, versprach die Großmutter.

»Brauchst du nicht, ich weiß es ja«, erinnerte sich Regina.

»Dann sag ich dir zu Hause, was du bist, mein Fräulein, ein ganz ungezogenes Gör.«

»Jetzt hast du es ja schon hier gesagt«, kicherte das Kind.

Ina hatte der ersten ihrer drei Töchter vor zwei Wochen und drei Tagen Lebewohl sagen müssen. Suse, die Jüngste, war abgefahren. Von genau der gleichen Stelle: Bahnsteig sieben mit der Uhr, deren Zeiger drohten wie Engel mit dem Flammenschwert, und dem roten Ballon auf der weißen Karre des Brötchenverkäufers. Nur so eisig kalt war es vor zwei Wochen nicht gewesen. Und weniger dunkel und trotz der Erregung, die drei Menschen sprachlos gemacht hatte, die genau wussten, dass keine Trennung mehr eine auf Zeit war, doch irgendwie hoffnungsvoller. Es war eben ein Unterschied, ob eine zweiundzwanzigjährige Frau mit ihrem Mann nach Amerika fuhr oder ob ein Ehemann nach Afrika aufbrach und Frau und Kind zurückließ.

Suse, Mutters Hätschelkind, acht Jahre nach Jettel geboren, war seit sechs Monaten verheiratet. Die Trennung von ihr war für Ina sehr unerwartet gekommen, doch das Telegramm mit der Nachricht von der glücklichen Ankunft des jungen Paares in New York hatte sie für jede einzelne Träne entschädigt. Mit ihrem Mann Macie, den sie erst seit einem Vierteljahr kannte, hatte Suse einen Hauptgewinn in der Lotterie des Überlebens gezogen. Macie, bis zur Ausschaltung der Juden aus dem Berufsleben wie Heini Wolf eine führende Kraft bei der HAPAG, hatte just am Tag der Hochzeit die Einreisepapiere für die Vereinigten Staaten erhalten. In den meisten Ländern, die zur Auswanderung in Frage kamen, waren die Einwanderungsbehörden nur an verheirateten Paaren interessiert. Ledige lehnten sie häufig ohne Begründung ab. Selbst die jungen.

Käthe, Walters bilderbuchschöne, geschiedene Schwägerin, die sich ihre romantischen Träume von einer zweiten Maienhochzeit im Fliederregen weder von den Hakenkreuzfahnen in den Straßen von Breslau noch von den Schreckensberichten ihrer Bekannten und Freunde nehmen ließ und schon gar nicht von den Drohreden und Aufmärschen der Nazis, hob Regina hoch und drückte sie an ihre Wange. Die zärtliche, immer gut gelaunte, liebevolle Tante, in Reginas Phantasie eine Märchenprinzessin mit Zauberstab, gab ihr einen Kuss.

»Heute pflücken wir beide goldene Kirschen und fädeln uns eine Kette«, lachte Käthe.

Ihr Ton und ihre Augen waren so fröhlich, als wäre der 8. Januar 1938 für die Familien Perls und Redlich ein Tag wie andere auch und der Vater dieses jubelnden Kindes nur unterwegs zu einer kurzen geschäftlichen Besprechung nach Liegnitz. Jettel schaute ihre ältere Schwester an. Ihre Augen flammten Zorn; sie hätte sie gern gerüttelt wie die Goldmarie den Apfelbaum im Märchen und ihr gesagt, was sie sich schon als Zwölfjährige auf mütterlichen Befehl hin hatte verkneifen müssen, doch sie schwieg und fixierte die Bahnhofsuhr. Mit einer zaghaften Bewegung, die beide verwirrte, berührte sie Walters Schulter. »Ich kann noch gar nicht glauben, dass du abfährst«, schluckte sie.

»Ich auch nicht, glaub mir. Ich habe immer gedacht, bei einem großen Abschied spürt man den Schmerz.«

»Musst du denn allein fahren? Dein Vater sagt auch, dass du verantwortungslos bist. Und störrisch wie ein alter Esel. Keiner lässt seine Frau und sein Kind in Deutschland zurück. Nur du tanzt wieder mal aus der Reihe.«

»Jetzt nicht, Jettel. Jetzt nicht mehr. Wir brauchen gute Erinnerungen. Außerdem stimmt es nicht. Viele von uns versuchen, in der Fremde erst mal ohne die Familie Fuß zu fassen. Es wird sich bestimmt bald auszahlen, dass ich jede Arbeit annehmen kann und mich nicht um euch zu sorgen brauche. Wenn der liebe Gott noch Gebete zur Kenntnis nimmt, holen wir jeden einzelnen Krach nach. Diesen hier als ersten. Heilig Ehrenwort. Es wird nicht lange dauern, bis wir wieder loslegen können.«

»Du bist ein Trottel. Das hat schon mein Onkel Eugen gesagt, als er erfahren hat, dass wir heiraten.«

»Darf ich dich daran erinnern, dass dein kluger Onkel Eugen vor zwei Monaten abgereist ist und dass seine Frau noch hier sitzt?«

»Ach du!«

»Was reimt sich auf Neiße?«, fragte Regina, und als niemand ihr antwortete, sagte sie: »Scheiße«. Als das schöne Wort ohne Wirkung blieb, hüpfte sie über ein imaginäres Seil von rechts nach links und wieder zurück. Mit beiden Händen fing sie einen Ball, den nur sie sah. Nach einer Weile nuschelte sie einen Abzählreim, den ihr Vater ihr in den alten Tagen der Sorglosigkeit beigebracht hatte und der die Leute ebenso entsetzte, wenn sie ihn rezitierte, wie die Proben der väterlichen Reimkunst. »Was reimt sich auf Backe?«, fragte sie hoffnungsvoll.

Aus dem D-Zug aus Frankfurt an der Oder stieg eine Mutter mit ihrem kleinen Sohn aus. Regina starrte die beiden an und lachte schallend. Der Bub war etwa in Reginas Alter. Er trug eine braune Pudelmütze, die ihm ins Gesicht gerutscht war, und drückte einen Stoffaffen an seine Brust – den gleichen, der in der Goethestraße auf einer mit grünem Plüsch bezogenen Récamier von Großmutter Ina thronte. Anders als der Stoffaffe auf dem Bahnhof, hatte der von Regina einen kleinen Brotbeutel aus hellem Leinen umgeschlungen. Ursprünglich war die Tasche für den Kindergarten bestimmt gewesen, doch sie würde nie ein Butterbrot und auch keinen Apfel sehen. Der Kindergarten, aus dem die kleine Waltraud aus der Nachbarwohnung jeden Mittag um halb eins mit fröhlichen Liedern und lustigen Gedichten heimkam, lehnte seit 1934 die Aufnahme jüdischer Kinder ab. »Es tut mir leid«, hatte die Leiterin bei Jettels vergeblichem Versuch gestammelt, ihre Tochter anzumelden, und für Regina, der kein Wort der Unterhaltung entgangen war, hatte sie ein Püppchen aus Wolle aus ihrer Rocktasche gezogen. Die Verlegenheit der Kindergärtnerin und die kleine Puppe galten in der Goethestraße als tröstlicher Beweis, dass nicht alle Menschen in Deutschland mit dem einverstanden waren, was im Namen Deutschlands geschah. »Noch längst nicht alle«, hatte Walter gesagt.

Ein schnaufender Gepäckträger mit hoch beladenem Karren hastete auf Bahnsteig sieben. Seine Mütze fiel vom obersten Koffer herunter. Die junge Frau, die ihrem Gepäck folgte und in Abständen »Vorsicht, Vorsicht!« mahnte, trug einen schwingenden Mantel aus Nutria, auf dem der feuchte Schnee glänzte, und, farblich passend zu ihrem Hut mit einer Perlennadel, lange Handschuhe in einem zarten Lila.

»So eine schöne Frau habe ich noch nie gesehen«, staunte Regina.

»Die fährt bestimmt nach Berlin«, sagte Käthe. Es waren ihre Augen, nicht ihre Stimme, die ihre Sehnsucht verrieten, und obwohl man ihr so oft vorwarf, sie wäre oberflächlich, kurzsichtig und egoistisch, ließen diese schönen Augen wissen, dass Käthe durchaus spürte, wie bedroht die Zukunft der Ausgestoßenen war.

»Mein Affe darf nicht in den Kindergarten«, erinnerte sich Regina, »aber die kleine Puppe war schon dort. Die hat gedarft.«

»Über deinen Affen und die kleine Puppe sprechen wir zu Hause«, schlug ihre Großmutter vor. »Wir können ihnen ja eine Suppe kochen, nur wir beide. Aus Kartoffeln oder mit Zucker und Zimt?«

»Es ist wirklich besser«, drängte Walter, »wenn ihr jetzt geht. Das haben wir doch gestern ausführlich besprochen. Wir müssen alle lernen, uns an das zu halten, was wir uns vorgenommen haben. Sonst kommt unser Leben noch mehr aus den Fugen, als es ohnehin schon ist.«

»Ich will aber hier bleiben, bis du wegfährst«, trotzte Regina, »das hast du versprochen. Ich will die Lokomotive sehen. Ich will keine Fugen.«

»›Ich will‹ gibt's nicht mehr«, mahnte ihr Vater, »das haben wir doch auch ganz genau besprochen, Regina. Erinnerst du dich denn gar nicht?«

»Ich weiß, was du gesagt hast. Ganz genau weiß ich das. Du hast gesagt, der Hitler hat verboten, dass jüdische Kinder ›ich will‹ sagen.«

»Psst«, zischten Mutter und Großmutter. Jettel legte ihrer Tochter die Hand auf den Mund, eine mechanische, seit der Übersiedlung nach Breslau so oft wiederholte Geste, dass sie keine Zärtlichkeit mehr empfand, wenn sie ihr Kind berührte. Nur die Angst spürte sie, die zum ständigen, bedrängenden Begleiter des Lebens geworden war. Sie schaute Regina, die Tränen in den Augen hatte, noch nicht einmal an. Einen Moment, der floh, ehe er überhaupt zu fühlen war, drückte Jettel ihren Kopf an Walters Schulter. Sie rieb die Wange an seinem feuchten Mantel, schaute ins Licht und wusste nicht, was sie suchte. »Schreib sofort«, sagte sie, »wenn du in Afrika bist. Ich weiß überhaupt nicht, wie ich die Ungewissheit aushalten soll. Und die Sorgen. Das Kind ist doch noch so klein.«

»Aber, Jettel, bis Afrika lass ich dich doch nicht auf Nachricht warten. Heini und Macie haben beide erzählt, dass von den Schiffen in jedem Hafen die Post abgeht. Außerdem schreib ich dir bestimmt schon aus Genua. Du wirst sehen. Ich habe mindestens zwei Tage Zeit, bis die ›Ussukuma‹ ablegt. Und vergiss nicht, abends mit Regina zu beten.«

»Wie kommst du denn ausgerechnet jetzt aufs Beten? Wozu soll das gut sein?«

»Wir brauchen einen, der es noch gut mit uns meint.«

»Ich hab immer gedacht, du glaubst nicht an Gebete.«

»Das war einmal. Da konnten wir es uns leisten, den Kopf hoch zu tragen und nicht zu beten. Wir wussten trotzdem, dass es Ihn gibt.«

»Herrgott, Walter, warum guckst du dich andauernd um? Wartest du auf jemanden? Ausgerechnet heute. Du machst mich noch ganz meschugge.«

»Aus Gewohnheit«, schwindelte Walter, »aus purer Gewohnheit. Es wird lange dauern, bis ich mich nicht mehr umschaue.« Es irritierte ihn, wie sehr der zweite Satz der Wirklichkeit entsprach, und noch mehr grämte er sich, dass Jettel wieder einmal den richtigen Instinkt für Dinge hatte, von denen sie nichts wissen konnte. Es war der Fluch der neuen Zeit, dass Mann und Frau einander nicht mehr vertrauten, der Bruder misstraute der Schwester, Kinder hatten Angst vor ihren Eltern und die Eltern vor den Kindern. »Es ist Zeit«, murmelte er, »bringen wir es hinter uns. Man soll den Abschied nicht länger hinauszögern als nötig. Das sagen alle.«

Walter hatte erwartet, nein, er hatte gehofft und auch fest damit gerechnet, dass sein Freund Greschek zum Bahnhof kommen würde, um Abschied zu nehmen. Gehörte nicht zur letzten Stunde in der Heimat der Händedruck eines Vertrauten, die Versicherung des einzigen Getreuen, dass man sich wieder sehen würde? Musste nicht wenigstens irgendein Wort gesagt werden, das in der Welt ohne Wurzeln Trost sein würde? Jeder brauchte irgendein Zeichen, dass nicht alles, wofür man gelebt und woran man geglaubt hatte, für immer dahin war. In der Fremde hatten die Heimatlosen solche Rettungsringe so nötig wie das tägliche Brot.

»Da, du guckst schon wieder«, sagte Jettel triumphierend. »Du glaubst wohl, ich merk das nicht. Aber so dumm bin ich nicht, dass ich nichts merke. Ich weiß ganz genau Bescheid.«

»Dumm ist nur der arme Tropf, der dich für dumm hält, Jettel.«

Josef Greschek, der Unbeugsame, war sechs Jahre lang der Anker im Sturm gewesen. Für Walter, der sich gerade

30

erst als Anwalt in Leobschütz niedergelassen hatte, als die
Nazis 1933 an die Macht kamen, wurde Greschek Stütze,
Klagemauer und Freund. Nachdem Walter in der zweiten Hälfte des Jahres 1937 sein geliebtes Oberschlesien
verlassen hatte und sich in Breslau um die Auswanderung bemühte, reiste Greschek immer wieder von Leobschütz an. Allerdings wurden seine Besuche in der Goethestraße von Mal zu Mal kürzer. Der letzte vor einer
Woche hatte nur knapp zwei Stunden gedauert – Walter
hatte selbst darauf bestanden. »Es ist besser so«, sagte
er, als er Greschek zum letzten Mal zu der kleinen Pen-
sion begleitete, in der noch niemand fragte, woher einer
kam und wohin er wollte. »Besser für uns beide. Ich muss
mich nur noch daran gewöhnen, dass ein Mann seine
Freunde in Gefahr bringt, wenn die sich mit ihm sehen
lassen. Ach Greschek, ich habe zu lange die Augen zu-
gemacht. Bis an mein Lebensende werde ich mich dafür
schämen.«
»Das haben Sie, Herr Doktor, aber Sie müssen sich nicht
schämen. Gerade die Guten sind oft blind. Oder taub.
Meistens beides.«
Josef Greschek war ein knorriger Baum. Sein Gesicht
mit der markanten Nase und den hochstehenden Wangen, mit der bereits in jungen Jahren zerfurchten Stirn
und dem breiten Kinn sah aus, als hätte es ein Menschenkenner aus Eiche geschnitzt. Obgleich Greschek ein
wohlhabender Mann war, saßen seine Anzüge schlecht,
die Hemden waren zu groß, die Schuhe bäuerlich derb.
Fast immer trug er eine graue Stoffmütze mit einem großen Schild, das den Blick auf seine stahlgrauen Augen
verwehrte. Greschek, von dem es in Leobschütz und allen
umliegenden Dörfern hieß, er könnte einem Pferdehänd-

ler einen lahmen Gaul andrehen und er würde die eigene Großmutter für eine Flasche Wacholderschnaps verhökern, betrieb mit allergrößtem Erfolg auf der Leobschützer Hauptstraße ein Geschäft für Elektrobedarf. Er war Walters erster und treuester Mandant gewesen. War es nur Zufall oder eine besondere Pointe, dass Greschek am Tag in der Kanzlei war, als das Schreiben, von einem gewissen Roland Freisler unterzeichnet, mit der Mitteilung eintraf, dass Dr. Walter Redlich fortan nicht mehr als Rechtsanwalt und Notar tätig sein dürfte. Greschek allein sah Walters Tränen, als der Traum von der Heimat Deutschland zerbarst, doch er sprach kein Wort des Mitgefühls. Er schloss das Fenster mit einem solchen Knall, dass der Holzgriff abfiel. »Sie müssen sich hier fortmachen, Herr Doktor«, erklärte er, »das sind Verbrecher.«

Greschek war ein Prozesshansel und bemühte so häufig die Gerichte wie ein Hypochonder die Ärzte. Seinem Gegner hätte dieser griesgrämige Querkopf für kein Geld der Welt auch nur den kleinen Finger gereicht. Der streitsüchtige Kauz hätte einen jungen Anwalt allein ernähren können, und später hat Walter immer erzählt, Greschek hätte genau dies getan. Noch nicht einmal von seiner Grete, die Hausmagd und Bettgenossin in einem war und die seine Launen ertrug wie ein Hund die Prügel seines Herrn, wurde Greschek beim Vornamen genannt. Die meisten Leute fürchteten sich vor ihm, und das war ihm gerade recht. Von der Kirche wollte Greschek nichts wissen, den Sozis gab er die Schuld am Scheitern der Weimarer Republik, die Kommunisten verachtete er ohne Grund. Hitler und seine braune Horden hasste er.

Schon 1933 tauchte ein ehemaliger Briefträger, der drei Jahre zuvor wegen Unterschlagung fristlos aus dem Dienst entlassen worden war, in Grescheks Laden auf. Der Mann war nun Parteimitglied der ersten Stunde und in besonderer Mission unterwegs. Greschek empfahl er im zeitgemäßen Befehlston, sich einen Anwalt zu suchen, »der unser Volk nicht ausbluten lässt«. Kolportiert wurde, Greschek hätte den Mann mit einem Fußtritt aus seinem Laden bugsiert. Samt den Flüchen, für die er in der ganzen Stadt berüchtigt war. Die Geschichte wurde zwar nie vom Parteigenossen Müller bestätigt, doch hatte sie keineswegs die erwarteten Folgen. Solange Rechtsanwalt Dr. Redlich in der Klosterstraße niedergelassen war, kam Greschek fast täglich in die Kanzlei. Bei Tag! Die paar übrigen Mandanten, die sich noch zu einem jüdischen Anwalt trauten, bauten zunächst auf den Schutz der Dunkelheit. Als sie dann doch den Anwalt wechselten, wechselten sie auch jedes Mal die Straßenseite, wenn sie Walter sahen.

Es gab indes zwischen dem jungen jüdischen Anwalt und dem oberschlesischen Dickschädel, der sich dem Naziregime verweigerte, nicht allein eine berufliche Bindung. Sie unternahmen, sooft es die Verhältnisse zuließen, zusammen kurze Reisen in Grescheks »Wanderer«, einmal in die Hohe Tatra, an Ostern 1936 nach Prag, sonntagnachmittags mit Jettel nach Jägerndorf oder Troppau in der Tschechei. Kurze Atempausen im drohenden Untergang waren das, Stunden nur, im besten Fall ein paar Tage des Vergessens. Lange glaubten beide Männer, es wäre lediglich Hochachtung, die sie füreinander empfanden. Erst als sie durch Kontinente getrennt waren, erkannten sie, aus welchem Stoff ihre Bindung geschaffen war.

Als die Redlichs das Haus im Leobschützer Asternweg aufgeben mussten und nach Breslau zogen, schickte Greschek seine tüchtige Grete, um »der Frau Doktor beim Packen zu helfen«. Er hatte beim letzten Händedruck in Leobschütz eine belegte Stimme und einen Zorn, der sich für immer in sein Herz brannte. Es war der 30. Juni 1937. Weder der, der gehen musste, noch der, der blieb, hat das Datum je vergessen.

Wann immer Greschek nach Breslau kam, wurde er von Walter in die Arme geschlossen wie der verlorene Sohn vom Vater. Von Jettel wurde er wie der Vater begrüßt, den sie sich ein Leben lang gewünscht hatte. Zu Weihnachten 1937 schickte der Getreue eine Gans und einen Hasen. Mit Rücksicht auf die empfindsamen Großstädter die Gans gerupft, den Hasen ohne Fell – die Feinfühligkeit bewegte Walter noch mehr als der Festtagsbraten.

Einen Tag vor Silvester 1937 stand Greschek in der Breslauer Goethestraße vor der Tür. Bei diesem Besuch erkundigte er sich nach jedem Detail von Walters Abreise. Die Abfahrtszeit des Zuges notierte er, warf den Zettel jedoch sofort wieder weg. »Noch hab ich ja alle Tassen im Schrank«, brummte er. Als er das sagte, war Walter sicher gewesen, dass Greschek bei seiner Abfahrt am Bahnhof sein würde. Der Gedanke war ihm bei Tag Trost, doch nachts überlegte er beunruhigt, ob Gscheks Erscheinen nicht für alle riskant wäre. Man wusste nicht, von wem man beobachtet wurde und was aus Beobachtungen werden konnte. Nun war Walter froh, dass er geschwiegen hatte. »Siehst du, das hab ich ja gleich gewusst«, gehörte zu den Redensarten, die Jettel als Waffe gebrauchte.

Die Jungen am anderen Ende des Bahnsteigs hatten angefangen zu singen. Walter wurde unruhig. Er versuchte, den Text zu verstehen. Junge Burschen plus Gesang ergaben nach der neuen Zeitrechnung in der Regel Hasslieder gegen die Juden. Es war aber schon längst nicht mehr sein Herz, das Walter schützen wollte, sondern Reginas Ohren. Ihr Nachahmungstrieb reichte, um die ganze Familie in Gefahr zu bringen. Ein Junge, einen Kopf größer als seine Kameraden, sang besonders klar. »Wenn jemand eine Reise tut, so kann er was erzählen. Drum nahm ich meinen Stock und Hut ...«

»Und tat das Reisen wählen«, erinnerte sich Walter. »Das mussten wir als Kinder auch singen. Nur damals brauchte ich keine Reisen zu tun.« Er schaute sich nach den beiden dunkel gekleideten Männern um, deren Hüte und Notizbücher ihn geängstigt hatten; sie waren nicht mehr da. »Gott sei Dank«, sagte er erleichtert.

»Sie singen doch nur«, sagte Jettel. »Das Lied ist doch wirklich harmlos. Regina hat es immer so gern gehört. Alle vierundzwanzig Strophen musste ich ihr vorsingen, als sie zahnte. Weißt du noch?«

»Vierzehn«, verbesserte Walter, »vierzehn Strophen sind es. Das weiß ich genau. Ich musste sie alle mal abschreiben. Als Strafarbeit beim Lehrer Gladisch.«

»Also, wenn du wirklich willst, dann gehen wir.«

Walter war überrascht, fast konsterniert. Gerade von seiner Frau hatte er nicht erwartet, sie würde Verständnis für ihn haben, ihm die letzten Minuten erträglicher machen.

»Ja«, sagte er. Er presste Jettels Hand und wagte nicht, sie zu küssen. Ein Kuss am Bahnhof war ein Stück Endgültigkeit. Das war in fast jedem Film so. Er nickte in

Richtung Regina. Es würde sie schonen und für alle ein Quäntchen mehr Sicherheit bedeuten, wenn sie den Vater nicht abreisen sah. Heute keine Tränen und morgen keine Fragen.

»Der Korb«, mahnte Ina. Sie drückte ihrem Schwiegersohn einen riesigen, unhandlichen Henkelkorb in die Arme. Bauersfrauen nahmen solche Körbe mit auf die Reise. Zu Hause in Sohrau manchmal noch mit einem lebendigen Huhn drin und immer mit Würsten, die aussahen wie Stecken. Walter hatte den mit einem rot-weiß karierten Tuch bedeckten Korb und die silbern glänzende Thermosflasche, die auf einer Seite herausragte, auf dem Boden stehen sehen, aber seine Augen hatten sich geweigert, ihn zur Kenntnis zu nehmen. »Was soll ich damit?«, fragte er. Der Unwillen in seiner Stimme beschämte ihn. Es war immer wieder die gleiche Geschichte. Keiner konnte sich vorstellen, was im anderen vorging. Die Zurückbleibenden wussten schon gar nicht, wie es im Kopf der Davonziehenden aussah. Und im Herzen.

»Es sind lauter Sachen drin, die du gern isst«, lockte Ina. »Eierhäckerle und Heringshäckerle. Und der Rest von der gepökelten Gänsebrust, die dir immer so gut schmeckt. Außerdem ein Glas Schmalz. Mit Grieben und Zwiebeln. Das wird dir bis Afrika reichen. Und ein Päckchen Natron. In der weißen Serviette ist ein Mohnkuchen. Genau wie ihn deine Schwester macht. Ich hab mir das Rezept schon von ihr geben lassen, als wir Reginas ersten Geburtstag gefeiert haben. Als hätte ich's geahnt.«

»Hör auf, Ina. Um Himmels willen, hör auf. Wenn ich bei jedem Bissen, den ich zu mir nehme, an zu Hause denke, fällt mir doch alles noch viel schwerer.«

»Die Preise im Speisewagen werden dir erst recht schwerfallen«, sagte Ina. Sie stellte sich auf die Zehenspitzen, um den zu erreichen, der ihr ein Sohn gewesen war. So leise, dass nur er es hörte, sagte sie: »Ihr müsst zusammenbleiben. Versprich mir das.«

Erst sehr viel später ging Walter auf, dass dies die letzten Worte seiner Schwiegermutter gewesen waren. Hatte er wenigstens genickt, ihre Hand gedrückt oder ihr mit seinen Augen die Zuversicht vermittelt, dass Jettel bei ihm für immer in guter Obhut sein würde? Er wusste es nicht. Schaudernd erkannte er, dass diese Unsicherheit nur der Anfang war. Die Fragen, die ohne Antwort blieben, unfertige Sätze und nicht mehr ausgesprochene Gedanken würden fortan seine Begleiter sein. Ungebeten und gehasst. War das der Preis des Davonkommens? Walter presste den sperrigen Korb an seine Brust. Einen Moment war es ihm, als würde er in einem dichten Nebel stehen. Der war immer noch ein Stück Heimat. Er lähmte die Sinne und erstickte alle Qual. Der so lange gefürchtete Abschied war schon Vergangenheit. Ein einziger Schnitt hatte gereicht. Keine Wunde hatte geblutet. Es hatte keine Tränen gegeben, nur den barmherzigen Tod aller Gefühle.

Dann bohrten sich Pfeile in seinen Kopf. Jede Spitze ließ ihn wissen, er hätte die verraten, die er liebte. Der Impuls, aus dem Bahnhof zu laufen, Jettel und sein Kind an sich zu ziehen und sich nie mehr von ihnen zu trennen, war Feuer und Wasser zugleich. Er glaubte gar, den Tod zu fühlen, und doch kehrte das Leben zurück in seinen Körper und mit diesem zweiten Leben die Vernunft, sein Verantwortungsgefühl und sein Mut. Sie trieben ihn fort von allem, was er liebte, und doch hatte er in den letzten Momenten, die ihm in der Heimat blieben, nicht mit Gott gerechtet. Walter Redlich, der ein glühender deutscher Patriot gewesen war und jederzeit sein Leben für sein Vaterland hergegeben hätte, setzte sich auf den größeren der beiden Koffer. Mit geschlossenen Augen wartete er auf den Zug ins Exil.

2

UNERWARTETE BEGEGNUNG
Liegnitz–Dresden, 8. Januar 1938

Wenn der Auswanderer seinen Kopf zum heruntergelassenen Fenster hinausstreckte, konnte er für die Dauer eines Herzschlags vergessen, dass sein Ziel Afrika war. Noch stand der Zug. Die Lokomotive dampfte nicht. Niemand rief nach einem Gepäckträger. Kaum eine Tür war offen. Walter hörte Jettel sagen: »Wir sind mal wieder pünktlicher als Hahnemanns Töchter.« Er versuchte zu lächeln, aber die Erinnerung machte ihn wehmütig. Er nahm sich vor, sobald er wieder mit Jettel zusammen war, sie zu fragen, wer eigentlich der Herr Hahnemann mit den überpünktlichen Töchtern war. »Was auch immer dir einfällt«, sagte Jettel, »ich weiß nie, ob du dich über mich lustig machst oder nicht.«
»Das ist das Salz unserer Ehe«, erwiderte Walter.
Diesmal vermochte er zu lächeln. Aus Furcht, sein ängstliches Verhalten könnte unangenehm und als undeutsch auffallen, war er sofort eingestiegen – die Gruppe von singenden Jugendlichen am Ende des Bahnsteigs hatte unmittelbar nach dem »Brunnen vor dem Tore« das Horst-Wessel-Lied angestimmt und war auf ihn zumarschiert. Oder hatten die Jungen sich nur ihre Beine vertreten oder ihre Knabenknie wärmen wollen? Die Zeit ließ keine Wahrscheinlichkeitsrechnungen mehr zu. Der

Übergang von der Norm zur Provokation war fließend geworden.

Walter, der sich sein Lebtag nicht vor sangesfreudigen Burschen gefürchtet hatte, stand auf dem Gang vor seinem Abteil. Er lauschte seinem eigenen Atem und konnte noch immer nicht fassen, was mit ihm geschehen war. Die Zigarette, an der er zog, hatte weder Geschmack, noch beruhigte sie seine Nerven, wie er es gewohnt war. Wenn seine rechte Hand zufällig sein Gesicht berührte, merkte er, dass sie eiskalt war. Vom deutschen Winter oder vom Leiden an einem Verbrechen, das im Namen der deutschen Ehre geschah? Walter Redlich, der von seinem Vater gelernt hatte, keinen Menschen zu fürchten, musste sich zwingen, seinen Ekel und seine Angst nicht aus seinem Körper zu würgen. Er straffte seine Schultern und nahm sich vor, mit Anstand und Mut den Sirenen zu entkommen, die ihn zurück in sein Vaterland holen wollten. Wie Odysseus verstopfte er seine Ohren und ließ sich an den Mast binden. Da sah er das weiße Emailschild mit dem Befehl »Nicht auf den Boden spucken«. Die Augen fixierten es, als könnte es einen Mann wieder aufrichten, der kein Urvertrauen mehr in das Land seiner Väter hatte, doch die deutsche Sprache verweigerte einem ehemaligen Bürger ihren Schutz. Wie SS-Runen, die nach ihm greifen wollten, erschienen Walter die schwarzen Buchstaben. Weil er sich mit Angstvorstellungen nicht auskannte und sie für unmännlich hielt, senkte er beschämt den Kopf.

»Siehst du«, rief Jettel aus dem Nebel, der sie verschluckt hatte, »das kommt von deiner verdammten Pünktlichkeit. Nichts als Scherereien.«

Noch war Genua nur ein Wort, das Synonym für Aufbruch, Abschied, Ferne und Fremde. Die Heimat war zum Greifen nahe. Walter konnte sie sehen und hören und riechen. Er brauchte nur seine Hand auszustrecken, um nach dem Land zu greifen, das er immer noch das seine nannte. Es wurde Deutsch gesprochen, Deutsch gedacht, Deutsch gesungen und Deutsch gelacht. Auch Gott sprach Deutsch. Walter kannte Hamburg, Berlin und München. Und er kannte Leobschütz, den Ring, die Klosterstraße und den Asternweg. Er kannte Gutfreunds und Bacharachs und die vielen anderen Freunde, die sich weigerten auszuwandern, weil sie die Verfolgungen, denen sie ausgesetzt waren, nicht für möglich hielten.

Auf dem gegenüberliegenden Gleis wartete der Schnellzug nach Warschau auf das Signal zur Abfahrt. Der Mann, der über die dampfende Lokomotive herrschte, sah aus, als wäre er einem Lesebuch für brave Schüler entstiegen – schwarzes, schweißnasses Gesicht, ein Lachen, das Vertrauen erweckte, Hände wie Pranken, groß genug, um den Mut aus einem Bären zu schütteln. Der Hüne wirkte so stolz und selbstbewusst wie einer, der die Geschicke eines gesamten Staats zu lenken hat. Wie alle Kinder seiner Zeit und alle Knaben in Sohrau außer dem kränkelnden Sohn vom Lehrer, der schon mit fünf Jahren eine Brille und Einlagen hatte tragen müssen, hatte Walter Lokomotivführer werden wollen. Noch als Zehnjähriger, die erste Lateingrammatik in der Schultasche, hatte er vom Leben auf den Schienen geschwärmt.

»Das ist nichts für unsereinen«, hatte ihn die Mutter zurechtgewiesen. »Juden verdienen ihr Brot mit dem Kopf. Es reicht, wenn dein Vater auf einem Gaul sitzt und Soldat spielt. Ausgerechnet an der Front.«

Gepäckträger mit Schultern, die zu gebeugt waren für die

Lasten, die ihnen aufgebürdet wurden, hielten Ausschau nach Kunden. Einige Fenster des Zugs waren mit grünen Gardinen verhangen – eine sanfte Aufforderung an die Nacht, sich nicht an den Fahrplan zu halten. Eine Zeit lang beschäftigte sich Walter mit der Frage, ob Menschen, die in Zügen einschliefen, wohl angenehme Träume hätten oder ob die Träume fiebernd und bedrängend wären wie die seinen in den letzten Monaten. Noch kam er zu keinem Ergebnis. Vor einem Waggon der zweiten Klasse stand ein Familienpatriarch in einem bodenlangen schwarzen Mantel mit einem pelzbesetzten Kragen. Der elegante Reisende wirkte wie ein Gutsbesitzer aus Oberschlesien. Seine üppige, rothaarige Frau trug einen klein gelockten Persianer; die beiden Söhne rezitierten allerdings Abzählreime, die auf Gütern allenfalls den Kindern der Knechte gestattet waren. Alle vier lachten. Der jüngere der beiden Buben hielt einen roten Luftballon. Es war der gleiche, der eine halbe Stunde zuvor am Karren mit den belegten Broten festgebunden und die Sehnsucht in Reginas Augen getrieben hatte. Walter beneidete die Familie – nicht weil das Ehepaar teuer gekleidet war und ihren ausgelassenen Söhnen nicht den Mund zu verbieten brauchte, sondern weil alle vier zusammen reisen durften.

Er dachte an die Bahnfahrt von Leobschütz nach Breslau und dass Regina besonders quengelig gewesen war und immer wieder gefragt hatte, weshalb ihr Schaukelpferd nicht hatte mitfahren dürfen. »Weil man deutschen Pferden keinen Umzug zumutet«, hörte sich Walter sagen. Seine Stimme war so schroff gewesen, dass Regina und Jettel gleichzeitig in Tränen ausgebrochen waren und er sie beide hysterische Frauenzimmer genannt hatte. Erst jetzt, ein halbes Jahr später, tat ihm sein unbeherrschter Ausbruch leid. Er spürte ein großes Bedürfnis, das Jettel zu sagen, doch mit entmutigender Genauigkeit malte er sich aus, was seine Frau geantwortet hätte. Sie schätzte grundsätzlich nur Reuebekenntnisse, die unmittelbar auf die Tat folgten.

Der Familienvater stieg mit den Seinen in den Zug ein. Der rote Luftballon entschwebte in Richtung Bahnhofsdach, ohne dass der Junge, dem er entflogen war, ihm nur einen Blick gönnte. Walter fiel ein, dass Regina sich nie ohne Tränen von einem Luftballon hatte trennen können und er sie deshalb immer ziemlich heftig ausgeschimpft hatte. Auch das tat ihm leid. Seine Gedanken wanderten von Leobschütz nach Warschau. Als junger Mann war er mit seiner Schwester Liesel zwei Tage dort gewesen. Liesel hatte einen Kinderarzt aus Krakau treffen sollen, von dem eine gemeinsame Bekannte hatte wissen lassen, der Mann sei fleißig, tüchtig und gut gestellt und vor allem auf der Suche nach einer Ehefrau. Solche Strategien waren vor allem in Kleinstädten Brauch, die heiratsfähigen jüdischen Mädchen keine gute Auswahl an passenden Partnern boten. Um der Begegnung alle Peinlichkeit zu nehmen und ihr gar einen Anstrich von Zufälligkeit zu geben, hatten sich die beiden Väter auf Warschau als Treffpunkt und auf Walter als Begleiter geeinigt.

Die Kalkulation war nicht aufgegangen. Die drei jungen Leute hatten hölzern und wortkarg in einem eleganten Kaffee gesessen – ausgesucht hatte es der präsumptive Bräutigam. Die Rechnung für alle drei (der Kinderarzt hatte zwei Stück Sahnetorte gegessen und zwei Cognacs getrunken, die Geschwister nur je eine Tasse Kaffee und keinen Kuchen) hatte Walter bezahlen müssen. Der wohl-

habende Heiratskandidat war, nachdem er um die Rechnung gebeten hatte, zur Toilette gegangen und erst nach
einer Viertelstunde wieder aufgetaucht. Danach hatte
Liesel das geplante Abendessen zu dritt unter dem Vorwand abgesagt, sie hätte Kopfschmerzen. Viel mehr war
Walter von Warschau nicht in Erinnerung geblieben.
Nun erschien ihm die Stadt und das kleine Lokal, in dem
er am Abend mit seiner Schwester Bigos gegessen hatte,
ein Gericht aus Sauerkraut, Pilzen und wunderbar safti-
gem Fleisch aller Arten, wie ein Stück Heimat. »Verlorene Heimat«, murmelte er.

Walters Schwester, die schon an Auswanderung gedacht
hatte, als noch viele Juden in Deutschland die Gefahr
nicht sehen wollten, die sich jedoch nicht von ihrem Vater
trennen mochte, war groß und blond, selbstlos, entschlossen und mutig. Sie und der eineinhalb Jahre ältere Bruder hatten ein Leben lang aus nichtigstem Anlass miteinander gestritten, und doch waren sie einander tiefer
verbunden als Menschen, die viel und oft von Geschwis-
terliebe und Familienloyalität reden. Mit sieben Jahren
hatte Walter seine in Todesnot schreiende Schwester aus
einem Teich gezogen, mit zehn pflegte sie die Löcher in
seinen Hosen zu flicken, damit die Mutter sie nicht entdeckte. Solange er Anwalt war, schickte Walter seiner
Schwester monatlich Geld. Jedes Mal schrieb er »Aber
nur für dich!«, und jedes Mal gab sie alles für den
Haushalt und »Redlichs Hotel« aus, das von Jahr zu Jahr
weniger Umsätze machte. Sobald Walter seine Frau und
Regina nach Afrika geholt hätte, wollte er sich bemühen,
das Gleiche für Liesel zu tun. In Stunden der Zuversicht
sah er auch seinen Vater auswandern.

Der Speisewagen vom Warschauer Zug war schon mor-

gens erleuchtet. Drei Paare saßen dort, die Frauen alle
jung, chic und sehr städtisch mit langen silberfarbe-
nen Zigarettenspitzen und kecken Hüten, wie sie Jettel
gern trug. Selbst in Leobschütz, wenn sie morgens zum
Bäcker ging. Von Tischlampen mit sonnengelben Schir-
men strömte ein Licht, das die Behaglichkeit properer
Bürgerstuben signalisierte. Nicht alle Tische waren ein-
gedeckt. Auf dem unmittelbar hinter der Tür funkelte
blank geriebenes Silberbesteck in hellen, niedrigen Körb-
chen. Auch die langstieligen Gläser, die gelben Rosen in
kleinen grünen Vasen, das weiße Tischtuch und die zu
Bischofsmützen gefalteten Servietten entstammten der
makellosen und geordneten Welt, die Walter Redlich bereits fremd und fern erschien. Er war nur noch ein Zaungast, geduldet bis zur deutschen Grenze.
Der Pass, die Auswanderungspapiere und die Schiffs-
karte von Genua nach Mombasa lagen in der braunen
Aktentasche, ein Geschenk von Ina zum bestandenen
zweiten Staatsexamen. Ohne diese Tasche aus schönem
Kalbsleder war Walter keinen Tag in seine Kanzlei gegangen und nie zum Gericht. Auf der Innenseite hatte Jettel
in ihrer schönen Schrift seinen Namen und die Adresse
geschrieben: Leobschütz, Asternweg 4.
»Warum nicht meine Büroadresse?«, hatte Walter gefragt.
»Ach, mit seinem Büro zieht man ja mindestens einmal
im Leben um. Hat mein Onkel Bandmann immer gesagt.
Im Asternweg werden wir aber immer bleiben. Jetzt, wo
wir den schönen Sandkasten für Regina und die elegante
Loggia angelegt haben.«
Der Satz und die Erinnerung an Jettels Stimme mit
dem typischen Klang der Breslauer erweckten bei Walter
ein peinigendes Verlangen nach der Sicherheit, die er für

immer verloren wusste. Er schüttelte die Erinnerungen so energisch aus seinem Kopf, dass ihm so schwindlig wurde, als wäre das Karussell des Lebens, auf dem er nun schon seit Stunden fuhr, nicht nur ein abstrakter Begriff. Mit drückendem Gewissen, weil er sich vorgenommen hatte, schon auf der Fahrt weniger zu rauchen, kramte er nach einer Zigarette in seiner Manteltasche. Es war, er wusste es auf die Minute genau, die zweite in einer halben Stunde.

Die Aktentasche sah nach sieben Jahren fast neu aus. »Qualität zahlt sich aus«, lobte Jettel, »das hat schon mein Vater gesagt.« Den Satz gebrauchte sie mindestens fünf Mal in der Woche, meistens wenn Walter ihr Vorhaltungen machte, dass sie sich ein zu teures Stück geleistet hatte. Sogar beim Rauchen drückte er die Tasche so fest unter seine Achselhöhle, als würden im Nachbarabteil schon die Räuber sitzen, um ihm die Dokumente zu entreißen. Nur die richtigen Papiere waren Gewähr für sein Überleben. Ihm ging auf, dass er sich mehr als nötig gequält hatte. Für einen mittellosen Flüchtling geziemten sich keine Blicke in luxuriöse Speisewagen mit fein gedeckten Tischen und vornehmen Reisenden. Walter Redlich, mit sechsundzwanzig promoviert, mit siebenundzwanzig Rechtsanwalt mit eigener Praxis und mit dreiunddreißig ein Verfemter, gehörte nicht mehr zu der Klasse von Menschen, die in einem Speisewagen Wiener Würstchen essen und ein Glas Bier trinken durften. Er war unterwegs nach Afrika mit einem Henkelkorb, und er zählte seine Zigaretten ab wie der Hilfskellner Franz in »Redlichs Hotel«. Allerdings hatte Franz sechs Kinder, eine Frau mit Dauerhusten und eine verwitwete Mutter, die nicht mehr für sich selbst sorgen konnte.

Eine donnernde Stimme rief den Afrikareisenden zur Ordnung. Diese Stimme, so unwillkommen, so gefürchtet, so unausweichlich, verkündete das Urteil der letzten Instanz. Berufung war nicht mehr möglich. Noch ein paar Minuten, und dann würde Breslau, das letzte Stück Heimat, Vergangenheit sein. Vorbei, unwiederholbar, tot. Der beleibte Fahrdienstleiter, der Walter bereits auf dem Bahnsteig als ein Mann der Tat aufgefallen war, bellte mit der ganzen Kraft seines Amtes »Bitte, Platz zu nehmen!«, wobei das »Bitte« klang, als hätte dieser Mann der Tat seiner Lebtag um nichts zu bitten brauchen. Schnaufend stieß er gegen eine noch offene Tür. Sein Gesicht war ebenso feuerrot wie seine Mütze. Schon hob er den rechten Arm. Abreisende und Zurückbleibende, die soeben noch von ihren Plänen, ihren Wünschen und Empfindungen mit der Leichtigkeit der Jugend gesprochen hatten, verstummten. Sie schauten einander an und wussten nicht, was sie suchten. Die Worte, die Walter kamen, schickte er, weil er sich vor keinem Menschen mehr zu rechtfertigen, sich nicht mehr als tapfer und hoffnungsvoll zu verstellen brauchte, zum Himmel. Es waren die Gebete eines Verzagten. Sie entsprachen weder seinem Sprachschatz noch seinem Alter. Er merkte es und knetete seine linke Hand mit der rechten.

»Tut mir leid«, entschuldigte er sich bei dem, der den Menschen noch nie verargt hat, dass Verzweiflung und Kleinmut sie wieder zu Kindern machen.

Auf dem Tender am Ende des Zuges sah Walter einen kohlenschwarzen Zwerg stehen. Auch die Kapuze, die sein Gesicht umrandete, war dunkel. Über seinem Kopf schwenkte der Mann eine Schaufel. Einen Moment schien er riesengroß zu werden. Dann wurde er wieder klein und gedrungen. Der, der nicht reisen wollte, beneidete ihn – um seine Arbeit und sein Selbstbewusstsein und dass er die richtige Konfessionszugehörigkeit hatte, um im eigenen Land zu bleiben. Ein Wasserschwall stürzte zu Boden. In der Ferne erhob sich der Arm eines Ausfahrtsignals. Wie ein Stern funkelte ein winziges rotes Licht. Als es grün wurde, drängte die erleuchtete Schlange ins Leben. Erst in diesem Moment begriff der Reisende am Fenster, dass nicht der Zug nach Warschau auf dem gegenüberliegenden Gleis am Abfahren war, sondern sein eigner. Walter Redlich war unterwegs nach Genua. Er dachte an Kolumbus, hörte jemanden höhnisch lachen und erfuhr nie, dass er es selbst gewesen war.

Die Häuser am Bahndamm wichen zurück. Immer schneller flogen die Bilder. Sie fegten am Auge vorbei, hatten weder Farbe noch Kontur, und doch hatten sie eine Botschaft. Die vom Aufbruch und die vom Leben in einer neuen Welt. Hatte er sich nicht als Junge in der Zeit von Pferd und Wagen und Fernweh immer wieder gewünscht, in die Welt zu ziehen, die als die weite und schöne besungen wurde? Hinaus aus jener Enge, die von der Jugend geschmäht wird, weil die Jungen die Gewohnheit, die einem Menschen Halt und Stärke gibt, mit Einschränkung verwechseln, die ihn gängelt.

»Die meisten Wünsche im Leben werden erfüllt, aber immer um Jahre zu spät«, sagte die Mutter.

»Woher weißt du?«, fragte Liesel.

»Werde du mal so alt wie ich, mein Fräulein, dann wirst du das nicht mehr fragen.«

Es schmerzte nicht, an die Mutter zu denken. Ihr Sohn machte sich endgültig klar, dass Regina Redlich, Hotelbesitzersgattin aus Sohrau in Oberschlesien, allerorten als tüchtig gelobt und bewundert und vom Koch bis zum jüngsten Stubenmädchen wohl gelitten, in einer guten Zeit gelebt hatte. Und zur rechten Zeit gestorben war. Im Jahr 1926. Sieben Jahre vor Hitler. Erde von ihrem Grab, bei seinem letzten Besuch in Sohrau mitgenommen, lag ganz unten im großen Koffer. In einem weißen Stoffsäckchen, das Liesel genäht und Jettel beschriftet hatte.

Außer ihm saß niemand im Abteil. Es roch, für einen starken Raucher durchaus angenehm, nach einem schweren, süßen Pfeifentabak und nach scharf gebranntem Kaffee. Auf dem kleinen Tisch am Fenster lag aufgeschlagen, aber ganz offensichtlich kaum durchgeblättert die »Berliner Illustrirte Zeitung«. Die Erinnerung stimmte Walter einen Augenblick heiter. Er hatte das Blatt immer für Regina gekauft. Schon als Dreijährige hatte sich seine Tochter an E.O. Plauens Geschichten von »Vater und Sohn« nicht satt sehen können. Zu ihrem vierten Geburtstag war dann eine Laterna magica hinzugekommen, um die Bilder an die Wand zu projizieren.

»Wenn ich lesen kann, dann kaufe ich jeden Tag ›Vater und Sohn‹«, hatte sich Regina ausgemalt.

Walter kniff seine Augen zu, um sie trocken zu halten. Ohne sich Gedanken über seine Absicht zu machen, streckte er seine Hand nach der Zeitung auf dem Tisch aus, doch mitten in der Bewegung hielt er erschrocken inne. Wie ein Eierdieb, der Angst hat, wenn er den Hofhund nur bellen hört, zuckte er zusammen. Was, wenn ausgerechnet in diesem Moment der Schaffner erscheinen würde? Wenn der merkte, dass er es mit einem Juden zu tun hatte und noch dazu mit einem, der dabei war, auszuwandern, würde er ihn umgehend des Diebstahls oder zumindest der Fundunterschlagung bezichtigen. Und wie sollte ein ehemaliger Rechtsanwalt und Notar, dem man das Recht abgesprochen hatte, seinen Beruf auszuüben, einem ehrenhaften deutschen Beamten glaubhaft klarmachen, dass eine zweifelsfrei niemandem gehörende Zeitung nach herrschender Meinung kein abgabenpflichtiger Fundgegenstand war?

Eine solche konfuse, abstruse Überlegung war im Jahr 1938 absolut nicht der Beweis einer krankhaften Phantasie. Einem Freund von Heini Wolf war es auf seinem Weg ins Exil nach Prag wegen einer solchen Lappalie übel ergangen. Ein herrenloser Apfel in einer braunen Papiertüte hätte den Mann um ein Haar in ein bayerisches Gefängnis gebracht. Der Schaffner, der ihn beim Wühlen in der Tüte beobachtet hatte, hatte zunächst nichts gesagt. An der Grenze aber war der arme Teufel von zwei Zollbeamten aus dem Zug herausgeholt und so lange verhört und durchsucht worden, bis er das zugegeben hatte, was die Obrigkeit bei Reisenden nach Prag, die fast ausnahmslos jüdisch waren, ein Vergehen an deutschem Eigentum nannte. Sein Gepäck war ohne ihn weitergereist. Zwar durfte der Unglückliche nach Zahlung einer erheblichen Strafe den darauf folgenden Zug in die Tschechei nehmen, doch seine Habe sah er nie wieder.

Heini Wolf hatte geschworen, ein gemeinsamer Bekannter, der es noch wagte, zwischen Breslau und Prag hin und her zu pendeln, hätte sich »mit tausend Eiden« für die Wahrheit der Geschichte verbürgt, und doch hatte Walter sie als »Emigrantenlatein« abgetan. Ziemlich ironisch und recht selbstbewusst. Nun hatte ihn die Panik der Rechtlosen eingeholt. Er gab sich alle Mühe, die noch keinen Meter von ihm entfernt liegende Illustrierte zu übersehen, er stellte sich sogar vor, sie wäre eigens als Köder ausgelegt worden, um seine Ehrlichkeit auf die Probe zu stellen. Weil er sich gegen seine Phantasie nicht zu wehren wusste und sie mit immer schärferen Krallen nach ihm griff, fühlte er sich beschmutzt und an den Pranger gestellt. Ihm wurde übel. Er presste seine Hände gegen den Magen. Die Zeit, in der er in einem leeren Eisenbahnabteil mit der gleichen Selbstverständlichkeit nach einer herrenlosen Zeitung gegriffen hätte wie nach seinem Taschentuch, erschien ihm schon nicht mehr Teil seiner selbst. Deprimiert fixierte er erst seine Hände, die in Abständen zu zittern begannen wie die der alten Wanda in Sohrau, und dann die Bank gegenüber seinem Sitz.

Das helle Holz war gepflegt und von guter Qualität, der Boden frisch gewachst, kein Zugfenster war schmutzig, jeder Aschenbecher im Abteil geleert. Walter hatte sich die dritte Klasse anders vorgestellt, unbequemer, ärmlich, überfüllt, ordinär und laut. So ähnlich wie in den Zeichnungen Daumiers, für die sein Kunstlehrer in der Oberprima schwärmte. Die Vorurteile aus der Zeit der Fülle machten ihn verlegen. Es genierte ihn sehr, mit welcher Unbefangenheit er, der zur Bescheidenheit erzogen worden war, sich an die Lebensgewohnheiten der Wohlhabenden gehalten und Jettel in den Dingen des Alltags widerspruchslos nachgegeben hatte. Auch bei kurzen Strecken hatte sie auf der zweiten Klasse bestanden, selbst beim Abschied von Leobschütz. Damals hatte Walter noch Hemmungen gehabt, seine Frau darauf hinzuweisen, dass die Würfel gefallen waren und es ein für alle Mal mit Wohlstand und Bequemlichkeit vorbei war. »Und dem verdammten Klassenstolz«, sagte er. Seine Stimme war laut und fest.

Eine quäkende Kinderstimme, störend durchdringend, aber beruhigend vertraut, holte den beschämten Grübler zurück in die Gegenwart. Im Gang vor dem Abteil stand die junge Frau, die Walter am Bahnsteig aufgefallen war. Das Baby, die Mütze mit dem Spitzenrand immer noch verrutscht, weinte und sah aus wie ein angezogenes, permanent niesendes Ferkel in einem von Reginas Bilderbüchern. Das Kind hielt seine Hand ans Ohr. Der Reisende im Abteil erinnerte sich, was das bei Babys bedeutet, und grüßte verlegen. Er nickte wie einer, der nicht sicher ist, ob er grüßen soll oder ob er den Fremden mit seiner Aufmerksamkeit belästigen wird. Es missbehagte Walter, dass er Mutter und Kind bereits als ein Stück seiner Vergangenheit empfand und dass sich ihm ausgerechnet die letzten Minuten in Breslau als eine sanfte Erinnerung darboten. Nichts hatte sich seit der Szene am Bahnhof verändert. Die Mutter versuchte immer noch vergeblich, den zahnenden Säugling in den Schlaf zu wiegen. Sie war genauso bleich und erschöpft wie vor einer halben Stunde. Walter beneidete sie trotzdem. Mochte ihr Kind Schmerzen haben, weinen und am Leben leiden, es war in Sicherheit. Im eigenen Land. Für immer. Bestimmt hatte es einen Taufschein und gewiss auch »arische Großeltern«, die es als einen erbgesunden Deutschen auswiesen.

Vielleicht hatten Jettel und sein Vater doch recht gehabt. Ein Mann mit Verantwortungsbewusstsein durfte Frau und Kind nicht zu Hause zurücklassen, wenn sie dort nicht mehr sicher waren. Wieso aber wagte es dieser Ehemann und Vater noch, Deutschland als sein Zuhause zu bezeichnen? Wozu brauchte er überhaupt ein Vaterland, wofür eine Muttersprache? Schon in Genua war die keinen Pfifferling mehr wert. Die Konfrontation mit dem Mann, der er gewesen war, entsprach Walters Sinn für Proportionen. Methodisch blätterte er in der Chronik seines Lebens – von der Aufnahme ins Gymnasium bis zum letzten Satz seiner Doktorarbeit, die Niederlassung in Leobschütz und dem ersten gewonnenen Prozess. Greschek gegen Krause. »Sie sind eine Kanone, Herr Doktor«, strahlte Greschek und klopfte seinem Anwalt auf die Schulter. Sie standen vor dem Gerichtsgebäude. »Dem Krause hat noch keiner die Zähne gezeigt, bis Sie nach Leobschütz gekommen sind.«

»Wir zeigen ihm ein ganzes Gebiss.«

Walters Stimmung besserte sich ein wenig. Es half, zurückzublicken, auch wenn die altrömische Devise »ohne Zorn und Eifer« sich nicht mehr als opportun anbot. Selbst als er die Bilanz seiner allerjüngsten Vergangenheit zog, war er nicht unzufrieden. Auf dem Bahnhof hatte er sich die Enttäuschung, dass Greschek nicht gekommen war, nicht anmerken lassen. Durch keine Bewegung, mit keinem Wort. Jettel hatte nur ein paar Tränen geweint, Regina den Vater nicht abfahren gesehen. Wie ein Soldat war dieser Vater in die Schlacht gezogen. Keinen Schrei hatte er getan, den Himmel nicht verflucht, er war bereit gewesen, schweigend zu akzeptieren, wozu ihn das Schicksal aburteilte. Der deutsche Patriot, der gedacht hatte, er könnte Deutschland und die Seinen nicht verlassen, ohne dass sein Lebenssaft auf der Stelle versiegte, blutete aus keiner Wunde. Die Welt hatte sich nicht in ihre Bestandteile aufgelöst. Sie war selbst für einen Mann noch bewohnbar, der, ohne einen Augenblick zu zögern, alle Schätze Afrikas für ein Rückfahrbillett nach Breslau eingetauscht hätte.

Der 8. Januar 1938, auf immer ins Gedächtnis eingebrannt, schluckte alles Gewesene, Trauer und Angst, Melancholie, Verzweiflung und die Not der Seele. Gab es überhaupt eine Vergangenheit? Waren Gegenwart und Zukunft nicht nur leere Worte, lediglich Begriffe und Definitionen, die eifernde Lehrer brauchten, um der Grammatik ihren Stellenwert zu sichern? »Redlich, wenn du nicht lernst, das Plusquamperfekt richtig zu gebrauchen, dann brauchst du gar nicht erst mit Latein anzufangen. Latein ist eine Sprache für Ästheten.«

»Und für tote Römer«, raunte der kleine Katschinsky und holte sich einen Eintrag ins Klassenbuch.

Walter lächelte. Eine Seligkeit lang war er wieder Sextaner – mit Tinte an den Fingern und einem Schmalzbrot für die Pause. Noch gab es Schmalz genug. Der Krieg war erst vier Wochen alt und die mütterliche Speisekammer gut gefüllt. Oberstudienrat Hermann Gladisch war zu alt und zu kurzsichtig, um für den Kaiser zu sterben. Er musste seinem Vaterland weiter als Lehrer für Latein und Griechisch an der Fürstenschule zu Pless dienen. Wieder einmal hatte er vergessen, das Eigelb aus seinem Bart zu entfernen. Der Schüler Redlich, der nach dem Abitur so schnell die Leiter hinaufsteigen sollte wie keiner seiner Mitschüler und der dann so tief stürzen würde wie nur Siegfried Sedlacek, der andere jüdische Junge in der Klasse, sah das Eigelb und fasste sich an sein Kinn. Genau wie damals grinste der kleine Flegel. »Ein schöner Ästhet!«, flüsterte er in den Rücken des Hintermanns. Ehe auch er einen Eintrag ins Klassenbuch bekam, schloss Walter die Augen.

Als er zehn Minuten später wach wurde, hörte und sah er, dass der Zug wesentlich schneller fuhr als zuvor. Er empfand das Tempo als Befreiung. Es wirkte wie ein Kümmelschnaps nach Karpfen in Biersoße. »Redlichs Kümmel ist ein Stück vom Himmel«, murmelte Walter. Er mochte nicht glauben, was mit ihm geschah. Der Spruch, an den er jahrelang nicht mehr gedacht hatte, stammte von seinem Großvater. In Sohrau kannte ihn jedes Kind, selbst der Sohn vom Schmied, der sich nicht merken konnte, dass Kattowitz eine Stadt und nicht der Name des Ortspolizisten war. Salo Redlich brannte einen Kümmelschnaps, der besser als alles war, was aus der Apotheke stammte. Das wusste jeder Mann, der etwas vom guten Leben verstand. Walter zuckte zusammen. Er war entsetzt, wie wenig sich ein Gedächtnis zügeln ließ. Nur schnell weg von dem Land der Erinnerungen, das ihm Vaterland war. »Gewesen war«, korrigierte er.
Die beiden Worte blieben in seiner Kehle stecken, und doch machten sie Mut. Als Walter nämlich nach der Schere griff, um die Nabelschnur zu zerschneiden, die ihn an Deutschland band, waren seine Hände ruhig und warm. Er wurde noch kühner. Weil ihm niemand widersprach und der Teufel ihn nicht verhöhnte, wähnte er gar, er wäre klüger als andere Emigranten und hätte sich in sein Schicksal besser gefügt als sie. Zwischen zwei Dörfern, an denen der Zug vorbeiraste wie die Feuer speienden Monster aus dem Märchen, sagte aber die Mutter: »Du wirst nie lernen, dich zu fügen, mein Sohn, du nicht.« In dem Zustand zwischen Wachen und Schlafen, den er zuvor in einer solchen Intensität nur bei hohem Fieber erlebt hatte oder wenn es in seiner Studentenverbindung zu heftig zugegangen war, löste sich die Angst in

sehr kleine, angenehm überschaubare Teile auf. Die winzigen Einheiten ließen sich jederzeit neutralisieren. Sie verschwanden auf Wunsch, gehorchten jedem Befehl, und solange sie da waren, beunruhigten sie nicht. Das Leben hatte keinen festen Boden mehr, es forderte keine Entscheidungen und schon gar nicht Mut. In der schönen neuen, funktionell eingerichteten Welt gab es auch keinen Gott. Wer keine Angst hatte, brauchte ja keinen Beistand.

Auch der Körper wehrte sich nicht mehr. Von den vibrierenden Bewegungen des Zugs ruhig gestellt, ließ sich Walter weismachen, am achten Januartag des Jahres 1938 wäre nichts Außergewöhnliches geschehen. Irgendwann kam ihm sogar der Gedanke, beim Übertreten der deutschen Grenze würden sich alle seine Sorgen auf wundersame Art verflüchtigen. Eine Weile genoss er seine Illusionen und die Plastizität seiner Wunschträume. Um zu prüfen, wie schnell er der Realität entkommen konnte, versuchte er, Oberstudienrat Gladisch noch einmal auf die Bühne zu bitten, doch weder der noch der kleine Katschinsky zeigten sich. Stattdessen kam Regina.

Für einen furchtbaren Moment, in dem ihm selbst das Atmen Schmerzen bereitete, verwechselte Walter Traum und Wirklichkeit. Seine Tochter stand im blauen Faltenrock da. Die kleine Ledertasche für den Kindergarten, der keine jüdischen Kinder aufnahm, baumelte von ihrer Schulter. In acht Monaten müsste sie eingeschult werden. »Und wo, wenn ich fragen darf?«, seufzte ihr Vater. Wieder sprach er so laut, als hätte er noch einen Vertrauten, mit dem er reden konnte. Dass so ein banaler Satz genügte, um einem Mann allen Mut zu nehmen. Und das letzte bisschen Kraft.

In den dünnen Nebelschwaden erschienen dem Reisenden die Krähen auf den verschneiten Feldern wie Boten der Zukunft. Verkündeten sie die sieben biblischen Hungerjahre, oder hungerten sie bereits selbst? »Ich versteh nichts von Vögeln«, grinste Walter zum Fenster hinaus. Seine Züge wurden weich. Und jung! Der alte Stammtischwitz war immer ein durchschlagender Erfolg gewesen. Besonders bei vornehmen alten Damen, die ihre gute Erziehung in Ehren hielten. Walter hatte Regina beigebracht, den Satz von den Vögeln zu sagen, wenn sie irgendwo einen Wellensittich im Käfig oder eine Meise im Garten sah. Beim ersten Mal hatte Jettel getobt und ihn einen Proleten genannt. »Nein, ein Kindskopf«, hatte seine Schwiegermutter gesagt. Warum musste der einzige Mann auf der Welt, der seine Schwiegermutter so liebte wie die eigene Mutter, sich von ihr trennen?
Auf den Ästen lag, vom Dampf vieler Lokomotiven seiner Unschuld beraubt, grauer Schnee; in winzigen Gärten schlummerten die Büsche und Beete unter einem weißen Laken. Weshalb sehnten sich die, die ohne Hoffnung waren, nach einem solchen Tuch? Der Zug fuhr eine Anhöhe hinunter. Die schlafenden Häuser warfen den Schall zurück. Sobald ein Moment der Stille einkehrte, grübelte Walter, wie auf einer langen Reise wohl die Zeit beschaffen war und weshalb sie sich nicht im Tempo des Zugs bewegte. Gab es für ihn überhaupt noch eine Zeit, die in Stunden, Minuten und Sekunden einzuteilen war? Den Terminkalender hatte Rechtsanwalt und Notar Dr. Walter Redlich in seiner Praxis zurückgelassen. Roter Lederrücken und innen die scharf gestochene Schrift des kleinen Tenscher. Seit seiner Lehrzeit war der kleine Tenscher für die Post zuständig. Er

stammte aus Hennerwitz, bekam rote Ohren, wenn er schwindelte, und zu Weihnachten für seine Kollegen immer zwei große Gläser mit Mohnklößen von seinem Muttel. Beim Abschied von seinem Chef hatte er das Parteiabzeichen im Knopfloch gehabt und Tränen in den Augen. Tenscher, reiß dich zusammen, ein deutscher Mann weint nicht.

Zwischen zwei scharf gestochenen Bildern, die sich zu tief in das Gedächtnis eines Mannes bohrten, der das Verdrängen nicht beizeiten gelernt hatte, vermutete Walter, der Zug wäre in Liegnitz eingefahren. Er drückte seinen Kopf gegen die Scheibe, doch auf dem düsteren Bahnhof nahm er keine Spur von Leben wahr. Er sah weder Mensch noch Koffer und noch nicht einmal einen Karren. Nur ein Hund bellte. War es ein schlesischer Köter oder der Höllenhund? Ein trübes Licht erleuchtete eine kleine Pfütze. Das Wasser schimmerte braun. »Wie eine SA-Uniform«, sagte Walter, doch diesmal senkte er seine Stimme. Trotzdem schaute er sich um.

Er drückte das Fenster im Abteil hinunter, atmete so tief ein wie ein Bergsteiger am Ziel, streckte sich und genoss die frische Luft. Sie belebte Haut, Kopf und Mannesmut. Walter war es, als würde er endlich in eine Welt eintauchen, die ihm wohl gesinnt war. War es noch die Welt von gestern oder schon das Paradies von morgen, von einem Gott geschaffen, der es nicht zuließ, dass ein Mensch dem anderen ein Leid antat? Die überraschende Erleichterung verjagte alle Wolken mit einem Trauerrand. Sie machte das Leben erst sanft und dann erträglich. Der Befreite labte sich an der Hoffnung. Sie präsentierte sich ihm, wie einst Noah auf seiner Arche, als Regenbogen, doch in dem Moment, da er nach der Taube mit der Friedensbotschaft im Schnabel Ausschau hielt, bedrohte ein schriller Pfiff alles irdische Glück. Der Zug fuhr weiter. Walter entdeckte das Bahnhofsschild, doch es verschwand im Dämmergrau, ehe er es lesen konnte. Schon sah er die Funken fliegen, rotgold und strahlend und schön wie zu Hause die Sternschnuppen, die vom Augusthimmel regneten. »Geh wieder ins Bett«, rief die Mutter, »du hast dir genug gewünscht. Morgen musst du früh raus.«

Auf einem Gleis kurz hinter dem Bahnhof stand eine kleine Schiebelok. Walter nickte ihr zu. Ihm war eingefallen, dass Schiebeloks typisch für Liegnitz waren. Der Liegnitzer Bahnhof lag in einer Kurve, und die kleinen Loks, die dort an den Zugschluss gesetzt wurden, waren zum Wiederanfahren nötig. Es bekümmerte den kundigen Reisenden allerdings, dass er Liegnitz nicht bewusst wahrgenommen hatte. Den Göttern, die nun für ihn zuständig waren, hielt er vor, dass ein Emigrant kein Urlauber war. Für einen, der seine Heimat für immer verlassen musste, war es wichtig, an jeder einzelnen Station mit den Augen und mit dem Herzen Abschied zu nehmen. Solange der Zug noch in Schlesien war, erst recht.

Kaum saß er wieder, wurde die Tür zum Abteil kräftig aufgestoßen. Die »Berliner Illustrirte« fiel raschelnd vom Tischchen am Fenster auf den Boden, Glasscheiben zitterten. Walter zuckte zusammen. Er hatte eine Dreiviertelstunde keinen Menschen gesehen und fünfundvierzig Minuten lang mehr Selbstgespräche geführt als je zuvor in seinem Leben. Auf eventuelle Mitreisende war er nicht mehr eingestellt – nur noch auf den Schaffner und die Fahrkartenkontrolle. Wie ein Überführter, der kurz davor ist, seine Schuld zuzugeben, starrte Walter seine Schuhe an. Seine Hände bebten, als er seine Aktentasche aufmachte. Ihn irritierte ein unverschlossenes weißes Couvert. Walter war ganz sicher, er hätte es noch nie gesehen. Heini Wolfs Schrift, die sich über die ganze Vorderseite des Briefumschlags zog, erkannte er ebenfalls nicht. Sein Herz begann zu rasen, er spürte einen Drang zum Niesen und versuchte, ihn zurückzuhalten. Die Nase juckte, die Augenlider flatterten. Immer tiefer verirrten sich die Gedanken in einem Labyrinth aus Furcht und Widerwillen.

»Nein«, wehrte sich Walter.

Erst als sich der Mann räusperte und dies ungewöhnlich laut, kam ihm die Erinnerung. Der fürsorgliche Heini hatte die Fahrkarte und eine Zollinhaltserklärung für die beiden großen Koffer in den Umschlag gesteckt. »Da siehst du eher wie ein ordentlicher deutscher Handelsreisender aus und nicht wie ein Nebbich, der darauf brennt, aus diesem Prachtland herauszukommen«, hatte Heini gesagt.

Beklommen, weil er den Schaffner, der ja schließlich eine Amtsperson war, ungebührlich lange hatte warten lassen, schaute Walter nach oben. Statt der roten Kopfbedeckung dieser Amtsperson sah er eine dunkelgraue Schirmmütze. Ausgerechnet die kam dem ängstlichen Italienreisenden bekannt vor. Er nahm mit den Augen Maß, entdeckte in einem schweren grauen Mantel eine vierschrötige Gestalt, und wie einer, der sich seinen Schmerz nicht anmerken lassen will, biss er die Zähne aufeinander. Noch traute Walter der Wirklichkeit nicht, und doch gab es keinen Zweifel. Er kannte die Schultern, die Brust und den Bauch, die in dem Mantel steckten, so gut wie sich selbst.

Noch wagte Walter keine Bewegung, keinen Atemzug,

kein staunendes Wort. Schon gar nicht wagte er, den trommellauten Jubel aus sich herauszulassen. Die graue Mütze wurde abgesetzt. Auch die war Walter vertraut, so vertraut wie der eigene Hut, denn seit sechs Jahren, zu Hause und auf Reisen, bedeckte sie einen dicht gewachsenen Busch von sperrigem grauen Haar. Walter sprang auf. Die zwei Schritte in Richtung der Abteiltür, die ihn noch vom einzigen Freund trennten, der ihm in der Not geblieben war, machte er wie einer, den die Last des Lebens noch nicht einmal gestreift hat. So löste sich auf einen Schlag das Rätsel, das ihn schon als Kind beschäftigt hatte – wie es einem Menschen ergeht, dem im Schlaf Flügel gewachsen sind. Nur die Lippen waren noch gelähmt und die Zunge schwer. Stumm drückte er Josef Greschek aus Leobschütz an sich. Vom Mantel, der feucht war vom Liegnitzer Schnee und nun in der Wärme des Zugabteils wie ein Suppentopf auf dem Herd dampfte, erreichte ihn der Duft, der auf immer Heimat bedeuten würde.

Beide atmeten im gleichen Takt, schnauften wie alte Männer, die erst sich und dann den Weg zum Ziel überschätzt haben. Sie keuchten, als hätten sie an einem Tag einen Baum gefällt, ein Feld gerodet und die Heuernte eingebracht. Wie Brüder, die ein Leben lang getrennt gewesen sind und die der Zufall wieder zusammengeführt hat, hielten sie einander fest. In einem Zeitraum, der noch keine zwei Herzschläge währte, durchlebten sie sechs Jahre Verbundenheit, und die erschienen ihnen so lang wie sechzig. Als sie ausatmeten, hätten sie nicht zu sagen vermocht, ob sie Schulbuben waren, die das Leben vor sich hatten, oder Greise, die in die letzte Schlacht zogen. Der eine war dreiunddreißig und hatte die Figur eines Jünglings, Greschek war acht Jahre älter und sah aus, als wäre er nie jung gewesen. Das erlösende Wort fand keiner von beiden.

Walter hatte nie gewagt, Emotionen zu zeigen. Er war im Weltkrieg aufgewachsen und sollte, wie jeder deutsche Junge, dessen Vater mit Stolz des Kaisers Rock trug, ein deutscher Patriot werden, der den Tod fürs Vaterland als Ehrenpflicht empfand. Der andere hielt Helden für Dummköpfe und weinte dem Kaiser in Doorn keine Träne nach. Ihm war der Wortschatz nicht gegeben, um das auszudrücken, was er fühlte. In nahezu jeder Situation hielt er es für aussagekräftig genug, wenn er den Kopf schüttelte und missbilligend mit der Zunge schnalzte.

»Mensch, Greschek, dass ich das noch erlebe! Sie sind ja total verrückt. Oder ich. Wahrscheinlich sind wir's beide. Wo kommen Sie bloß her? Hier auf dem Bahnhof habe ich keinen Menschen gesehen. Noch nicht einmal den verfluchten Hund, der die ganze Zeit gejault hat. Wahrscheinlich bin ich besoffen, obwohl ich keinen Tropfen getrunken habe! Oder schon nervenkrank. Wie weit können Sie denn mitfahren?«

»Ich hab doch gesagt, dass ich komme, Herr Doktor. Seit wann glauben Sie einem ehrlichen Mann nicht?«

»Seit wann sind Sie ein ehrlicher Mann?«

In Liegnitz hatte Greschek zwei Stunden Aufenthalt gehabt. Wegen einer Gruppe von Pimpfen, die sich abwechselnd balgte, sich lautstark scheußliche Mutproben ausdachte und ebenso grässlich Mundharmonika spielte, war er nur zwanzig Minuten davon im Wartesaal gewesen. Die restliche Zeit hatte er auf einer Bank am Bahnsteig gesessen und sich Gedanken über die neuen Herrenmenschen gemacht, die die Welt verändern wollten und noch nicht einmal imstande waren, ihre Söhne so zu erziehen, dass sie ordentliche Leute nicht belästigten. Er war durchgefroren und steif. Ächzend setzte er sich auf den Platz neben Walter. Trotzdem bückte er sich schon nach einigen Sekunden, um die Zeitschrift aufzuheben, die einem Juden deutlich gemacht hatte, wohin er gehörte. Aus seiner Jackentasche holte er ein abgeschabtes ledernes Etui und nahm eine Zigarre heraus.

Das silberne Taschenmesser, mit dem er die Spitze abschnitt, hatte ihm Walter zum vierzigsten Geburtstag geschenkt. Zwei Wochen vor dem Abschied von Leobschütz war das gewesen. In Grescheks winzigem Garten vor dem kleinen Haus blühten gerade die Rosen. Regina war mitgekommen, um zu gratulieren. Sie hatte weiße Kniestrümpfe mit Bommeln angehabt, und Grete hatte noch wochenlang von den Strümpfen geschwärmt. »So ein teures Geschenk«, hatte sie bedauert, »wird der Herr Doktor aber nicht mehr abessen können, bis er fort muss.«

»Warte nur, bis alles vorbei ist«, hatte Greschek gesagt. »Das dicke Ende kommt immer schneller, als die hohen Herren erwarten. Das weiß ich noch vom Krieg. Von wegen tausend Jahre.«

Als er den Henkelkorb mit der weißen Serviette und der Thermosflasche bemerkte, den Walter in einer Reflexbewegung wieder zwischen die Beine geklemmt hatte, nickte er. »Den hat Ihnen Frau Ina mitgegeben«, erkannte der Menschenkenner. »Sie ist eine gute Frau, Ihre Schwiegermutter. Aber die Guten sind immer auch die Dummen. Ich werde mich um sie kümmern müssen. Das habe ich mir schon vorgenommen, als ich das letzte Mal in Breslau zu Besuch war. Sie wird es nicht leicht haben mit dem Fräulein Käthe, wenn die Frau Doktor und das Kind weg sind. «

»Greschek, Sie kennen doch meine Schwiegermutter kaum. Warum tun Sie das für uns?«

»Weil ich's so gelernt habe von meinem Vater. Der hat immer gesagt, es ist eine Sünde, auf Menschen loszugehen, die sich nicht wehren können. Dem Schuhmacher Smolinsky hat er drei Zähne ausgeschlagen. Der hat vor unserem Haus seinen Sohn mit einem Ochsenziemer verprügelt. Ich seh' das Blut heute noch spritzen.«

»Machen Sie das bloß nicht nach, mein Freund. Denken Sie immer dran, dass Sie keinen Anwalt mehr haben. Sie lassen sich sowieso ganz schön auf was ein. Und wer weiß, was noch kommt.«

»Ich, Herr Doktor. Ich weiß genau, was noch kommt. Und Sie auch. Es kommen noch viel schlimmere Zeiten. Das ist nur der Anfang.«

»Der Anfang von was?«

»Das wissen Sie so gut wie ich. Sonst würden Sie nicht zu den Negern rübermachen. Sie wissen ja selbst, dass die keinen Rechtsanwalt brauchen. Aber denken Sie heute nicht an morgen. Das verdirbt einem Menschen nur den Appetit. Heute essen wir beide so viel, bis wir Bauchschmerzen haben. Wer Bauchschmerzen hat, vergisst jeden anderen Kummer. Hat mir meine Großmutter immer gesagt, wenn ich als Junge einen Leib wie eine Mastsau hatte, weil ich Wasser auf Kirschen getrunken hatte. Das mit dem Essen müssen Sie mal ausprobieren. Das funktioniert wirklich. Sie sehen ja, ich habe auch einen Korb mit. Grete hat Ihnen extra Krakauer mit Knoblauch vom Schlachter geholt. Wissen Sie noch? Sie haben die Krakauer immer so gern bei uns gegessen und wegen dem Knoblauch durften Sie nicht, wenn Sie noch aufs Gericht mussten.«

»Da sehen Sie mal, wozu die Nazis alles gut sind. Ich kann jetzt Krakauer mit Knoblauch essen, wann immer ich will, so viel ich will und wo ich will. Sogar in Afrika.«

»Meinen Sie, dort wird es Krakauer geben?«, fragte Greschek.

»Bestimmt nicht«, wusste Walter. »Ich wollte mir nur mal wieder selbst klarmachen, dass dem Leben solche aberwitzigen Scherze nie ausgehen.«

Heini Wolf hatte ihm geraten, in Dresden auszusteigen und dort den Italienzug zu nehmen, der um ein Uhr nachts an der deutschen Grenze sein würde. Die drei Stunden in Dresden sollte er zu einem verspäteten Mittagessen nutzen. »Fünf Minuten Laufzeit vom Bahnhof«, hatte Heini empfohlen. »Dort kann dein Magen so gut und so billig von unserem geliebten Vaterland Abschied nehmen wie sonst nirgends in der Stadt.«

»Ich könnte mir vorstellen, dass mein Gemüt sich mit einer Henkersmahlzeit noch ein bisschen schwertun wird«, hatte Walter eingewandt, »ich hab mir sagen lassen, zu Henkersmahlzeiten braucht man eine gewisse Routine, ehe sie einem richtig gut schmecken.«

Seine Stimmung war von zwei Gläschen Schlehenschnaps ein wenig angeheitert, so ähnlich wie in seiner Studentenzeit, als er immer wieder vergebens probiert hatte, mit seinen trinkfesten Bundesbrüdern mitzuhalten. Wehmütig dachte er an sein drittes, in Heidelberg verbrachtes Semester. Er hatte es nie vergessen können und Jettel nie anhaltend verziehen, dass sie ihn mit ihrem Jammern und ihrer Eifersucht für das restliche Studium zurück nach Breslau gelockt hatte. Erst überfiel ihn die Melodie

von »Gaudeamus igitur«, und dann ging ihm »Alt-Heidelberg, du feine« nicht aus dem Sinn. Obwohl der Zug
durch den Winter fuhr und der Reisende in Richtung
Afrika glaubte, er hätte alle Erinnerungen begraben, die
einen Mann auf der Flucht schwächen könnten, wurde es
Sommer und wundermild. Walter sah das Heidelberger
Schloss, den Königsstuhl im Mondschein und das Karls-
tor, sah Brücken, Türme und Giebel. Am Neckar stand
ein Gasthaus und am Fenster mit den schönen Butzen-
scheiben die Kellnerin Fanni. Sie schielte leicht, hatte
kastanienbraune Zöpfe, so lang wie die von Rapunzel,
und einen Hang zu Studenten, die mütterliche Instink-
te in ihr wachriefen. Fast hätte Walter seine Jettel mit
Rapunzel betrogen – es wäre dann das einzige Mal gewesen –, doch dank des badischen Weins, den er ja
nicht gewöhnt war und den er, um zu sparen, ohne zu
Abend zu essen, getrunken hatte, war die keimende
Romanze schon mit dem Prolog beendet worden. Rapunzel war nicht nachtragend. Dem schüchternen Jüngling
aus Breslau kredenzte sie zum Andenken die mit goldenen Weinranken verzierte Speisekarte ihres Arbeit-
gebers. Das Menü hatte Walter jahrelang aufgehoben.
»Und nun«, sagte er, »fresse ich aus dem Papier und sauf
aus der Flasche. Wie ein Sohrauer Stallknecht.«
»So etwas dürfen Sie nicht so ernst nehmen, Herr Doktor«, riet Greschek, »das macht nur krank im Kopp.«
»Noch kränker kann mein Kopf nicht werden«, seufzte
Walter.
Es erschien ihm als eine besonders hinterhältige Provokation des Schicksals, dass sein Appetit absolut nicht
durch die Aufregung des Abschieds gelitten hatte. Er
schalt sich einen herzlosen, verfressenen Egoisten, aber

er konnte nicht umhin, jeden Bissen von Gretes selbst gebackenem Brot als ein Geschenk der Götter zu genießen. Jedenfalls so lange, bis er an seine Frau und sein Kind dachte und umgehend auch an die Geschichten, die sich die Menschen erzählten, während sie auf ihre Auswanderungspapiere warteten. Als der Zug in Görlitz einfuhr, hatte er dennoch zwei Krakauer und zwei Schmalzstullen gegessen und zusammen mit Greschek den größten Teil der Schnitten mit Inas Eierhäckerle. Greschek weigerte sich, an die Mohnklöße zu gehen. Walter argumentierte, er hätte sich Jahr für Jahr zu Silvester den Magen fürchterlich an Mohnklößen verdorben. Nun wolle er einmal in seinem Leben vernünftig sein und sich zurückhalten, doch innerhalb von zehn Minuten hatte er die ganze Schüssel geleert.

»Mich wundert«, überlegte er, »dass Grete um diese Jahreszeit überhaupt Mohnklöße macht. Wir haben doch nicht Weihnachten.«

»Sie wird gewusst haben, dass Sie keine mehr kriegen, Herr Doktor. Grete ist so eine. Sie redet nicht viel, aber meistens weiß sie viel mehr, als man ihr zutraut. Ich hatte mal einen Hund, der genauso war. Frido hieß er. Den hatte ich richtig gern.«

»Das müssen Sie Grete mal erzählen. Frauen schwärmen für solche Geschichten. Haben Sie vielleicht von Ihrem Herrn Hund gelernt, nicht auf eine Frage zu antworten?«

»Wieso?«

»Ich hab Sie vor einer Stunde und zehn Minuten gefragt, wie weit Sie mitfahren können, und ich warte immer noch auf eine Antwort.«

»Bis Genua natürlich«, sagte Greschek. Er leckte das Eierhäckerle vom Taschenmesser und wischte seine Hände

an der grünen Fenstergardine ab. »Was haben Sie gedacht?«, fragte er vorwurfsvoll. »Ich lass' Sie doch nicht
in Ihrem Zustand allein zu den Italienern fahren. Die
sind doch ganz unberechenbar, unsere neuen politischen
Freunde. Seitdem die ihren Mussolini haben, sind sie
noch viel schlimmer geworden. Erst neulich habe ich
gelesen, dass sie sogar Vögel fressen.«

»Wir doch auch. Oder haben Sie noch nie eine gebratene
Taube gegessen? Ich bin gar nicht auf die Idee gekommen, dass Sie bis Genua mitfahren. Das kann ich auch
gar nicht annehmen. Das kostet Sie ein Vermögen, und
wer weiß, ob sich nicht in Leobschütz herumspricht, dass
ein ehrenwerter katholischer Geschäftsmann einen nicht-
arischen Volksschädling ins Exil begleitet hat.«

»Ja, glauben Sie, ich lass mir von den Nazis verbieten,
dass ich zu meinem Papst fahre.«

»Der wohnt nicht in Genua, mein Freund.«

»Da können Sie mal wieder sehen, dass man auf den nicht
zählen kann. Jedenfalls habe ich mich nicht umsonst mit
den beiden Decken hier abgeschleppt. Grete hat sie mir
für uns beide mitgegeben.«

»Ich weiß wahrhaftig nicht, wie ich Ihnen danken soll,
Greschek. Sagt man bei Ihnen nicht: Gott vergelt's?«

»Sagt man das denn bei Ihnen nicht?«

»Bei uns vergilt Gott gerade den Umstand, dass wir mal
um das Goldene Kalb getanzt sind und dass sich viele
jüdische Rindviecher haben taufen lassen, um zu der feinen Gesellschaft zu gehören, die ihnen jetzt beweist, dass
man seinen Glauben nicht aufgeben kann wie einen Mantel an der Theatergarderobe.«

»Das wusste ich nicht.«

»Die auch nicht, die sich haben taufen lassen. Die dachten, sie hätten fürs Leben ausgesorgt. Schade, dass man von der Bahn aus so wenig von Görlitz sieht. Ich hab mal einen Studienfreund besucht, der sich dort als Kinderarzt niederließ, und wollte der Peter- und Paulskirche zum Abschied winken. Und der Brücke über die Neiße. Fragen Sie mal Regina, was sich auf Neiße reimt.«

»Ich kann mir denken, was Sie ihr beigebracht haben.«

»Heil Hitler!«, rief der Schaffner. »Die Fahrkarten. Ich bin aufgehalten worden.«

Er war ein klein gewachsener Mann und sein rechter Arm durch eine Verwundung im Krieg nicht so beweglich, wie es lebensnotwendig war, seitdem die hochgestreckte Rechte für Führertreue und politische Verlässlichkeit stand. Weil nach einem Gasangriff an der Westfront auch seine Stimme nur bedingt tauglich für einen deutschen Beamten war, ersetzte er die fehlende Autorität durch Haltung und aufeinandergepresste Lippen. Die von ihm erwähnte Verzögerung hatte als unerfreuliche Auseinandersetzung mit einem Reisenden in der zweiten Klasse begonnen. Im Verlauf des Gefechts hatte der sich als ein in Zivil reisender Oberst entpuppt. Dass der unglückliche Schaffner die Zusammenhänge zu spät begriffen hatte, hatte enorm an seinen ohnehin schwachen Kräften gezehrt. So kam es, dass er Walters Fahrkarte nur sehr flüchtig anschaute und gar nicht auf die Idee kam, dass er es mit einem Juden zu tun hatte, der im Begriff war auszuwandern. Bei Greschek wurde der Reichsbahner durch einen Ruf im Befehlston aus dem Nachbarabteil abgelenkt. In Erinnerung an den verkannten Oberst fluchte er leise und zog sehr laut die Tür zu.

»Prost«, sagte Greschek. Er entkorkte die Flasche und hielt sie Walter hin. Wer ihn nicht kannte, hätte ihm ein

Zwinkern unterstellt. Der Verdauungsschnaps wirkte umgehend und gründlich. Nur in den ersten zwei Minuten war es Walter peinlich, dass sein Begleiter mit offenem Mund schlief und so entspannt schnarchte, als gehöre ihm die Welt. Dann schlief auch er ein, obgleich auf dem Gang die Mutter mit dem zahnenden Kind stand und es wieder weinte.

Es waren unbarmherzig deutliche Träume, die Walter zurück in die Angst holten. Er sah die Linden vor seinem Vaterhaus stürzen, und er sah alle Häuser am Leobschützer Ring brennen. Als er aufwachte, war ein Ehepaar zugestiegen. Der Mann hatte das Parteiabzeichen im Knopfloch seines grauen Jankers. Auf der wogenden Brust seiner Frau baumelte ein beruhigendes Kreuz in Elfenbein. Die beiden Italienreisenden waren jedoch von der Zeit geschult, sich auf das Wesentliche zu konzentrieren. Sie ließen sich von dem Kreuz nicht in die Irre führen und widmeten dem Parteiabzeichen die besondere Beachtung, die einem Parteiabzeichen im Jahr 1938 zustand. So kam es, dass Walter Redlich und Josef Greschek kein Wort mehr sprachen, ehe sie in Dresden ausstiegen.

3

ENDSTATION FRIEDHOF

München–Genua, 9. Januar 1938

»Sind wir denn schon raus aus Klapsburg?«, grunzte Greschek.

»Coburg«, verbesserte Walter. »Ehe Sie einschliefen, waren Sie klüger. Da hatten Sie sogar von Sachsen-Coburg-Gotha gehört.«

»Und was soll daran klug sein, Herr Doktor? Aus Gotha beziehe ich meine Kabel und Schalter. Seit Jahren.«

Greschek, der Schlips verrutscht und die obersten zwei Knöpfe seines Hemdes offen, verschränkte die Arme hinter dem Kopf und schüttelte die Beine aus.

»Mann, leben Sie auf großem Fuß. Das muss hilfreich sein in solchen Situationen, bei denen es auf Kraft und Umfang ankommt.«

»Aber nicht beim Schuhekaufen. Meine muss ich mir immer beim Schuster Zilinsky in Ratibor machen lassen, und glauben Sie mir, der nutzt jede Notlage aus.«

»Wer tut das nicht? Denken Sie nur an Jakob. Der hat die Kurzsichtigkeit seines hungrigen Bruders ausgenutzt und ihn mit einer Schüssel Linsen um sein Erstgeburtsrecht gebracht. Ich kann nie Linsen essen, ohne daran zu denken.«

»Was Sie aber auch alles wissen. Professor hätten Sie werden können, wenn Sie nur gewollt hätten.«

»Und wo wäre ich heute? Auch ein Mann, den man mit einem Tritt in den Hintern aus dem Amt gejagt hat und der im besten Fall unterwegs nach Genua ist. Den jüdischen Professoren ist es besonders früh an den Kragen gegangen. Die hatten ja auch oft Kollegen, die nicht abwarten konnten, sich auf Stühle zu setzen, für die sie nicht geschaffen waren.«

Grescheks Schuhe standen unter dem Sitz, mit den Schnürbändeln aneinandergebunden – wie er es von seinem Bruder Waldemar gelernt hatte, dem einmal beim Baden der linke Stiefel in einen See gefallen war und der dafür statt Mittagessen zwei Ohrfeigen kassiert hatte. Ein halbes Jahr danach war Waldemar in der väterlichen Jauchegrube ertrunken und die Mutter stumm geworden. Josef, der jüngste Bruder, erinnerte sich immer dann an die häusliche Tragödie, wenn seine Schuhe nicht vor dem eigenen Bett standen.

Es gab wahrscheinlich nur wenige Menschen, die beim Aufwachen so ungeniert laut und so unappetitlich gähnten wie Walters Reisebegleiter. Greschek starrte abwechselnd in die sternlose Nacht und zu den Koffern in der Ablage. Er empfand die fahle Deckenbeleuchtung als eine Sparmaßnahme, die den Ruf der gesamten Reichsbahn schädigte. Vor allem erschien sie ihm als Provokation für einen Elektriker, der es so weit gebracht hatte wie er und der in Leobschütz sowohl Lampen als auch Glühbirnen verkaufte, die sich in jedem Geschäft in Breslau hätten sehen lassen können. »In jedem«, murmelte er.

Auch fünf Minuten nach dem Wachwerden fühlte sich Greschek wie betäubt. Er konnte sich gerade noch erinnern, dass sich vor einigen Stunden die Landschaft so plötzlich verfinstert hatte wie zu Zeiten von Moses, als

Gott die Ägypter mit der großen Finsternis dafür bestraft hatte, dass sie die Juden quälten. »Vielleicht wiederholt er ausgerechnet heute seinen großen Glückswurf und wir können wieder nach Hause fahren«, hatte Walter gesagt. Weniger klar bewusst war Greschek im Moment des Aufwachens, wie entscheidend der besonders feine Weinbrand aus Frau Inas Korb und der Schlehenschnaps aus Leobschütz den Gemütszustand der Reisenden beeinflusst hatten. Bei Walter hatte die ungewöhnliche Mischung zu einem lang anhaltenden Dämmerzustand geführt, den er im Nachhinein als ein besonderes Geschenk von Morpheus empfand, bei Greschek zu einem bleiernen Abtauchen aus der Wirklichkeit. Trotzdem funktionierte sein Gedächtnis immer noch so gut wie sein Instinkt.

Die Unterhaltung mit Walter war ihm auf alle Fälle so präsent, als wäre er nie eingeschlafen. Bis unmittelbar vor Coburg hatten die beiden über den Ehemann Königin Victorias gesprochen, der ja aus Coburg stammte und der Großvater Kaiser Wilhelms II. war. Greschek hatte es sehr beeindruckt, dass Walter nicht nur über den Mann sprach, als würde er ihn persönlich kennen, sondern dass er so getan hatte, als wäre der Großvater eines Kaisers und der Gatte einer Königin ein ganz gewöhnlicher Mann. »Der arme Tropf«, hatte der Herr Doktor gesagt, »hat ja auch auswandern müssen. Nach England.«

»Damals hat es doch noch gar keinen Hitler gegeben«, hatte Greschek eingewandt.

»Der Liebe wegen, Greschek, ist er losgezogen. Seine Heimat für eine Frau aufzugeben muss noch schlimmer sein, als rausgeschmissen zu werden. Denken Sie an den englischen König. Erst vor zwei Jahren hat der den Thron eines Weltreichs gegen ein Bett eingetauscht, in dem jetzt eine geschiedene Amerikanerin hockt.«

Das Gespräch hatte Greschek schon deshalb fasziniert, weil es ihm stets schmeichelte, wenn er mit Themen konfrontiert wurde, die bei einem Mann mehr als einen durchschnittlichen Verstand und eine abgeschlossene Volksschulbildung voraussetzten. Mit dem ungewöhnlich interessanten Ausflug in die Vergangenheit war es jedoch auf einen Schlag vorbei gewesen. In Coburg waren drei junge Männer eingestiegen, zwei davon mit Gamsbart auf ihrem Trachtenhut, der dritte mit einem Kopfverband. Sie hatten eine Sprachfärbung und eine Ausdrucksweise, die einen Mann aus Oberschlesien, der noch nie weiter südlich als bis an den Neckar gekommen war, sehr unsicher machten. Außerdem hatten die drei Bayern ihre Koffer so hingestellt, dass den anderen beiden Reisenden weit weniger Platz blieb, als ihnen zustand. Ebenso dominierend setzten sie ihre Beine und Ellbogen ein.

In der Vorhitlerzeit hätte Walter mit leidlich freundlichem Gruß das Abteil gewechselt, und Greschek hätte gewiss einige bildhaftere Ausdrücke gefunden, um deutlich zu machen, dass er Rücksichtslosigkeit bei der Jugend missbilligte. Unter Gegebenheiten aber, in denen die Minderheit sich nur durch Schweigen vor dem Angriff der herrschenden Klasse schützen konnte, verkrochen sich die Italienreisenden verängstigt in ihre Mäntel. Der eine überlegte, ehe er einschlief, ob die drei stimmstarken Männer von ihren Vätern, so wie doch er selbst in seiner Jugend, nicht auch gelernt hätten, dass Höflichkeit und Achtung vor anderen Menschen Christenpflicht sei. Eher verwundert als wirklich zufrieden dankte Walter dem Schicksal, dass er so schnell die Verhaltensregeln begriffen hatte, die einem verfemten Flüchtling anstanden.

In Augsburg war das lärmende Trio mit dem früh entwickelten Traum vom Lebensraum ausgestiegen. Mithin war das Abteil wieder ein Ort der relativen Freiheit und des nächtlichen Friedens. Walters neue Armbanduhr, ein Geschenk seines Vaters beim Abschiedsbesuch in Sohrau, zeigte an, dass dem 8. Januar 1938, der so erregend begonnen hatte, nur noch zwanzig Minuten beschieden waren. Es waren mithin nur noch neunzehn Minuten bis München. Walter wurde erst schweigsam und danach von lange vergessenen Jugenderinnerungen heimgesucht, die ihn in ihrer Deutlichkeit beklommen machten. Seit seinem zehnten Lebensjahr hatte er sich immer wieder gewünscht, München kennenzulernen. Im Juni 1914 war ein Handelsvertreter aus München in »Redlichs Hotel« abgestiegen, Trachtenstoffe, Bordüren und Hornknöpfe im Gepäck, die das Entzücken der Frauen erregten. Außerdem besaß er drei Packungen weißer Würste. Der ungewöhnliche Gast ließ sie in der Hotelküche wärmen und aß sie mit einem bräunlichen Mostrich, den er in einem Glas mit sich führte und als »süßen Senf« bezeichnete. Walter hatte es sich in den Kopf gesetzt, von dem Mostrich aus dem fernen deutschen Land zu kosten, doch er bekam nie welchen. Trotzdem gefiel ihm der Bayer mit dem enormen Appetit. Er war stets liebenswürdig und besonders kinderlieb. Sein langer, dichter Bart, die buschigen Augenbrauen und speckigen Lederhosen, die in weißen Strümpfen steckten und den Hosen ähnelten, die im Sommer von den Gutsbesitzern zum Reiten getragen wurden, machten ihn zur Attraktion von Sohrau. In den Abendstunden saß er oft auf der Bank vor dem

Hotel und rauchte eine Pfeife mit einem weißen Kopf, die gleichfalls Aufsehen erregte. Morgens, wenn er in einer gemieteten Droschke loszog, um die Dörfler der Umgebung für Trachtenstoffe und Hornknöpfe zu gewinnen, verabschiedete er sich mit einem herzhaften »Grüß Gott«. Wenn Walter das hörte, stellte er sich vor, die Leute aus München wären auserwählt und würden in unmittelbarer Nähe von Gott wohnen. Auch als er dazu überging, die Menschheit differenzierter zu sehen, blieb der Wunsch, den schönen frommen Gruß einmal an Ort und Stelle zu hören – und endlich einmal ein weißes Würstchen mit bräunlichem, süßlich schmeckenden Mostrich zu essen.

»Grüß Gott«, seufzte er. Seine Stirn pochte. Er kühlte sie an der Fensterscheibe. »Schon wieder eine Gelegenheit, die ich verpasst habe. So schnell werde ich nicht mehr nach München kommen.«

»Ab der Grenze«, tröstete Greschek, »ist München auch nur eine Stadt wie jede andere. Von wegen Hofbräuhaus und Feldherrnhalle und dem ganzen Nazizirkus. Schauen Sie doch lieber mal nach, wann und wo die Grenze überhaupt kommt. Herr Wolf hat uns ja alles genau aufgeschrieben.«

»Das weiß ich auswendig. In einer Stunde und fünfunddreißig Minuten. In Kufstein schert es die Leute einen Dreck, ob sie am deutschen Wesen genesen oder nicht. Und wenn die von einem ›Braunen‹ sprechen, meinen sie einen Kaffee und keinen Nazibonzen. Du glückliches Österreich, heißt es in der Geschichte.«

»Ich weiß oft nicht, wovon Sie reden. Ist es Ihnen nicht langweilig, mit mir zu reisen? Das habe ich mich schon früher gefragt, in Prag und damals in Karlsbad.«

»Dafür wissen Sie, wie einer in einer Zeit, in der nur noch der Teufel das Sagen hat, ein Mensch bleibt. Für den Fall, dass mich in Afrika ein Löwe frisst, vergessen Sie nicht, dass ich das gesagt habe. Nie. Ach Greschek, ich wollt, ich wäre zwei Stunden älter. Vielleicht kann ich da schon wieder lachen, dass ich mir vor der Grenze fast in die Hose geschissen habe.«

»Wovor sollen wir denn Angst haben? Die Nazis sagen doch immer, sie sind froh über jeden Juden, der rausgeht aus Deutschland.«

»Und wie wollen Sie Ihre Reise erklären, mein Freund? Sie haben nur einen jüdischen Kopf, und den sieht man Ihnen nicht an. Der Kopf rechtfertigt laut Gesetz auch keine Auswanderung. Im Gegenteil. Wer wie Sie einen Stammbaum mit vier arischen Großeltern vorweisen kann, hat Volk und Führer zu dienen. Bis zum letzten Blutstropfen.«

»Es wird doch nicht verboten sein, sich vorher unsere geliebten italienischen Brüder anzuschauen.«

»Den Wunsch glaubt Ihnen noch nicht einmal Hitler persönlich. Sagen Sie lieber, Sie wollen weiter nach Neapel reisen und dort sterben. Das klingt zwar ebenso unwahrscheinlich, ist aber von Goethe. Von dem haben selbst die Nazis schon mal gehört.«

»Die Nazis und der Josef Greschek. Die Frau Ina wohnt doch in der Goethestraße.«

Die letzten Lichter von München waren noch zu sehen, als ein hagerer Mann mit zwei großen Koffern ins Abteil stolperte. Er atmete, als hätte er rennen müssen, um den Zug zu erreichen, und er klemmte, wie Walter es bei der Abfahrt aus Breslau getan hatte, seine Aktentasche fest unter den Arm. Auf den ersten Blick sah er dem Handlungsreisenden aus »Redlichs Hotel« ähnlich – schon wegen des moosgrünen Huts. Einen Bart hatte er zwar nicht, dafür einen Schnurrbart, der sehr großstädtisch wirkte; er lachte mit tiefer Stimme und schmetterte laut »Grüß Gott«. Allerdings bemerkte Walter sofort, dass der Gruß überdeutlich artikuliert war.

Der Gesichtsausdruck war ängstlich, die Augenlider flatterten. Das seltsam klingende »Grüß Gott« und der Umstand, dass der Mann keinen Schmuck an seinem Hut hatte wie die jungen Leute, die in Augsburg ausgestiegen waren, und dass er sofort fragte, ob der Zug Verspätung hätte oder pünktlich in Kufstein sein würde, ließen bei Walter die erste Alarmglocke klingeln. Er überlegte, ob der unwillkommene Begleiter sich eventuell eigens für die Reise eingekleidet hätte, und wenn ja, weshalb eine Verkleidung nötig wäre. Was vermochten wohl ein bayerischer Hut und ein bayerischer Gruß in einem Zug zu bewirken, der nach Genua unterwegs war?

Vor 1933, das stand für Walter schnell fest, wären alberne Verkleidungen und Sprachspiele allenfalls eine Marotte gewesen, eine harmlose Verrücktheit, für einen zufälligen Zaungast der Szene noch nicht einmal eine Überlegung wert. Nun, da in Deutschland auch die kleinste Verrücktheit verdächtig war, beunruhigte Walter die Vorstellung, ein Mensch müsste sich maskieren, um nicht aus dem genormten Raster zu fallen. Sein Herz klopfte. Er drückte es mit beiden Hände zur Ruhe. Lieber hätte er einen Schluck Weinbrand aus Inas silbernem Flakon genommen, aber er traute sich nicht. Es verwirrte ihn, dass er nicht wusste, weshalb er sich genierte.

Der Mann setzte sich stöhnend und begann in seiner Aktentasche zu wühlen. Seine Nervosität war auffallend, ebenso beunruhigend waren die Seufzer, sein Hüsteln und das wiederholte Kopfschütteln. »Jesus Maria!«, murmelte der nächtliche Eindringling. Aus seinem Mund klang der Ausdruck noch gekünstelter als das »Grüß Gott«. Er knirschte mit den Zähnen, und er wirkte, als wäre er in einem feinen Restaurant beim Diebstahl des Salzstreuers ertappt worden. Auch schien er zu merken, wie genau er beobachtet wurde. Sein Gesicht, zuvor bleich und übernächtigt, war rot, als er hochschaute. Hastig wischte er seine Stirn trocken, sah Greschek an, räusperte sich wie einer, der seine fällige Rede sorgfältig geprobt hat, sagte jedoch nichts. Greschek zog seinen Mantel eng um sich. Er ließ keinen Zweifel an seiner Absicht, auf der Stelle einzuschlafen. Walter fiel ein, dass er in den Abenteuerbüchern seiner Jugend immer wieder von einer »gespenstischen Stille« gelesen und sich jedes Mal über den Ausdruck geärgert hatte, weil er die abstrakte Beschreibung als eine überflüssige Verzögerung der Handlung verabscheut hatte. Mit einem Mal erschienen ihm die beiden Worte ein geradezu ideales Geschwisterpaar, doch kam er nicht mehr dazu, sich Gedanken über die seltsame Beziehung von Lebenslage und Erinnerung zu machen.

Der unruhige Reisende, noch immer im Mantel, stand auf. Zwei Mal ging er von der Abteiltür zum Fenster. Er hatte lange Beine, große Füße und ein breites Kreuz. Wie ein wildes Tier in einem zu kleinen Käfig schien er den Raum zu sprengen. Schnell und rüttelnd fuhr der Zug in eine Kurve. Der Mann musste stehen bleiben, um wieder Halt zu finden. Er lächelte wie ein wohlerzogener Verkäufer, als er Walter seine Aktentasche hinhielt. »Ob Sie die für mich einen kleinen Moment verwahren könnten?«, fragte er. Sein Ton war bittend, die Aussprache deckte sich nicht mehr mit seiner Kleidung. »Ich mag«, fuhr der Demaskierte nach einer Pause fort, »das Ding nicht mit in den Speisewagen schleppen. Das sieht so komisch aus. Eigentlich wollte ich mich gleich aufs Ohr legen, aber ausgerechnet jetzt habe ich einen Durst, als wäre ich durch die Kalahariwüste galoppiert. Das muss von den Rollmöpsen kommen. Ich könnte einen ganzen Eimer aussaufen.«

Es war nicht mehr zu überhören, dass der Mann in Trachtenhut und Lederweste aus Thüringen stammte und auch sonst das war, was Walters Mutter als »nur von weitem koscher« bezeichnet hatte. Seine Sprache erweckte den Eindruck, als hätte er sich eigens die volkstümlichen Ausdrücke zurechtgelegt, mit der er seiner Bitte Farbe gegeben hatte. Redewendungen wie »aufs Ohr legen« oder »einen Eimer aussaufen« passten ebenso wenig zu ihm wie sein bayerisches Dekor. Dass er nicht von einer Wüste im Allgemeinen gesprochen, sondern eine exakte Ortsbestimmung abgeliefert hatte und dazu noch von einem Teil der Welt, für den sich fünfzigjährige Deutsche mit Mantel, Hut und Aktentasche allenfalls intensiv interessierten, wenn sie eine Auswanderung in den südlichen Teil Afrikas erwogen, machte Walter erst recht stutzig.

Mit einem Instinkt, der bei ihm bisher eher unterentwickelt gewesen war, witterte er die Bedrohung. Es war eine Gefahr der neuen Zeit, die er auf sich zukommen sah. Sie tarnte sich meisterhaft und erforderte für den, der zu reagieren hatte, zeitgemäße Charaktereigenschaften: Misstrauen statt Hilfsbereitschaft. Bei dem Gedanken, dass er bereits das Klassenziel erreicht hatte, fühlte sich Walter wie ein Verräter an seinem Glauben. Und an einem Glaubensgenossen! Es war genau die Situation eingetreten, vor der Heini Wolf wiederholt gewarnt hatte: An den deutschen Grenzen tauchten plötzlich Unbekannte auf, die ihren Reisegefährten Papiere oder Päckchen zustecken wollten. Manche lockten ungeniert mit Geldscheinen in beträchtlicher Höhe, andere hatten logische Erklärungen für ihr Ansinnen parat, oder sie erzählten Geschichten, die harmlos genug waren, um aufkommende Ängste zu beschwichtigen. Ahnungslose Reisende, die sich darauf einließen, bis nach der deutschen Grenze einen Handkoffer, Papiere oder auch nur ein Buch oder einen Briefumschlag in Empfang zu nehmen, hatten in der Lotterie des Überlebens ihre Chancen verspielt.

Oft waren die Leute, die ihre Habe nur »ganz kurz in guten Händen« wissen wollten, weil sie auf die Toilette mussten oder etwas im Speisewagen hatten liegen lassen, Gestapospitzel, die ihre vertrauensseligen Opfer dann umgehend beim deutschen Zoll ablieferten. Noch schlimmer: Bei den Bittenden handelte es sich immer wieder auch um Schicksalsgenossen, die ihre Wertsachen oder Geld aus Deutschland schaffen wollten, ohne sich selbst in Gefahr zu bringen. »Die Wege nach Dachau und Buchenwald«, hatte es Heini Wolf formuliert, »sind mit gefälligen Trotteln gepflastert, denen man etwas zugesteckt hat, ehe sie dazu kamen, Nein zu sagen. Beim alten Weißkopf war es ein Buch, das er gegen einen Botenlohn von dreihundert Mark nach Prag schaffen sollte, weil der ursprüngliche Besitzer im letzten Moment zu seiner tödlich erkrankten Mutter gerufen worden war, seine geschäftlichen Verpflichtungen aber einhalten wollte. Für eine solche Berufsauffassung hat doch gerade ein ehemaliger deutscher Richter Verständnis. Leider handelte es sich bei der Lektüre um eine Erstausgabe von Schiller, und so etwas ist bekanntlich eine Antiquität und muss an der Grenze eigens als solche deklariert werden.«

Greschek wusste, dass Weißkopf nie nach Prag gekommen und in Nürnberg schon in der Untersuchungshaft gestorben war. Er brauchte keine Minute Bedenkzeit. »Der Speisewagen«, knurrte er mit der üblen Laune des geborenen Misanthropen, als der er in ganz Leobschütz berüchtigt war, »hat zu. Haben Sie keine Augen im Kopf? Sie müssen doch in München gesehen haben, dass alles dunkel ist. Sie sind doch in München zugestiegen. Oder nicht?«

Trotz aller Überlegungen, die ihn bedrängten, litt Walter mit dem Mann, der immer noch verkrampft vor ihm stand und der probierte, sich nicht von Grescheks einschüchterndem Ton vorzeitig zum Rückzug drängen zu lassen. Wie ein Ertrinkender einen Rettungsgürtel umklammerte der Hilfesuchende seine Aktentasche. Er lächelte gar, doch zu kurz; er hatte weder die Zeit noch die Kraft, seinem Lächeln zu vertrauen. Sein Mund war eine schmale Linie. Die Nasenflügel bebten.

Die Situation war typisch für das Jahr 1938. Walter begriff für alle Zeiten, dass er mehr verloren hatte als seinen Beruf, seine Heimat und seine Ehre. Es war ein Moment, über den er nie hinwegkam. Fünfzig Kilometer vor der Grenze wurde ihm endgültig klar, dass es nicht die großen Schläge des Schicksals waren, die einem Mann verkündeten, was ihm die Stunde geschlagen hatte. Den Alltag mit einem unerschöpflichen Vorrat an Gemeinheiten und Diffamierungen zu spicken war die wirksamste Waffe der Nazis. Schon mit ihrem ersten Schlag hatten sie den deutschen Juden klargemacht, dass sie Ausgestoßene und vogelfrei waren. Vorbei für immer war ab dem 30. Januar 1933 die Illusion vom gleichberechtigten deutschen Bürger jüdischen Glaubens, der im Krieg für seinen Kaiser gekämpft hatte und für alle Zeiten gewiss war, dass das geliebte Vaterland ihm seinen Einsatz danken würde. Spätestens im Jahr 1938 musste allen Juden bewusst sein, dass sie für die Nazis keine Menschen waren.

Als er die Hoffnung verloren gab, eines Tages wenigstens mit gesunden Sinnen und reparabler Seele diesem Albtraum zu entkommen, schaute Walter in die Augen eines Mannes, der ebenso mutlos war wie er selbst. Erschöpft suchte der, der eine Bitte abzuschlagen hatte, nach einer Antwort, die ihn selbst nicht gefährden und den Bittenden nicht demütigen würde. »Niemanden fürchten, keinen verletzen« war das Motto seiner Breslauer Studentenverbindung gewesen. Was war aus dem Ideal geworden? Eine Phrase. Ab damit in die Mottenkiste zu den Mänteln, Lackschuhen und Wollschals und zu all den Erinnerungen, die nur Ballast für eine Afrikareise waren. Verlegen fixierte Walter den bayerischen Hut. Die Situation erschien ihm ebenso absurd und unwirklich wie seiner unwürdig. Sein Lächeln, als tröstende Verbindlichkeit gedacht, entglitt zu einem Grinsen. »Nebbich«, sagte er leise.

Es wurde ihm schwer, sich nicht an die Stirn zu schlagen wie einer, der an seinem Verstand zweifelt. Der sprachbewusste Doktor Walter Redlich, Absolvent eines humanistischen Gymnasiums, seit seinem zehnten Lebensjahr stolz auf seine deutsche Kultur und seine deutsche Erziehung, hatte sein Lebtag keinen jüdischen Ausdruck in

Gegenwart von Nichtjuden gebraucht. »Nebbich« war nicht für die Öffentlichkeit gedacht und schon gar nicht mehr im Nazideutschland. Das gepfefferte, pfiffige, geniale und unverzichtbare Wort aus dem Jiddischen existierte für Walter lediglich, wenn er mit seinen jüdischen Freunden sprach, mit Verwandten und Vertrauten und Eingeweihten. »Nebbich« war ein Lebensbegleiter gewesen, von der Mutter oft gebraucht, ebenso von Vater und Schwester, von Freunden und den Kommilitonen und auffallend oft in den letzten Jahren, da der Strick um den Hals immer sichtbarer wurde. Das variable Wort eignete sich für jede Gelegenheit. Es vermochte, echtes Bedauern auszudrücken oder trotzigen Widerspruch, es war ironisch, deftig und zärtlich, und es führte auf direktem Weg zur Pointe einer Geschichte.

»Nebbich«, in einem Zug der Deutschen Reichsbahn geflüstert, war in diesem verzwickten Ausnahmefall der Auftakt und der Epilog eines Selbstgesprächs. In einem unbedachten Moment war Walter Opfer seines ehemaligen Berufs geworden: Ein Jurist hatte sich kurz, präzise und eindeutig auszudrücken. Deswegen hatte Walter den Mann, der versuchte, arglosen Leuten seine Aktentasche unterzuschieben, in Gegenwart eines Zeugen wissen lassen, dass er ihn für einen unglaublichen, erbarmungswürdigen Trottel hielt – und für einen Bruder in der Not. Mit dem litt er wie mit einem Bruder vom gleichen Blut. Ein geeigneteres Wort als das eine, das jeder Jude kennt, gleichgültig ob für ihn Jiddisch eine Weltsprache ist oder nur noch eine Reminiszenz an untergegangene Zeiten, hätte Walter nicht finden können. Auch der Mann aus Thüringen, der mit einem »Grüß Gott« und einem bayerischen Wams aus Deutschland zu entkommen hoffte und der nicht zögerte, einen Schicksalsgenossen in Lebensgefahr zu bringen, kannte das Wort »Nebbich«, denn er war ein Jude. Ohne ein Wort zu sagen, verließ er das Abteil, den Rücken gebeugt, den Kopf gesenkt. Wie es ihm seine Frau zwei Wochen lang Tag für Tag eingebläut hatte, hielt er die Aktentasche fest unter den Arm geklemmt.

»Ich kann gar nicht so viel kotzen, wie mir schlecht ist«, sagte Walter.

»Besser, Ihnen ist jetzt schlecht, Herr Doktor, als an der Grenze, wenn Sie eine Tasche aufmachen müssen, und da sind irgendwelche seltenen Münzen drin oder Briefmarken oder sonst so ein verfluchter Dreck, der Ihnen das Genick gebrochen hätte, weil Sie zu gutmütig sind«, sagte Greschek. »Wenn ich in diesem Leben noch einmal in eine Kirche gehe, werde ich für Herrn Wolf eine Kerze anzünden.«

»Ich kann mich des Gefühls nicht erwehren, mein lieber Greschek, dass er das brauchen wird. Und wenn Sie schon dabei sind, beten Sie auch für mich und die Meinen. Ich fühle mich sicherer, wenn ein Aufrechter in meinem Namen beim lieben Gott vorstellig wird.«

»Für Sie bete ich sowieso, Herr Doktor. Dazu brauch' ich nicht in die Kirche zu gehen. Was war das eigentlich für ein Wort, das Sie da gesagt haben, ehe der Mistkerl verduftet ist? So schnell wie 'ne angestochene Sau.«

»Das erkläre ich Ihnen, wenn wir über der Grenze sind. S. G. W.«

»Und was heißt das?«

»So Gott will.«

Seit dem Tag, an dem er das Billett für die »Ussukuma« abgeholt hatte, hatte Walter versucht, sich den Abschied von Deutschland vorzustellen. Was geschah mit einem, der keine Rückfahrkarte nach Hause hatte, an der Grenze? Wurde er stumm? Flehte er um Beistand, oder betete er um Mut? Oder wenigstens um Haltung? Konnte ein Mensch, der noch nicht einmal mehr an sich glaubte, überhaupt noch beten? Vielleicht zerriss sein Herz wie in den sentimentalen Küchenliedern, die die Dienstmädchen im Hof von »Redlichs Hotel« sangen, wenn sie die Gänse rupften oder Erbsen pulten. Am Ende erstarrte ein Mann in seiner Abschiedsstunde zur Salzsäule wie Frau Loth. Auch sie hatte einst Gott mit der Gnade der Gefühllosigkeit beschenkt. Oder wurde der Scheidende einfältig und übermütig und sang, die Aktentasche mit den Papieren fest unter den Arm geklemmt, »Muss i denn, muss i denn zum Städtele hinaus«, und wurde er dann noch an Ort und Stelle wegen Erregung öffentlichen Ärgernisses verhaftet?

»Wir sollten jetzt an nichts mehr denken«, erkannte Walter, »ich hab mal gehört, das hilft am besten.«

»Gegen was?«, fragte Greschek.

»Keine Ahnung. Vielleicht gegen Angst. Oder Heimweh und Wut. Oder wenigstens gegen Bauchschmerzen. Ich hab' das Gefühl, mein Kopf ist aus Gummi. Geht denn der Tag nie zu Ende?«

»Er hat ja eben erst begonnen.«

Um ein Uhr fünfundzwanzig hielt der Zug. Weil er erst zehn Minuten später an der deutsch-österreichischen Grenze fällig war, nahmen die meisten Fahrgäste an, es handele sich, wie schon vielfach zuvor, um einen Halt auf freier Strecke. Ein paar Sekunden lang war kein Laut zu hören, in der mondlosen Nacht weder der Himmel noch die Erde zu sehen, keine Menschen und auch nicht die

Gebäude vom Zoll. Dann bellten Hunde, und gleichzeitig gingen Lichter an – grell und bedrohlich für die, die Geiseln ihrer Ängste waren. In den Gängen der Waggons und auch im Freien erschallten Rufe und Kommandos. Eine Stimme, ursprünglich wohl liebenswürdig bayerisch eingefärbt, nun preußisch stramm, befahl: »Alle Reisenden haben den Zug auf der Stelle zu verlassen und vor dem Waggon Aufstellung zu nehmen. Pässe und Reiseunterlagen sowie sämtliche Gepäckstücke sind mitzuführen. Zuwiderhandlungen werden sofortigst geahndet.«

»Es gibt keine Steigerung von sofort«, murmelte Walter.

»Wenn du nicht beizeiten lernst, dich auf das Wesentliche zu konzentrieren, musst du dir eine reiche Frau suchen, die dich ernährt«, schimpfte seine Mutter.

Jettel war keine reiche Frau, sie konnte noch keine Fliege ernähren. Sie war das mittlere Kind eines ursprünglich wohlhabenden Tuchhändlers, der seine Frau und die drei Töchter so verwöhnt hatte, dass er ihnen bei seinem frühen Tod nur Schulden hinterlassen konnte. Jettels Aussteuer hatte aus wunderbarer Bettwäsche, dem Tafelsilber ihrer Großmutter, ihrem kapriziösen Charme und einer Riesenportion Chuzpe bestanden. Weshalb in drei Teufels Namen hatte sie sich ausgerechnet an Walters letztem Tag in Breslau die sündhaft teure Kappe kaufen müssen? Und wozu die albernen weißen Gamaschenhosen für Regina? »Wir schaffen es, Jettel«, flüsterte Walter. Verlegen schaute er Greschek an.

»Vergessen Sie Frau Inas Korb nicht«, mahnte der Taktvolle, »die Henker saufen uns sonst unseren ganzen Schnaps weg.«

»Wenn's nur das ist, brauchen wir für den Rest der Reise keinen Tropfen mehr.«

Auf einen einzigen Blick ließ sich an den verschlossenen Gesichtern und unsicheren Bewegungen der Wartenden erkennen, dass zu Beginn des Jahres 1938 fast ausschließlich Emigranten in Richtung Süden unterwegs waren. Ein junger Polizist, noch von Pubertätspickeln markiert, dirigierte fuchtelnd die eingeschüchterten Wartenden von den Waggons zu zwei niedrigen Zollhäusern. Von deren flachen Dächern hingen lange Eiszapfen, die nachts wie durchsichtige Messer wirkten. Wie scharf mochten die Klingen sein? Die Lokomotive schnaufte noch. Als dürfte sie weiter, wann immer es ihr beliebte! Gemessen am langen Zug, war die Schlange kurz. Es gab viel mehr Männer als Frauen und nur einige Kinder. Sie alle, obgleich aus dem Schlaf gerissen und frierend, warteten schweigend. Zwei Säuglinge verschliefen in den Armen ihrer Mütter den Rauswurf aus ihrer Heimat.

Walter kam der Gedanke, dass sich seit dem Auszug der Kinder Israels aus Ägypten nicht viel verändert hatte. Er und Greschek waren die Letzten in der Reihe; sie konnten nicht genau ausmachen, was am Kopf der Schlange geschah. Jedoch hörten sie Befehle und regelmäßig auch Flüche, die sie allerdings nur nach der Tonlage deuten konnten – die Entfernung zwischen Bayern und Schlesien ließ sich schon nicht mehr nach Kilometern bemessen. Die Stimmen der Herrschenden klangen meistens gedämpfter als befürchtet – im Gegensatz zu dem heftigen Gebell, das entweder auf eine größere Anzahl von Hunden oder auf einen besonders aktiven deutschen Polizeihund hindeutete. Zum ersten Mal seit Breslau war Walter froh, dass Regina nicht bei ihm war. Seine Tochter hatte eine Urangst vor Hunden. Sie schrie gellend und klammerte sich jammernd an ihre Eltern, sobald auch nur ein Rehpinscher auftauchte. Seltsam, dass das ihren Vater immer so verärgert hatte. Was spielte es denn noch für eine Rolle, ob ein Mensch tapfer oder nur ein ganz gewöhnlicher Angsthase war? Kolumbus hatte noch Mut gebraucht. Seit seiner Abfahrt aus Genua hatten sich die Wertmaßstäbe jedoch verschoben. Es kam nur noch auf einen einwandfreien Stammbaum und die richtige Konfession an. Und auf die Erkenntnis, dass man überall auf der Welt sicherer war als im eigenen Vaterland.

Ungefähr zehn Minuten bewegte sich die Schlange um keinen Zentimeter. Die Kindergesichter waren nicht mehr vom Schlaf gerötet, sondern grün und spitz. Der pickelige Polizist machte den Eindruck, als wäre er in eine Statue verwandelt worden, doch kehrte er mit der Kraft der neuen Auserwählten ins Leben zurück. Er nannte eine alte Frau eine Schlampe und ein zehnjähriges Mädchen einen Judenbastard. Das Kind hatte sich die Hände warm reiben wollen und bekam von der Mutter einen Knuff in den Rücken. Es gab, nun waren sie aufgereiht und also zu zählen, vier Polizeihunde; alle waren heiser geworden und bellten nur noch gelegentlich. »Dalli«, kreischte der Polizist. Er wiederholte das Wort, das einige beim ersten Mal überhaupt nicht verstanden hatten, mehrere Male, jedes Mal wütender. Die Beladenen, die lautlos um den Segen beteten, in das Paradies Österreich einreisen zu dürfen, wurden auf die zwei Zollhäuschen verteilt, ein Greis ermahnt, er solle sich in Acht nehmen, nicht ein zweites Mal auf deutschem Boden zu stolpern.

Heini Wolf hatte von mehrstündigen Grenzaufenthalten und entsprechend demütigenden Erfahrungen der Emigranten berichtet, doch bereits nach einer knappen halben Stunde waren Greschek und Walter die Einzigen, die noch abgefertigt werden mussten. Sie wurden in einen Raum mit einem beschlagenen Fenster befohlen. Ein schwarz gerahmtes Hitlerbild hing in der Ecke der Mittelwand, daneben war ein aus rötlichem Holz geschnitztes Kreuz. Der helle Fleck neben der Landkarte des Deutschen Reiches auf der gegenüberliegenden Wand war letzte Erinnerung an ein Bild vom bayerischen König Ludwig III. Der Raum war seit 1918 nicht mehr gestrichen worden.

Ein kleiner untersetzter Mann mit grauhaarigem Stoppelhaar, der trotz des Größenunterschieds Greschek ein wenig ähnlich sah, saß hinter einem abgenutzten Schreibtisch. Seiner war der einzige Stuhl in der düsteren Amtsstube. Zu seiner Linken stand ein halb volles Glas Wasser, daneben lagen eine Schachtel mit Pillen und eine Brille mit auffallend dicken Gläsern. Der Beamte mit dem gelblichen Teint eines Leberkranken sah aus, als hätte er das Pensionsalter schon vor Jahren erreicht. Die vielen Papiere zu seiner Rechten waren akkurat aufeinandergestapelt. In Abständen entnahm er dem Berg ein Dokument und stöhnte. Er stempelte es ab, ohne es zu lesen, wobei er den Stempel vor jedem Arbeitsgang anhauchte und fest in das Farbkissen drückte. Dieser mechanische Vorgang hatte augenscheinlich eine einschläfernde Wirkung, denn er gähnte in immer kürzer werdenden Abständen. Seine Augen befreite er mit den Armen von ihren Tränen, abwechselnd mit dem linken und dem rechten Ärmel. Erst als er den Stempel und das zugeklappte Kissen zu einem Brieföffner und einer Büroschere gelegt hatte, schaute der Diensttuende hoch.

Es gab kaum einen Zweifel, dass er sämtliche Reisende abgefertigt und sich allein im Raum gewähnt hatte. Walter und Greschek hatte er noch nicht einmal kommen gehört. Der Mann presste einen Laut durch die Zähne, der Überraschung signalisierte. Die nächtlichen Bittsteller starrte er mit dem indignierten Ausdruck eines Schwerbeschäftigten an, der rücksichtslos aus seiner Arbeit herausgerissen wird. Die beiden Proviantkörbe wurden mit je einem Stirnrunzeln bedacht. Ächzend machte er das Stempelkissen wieder auf, wobei er ein kurzes, für Menschen aus Oberschlesien absolut unverständliches Wort murmelte. Dem Gesichtsausdruck gemäß mutmaßte Walter eine Verwünschung. Der Missgelaunte ließ sich die Personalpapiere zeigen, danach die Fahrkarten. Nach einer Weile fragte er, obgleich er gerade das gelesen haben musste, nach dem letzten Wohnsitz. »Innegehabtem, hab' ich gesagt!«, ermahnte er.

»Breslau«, antwortete Walter.

»Leobschütz«, sagte Greschek widerwillig. Er schob seinen Bauch nach vorn.

»Sieh mal einer an. Hier steht aber, dass ihr beide in Leobschütz gewohnt habt. Ihr müsst schon früher aufstehen, wenn ihr mich für dumm verkaufen wollt.«

Am meisten machte Walter die Duzform unsicher. Ob das »ihr« in Süddeutschland eine angedeutete Freundlichkeit oder aus dem Mund eines Beamten eine verstärkte Form der Bedrohung Abhängiger war? »Ich habe die letzten sechs Monate in Breslau bei meiner Schwiegermutter gewohnt. Davor war ich in Leobschütz gemeldet«, erläuterte er. Das Sprechen fiel ihm schwer. Er kam sich vor wie die Polizeihunde, die sich heiser gebellt hatten.

»Und jetzt langt das Geld für keine Rückfahrkarte nicht?«
Aus würgender Angst wurde eine Panik, die Kopf und
Körper zu spalten drohte. Walter spürte einen dumpfen
Schmerz im Knie. Er konnte die Hände nicht ruhig hal-
ten. Auf eine geradezu absurde Art drängte es ihn, seine
Rechte in die Manteltasche zu bohren und Jettels Kasta-
nie aus Leobschütz abzureiben – sie steckte ihm jeden
Herbst eine Kastanie von der Promenade in die Manteltasche, weil ihre Mutter auf die Heilkraft von Kastanien
bei Rheuma und Melancholie schwor. Ob die doppelte
Verneinung, ebenso wie der vertrauliche Plural in der
Anrede, tatsächlich nur eine typisch bayerische Sprachfärbung war? Oder doch eine der üblichen Fallen, um ein
Vergehen zu konstruieren, das imstande war, einem Emigranten das Genick zu brechen? Ein deutscher Beamter,
der an der Grenze zwischen Deutschland und Österreich
eingesetzt war, wusste ganz genau, was es bedeutete,
wenn ein Italienreisender keine Rückfahrkarte vorweisen konnte. Ebenso klar hätte es allerdings einem geschul-
ten Juristenverstand sein müssen, dass grammatikalische
Finessen lediglich dazu taugten, Menschen mit höherer
Schulbildung das Fürchten zu lehren.
Der Mann in Uniform war erschöpft. Vom Leben und
den Störungen der Galle. Er dachte an seinen Ofen, an
seinen Hund und an seine Frau. Mit dem Groll der
im Leben zu kurz Gekommenen machte er sich klar,
dass er es seit fünf Jahren vorwiegend mit verängstigten
Leuten zu tun hatte. Richtige Kreaturen waren das. Die
zitterten ja bereits wie Espenlaub, wenn sie nach ihrem
Namen befragt wurden. Auf die Dauer nahm so etwas
dem stärksten Kerl die Kraft, und in den ersten Stunden eines anbrechenden Tages war dieser ausgelaugte

Mann kein bisschen geneigt, Fallen zu stellen, die seinerseits selbstständige Entscheidungen erforderten und die grundsätzlich zu Überstunden führten. Das landestypische »ihr« pflegte er mechanisch zu verwenden und immer dann, wenn er zwei Leute gleichzeitig anzureden beabsichtigte. Er wusste sehr wohl, dass Reisende, die ihr gesamtes Vermögen dafür gegeben hätten, zu Hause bleiben zu dürfen, im Januar 1938 keine Rückfahrkarten besaßen.

»Keine Rückfahrkarte?«, fragte er trotzdem. Die Frage gehörte zu seinem Repertoire wie der morgendliche Spaziergang mit dem Rauhaardackel. Eine dienstübliche Frage war nie fehl am Platz. Sie war klärend und ließ sich von jedermann ordentlich beantworten. Selbst von den Preußen und Deppen. Normfragen eigneten sich optimal für Nächte, in denen die Erfordernisse des Dienstes nicht dem eigenen Befinden entsprachen.

Der leberkranke Herrscher der Zollstation an der Grenze zu Österreich hatte innerhalb von nur fünfzig Minuten zwanzig Auswanderer abgefertigt und fünf davon in die Heimat zurückexpediert, die sie nicht mehr haben wollte. Die Nacht vom 8. auf den 9. Januar war ihm noch länger geworden als sonst seine Arbeitszeit. Wegen seiner Leibschmerzen hatte er eine doppelte Dosis Tabletten geschluckt, in der kurzen Erholungsphase aber auch eine doppelte Portion Semmelknödel mit Bauchfleisch und Kraut gegessen. Nun hatte er einen tiefen Widerwillen gegen Essen und Menschen, wobei der Ekel vor Menschen unabhängig von deren Konfession, Wohnort und Reiseziel war. Zehn Minuten vor Dienstschluss war selbst von einem deutschen Beamten nicht zu verlangen, dass er sich, wenn er nicht einen handfesten Verdacht hatte, eingehend mit der Frage beschäftigte, weshalb von zwei Männern, die zweifellos zusammen reisten und ein gemeinsames Ziel hatten, der eine die übliche Rückfahrkarte hatte und der andere nicht.

»So, so«, brummelte der Diensthabende. Er sagte dies, weil er der Meinung war, die beiden Worte würden ihn nach jeder Richtung hin absichern, falls sich unerwartet ein Vorgesetzter zeigte. Und dann sagte er, weil er zu sehr vom Leben gebeutelt war, um sich in diesem Zustand genau zu überlegen, was er sagen durfte und was besser nicht: »Habt's Schwein gehabt, ihr beiden. Beeilt euch, der Zug wartet nicht auf niemand. Schon gar nicht auf die Vögel aus dem Osten.« Mit dem von der Stempelfarbe lila markierten rechten Beamtendaumen zeigte er auf die offen stehende Tür.

Obwohl Walter sich ausschließlich darauf konzentrieren wollte, Gott dafür zu danken, dass er sein Vaterland als freier Mann verlassen durfte, schaute er beim Hinausgehen in den Nebenraum. Dort gab es außer einem Schreibtisch und einem Stuhl für den Diensthabenden, der mit geschlossenen Augen eine dicke Schwarzbrotschnitte attackierte, sogar zwei weitere Stühle. Der eine war leer, auf dem zweiten lagen ein moosgrüner Hut und eine Aktentasche. Walter erkannte den Hut noch vor der Aktentasche. Schon als Junge war er weiß und nicht rot geworden, wenn er sich schämte.

»Ist Ihnen schlecht?«, fragte Greschek beim Einsteigen in den Zug. »Sie sind ja schneeweiß im Gesicht.«

»Wo soll ich denn sonst schneeweiß sein, wenn nicht im Gesicht? Mir ist nicht schlecht, Greschek. Mir ist kotzübel. Haben Sie nicht die Aktentasche und den Hut gesehen?«

»Sie müssen aufhören, sich Gedanken zu machen, die Sie nichts angehen, Herr Doktor. Sonst stehen Sie das alles nicht durch. Es ist keine Sünde, zuerst an den eigenen Kopf zu denken. Es ist Ihre Pflicht. Sie haben Familie. Fragen Sie Ihren Pfarrer.«

»Ach, Greschek, wenn ich bloß Ihren Kopf hätte, da wäre mir wohler. Meiner taugt nur zu den Dingen, die mir nichts mehr nützen. Beispielsweise um Ihnen zu erklären, dass Juden keinen Pfarrer haben.«

Als Walter das sagte und dabei an den katholischen Pfarrer in Leobschütz dachte, der im Schutz der Dunkelheit zu ihm gekommen war, um sich von ihm zu verabschieden, glaubte er zu weinen. Seine Augen waren aber trocken. Die Polizeihunde wurden hinter das Haus geführt. In der weißlichen Beleuchtung sahen sie aus wie weiße Lämmer. Der Zug fuhr an. Die Fenster wurden hochgezogen, die an der Grenze grell erleuchteten Gänge abgedunkelt. Das Leben bewegte sich wieder.

Die Glieder wurden wieder warm und auch der Atem. Die »Berliner Illustrirte Zeitung« lag immer noch zusammengefaltet auf dem kleinen Tisch. Auf Seite zwei wurde über das nationalsozialistische Erziehungsideal »Glaube und Schönheit« referiert. Illustriert war der Beitrag mit einem Bild von fahnenschwenkenden Schuljungen im Stahlhelm, die durch Chemnitz marschierten. »Heute meint es der liebe Gott besonders gut mit uns«, sagte Walter. »Was ich doch alles versäumt hätte, wenn uns einer die Zeitung geklaut hätte.«

Aus der Innentasche seiner Jacke holte er einen silbernen Reisebecher, ein Geschenk von Ina zu seinem einunddreißigsten Geburtstag. Der Becher, in einem Etui aus hellem Kalbsleder, bestand aus vier Einzelteilen, die sich nach Gebrauch platzsparend zusammenschieben ließen. Das praktische Trinkgefäß, ein Erbstück, stammte aus der Zeit, als vorwiegend die besitzende Klasse zu reisen beliebte. Walter füllte den Becher, der mehr in der Welt herumgekommen war als sein gegenwärtiger Besitzer, mit Inas Weinbrand. Abwechselnd tranken Greschek und er einander zu. Sie genossen die Erlösung wie Menschen, die in letzter Minute aus Bergnot gerettet werden. »Es war«, schrieb Walter eine Woche später an seinen Vater, »eine Pointe, die gut zum Enkelsohn eines Destillateurs passt, dass mein letztes Wort auf vaterländischem Boden Prost war.«

Von Österreich sah er nur die Lichter in den Bahnhöfen. Wenn der Zug hielt, hörte er Rufe und Gesprächsfetzen, die ihn auf eine sehr angenehme Art willenlos machten. Er wähnte, die Laute in dem menschenfreundlichen Land zwischen Wachen und Schlafen wären die akustische Untermalung eines Traums, in dem die Wolken zu einem Farbbrei zerrannen und es weder einen Boden noch Mauern gab. Zu den Versäumnissen auf dem Weg in sein neues Leben würde Walter jedoch noch monatelang den Umstand beklagen, dass er selbst den viertelstündigen Aufenthalt in Wörgl verschlief. Dort hatte er einen großen Coup geplant. Bereits beim Studium des Fahrplans in Breslau hatte er sich vorgenommen, in Wörgl ein Päckchen Dames-Zigaretten zu kaufen und sie Jettel feierlich zu überreichen, wenn er sie in Mombasa vom Schiff abholte.

Jettel rauchte höchstens drei Mal im Jahr, immer nur in Gesellschaft und wenn sie in Hochstimmung war. Für die schlanken österreichischen Dames-Zigaretten mit dem langen Mundstück schwärmte sie. »Das gibt einer Frau einen richtigen Hautgout«, hatte sie ausgerechnet den Geburtstagsgästen von Professor Wohlmann in Ratibor erklärt. Der Gastgeber, der in der Fachwelt für seine Forschungen über die Entwicklung der Volkssprache seit der Aufklärung bekannt war, verdoppelte danach das Tempo seiner Komplimente für Jettel, doch der Klatsch startete seine Runde, ehe sie und Walter den Zug nach Leobschütz erreichten.

»Jettel, um Himmels willen nimm in Zukunft keine Fremdwörter in deinen zarten Mund. Hautgout ist die Bezeichnung für einen ziemlich verstunkenen Rehbraten.«

»Als ob du wüsstest, wie ein Rehbraten zu riechen hat. Ich hab' in ›Redlichs Hotel‹ in meinem ganzen Leben noch kein Wild auf der Speisekarte gesehen.«

»Wir geben eben gut Acht, dass wir keine Böcke schießen.«

Der Dialog auf der Heimfahrt hatte zu einem Ehekrach von zwei Tagen und einem gelben Seidenschal mit blauen Blumen als Versöhnungsgeschenk für Jettel geführt. Der Streit fiel Walter ein, als der Zug am Brenner stand. Zum Glück entschlüpfte seinem Gedächtnis rechtzeitig genug jener Teil der Geschichte, der seinen Körper beunruhigt hätte. Eine Frau mit einem kleinen Mädchen klopfte energisch an die Tür vom Abteil, und ehe Greschek dazu kam, eine abwehrende Bewegung zu machen oder hustend eine ansteckende Krankheit anzudeuten, setzte sie sich, einen Korb mit Weinflaschen zwischen ihren Beinen.

Ihre stämmige Tochter hatte lange haselnussbraune Zöpfe und den Apfelteint von Bauernkindern. Sie mochte in Reginas Alter sein und schien ebenso schüchtern. Der jungen Mutter schmeichelte es, dass der feine Herr, der selbst morgens um halb vier mit akkurat gebundener Krawatte und frisch gekämmtem Haar in der Eisenbahn saß, ihr zulächelte. Sie erwiderte seine Freundlichkeit. Walter bestaunte die kobaltblaue Schürze mit den aufgestickten Alpenrosen auf dem Latz, die über einen dunkelgrünen Trägerrock gebunden war. Noch mehr bewunderte er den dicken blonden Zopfkranz um ihren Kopf.

Die Haarpracht, die hellblauen Augen und vor allem der wogende Busen erinnerten ihn an die Dienstmädchen seiner Großmutter. An ein besonderes, die Josefa. Für einen erwärmenden Moment, der diesmal gerade seinen Körper nicht verschonte, vergaß er Zweck und Ziel seiner Reise. Seine neue Reisegenossin wurde außer von ihrer Tochter, die auffallend ruhig war, auch von einem auffallend unruhigen Huhn begleitet.

Die kräftige Anführerin des ungleichen Trios machte einige gutturale Laute und legte ihre fleischigen Hände um den Hals des gackernden Huhns. Es wurde auf der Stelle still. Walter schloss entsetzt die Augen. Es verstörte ihn sehr, dass der Mensch – und dazu noch eine Frau – es vermochte, die Kreatur so schnell und so lautlos zu morden. Es war seinem Gerechtigkeitssinn zuwider, dass es einem Huhn verwehrt wurde, in seiner Muttersprache gegen eine Fahrt in der Eisenbahn zu protestieren. Als Walter, noch immer von der totalen Stille verunsichert, die Augen wieder aufmachte, schlief Greschek mit offenem Mund, das kleine Mädchen nuckelte an seinem Daumen, und das Huhn lag, augenscheinlich zufrieden, in der Armbeuge der Frau. Die entdeckte ein Männerinteresse in Walters Augen, von dem sie seit der Geburt ihres vierten Kindes vergessen hatte, dass es überhaupt existierte. Die Animierte sagte einige Worte. Walter verstand kein einziges. Er schüttelte den Kopf und machte eine Bewegung mit den Händen, die ihn unangenehm an den Dorftrottel von Sohrau erinnerte, der sich immer die Ohren zugehalten hatte, wenn er nichts verstand.

Es dauerte mindestens zwei Minuten, ehe sich Walter erinnerte, dass seit dem Versailler Vertrag Südtirol nicht mehr zu Österreich gehörte und dass Italien seitdem bereits am Brenner begann. Walter hatte das immer bedauert und bei jeder sich bietenden Gelegenheit den Verlust einer alten Kultur und Volkstradition beklagt. Seine Verlegenheit steigerte sich. Um der liebenswürdigen Hühnerbezwingerin wenigstens im Ansatz zu signalisieren, dass er nicht Italienisch sprach, forschte er in seinem Gedächtnis nach entsprechenden Lateinvokabeln, von denen er annahm, auch Italiener würden sie verstehen. Allerdings erkannte er rasch, dass Oberstudienrat Gladisch seine Schüler in keiner Beziehung auf die Erfordernisse einer Emigration vorbereitet hatte. Nachts um vier und nach durchgestandenen Ängsten, von denen er fand, sie hätten gereicht, um ganzen Kohorten römischer Legionäre den Kampfesmut zu nehmen, konnte sich der ehemalige Schüler der Fürstenschule zu Pless nur noch an Caesar und seine gallischen Kriege erinnern. Der Gedanke an das Schloss in Pless, an die schöne Burg und an ein Mädchen namens Rosemarie, das sich dort nicht von ihm hatte küssen lassen, brachte Walter zur Räson. Er rieb seine Stirn trocken. Eine Weile überlegte er, weshalb seine Eltern ihn in Pless zur Schule geschickt hatten, und ob er dort überhaupt irgendetwas für das Leben gelernt hatte.

»Sie hat Sie gefragt, wo Sie hinfahren«, grunzte Greschek aus der Höhle seines Mantels.

»Seit wann sprechen Sie denn Italienisch?«

»Sie spricht Deutsch, und es ist gar nicht so schwer zu verstehen, wenn man genau hinhört. Mein Vater hatte mal einen Knecht aus dieser Gegend. War ein hochanständiger Bursche, der Toni. Der konnte ein ganzes Kalb auf seinem Buckel tragen.«

»Ach, Greschek, auf die Gefahr hin, mich zu wiederholen, wenn Sie statt meiner auswandern müssten, wäre mir um Sie nicht bange.«

»Wenn ich könnte, würde ich Ihnen das auch abnehmen, Herr Doktor. Sie werden es nicht leicht haben. Ich hab oft festgestellt, dass die feinen und gebildeten Leute sich nicht für schlechte Tage eignen. Versuchen Sie doch, ein bisschen zu schlafen. Mein Vater hat uns Kindern immer erzählt, wenn er beim Militär nicht überall und bei jeder Gelegenheit hätte schlafen können, dann hätte er das Ganze nicht lebend überstanden.«

»Komisch, genau das Gleiche sagt mein Vater.«

»Da können Sie mal sehen. Es ging den Offizieren wie den Leuten.«

Für Walter gab es keinen Schlaf mehr. War es das berauschende, so lange herbeigesehnte Gefühl der Befreiung, das ihn wach hielt? Wer die Angst, den Druck und die Demütigung hinter sich wusste, brauchte keinen Schlaf mehr. Doch die Trauer, dass er sein Deutschland nicht mehr wieder sehen würde, kehrte zurück – wie ein verlässlicher Freund, wie ein treuer Hund, wie der Mühlstein, den der Beladene um den Hals trägt.

Es war eine Nacht mit Sternen. Sie funkelten so intensiv, als hätten die himmlischen Scharen beschlossen, dass auf Erden nur noch das Schöne und Gute geschehen dürfte. Der Zug drängte immer schneller in den Süden. Von den

Schienen hörte der Davongekommene die verheißungs-
volle Botschaft von Aufbruch und Neubeginn. Für den
Moment der Gnade, da sich seine Seele betrügen ließ,
schwor Walter, künftig mit dem alten Kinderglauben Gott
zu vertrauen und nie mehr dem Kleinmut des Zweiflers
nachzugeben. Als die Dunkelheit lichter wurde und sich
am Himmel ein hellgrauer Strahl von Tageshoffnung ab-
zeichnete, grübelte er indes schon wieder, ob er im Zorn
oder in Trauer an Deutschland dachte. Er ahnte nicht,
dass er sich nie würde entscheiden können.

Er nahm sich vor, in Genua eine Karte an Regina zu
schreiben. »Dein Papa hat im Zug mit einem Huhn geschlafen, und es hat ihm ein goldenes Ei gelegt und ein
ganz großes Geheimnis verraten«, formulierte er. Ehe der
geschätzte Erzähler von Gutenachtgeschichten aber dazu kam, seine Phantasie zu belobigen, musste sie aus dem
Tagesprogramm gestrichen werden. Walter fiel ein, dass
jedes Stück Post aus dem Ausland wahrscheinlich von
den Nazis gelesen wurde, Postkarten ganz bestimmt. Man
konnte nicht darauf bauen, dass ein goldenes Ei als Teil
des deutschen Märchenschatzes gewertet werden würde.
Auf einer Ansichtskarte, die ein vaterlandsloser Geselle
aus dem Ausland an sein Kind schrieb, galt so ein Ei
wahrscheinlich als versteckter Hinweis auf geschmug-
gelte Wertsachen. Walters Seufzer, obwohl passend leise,
weckte sowohl Greschek als auch das Huhn.

In Franzensfeste blickte eine imposante Burganlage mit
einem runden Turm auf das Tal hernieder. Die Schönheit
der Landschaft, die Ahnung von den fruchtbaren Feldern
im Sommer und die Vorstellung von weidenden Kühen
stimmten Walter traurig. Er fragte sich, weshalb er sich
nicht in überschaubaren Zeiten darum bemüht hatte, die

Welt kennenzulernen. Eine Reise von mehr als acht Tagen Dauer war ihm stets als ein Luxus erschienen, der ihm nicht zukam. Wahrscheinlich hatte Jettel recht, wenn sie ihn als kleinstädtischen Spießer beschimpfte. Mit dem Gedanken, dass es einem Emigranten verwehrt war, Versäumtes nachzuholen, schickte er den vier Linden einen wehmütigen Gruß, die im Frühling vor »Redlichs Hotel« so herrlich blühten, dass Spaziergänger stehen blieben, um sich an ihnen zu erfreuen. Dazu aß er ein Brot, dick bestrichen mit Inas Leberhäckerle. Zum ersten Mal schwante ihm, dass es vor allem die Geschmacksnerven sind, die einem Menschen zeitlebens das Vergessen verwehren.

Laut Fahrplan und Heini Wolfs Schilderungen aus der Zeit, als es ausschließlich Ferienreisende nach Italien gezogen hatte, war der Tagesanbruch erst vor Verona fällig. Durch die Verspätungen an den beiden Grenzen stand die Sonne aber bereits am Himmel, als der Zug sich der mittelalterlichen Stadt Klausen näherte. Sie beleuchtete das Kloster Säben, eine gotische Kirche, den glitzernden Schnee auf den Bergen und die Eisack, die in ihrem Flussbett schäumte. Walter erkannte die winterlich eingekleideten Bäume nicht als Kastanien, aber doch schon die Weinreben auf den Hängen. Einen kurzen Augenblick meinte er, den Frühling zu ahnen, doch dann fiel ihm ein, dass es für ihn keinen europäischen Frühling mehr geben würde. Er biss sich auf die Lippen und kam sich wie die bemitleidenswerten kleinen Straftäter vor, die nur deshalb eine Schuld eingestehen, weil sie die Anklage nicht verstehen. Der Zug fuhr an einer Burg vorbei und an der Kapuzinerkirche, die die mittelalterliche Stadt vor allem Bösen beschützt, und hielt so plötzlich, dass der Schaffner im Gang stolperte. Der Mann fluchte auf Deutsch, auf dem Bahnhofsschild stand die italienische Bezeichnung für den liebenswerten Ort.

»Chiusa«, buchstabierte Walter.

»Klausen«, verbesserte die Bäuerin. Sie war unmittelbar nach ihrem Huhn wach geworden und schüttelte energisch ihren Kopf. Eine einzelne Haarsträhne löste sich aus dem Zopfkranz und tanzte auf ihrer Stirn. Es war ein Tanz, der müde Männer zu Helden ihrer Wunschträume macht. Walter hatte noch nie über die Augenfarbe der Circe nachgedacht. Nun dämmerte es ihm, dass es bestimmt hellblaue Augen und maisblondes Haar gewesen waren, die Odysseus von seinem Kurs abgebracht hatten. Der schlesische Weltreisende lächelte der Verführerin im Bauernrock trotzdem zu. Sie lächelte zurück. In einem stummen Gebet, das er erst am Ziel aus seinem Herzen hatte lassen wollen, bat Walter Gott, er möge ihn vor allen Versuchungen schützen, bis er Jettel und seine Tochter wiederhatte.

»Klausen«, wiederholte die Frau. Sie hatte die blaue Schürze nicht mehr an. Für einen Mann, der ohne Weib und Kind in die Welt zog, sangen die silbernen Knöpfe an ihrem stramm sitzenden Mieder unfromme Lieder.

»Nicht Chiusa?«, wollte Walter wissen.

»Nein«, sagte sie mit dem gleichen tiefen Stimmenschwung, der zwei Stunden zuvor das Huhn bewogen hatte, sich ihrem Körper anzuvertrauen.

Mit der Intuition und Erfahrung der Grenzvölker erkannte Walter, dass seine Circe ihr Nein als ein politisches Bekenntnis verstanden haben wollte. »Klausen«, ging er bereitwillig auf die Vorgabe ein, »ist viel schöner. Und auch richtig.« Er hätte seiner Reisegefährtin gern erzählt, dass auch er aus einem Gebiet stammte, in dem die Menschen nicht gefragt wurden, ob ihnen das Diktat der Mächtigen behagte. Sohrau, seine Vaterstadt, war im Jahr 1922 polnisch geworden und hieß seitdem Żory. Vater und Sohn Redlich hatten das nie verwunden.

»Der Krieg war schuld«, sagte Walter, »Sarajewo, Verdun, Isonzo, Versaille, St. Germain«, zählte er auf.

Die Frau nickte. Ihr Busen lockte. Walter zwang sich, aus dem Fenster zu schauen, aber seine Augen gehorchten ihm nur bis zum nächsten Tunnel. Sie lachten beide ein wenig und mutmaßten, sie hätten das Gleiche gedacht. Danach sah es so aus, als würde doch noch eine Unterhaltung oder wenigstens einer jener kurzen Flirts zustande kommen, für die Bahnreisen seit Erfindung der Dampfmaschine berühmt sind. Unmittelbar vor Bozen aber steckte die Frau das Huhn zurück in den Korb. Weniger behutsam weckte sie ihre Tochter. Die Kleine nörgelte ebenso anhaltend wie Regina, wenn sie aus dem Schlaf gerissen wurde. Die Mutter besänftigte das Huhn, band die Schürze um, klemmte die tänzelnde Haarsträhne in den Zopf und zog ihren Mantel an. Der Tochter drückte sie einen Strauß Trockenblumen in die Hand, blaue, gelbe, goldene und violette. Obwohl das Mädchen ein geblümtes Kopftuch trug, sah es mit den Blumen in der Hand wie Rotkäppchen aus. Walter lächelte der Kleinen zu und schämte sich umgehend, weil er einem Kind die Heimat neidete.

Der Zug fuhr langsam in Bozen ein. Der Tag war sonnenhell; er versprach Menschen, die nicht ein Schiff nach Mombasa erreichen mussten, dass es auf der Welt wieder warm und frühlingsfroh werden würde. Ein Mann mit einer grünen Schürze über seiner ledernen Kniebundhose rollte mit einem hohen, zweirädrigen Wagen am Zug vorbei; er bot Orangen, Zitronen und Äpfel an, die aussahen, als wären sie im Garten Eden gereift. Circe mit der Haarkrone stand an der Tür des Abteils, neben sich einen braunen Pappkoffer. Sie zupfte am Mantel ihrer Tochter und zog das Kinderkopftuch ein Stück nach hinten. Plötzlich drehte sie sich noch einmal um, holte eine Flasche Wein und ein großes Stück Käse aus ihrem Henkelkorb und reichte beides Walter. »Für die Reise«, sagte sie. Ihr Ton war sanft, denn sie konnte lesen, was in Augen geschrieben stand, und als Mutter von vier Kindern wusste sie gut Bescheid über Trauer, Angst und Schmerz.

»Donnerwetter, Herr Doktor. Sie haben ein Glück bei den Frauen.«

»Deswegen habe ich ja auch eine abbekommen, die sich zur Auswanderung nach Afrika einen Pelzhut kauft.«

»Lassen Sie's nur gut sein. Die Frau Doktor wird schneller lernen, als Sie glauben. Sie ist eine Schlaue. Das sagt meine Grete auch. Die Schlauen lassen sich nicht so schnell unterbuttern vom Leben. Besonders die Frauen nicht.«

»Schade, dass Grete mich das nicht beizeiten hat wissen lassen«, sagte Walter.

Er wollte aufstehen, auf dem Bahnsteig eine seiner letzten deutschen Zigaretten rauchen und versuchen, Circe wenigstens noch einmal von hinten zu sehen, doch dieses Mal war es der Körper, der Einspruch einlegte. Im rechten Bein hatte Walter einen Wadenkrampf, die Füße schienen aus den Schuhen zu quellen, stechender Schmerz zog durch beide Hüften. Sein Nacken war steif. Entsetzt ließ er sich zurück auf die Holzbank fallen, blätterte hektisch in der Chronik des Geschehenen, ließ keine Stunde aus, keine Minute der Angst. Es war nun mehr als einen Tag und eine Nacht her, seitdem er auf dem Breslauer Hauptbahnhof gestanden hatte. Seitdem Jettel, Regina, Ina und Käthe ihn verlassen hatten, hatte er kaum geschlafen, weder Kopf noch Körper eine Fluchtpause gegönnt. Verkrampft hatte er auf einer Holzbank gesessen und mehr gegessen und vor allem getrunken, als er vertrug – und intensiver nach hinten geschaut, als ein Mann durfte, der zu vergessen hatte, wer er gewesen war und woher er kam. Heini Wolf hatte recht. Wer auf einer solchen Reise seine Kräfte nicht einteilte, den ließen die Götter stranden.

»Dabei hat der gute Heini ja noch gar keine Ahnung vom Auswandern. Können Sie sich vorstellen, Greschek, dass ein Mann zu seinem Vergnügen nach Genua fährt. Oder aus Jux nach Afrika?«

»Warum schlafen Sie nicht ein bisschen? Ihre Nerven brauchen Ruhe. Meine Mutter hat immer gesagt, Schlaf ist Gottes Kraut.«

»Und meine hat gesagt, nur Faulenzer schlafen bei Tag.«

»Als Ihre Frau Mutter das gesagt hat, war Ordnung auf der Welt.«

Die Müdigkeit wurde aggressiv, die Bilder, die Walter kamen, waren aber weich gezeichnet und barmherzig unklar. Sie flogen auf einer Schaukel zur Sonne. »Wem Gott will rechte Gunst erweisen, den schickt er in die weite Welt«, rezitierte der, zu dem der Schlaf nicht kam.

»Es muss schön sein, wenn man so schön dichten kann wie Sie«, fand Greschek. »Schade, dass Sie damit kein Geld verdienen können.«

»Ich kann nicht dichten. Das war Eichendorff. Er ist

106

einer von uns, nur adelig und schon tot. Sehen Sie, ich hab doch was in der Schule gelernt, wenn auch nichts fürs Leben.«

Der Zug fuhr aus Bozen hinaus. Der Mann mit der grünen Schürze und dem hohen Wagen stand immer noch auf dem Bahnsteig. Die Orangen gaukelten den Vorbeiziehenden vor, das Leben wäre ein bunter Bilderbogen. Im Zug wurde es still. Zigarrenrauch lungerte auf dem Gang, vom Nachbarabteil duftete es schwach nach einem Zitronenparfüm. Greschek und Walter glaubten sich sicher vor Mitreisenden. Sie legten die Beine hoch und die Arme unter den Kopf und berieten, ob auf Reisen schon zum Frühstück ein gebratenes Hühnerbein gestattet wäre. Walters Rückenschmerzen zogen in die Beine, Nebelschwaden in sein Gemüt. Bismarck fiel ihm ein und dass er einmal gelesen hatte, der Eiserne Kanzler hätte täglich drei Schnitzel und ein halbes Dutzend Eier gefrühstückt. Als die Abteiltür aufgerissen wurde, hatte er sich gerade an das Bismarckporträt in der großväterlichen Diele erinnert. Aus der Höhe prasselten Stimmen herab; sie waren laut und fremd, hoch und tief, doch nicht furchterregend. Ein Ehepaar mit einem etwa achtjährigen Jungen, der schwarze Samtaugen und eine olivbraune Haut hatte, stand im Coupé. Der Vater mit dichtem, glänzenden Schnurrbart sah jung und tatenfroh aus, ein wenig wie der in Leobschütz vergessene Papa aus Reginas Puppenhaus. Die Hüften der Mutter lockten Männer zu Tagträumen, ihr wohlgerundeter Bauch war Ruhekissen für ein etwa zehn Monate altes Baby, das gurgelnd in der Nase bohrte. Der Großvater hielt in seiner Linken einen großen Plüschesel mit nur einem Ohr, in der anderen Hand einen Geigenkasten aus rotbraun lackiertem, mit Rosen und Weinreben bemalten Holz.

Zum Gepäck des Quintetts gehörten außer einem fest verschnürten Pappkarton drei große Koffer und eine Kiste Äpfel. Obenauf lag ein rot-weißkariertes Leinensäckchen. Kaum dass er sich gesetzt hatte, holte der Familienvater drei Speckstücke aus dem Sack, wählte das kleinste aus und säbelte eine große Portion mit seinem Taschenmesser ab. Er kaute mit ansteckender Freude, den zweiten Bissen bekam der Alte, der Sohn den dritten. Für seine Frau schnitt der Mann ein längliches Speckstück ab. Das untere Ende umwickelte er sorgsam mit einem Stück weißen Papiers, das er aus seiner Westentasche holte. Auch das Baby wurde bedacht. Es hatte genauso viele Zähne wie sein Großvater, nämlich vier, und lutschte ebenso geräuschvoll wie der Alte am Fettrand des Specks.

»Donnerwetter«, entfuhr es Walter.

Der Vater hielt den Ausruf des Staunens für eines der Komplimente, auf die sein strammer Stammhalter ein Urrecht hatte. Er lächelte mit der Wohlgefälligkeit aller stolzen Väter, zwinkerte mit dem rechten Auge Walter zu, sprach einige Worte mit seiner Frau und beriet sich mit dem Großvater. Der nahm den Speck aus dem Mund und nickte Zustimmung, worauf sein Sohn das Taschenmesser ableckte und zwei weitere Stücke Speck abschnitt. Das eine reichte er Walter, das zweite Greschek.

Die Bedachten zierten sich nicht – schon weil sie nicht wussten, wie sie hätten widersprechen sollen, ohne einen Mann zu kränken, der so aussah, als hätte er noch nie in seinem Leben jemanden gekränkt. Dem einen wurde es warm in der Kehle und behaglich im Magen. Bereits beim dritten Bissen kam er zu dem Schluss, dass der Südtiroler Speck es durchaus mit den Produkten aus der väterlichen Metzgerei aufnehmen konnte. Walter fragte sich, ob er nicht bisher die Weisheit des religiösen Gebots unterschätzt hatte, das den Juden den Verzehr von Schweinefleisch untersagt. In ihm entflammte ein starkes Bedürfnis nach dem Weinbrand in seinem Korb, doch wiederum befürchtete er, es würde die freundliche italienische Familie befremden, wenn sie merkte, dass ihre spontane Warmherzigkeit dem Bedachten auf den Magen geschlagen war. Da griff der Großvater ein. Aus seiner Jackentasche holte er eine mit blauem Enzian und roten Beeren bemalte Reiseflasche, goss das Deckelchen voll und drückte es Walter in die Hand. »Prost!«, druckste er. Händereibend wiederholte er seinen sprachlichen Coup.

Walter war sicher, er hätte sich verhört. Er überlegte, ob der scharfe Schnaps ihm nur den Rachen oder gleichzeitig den Verstand verbrannt hatte. Trotzdem gelang es ihm, erst den Vater und dann seinen Sohn anzulächeln. Das Höllengebräu trieb die Gespenster, die ihn seit Jahren gejagt hatten, auf einen Schlag in die Flucht. Ihm war es, als hätte es nie die Teufel mit braunem Hemd und Stiefelschritt gegeben. Er schaute kurz in den Himmel, und lange sah er die Menschen an, die ihn wie einen Menschen behandelten. Wärme durchströmte ihn. Sein Gedächtnis ließ sich nur kurz nach der passenden lateinischen Vokabel bitten. »Gratia« sagte er.

»Grazie«, platzte es aus dem Knaben mit den Kohlenaugen heraus. Ein väterlicher Zeigefinger ermahnte das kichernde Kind.

Das sabbernde Baby auf Mutters Schoß brauchte nur den

Arm auszustrecken, um an Walters Krawatte zu ziehen. Auf einem weißen Strich zwischen zwei blauen hinterließ es ein nie mehr zu tilgendes Andenken aus roter Marmelade. Dieses glückliche Kind, das zufällig und doch als Geschenk des Schicksals die Umlaufbahn eines Unglücklichen kreuzte, krähte beim Kauen und zielte genau, wenn es spuckte. Bambino zupfte Walter am Haar. Es boxte ihn mit einer winzigen Faust in den Nacken und lachte wie ein Engel. Der Getroffene spürte eine Andeutung von Schmerz und eine Freude, die ihn überwältigte. Er sagte: »Ach«, und versuchte – vergeblich – mit den Ohren zu wackeln. Stattdessen streckte er die Zunge heraus. Die Lieder der Jugend betäubten ihn.

In dem Augenblick, da er seinen Jubel zu deuten vermochte, machte sich Walter Redlich, ehemals ein geschätzter deutscher Bürger, zum Sprung in die Wolken bereit. Diesen kurzen, gnädigen Zustand der Seligkeit vergaß er nie. Er wischte des Babys Sabber von seiner Wange und rekapitulierte auf analytische Juristenart, was tatsächlich geschehen war. Zum ersten Mal seitdem die Nazis an die Macht gekommen waren, spürte Walter in Gegenwart von fremden Menschen weder Angst noch Argwohn. Keiner bedrängte ihn, niemand würde ihn fragen, ob er Volljude im Sinne der Nürnberger Gesetze sei, ob er mit dem arischen Dienstmädchen außerehelichen Geschlechtsverkehr unterhalten und weshalb er es unterlassen hätte, die silberne Klappdeckeluhr seines Großvaters als Auswanderungsgut zu deklarieren. Der Mann, der wieder ein Mensch unter Menschen sein durfte, machte aus seiner Hand eine Mulde. Sie war gerade groß genug für einen Kuss. Den blies er dem Baby zu. Die Mutter schrie entzückt auf.

»Greschek, ich hab's geschafft!«

»Ist alles in Ordnung bei Ihnen, Herr Doktor? Ich meine, wir sind doch noch längst nicht in Genua.«

»Aber ich bin dort, wo ich jeden Nazi, den ich treffe, in den Hintern treten kann. Ich muss nicht mehr vor jedem Scheißkerl in Uniform zittern. Ich brauch nicht mehr darauf zu achten, dass meine fünfjährige Tochter nichts ausplappert, was ich gesagt habe, und mich ins Zuchthaus bringt. Vielleicht lerne ich eines Tages sogar, wieder ein-zuschlafen, ohne den lieben Gott damit zu belästigen, er möge unser Leben retten.«

»Glauben Sie wirklich, es kommt so schlimm?«, fragte Greschek.

»Würde ich sonst nach Afrika fahren und jeden Tag um das Wunder flehen, dass ich meine Frau und Regina bald nachholen kann?«

»Gott erhalte Franz, den Kaiser«, sagte der Großvater, »unseren guten Kaiser Franz.« Er kämpfte mit jeder Silbe. »Mozart«, fügte er lachend hinzu. Dann sagte er: »Ich hatt' einen Kameraden.«

Wenn er die Stimme in die Tiefen seiner Erinnerungen eintauchte, sang er beim Reden. Mit der Intuition und dem Sprachempfinden der Menschen, die in Grenzge-bieten aufwachsen, begriff Walter sofort, dass der alte Mann sowohl seine Geschichte erzählt hatte als auch die einer Welt, die 1914 mit den Schüssen von Sarajewo für immer untergegangen war. Der Deutsch radebre-chende italienische Großvater hatte Geiger werden wol-len, doch die, die das Sagen hatten, kommandierten ihn ab zur Schlacht am Isonzo. Dort war er in die Hände der Feinde geraten, schließlich in Linz gelandet. Bei Tag war er ein Kriegsgefangener wie seine italienischen Kame-

raden gewesen, doch abends hatten ihn die österreichischen Offiziere geholt, um für sie aufzuspielen – Walzer und Mozart, Schlager und Militärmärsche. Und
wurde ein Feind zu Grabe getragen, stand der Geiger
aus Pesaro in der ersten Reihe.

Es überraschte den Soldaten von damals nicht, dass die
paar deutschen Worte, die er gesagt hatte, auf seinen stillen Mitreisenden ebenso wirkten wie seinerzeit in Linz
die Musik auf die österreichischen Offiziere. Wenn es um
Heimatklang und Sehnsucht ging, waren sich alle Menschen gleich. »Sì«, bestätigte er und dachte an die Zeiten, von denen noch nicht einmal der Sohn etwas wissen
wollte. Dann sagte er: »So«; er gab sich große Mühe, sich
an weitere deutsche Vokabeln zu erinnern, doch sein Gedächtnis war erschöpft.

Der Weltmann wusste sich zu helfen. Es war zehn Minuten vor Verona, als er seine Geige aus dem Kasten
holte. Mit Rossini, dem er sich besonders verbunden
fühlte, weil auch der aus Pesaro stammte und beide für
gutes Essen schwärmten, fiedelte er erst seine zwei
Enkelkinder und dann Walter in den Schlaf – den mit
Melodien aus »Der Türke in Italien«. Der Mann mit der
Enzianflasche und dem Geigenbogen war ein wahrer
Menschenfreund. Er wusste, dass es sadistisch ist, Menschen, die bei Musik einschlafen, durch unvermittelt ein-
tretende Stille aus ihren Träumen zu reißen. Also spielte
er immer weiter.

Walter, ausgebrannt vom tiefen Tal, das er durchwandert
hatte, und von der Angst, die Seinen im Stich zu lassen,
brauchte sich in seinen Träumen weder zu bewähren
noch Entscheidungen zu treffen. Er erwachte erst, als das
Baby brüllte. Da fuhr der Zug gerade in Mailand ein. Die

Mutter balancierte das verschlafene Kind wieder auf dem Bauch, der Puppenstubenpapa machte die Apfelkiste zu, und der Großvater mit der nie ganz erlöschenden Sehnsucht nach der Zeit, als er allabendlich König im Feindesland gewesen war, streichelte seinen geliebten Lebensbegleiter. Zwar gelang es Walter, sich die Farben und die Komposition des Bühnenbildes einzuprägen, doch er schaffte es nicht mehr, sich persönlich von den Darstellern zu verabschieden. Erst als der Zug wieder anfuhr, bemerkte er die himmelblaue Decke: Beim Aussteigen hatte sie ihm die Mutter des Bambino über die Beine gelegt. Als Trost für den Fleck auf der Krawatte.

»Mensch Greschek, bin ich besoffen, oder habe ich geschlafen?«

»Beides, Herr Doktor. Ehe Sie eingeschlafen sind, habe ich Sie gefragt, was wir denn in Genua machen werden. Und Sie haben immerzu von einem Friedhof geredet.«

»Da war ich nicht besoffen, mein Lieber. Weiß Gott nicht. Der Friedhof in Genua ist weltberühmt. Eine Sehenswürdigkeit und eine erstklassige Adresse für einen Mann, der seine Lebenshoffnungen standesgemäß begraben möchte.«

4

WARUM IST NICHT MEHR JETZT?
Breslau–Hamburg, 18. Juni 1938

»Was bin ich froh, dass ich einmal in meinem Leben nicht eine Stunde vor Abfahrt des Zuges anrücken musste«, freute sich Jettel. »Wenn sich Walter am Bahnhof nicht die Beine in den Leib steht, hat er seiner Meinung nach schon den Zug verpasst. Die Leute in Leobschütz sind so. Pünktlich wie die Maurer. Das hat mich immer ganz meschugge gemacht.«

»Mir gefällt Leobschütz«, schmollte Regina. »Meine Puppen wohnen dort. Und mein gutes Schaukelpferd. In einem großen Schloss mit einem König. Der ist auch ganz meschugge.«

»Komisch«, raunte Jettel, als Regina ihre Stirn an der Fensterscheibe vom Abteil platt drückte, weil auf dem Bahnsteig der Mann mit dem roten Luftballon an seinem weißen Karren vorbeilief, »das Theater mit Leobschütz macht sie erst seit dem Kofferpacken. Als wir in Leobschütz abfuhren, hat sie noch nicht einmal unserer guten Anna eine Träne nachgeweint. Sie hat sich überhaupt nicht nach ihr umgeschaut. Wir haben uns immer gewundert, Walter und ich. Anna war doch ihr Ein und Alles. Umgekehrt auch. Sie kam fünf Tage nach Reginas Geburt ins Haus.«

»Kinder sind so«, erinnerte sich Ina. »Plötzlich holen sie

Dinge aus ihrem Gedächtnis, von denen man glaubt, sie hätten sie gar nicht mitbekommen. Zum Glück vergessen sie ebenso schnell. Das habe ich zum ersten Mal gemerkt, als Vater starb. Suse war ja damals erst vier Jahr alt, aber erst als sie aufs Gymnasium kam, hat sie zum ersten Mal ihren Vater erwähnt.«

»Typisch Suse«, fand Jettel. Sie leckte ihre Lippen, als sie die schwesterliche Rivalität ihrer Kindertage belebte, »das gnädige Fräulein hat ja ihre Auftritte immer sehr sorgfältig geplant.«

»Meine Tante Suse ist in Amerika und backt mir einen Kuchen«, sagte Regina. »Mit Kirschen und Himbeeren. Und grünen Blumen.«

»Psst«, flüsterte ihre Großmutter, »das soll doch ein Geheimnis sein. Unser Geheimnis. Schau dir lieber die schöne Uhr an und sag mir, wie spät es ist. Ich bin gespannt, ob du den kleinen Zeiger entdeckst. Er hat sich versteckt.«

Die Bahnhofsuhr, im Frühjahr auf Hochglanz gebracht, zeigte neun Uhr dreiundfünfzig; sie machte den Eindruck, als sei sie noch nie um auch nur eine Sekunde nachgegangen. Das gleiche Vertrauen in deutsche Verlässlichkeit und Ordnung erweckte der Zug nach Hamburg. Die Waggons blitzten vor Sauberkeit, jede Fensterscheibe war frisch gewienert, kein Fussel lag auf den Polstern, kein Papierstückchen auf dem Boden. Im Speisewagen mit den königsblauen Stühlen standen zwei Ober, steif wie die Zinnsoldaten, die Servietten über dem Arm. Der Tag mit dem klaren blauen Junihimmel war sonnig, aber kühl.

»Ideales Reisewetter«, sagte Ina – so munter wie in den Zeiten, da sie in den großen Ferien mit ihren Mädels nach

Norderney gefahren war. Oder nach Heringsdorf. Eine schöne junge Witwe mit drei wunderschönen Töchtern.

»Kommt drauf an, wohin man reist«, erkannte Jettel, »und weshalb.« Sie war blass und übernächtigt. Auch sie dachte an Norderney und dass ihre Mutter, solange Suse klein war, stets das Kindermädchen mit in die Ferien genommen hatte. »Sonst habe ich ja gar keine Erholung«, hatte sie Jahr für Jahr gesagt. Jetzt hatte Ina noch nicht einmal eine Zugehfrau. Frauen, die unter fünfundvierzig waren, durften nicht mehr in jüdischen Haushalten arbeiten, die Älteren fürchteten Repressalien. Selbst Frau Walburga, die dreißig Jahre lang jeden Montag in die Goethestraße gekommen war, um bei der Wäsche zu helfen, Kartoffelsuppe zu essen und sich an den Geschenken für ihre fünf Kinder zu freuen, war eines Tages weggeblieben. Ohne Begründung und ohne Abschiedsgruß.

»Wirklich ideales Reisewetter«, wiederholte Ina. Weil sie nicht rechtzeitig von Norderney losgekommen war, war ihre Stimme weder munter noch aufmunternd.

Bis zur Abfahrt des Zugs blieben fünf Minuten. Jettel Redlich blieben noch dreihundert Sekunden in ihrer Vaterstadt – drei mal hundert Sekunden, um zu begreifen, was nicht zu begreifen war. Was sollte eine Frau von dreißig Jahren, schön, selbstbewusst, eigensinnig und verhätschelt, mit fünf Minuten Galgenfrist anfangen? Jettel zuckte mit den Schultern, und doch verhielt sie sich geschickt und umsichtig. Inas Lieblingstochter zählte nicht die Zeiteinheiten, die ihr zum Seufzen blieben, und nicht die Tränen, die sie Reginas wegen nicht weinen durfte. Sie zählte, wie es Walter in jedem seiner Briefe aus Kenia flehentlich empfohlen hatte, die Gepäckstücke. Die Kisten mit dem Hausrat und die Schrankkoffer mit der Garderobe für die ganze Familie hatte die Firma Danziger schon vor vier Wochen zum Hamburger Hafen verschickt. »Machen Sie sich bloß keine überflüssigen Sorgen, gnädige Frau«, hatte der freundliche Mann beim Abholen des Umzugsguts gesagt, »von vier Kisten geht höchstens eine verloren. Das erleben wir immer wieder. Darauf können Sie bauen.«

Die drei großen Koffer für die Schiffsreise und Inas kleiner Handkoffer für den Dreitageaufenthalt bei Onkel Thomas und Tante Betty in Hamburg waren gut im Abteil verstaut, alle beschriftet mit Jettels schöner, deutlicher Handschrift, für die sie in der vierten Klasse einen Preis bekommen hatte. Im Gepäcknetz lag die runde Hutschachtel – ein Prachtstück aus feinem schwarzen Leder, an den Nähten gelb eingefasst. Jettel schaute die geliebte Begleiterin der unbeschwerten Tage zärtlich an; obgleich ihr nicht danach zumute war, lächelte sie. Wieder einmal hatte sie in ihrer Ehe das letzte, das entscheidende Wort gehabt. »Nimm nichts Überflüssiges mit«, hatte Walter mehrmals gemahnt, als er seine Frau endlich am Packen und bei den herzzerbrechenden Entscheidungen wusste, welche Sachen für Afrika geeignet waren und welche zurückgelassen werden mussten. »Deine geliebte Hutschachtel wirst du in diesem Leben ebenso wenig brauchen wie das Rosenthal-Service. Denk immer dran, dass wir uns von ganz anderen Sachen als von Blümchengeschirr und Hütchen haben trennen müssen.«

Selbstverständlich lag das Rosenthal-Geschirr in der Kiste. Und was konnte ein Mann, der aus der Kleinstadt stammte und nun in einem Kaff namens Rongai hinter Hühnern und Kälbern herlief, schon von dem Verhältnis einer Frau zu ihrer Hutschachtel wissen? Schließlich war die Hutschachtel, ein Geschenk von Tante Fanni zum einundzwanzigsten Geburtstag, schon mit auf der Hochzeitsreise gewesen, obwohl Jettel im Nachhinein eingestehen musste, dass eine Frau, die im Riesengebirge Schlitten fuhr, keine Hüte brauchte.

Die Gepäckträger hatten sich zurückgezogen, die Reisenden waren eingestiegen. Nur wenige zog es an diesem Tag nach Norden. Die großen Ferien hatten ja noch nicht begonnen, und zudem gönnten sich nicht mehr so viele Leute wie früher Sommerferien an der See. Es hieß allgemein, die Deutschen bevorzugten kürzere Reisen und hätten die Freuden des Landlebens entdeckt. Das war im Frühsommer 1938 die gängige Umschreibung für den Umstand, dass den Leuten nicht mehr so wie in unbeschwerten Zeitläuften der Sinn nach Sommerferien stand – mit Ausnahme der Erwählten, die als politisch zuverlässig galten. Dank der Naziorganisation »Kraft durch Freude« durften sie die Dampfer ins Ausland und die deutschen Bäder stürmen.

»Ihr werdet wahrscheinlich so ungestört reisen wie noch nie im Leben«, hatte Heini Wolf beim Abschiedsessen für Jettel in der Goethestraße gesagt. »Ein wenig beneide ich euch ja doch um die Abwechslung. Die Strecke nach Hamburg war immer eine meiner Lieblingsrouten.« In den Monaten seit Walters Abfahrt hatte Inas treuer Hausfreund seine angeborene Fähigkeit, nicht einmal in Gegenwart von Schicksalsgenossen zur Kenntnis zu nehmen, was er sah und hörte und was ihn bedrohte, zur Vollkommenheit getrieben. Dass es Heinis betagte, herzkranke Mutter war, die sich weigerte, auch nur ans Auswandern zu denken und also auch den Sohn an Deutschland fesselte, wusste kaum einer. »Mama hat immer die richtigen Entscheidungen getroffen«, schwindelte Heini seinem Verstand und seinem Instinkt vor.

Ina, Jettel und Regina saßen in einem Nichtraucherabteil zweiter Klasse, unmittelbar hinter dem Speisewagen – auch die zweite Klasse war eine Entscheidung Jettels. Mit der Frage, ob sie mutig oder mutwillig war, mochte sie sich nicht aufhalten. Allerdings hatte sie beschlossen, Walter nicht zu beunruhigen und ihm die erhöhten Fahrtkosten zu verschweigen. Immerhin war er ja dritter Klasse gefahren und erwartete das Gleiche von ihr. »Ich kann dir an Eides statt versichern, meine geliebte Jettel, dass Sparen nicht wehtut«, hatte er aus Genua geschrieben. »So viel wie mit meinem Hintern kann ich in der gleichen Zeit gar nicht mit meinem Kopf verdienen. Jedenfalls nicht mehr.« Vorerst jedoch sah Jettel das Leben und sich aus der gewohnten Perspektive. »Als ob ich auf meiner letzten Reise in Deutschland dritter Klasse fahren würde«, beschwerte sie sich bei ihrer Mutter.

Für eine Reise aus so deprimierendem Anlass waren Großmutter, Mutter und Kind zu elegant und zu auffällig angezogen. So kam es, dass sich Jettel ausgerechnet im Moment der Abfahrt gegen Walters Stimme wehren musste. Enervierend deutlich hörte sie ihn sagen: »Chuzpe ist kein guter Ersatz für Verstand und Geschmack.« Es war ein Spruch seiner Mutter. Zu Beginn ihrer Ehe hatte Jettel ihn noch nicht einmal verstanden. Später pflegte sie zu entgegnen: »Breslau ist nicht Sohrau. Wir haben immer auf Stil gehalten.«

Ina, seit einem Monat zweiundfünfzig Jahre alt, so schlank wie ein junges Mädchen und mit kaum einem grauen Haar, trug ein cremefarbenes Reisekostüm aus Leinen, ein Sträußchen aus echten Veilchen am Revers und um den Hals die zweireihige Perlenkette, ohne die sie nie ausging und die Regina noch in ihren Bildern malen würde, als sie sich weder an Deutschland noch an das Gesicht ihrer Großmutter erinnern konnte. Jettel hatte ein rotweiß gepunktetes Seidenkleid mit Rüschen am tiefen Ausschnitt und Spitzen an den dreiviertellangen Ärmeln gewählt. Ohrringe und der Anhänger an einer goldgelben Kette, das Hochzeitsgeschenk ihres Schwiegervaters, waren aus Granat. Regina hatte ihr empfindliches hellblaues Flügelkleid mit den silbernen Knöpfen an. Weder Großmutter noch Mutter hatten es ihr ausreden können, auch nicht die Korallenkette, die sie beim Abschiedsbesuch in Sohrau von ihrer Tante Liesel bekommen hatte. Schon gar nicht hatte Regina auf den neuen Leinenhut verzichten wollen. Er war schneeweiß, hatte einen breiten Rand und stammte aus dem Ausrüstungsgeschäft für Tropenreisende am Wallgraben. Ursprünglich war zwischen Mutter und Tochter verabredet worden, dass sie ihn erst in Afrika aufsetzen durfte. »In Tanger«, hatte Heini Wolf dem Kind erzählt, »ist der erste afrikanische Hafen, in dem ihr anlegen werdet. Du brauchst also nicht lange ohne Hut herumzulaufen.«

Ina und Jettel blieben noch drei Tage – zweiundsiebzig quälende Stunden, um so zu tun, als wäre die Zukunft nicht anders als die Vergangenheit und der Abschied nicht von Dauer. Noch konnten sie sich nicht vorstellen, dass nach dem letzten Wort, nach dem letzten Kuss, nach dem Seufzer, den der Zurückbleibende schon nicht mehr hörte, die Sonne weiter jeden Morgen auf- und abends untergehen würde, und doch hatten sie begriffen, dass sie im Hafen von Hamburg nicht »Auf Wiedersehen« sagen würden. Das Wort war ein Hohn aus dem Mund derer, die sich von der Familie trennen mussten, wenn sie leben wollten. Selbst Reginas Puppen flüsterten »Leb wohl«, ehe sie schlafen gelegt wurden.

Zwei Puppen waren in den großen hellen Holzkisten verpackt und, wie es hieß, bereits unterwegs in das wunderbare Zauberland, von dem Regina nur in Gegenwart ihrer Mutter, der Großmutter und Tante Käthe reden durfte. Die Puppen Peter, Moritz und Friederike hatte sie ihrer Großmutter und der Tante hinterlassen – zur Gesellschaft, wenn kein Kind mehr da war, mit dem sie im Park spazieren gehen konnten und für das sie grüne Götterspeise mit Vanillensoße kochten. Fips der Affe und Puppe Josephine mit der dunklen Hautfarbe, den baumeln den goldfarbenen Ohrringen und dem Rock aus buntem Bast reisten als bewährte Schutzengel mit. Nicht im Koffer, in dem sich Schutzengel, die noch nicht einmal ihren Namen schreiben konnten, bestimmt gefürchtet hätten, sondern im Abteil. Bananen, Apfelsinenscheiben ohne Schale und vier Sahnebonbons, den Reiseproviant für Affe und Puppe, hatte Regina sorgsam in den immer noch nagelneuen Lederbeutel gepackt, der für den Kindergarten angeschafft worden war, der keine jüdischen Kinder mehr aufgenommen hatte.

Es stand fest, dass Jettel und Regina, Fips und Josephine, benannt nach der weltberühmten Tänzerin Josephine Baker, sich am 21. Juni auf der »Adolph Woermann« einschiffen würden. Das war ein Tag nach Jettels dreißigstem Geburtstag. Ina wollte noch am gleichen Nachmittag zurück zu Käthe nach Breslau fahren. Von ihren drei Töchtern würde ihr dann nur noch die Älteste bleiben. Die zweiundzwanzigjährige Suse, seit neun Monaten verheiratet, war in Boston gelandet. Sie schrieb zuversichtlich stimmende Briefe und flehte die Mutter an, sich »bloß nicht von Käthe gängeln zu lassen« und sich »energisch« um ihre Auswanderung zu bemühen. Jettel würde mit Gottes Hilfe in fünf Wochen ihre Ankunft in Kenia melden. Wie Ina richtig schätzte, würde ihr Herzenskind gewiss keine zuversichtlich stimmenden Briefe nach Hause schreiben. Käthe hatte nur noch Aussicht, aus Deutschland herauszukommen, wenn sie sich in England als Dienstmädchen verpflichtete. Allein der Gedanke empörte sie. Derzeit grollte Käthe der Mutter, dass die das einstige Herrenzimmer vermietet hatte, ohne sie zu fragen. Der neue Untermieter war Tenor an der Breslauer Oper gewesen, und obgleich er wusste, dass er als Jude nirgendwo in Deutschland mehr ein Engagement finden würde, bestand er darauf, jeden Morgen um halb acht seine Stimmübungen zu machen. Käthe stand nie vor elf Uhr auf und ging nie ohne Verwünschungen an seiner Tür vorbei.

Die »Adolph Woermann« galt als Luxusschiff, doch nahm sie auch Auswanderer mit. In allen drei Klassen, wie jene Glücklichen ehrfurchtsvoll hervorzuheben pflegten, die das Schicksal mit einem Schiffsbillett bedacht hatte. Jettel hatte sich angewöhnt, an dieser Stelle »Geld stinkt nicht« zu sagen. In der Zeit, in der sie auf ihre und Reginas Einwanderungspapiere nach Kenia hatte warten müssen, hatte sie nicht nur Englischstunden und einen Schnellkurs in Buchbinderei genommen, der präsumptiven Emigranten günstige Bedingungen einräumte. Sie

hatte auch ihren Wortschatz und ihre ursprünglich sehr
beschränkten Geographiekenntnisse erweitert. In Gesprächen mit Schicksalsgenossen, von denen die meisten
ja nach Amerika oder in die europäischen Länder zu entkommen hofften, konnte sie bereits beeindruckend über
die Gepflogenheiten der deutschen Seefahrt referieren
und von der Route der »Adolph Woermann« berichten,
die rund um Afrika fuhr. »Gott sei Dank macht der Kapi-
tän erst die Ostküste«, erläuterte Jettel mit der Souve-
ränität einer Globetrotterin, wann immer die Häfen zur
Sprache kamen, in denen das Schiff anlegen würde. »Wir
sind ja auch so schon fünf Wochen unterwegs, das Kind
und ich. Das reicht.«
Seitdem der Termin der Abreise feststand, hatte sie sich
auf das Packen der vier Überseekisten konzentriert – und
auf den Kauf der Tropenausrüstung. Zwei neue Som-
merkleider mussten ausgesucht werden und ein Abendkleid für Galaveranstaltungen auf dem Schiff. »Später,
wenn Walter erst mal Fuß gefasst hat, werde ich das Kleid
vielleicht auch in Nairobi brauchen«, hatte sie Heini Wolf
am Abschiedsabend erklärt, und Heini hatte entzückend
gelächelt und sehr charmant »Walter ist ein Glückspilz«
gesagt.
Das Abendkleid hatte Jettel die letzten Tage in Breslau
leichter gemacht. Das Kleid war der letzte Zipfel, der ihr
von ihren Träumen geblieben war, und entsprechend
liebte sie es. Beim Kaufen hatten sie und Ina so gelacht
und gekichert wie junge Mädchen vor ihrem ersten Tanzstundenball, und beide hatten sie – wenigstens minuten-
lang – den Anlass des Kaufs vergessen und sich immer
wieder Walters verblüfftes Gesicht ausgemalt, wenn er
das lange, grün changierende Taftkleid mit den Blüten

von rotem Klatschmohn und dem dazu passenden Bolero sah. In mindestens drei Briefen hatte Walter nämlich geschrieben, sie würde in Afrika kein Abendkleid brauchen. Mit markanten Unterstreichungen, die Jettel sehr verärgert hatten, hatte er sie gebeten, einen tropentauglichen Eisschrank mitzubringen. Noch einen weiteren Ratschlag von Walter hatte Jettel als »typischen Männerunsinn« abgetan. Obwohl er sie gewarnt hatte, Abschiedsbesuche würden ihr das Herz brechen und sie solle nur die unbedingt nötigen machen, hatte Jettel weder Freunde, flüchtige Bekannte noch entfernte Verwandte ausgelassen. Hatten die gemeinsamen Tränen, die Umarmungen der Verzweifelten und Hoffnungslosen sie getröstet oder noch mehr aufgeregt? Sie wusste es nicht.

Erst in dem Moment, da der Schaffner die Reisenden ermahnte, einzusteigen und die Türen fest zu schließen, ging Jettel endgültig auf, was fortan für sie Zukunft bedeuten würde. Auf einen Schlag hatte sie sich nicht nur von den Menschen getrennt, die sie liebte, und von denen, die die entzückende »Jettel Redlich, die schönste der drei Perlsmädels«, liebten. Ihre Jugend war vorbei, ihr Name keinen Pfifferling mehr wert, ihr Mann ohne Beruf und mittellos und sie ohne Hoffnung. Jettel streckte ihre Arme aus. Ihre Stirn brannte. Die Tränen, die sie nicht weinen durfte, drückten in ihren Augenhöhlen. Die weißen Sonnenflecken aber wirbelten weiter im Bahnhofsgebäude herum, als würde an diesem Samstag, dem 18. Juni, nur ein ganz gewöhnlicher Zug zu seiner fahrplanmäßigen Reise starten.

»Mami, wo ist Amerika?«, fragte ein kleiner Junge mit rutschenden Kniestrümpfen, der den Gang entlanggeschoben wurde.

»Geradeaus«, antwortete seine Mutter. »Nu mach schon, sonst geht's in die Hose.«

Ein junger Mann schnalzte mit der Zunge. »So eine Mutter wie Sie hätte ich auch gern gehabt«, lachte er.

Die, die verschont wurden, hatten gut lachen. Das Glück kam immer zu den anderen. Für sie regnete es Sternschnuppen, für Pechmarie Teer. Früher waren die anderen die Pechmarie gewesen, Jettel das Sonntagskind. Sie faltete die Arme vor ihrem Bauch. Ihre Augen tränten und waren schon am Ziel. Im Zug hing ein farbiges Plakat der deutschen Afrika-Linie. Ein Mann in Turban und Lendenschurz spannte seinen Bogen unter Palmen, hinter ihm eine Frau mit bloßer Brust und bunten Perlen um den Hals. Für Jettel bedeutete Afrika das Ende aller Vertrautheit, den Tod der Gewohnheit. Aus würde es mit dem wöchentlichen Friseurbesuch sein, mit Romanen aus der Leihbücherei, Kino am Samstagabend und dem Kaffeeklatsch mit Frau Schlesinger, Frau Bacharach und Ännchen Wohl. Jeden zweiten Mittwoch am Leobschützer Ring. Zitronentorte und Schokoladeneclairs. »Mit einer halben Portion Sahne. Sonst werde ich zu dick.« Kichern und Gelächter und Kakao mit Nuss. In ganz kleinen Schlucken.

Vorbei die Schmeicheleien und Komplimente und die kleinen Versuchungen, die das Leben würzten. Auf einer Farm im Nirgendwo flogen einer jungen Frau keine Herzen mehr zu, mochte sie noch so schön sein. Und doch, als der Termin des Wiedersehens endlich feststand, hatte Walter geschrieben: »Ich komme mir vor wie der Bräutigam vor der Hochzeitsnacht.« Waren nach sechs Monaten Trennung und Todesangst überhaupt noch Nächte der Liebe und Leidenschaft möglich? Was bedeutete

Liebe, wenn das Glück zerbrochen war, was Leidenschaft?

Ein Mann mit einer roten Mütze und Kursbuch rüttelte an einer Tür und prüfte ein Fenster. »Vorsicht, junge Frau, dass Sie nicht umfallen«, warnte er, »wir fahren gleich los. Setzen Sie sich lieber hin. Vorsicht ist die Mutter der Porzellankiste.«

»Porzellankiste«, wiederholte Jettel. Ihr ging erst auf, dass sie sich falsch verhalten hatte, als der Uniformierte sie verblüfft anschaute.

Sobald sich der Zug in Bewegung setzte, würde es keine Heimatstadt mehr geben. Nicht eine der Breslauer Straßen, keinen Baum und keinen Strauch würde Jettel je wieder sehen, nicht die geliebten Parks, in denen sie im Mai als junges Mädchen mit aufgeregt balzenden jungen Kavalieren unter blühenden Kastanien flaniert war. Der Teich mit den Linden, an dem der neunzehnjährige Walter der fünfzehnjährigen Jettel seine Liebe gestanden und Regina seit dem Umzug aus Leobschütz jeden Tag die Enten gefüttert hatten, würde nur noch einer der Mosaiksteine sein, die das Gedächtnis schikanierten. Erbarmungslos stürmten die Bilder, die Menschen, die Farben der Vergangenheit, die Klangfetzen und der Geruch von Glück und Sommerfreuden auf Jettel ein. Sie sah die Villen am Wallgraben, vor denen sie mit den Schulfreundinnen gestanden und Luftschlösser gebaut hatte, und obgleich sie die Augen zumachte, sah sie die vornehmen Bürgerhäuser am Ring. Im Frühjahr blühten die Apfelbäume rosa in den Gärten und weiß der Jasmin im Park. Im Herbst fielen die Kastanien auf die feuchte Erde.

»Hier, steck eine in deine Manteltasche, Walter. Meine Mutter sagt, das hilft gegen Rheuma und Melancholie.«

»Gott schütze deine Mutter und ihren Aberglauben. Gegen Melancholie hilft nur ein Strick.«

Jettel stand erst am Königsplatz und dann im Zoo, wohin sie noch als Zwölfjährige mit dem Vater gegangen war – zwei Tage vor seinem Tod. »Mama, der Vater hat gesagt, nächsten Sonntag gehen wir wieder hin. Nur er und ich. Käthe interessiert sich ja nicht für Tiere, und Suse ist ihm noch zu klein. Hat er gesagt.«

»Dein Vater soll nicht immer mehr versprechen, als er halten kann. Er geht doch sonntags immer so gern Karten spielen.«

»Adieu Café Krone«, flüsterte Jettel. Die Tränen kamen. »Weint die Mama?«, schniefte Regina. Ihre Oberlippe zitterte. Schon rieb sie sich die Augen trocken.

»Mamas weinen nie«, sagte ihre Großmutter.

»Versprichst du mir das?«

In den fünf Jahren ihrer Ehe war Jettel alle sechs Wochen für zwei oder drei Tage nach Breslau gefahren. Selbst in der Schwangerschaft. »Meine Mutter braucht mich«, hatte sie vor jeder Reise erklärt.

»Du brauchst deine Mutter«, hatte Walter gewusst. Es war eines der seltenen Male, in denen Jettel ihm nicht widersprochen hatte.

Mit der Mutter war sie einkaufen, ins Caféhaus und ins Theater und, wie in den schönen Zeiten vor der Ehe, auf Besuch gegangen. Zu den Tanten und Cousins und zu den alten Leutchen, mit denen »die gute Frau Perls, die ein goldenes Herz hat«, schon über dreißig Jahre befreundet war. Jetzt sagten sie alle, »alte Bäume verpflanzt man nicht«; sie weigerten sich, an Auswanderung überhaupt nur zu denken, und sie weinten, wenn sie Post von ihren Kindern bekamen. Die Töchter und Söhne lebten nun in Holland und Frankreich, in Schweden, Uruguay und New York. Sie schrieben, sie hätten sich Deutschland aus dem Herzen gerissen. Und baten ihre Eltern, ihnen zum Geburtstag Schwarzbrot und Eau de Cologne von 4711 zu schicken. Und das »gute Backpulver von Doktor Oetker«.

Mit den Freundinnen vom Lyzeum hatte sich Jettel im Café Krone getroffen. Von ihnen hatten die meisten schon Lebewohl gesagt. Jenny Friedländer und ihr Mann waren vor drei Wochen nach Australien aufgebrochen. Suse Pinner, die Busenfreundin und Klassenbeste, putzte in Washington für eine exzentrische alte Dame, die darauf bestand, ihr Hausmädchen, das nur mit größter Mühe sein möbliertes Zimmer bezahlen konnte, in Naturalien zu entlohnen. Betty Langer war nervenkrank geworden und lag seit einem Jahr in Arosa im Sanatorium. Ihr Mann, ein berühmter Dermatologe und schon mit vierzig Professor, war noch vor seiner offiziellen Entlassung vom Pöbel aus einem Hörsaal der Universität gezerrt worden. Er hatte sich sechs Monate später auf dem Dachboden erhängt. Vera Stock, die in Jettels Poesiealbum geschrieben hatte »Genieße den sonnig-heiteren Tag, man weiß nicht, ob hienieden noch ein zweiter kommen mag«, erhoffte täglich die Nachricht, dass ihr Vetter zweiten Grades für sie bürgen und sie samt Mann und den drei Kindern nach Amerika holen würde.

Ob die vielen stillen Straßen, in denen die kleine Perls im roten Rüschenkleid ihren Kreisel gepeitscht und ihren Reifen mit einem Stock geschlagen hatte, je aus dem Gedächtnis verschwinden würden? Nie wieder würde Jettel die Dominsel sehen und das weit über Breslau hinaus berühmte Rathaus, die schöne Schneidnitzer Straße und das geliebte Kaufhaus Wertheim. Für Inas mittlere Tochter war Einkaufen ein Lebenselixier gewesen. Allein die Seidenstoffe bei Wertheim zu fühlen und im Winter in die Pelzabteilung zu gehen und sich an die Mäntel zu schmiegen und zu träumen, man wäre Greta Garbo oder die Frau von Rudolf Valentino, war Lebenselixier für eine Frau, die ihrem Mann in eine Kleinstadt mit vierzehntausend Einwohnern gefolgt war.

Es bekümmerte Jettel, dass sie am Vortag nicht noch einmal zu Wertheim gegangen war. Nun hatte sie noch nicht einmal ein Stück Maiglöckchenseife, um sich in Afrika an zu Hause zu erinnern, oder ein Fläschchen Uraltlavendel, wenn sie Kopfschmerzen bekam. Und Regina hatte keinen Ausschneidebogen, um die lange Bahnreise zu verkürzen – mit Puppen aus Pappe, die mit Kleidern, Mützen, Mänteln, Taschen und Schuhen bedacht werden mussten. Die Lichterflut bei Wertheim verdunkelte sich sehr plötzlich.

»Nein«, wehrte sich Jettel. Sie fasste sich an den Hals und würgte.

»Pas devant l'enfant«, murmelte Ina, »dazu haben wir uns doch fest entschlossen, Jettel.«

»Das heißt, nicht vor dem Kind«, jubelte Regina. »Das sagst du immer, wenn ich was nicht verstehen soll. Das ist Negerisch. Das hat mir mein Papa gesagt. Ich darf das jetzt auch sagen. Du hast versprochen, ich darf alles sagen, wenn wir erst im Zug sind.«

»Auf dem Schiff, Regina. Auf dem Schiff darfst du sagen, was du willst. Das verspreche ich dir.«

»Kommst du auch mit aufs Schiff, Oma?«

Der Zug fuhr bereits. Der Mann mit dem roten Luftballon am weißen Karren stand auf dem Bahnsteig. Für

Regina wurde er ein Zwerg aus Schneewittchens Riege und für ihre Mutter eine herzzerbrechend deutliche Erinnerung an einen Tag im Mai, als Walter ihr auf einem Volksfest in Hennerwitz eine gelbe Papierrose geschossen und einen roten Luftballon gekauft hatte. »Gib Acht, Jettel, mit einem Luftballon ist schon manche Frau in den Himmel geflogen.«

»Ich will aber nicht. Ich will immer bei dir bleiben, egal wohin du auch gehst.«

»Das wird sich ändern.«

Eine Frau in einem Blümchenrock stand auf Zehenspitzen am Bahnsteig. Sie hielt in beiden Händen ein großes weißes Taschentuch, das im Wind wie eine Fahne wehte. Der Dampf der Lokomotive stieg zu den Wolken. Regina sagte: »Ach«, und verriet, weil sie das ja durfte, wenn sie leise sprach, der Puppe Josephine ein Geheimnis. Schon war die Oder nur noch ein silbernes Band, leblos und unwirklich. Jettel schloss die Augen, doch sie hatte verlernt, wie ein Kind zu fliehen. Ihr Gedächtnis gab keine Ruhe. Die Erinnerungen führten sie zu einer weißen Bank, die seit mehr als dreißig Jahren unter einem Lindenbaum am Ufer stand. Dort hatte die zwölfjährige Jettel mit ihren Vettern Hirschstein das Leben ausprobiert. Der gleichaltrige Franz mit den schwarzen Haaren und blauen Augen war in Jettel verliebt gewesen, Jettel jedoch in den semmelblonden Willi. Der war längst nicht so gutmütig und auch nicht so gut aussehend wie Franz, aber zwei Jahre älter als der Bruder. Weil er schon viel von Frauen und einiges von der Liebe verstand, ritzte er Jettels Namen und seinen, dazu noch zwei ineinander verschlungene Ringe in die Bank. An dem Freitag im August beschloss Jettel, ihren Vetter Willi zu heiraten. Als die Zeit

für Versprechungen und Verlobungen gekommen war, er-
wählte er jedoch eine Frau mit einem beträchtlichen Vermögen und ohne Busen. Auch hinkte sie ein wenig und
war zehn Jahre älter als ihr Mann. Die beiden wanderten
1935 nach Kanada aus. Willi gab sich immer noch mit
Sitzmöbeln ab. Allerdings als Handelsvertreter. Als die
Redlichs an Auswanderung dachten und ihn um Hilfe
baten, antwortete er postwendend. Er könne leider nichts
für Jettel tun, schrieb er aus Montreal. Das Wort »leider«
unterstrich er mit zwei dicken Balken. Franz war nach
Palästina emigriert. Seine Mutter erzählte, er müsste sich
dort in einem Kibbuz als Erntearbeiter quälen und wäre
»viel zu gutmütig für das Land«.

»Die Oder ist schon nicht mehr zu sehen«, schluckte
Jettel. Sie schaute ihre Mutter an, doch obgleich Ina
fühlte, was ihre Tochter bewegte, zuckte sie mit den
Schultern.

Josephine im Bastrock, die auf dem Tischchen am Fenster saß, stürzte zu Boden und ausgerechnet auf den Kopf.
Sie musste mit einem Sahnebonbon aus der Ledertasche
getröstet werden, quengelte aber trotzdem weiter. »Bis
du Großmutter bist«, sagte Regina und imitierte Ina,
»hast du alles vergessen. Kinder vergessen schnell.«

»Das glaube ich nicht«, widersprach Josephine mit Reginas Stimme.

Die Bäume waren nicht mehr von den Telegraphen-
stangen zu unterscheiden, und die Vögel sahen alle aus
wie kleine schwarze Gummibälle. Die Häuser am Bahndamm wurden so winzig, dass noch nicht einmal Erich
Zimmermann sie für seine Spielzeugeisenbahn hätte gebrauchen können. Erich wohnte noch in Leobschütz.
Sonntags hatte Regina immer mit ihm gespielt, denn er

war ja auch jüdisch. Bei Zimmermanns durfte jeder hören, was sie sagte. »Wir fahren zu meinem Papa«, vertraute Regina ihrem Plüschaffen an, »aber ich sage dir nicht, wo der ist. Sonst wird er von einem Hitlerjungen gefressen.«

»Psst«, erschrak Jettel. Sie drückte ihren Finger leicht auf Reginas Mund. »Es können immer noch Leute einsteigen.«

Das geschah erst vierzig Minuten später. Da hatte das empfindliche hellblaue Flügelkleid den ersten Fleck bekommen, Regina einen Wutausbruch und Fips von Regina eine Backpfeife. Regina schämte sich sehr, als all dies geschah. Sie weinte ein bisschen und wurde von ihrer Mutter mit einem Kuss beschwichtigt. Obgleich das Kind die überraschende Zärtlichkeit nicht im vollen Umfang deuten konnte, spürte es doch, wie sehr Mutter und Großmutter bemüht waren, Aufsehen zu vermeiden.

»Sind wir bald in Hamburg?«, ergriff Regina die Gelegenheit.

»Später. Abends, wenn es dunkel wird und du ein bisschen geschlafen hast.«

»Immer sagt ihr später. Sind wir schneller in Hamburg, wenn ich schlafe?«

In Rawitsch stieg eine große, hagere Frau ein, die blonden Haare durch einen Mittelscheitel getrennt und im Nacken zu einem festen Knoten geflochten. Sie sagte energisch: »Heil Hitler«, zog die Tür des Abteils kräftig zu, entdeckte das umfangreiche Gepäck, seufzte und schüttelte den Kopf. Stirnrunzelnd stellte sie ihre kleine Reisetasche auf Inas Handkoffer. Spätestens als sie die verschreckten Gesichter von Jettel und Ina bemerkte, musste ihr aufgefallen sein, dass weder die beiden noch das Kind ihren Gruß erwidert hatten, doch sie ließ sich nichts anmerken.

Die hochgeschlossene weiße Bluse der Frau, die Brosche aus Bernstein, die einen Kranz aus Ähren darstellte und die den obersten Blusenknopf verdeckte, der grüne Trachtenrock und der ungeschminkte Mund entsprachen ganz dem von den Nazis propagierten Frauenbild. Jettel wischte ihre Stirn trocken. Noch nervöser wurde sie, als ihr auffiel, dass die neue Mitreisende ihrer ehemaligen Mathematiklehrerin ähnlich sah. In den letzten drei Schuljahren hatte Fräulein Fischbach in jedem Zeugnis die mangelnde mathematische Begabung der Schülerin Perls als Aufsässigkeit und Lernunwilligkeit dokumentiert. Jettel unterdrückte das Bedürfnis, das Fenster aufzumachen. Ihr Taschentuch war schweißnass, ihre Hände aber kalt. Zu ihrem Erstaunen lächelte die Frau mit der Bernsteinbrosche Regina an. Sie strich ihren Rock glatt, setzte sich neben sie und sagte in dem gekünstelten Ton, den viele Erwachsene als den direkten Weg zu einem Kinderherzen erachten: »Du hast aber eine ganz feine Puppe. Wie heißt denn dein Liebling?«

Regina war einen solchen anbiedernden Ton nicht gewöhnt. Seit dem Umzug von Leobschütz nach Breslau war sie überhaupt nicht mehr gewöhnt, von Fremden angesprochen zu werden. Sechs Monate lang war sie vor jedem Spaziergang, vor jedem Einkauf und auch beim Arztbesuch ermahnt worden, still zu sein und niemanden zu belästigen. Unsicher sah sie ihre Mutter an, danach ihre Großmutter. Es verwirrte sie sehr, dass beide ihr zunickten, als wollten sie sie zu einer Antwort ermuntern. Mutter und Großmutter lächelten gar die Fremde an. Regina sagte kein Wort. Sie drückte die Puppe fest an ihre Brust und starrte so lange auf den Boden, bis sie winzige schwarze Würmer sah – ein verschüchtertes kleines Mädchen in einem Flügelkleid, das sich Flügel wünschte, um aus dem Fenster zu fliegen. Zu den Engeln, die Kinder beschützten und Erwachsenen den Mund zuklebten. Schließlich entdeckte dieses flügellose, unbeschützte Kind auf Mutters Handtasche seinen weißen Leinenhut. Regina ließ einen kurzen Augenblick die Puppe los. Sie setzte den Hut auf und zog ihn so tief in die Stirn, dass ihr Gesicht kaum noch zu sehen war und sie auch nichts mehr sah. Dann presste sie die Puppe wieder an sich.

»Vielleicht weiß deine Puppe, wie sie heißt. Wollen wir sie mal fragen? Manche Puppen sind klüger als kleine Mädchen.«

»Josephine«, murmelte Regina unter ihrem Hut.

»Das ist aber kein schöner Name«, monierte die Frau.

»Auch nicht für eine Niggerpuppe.« Sie lächelte nicht mehr, und doch waren ihre Zähne zu sehen.

»Mein Papa hat gesagt, das darf man nicht sagen.«

»Regina«, mahnte Jettel, »Kinder dürfen nicht widersprechen. Das weißt du doch. Und setz endlich diesen albernen Hut ab. Wir sind doch hier nicht im Zirkus.«

»Sie hat angefangen«, weinte Regina und zeigte, obwohl sie das schon gar nicht durfte, mit dem Finger auf die Bernsteinbrosche. Sie rutschte vom Sitz, drehte sich einmal um sich selbst und stampfte erst mit dem rechten Fuß auf und dann mit dem linken. »Rumpelstilzchen« hörte sie die Stimme ihres Vaters aus Afrika sagen. Entsetzt steckte sie ihren Finger in den Mund. Wie eine Zweijährige. Auf Josephines schönen Bastrock tropften Tränen. »Sie hat mit mir gesprochen«, schluchzte Regina.

»Ich wollte das ja nicht. Und Josephine will das auch
nicht. Sie kann mit keinem Menschen reden. Nur mit
mir.«
Die drei Frauen schauten einander an, erschrocken, verstört und sehr befangen. Zwei von ihnen waren vogelfrei.
Für sie war jedes Wort zur falschen Zeit und am falschen
Ort ein Risiko. Nur die begnadete Dritte fürchtete weder
die Zukunft noch Leute mit einem erhobenen Arm. Alle
drei aber waren sie Mütter. Sie waren mit den verschlun-
genen Pfaden vertraut, die verängstigte Kinder einschla-
gen, wenn sie in den Irrgärten laufen, aus denen ohne
Hilfe kein Entkommen ist. Die von der Gesellschaft Ver-
stoßenen trauten sich nicht, sie selbst zu sein und ein ver-
ängstigtes Kind aus dem Labyrinth zu führen. Es war die
Frau im Trachtenrock, die sprach.
»Das ist doch nicht so schlimm«, tröstete sie. Ihre Stimme war sanft. Jettel und Ina sahen sie verblüfft an. Trotz
ihrer Beklemmung und Angst waren sie der Frau dankbar, und es beschämte sie sehr, wie spontan und mit welcher Selbstverständlichkeit sie Regina für ihre Unge-
schicklichkeit gezürnt hatten. Schon sprach die Frau
weiter. Sie griff nach Reginas Hand. Ihrem Griff war
nicht zu entkommen. »Du darfst nicht sofort weinen,
Kind«, erklärte sie. »Was würde denn unserer Führer zu
dir sagen? Der will doch, dass deutsche Mädels tapfer
und stark sind.«
Regina hielt den Kopf gesenkt. Obwohl sie auf den
Boden schaute, gelang es ihr, ihre Hand zu befreien. Sie
weinte nicht mehr. Die Stille im Abteil kam unerwartet. Für alle war sie peinigend und peinlich. Regina
schnaufte beim Atmen. Ina verschränkte ihre Hände
ineinander, um sie ruhig zu halten. Jettel hörte ihr Herz

schlagen, und dennoch stand sie auf. Nicht hastig wie eine, die den Augenblick der eigenen Courage rasch ausnutzen will, ehe er wieder vergeht, sondern gelassen und mit der Würde, die nur den Selbstbewussten und Mutigen gegeben ist. Jettel schaute erst ihre Mutter an, dann ihre Tochter und schließlich die unwillkommene Mitreisende.

»Wir waren gerade dabei«, sagte sie im alten, unbeschwerten Plauderton der alten, unbeschwerten Zeit, »im Speisewagen eine Tasse Kaffee trinken zu gehen. Das tun wir jetzt. Da haben Sie wenigstens ein bisschen Ruhe.«

Den Affen Fips in der Linken, griff Regina nach der Hand ihrer Mutter. Noch war ihr Gesicht purpurrot, und ihr Mund stand offen, aber sie konnte schon wieder auf einem Bein stehen. Genau wie das Männlein im Walde, von dem sie sich, wenn sie nicht schlafen konnte, sehr oft fragte, wie es ihm gelang, immer still und stumm und trotzdem ohne Angst zu sein. Sie tat einen fröhlichen Hüpfer in Richtung Himmel. »Ja«, sagte Regina in einem singenden Ton, denn obwohl sie die Geheimnisse ihrer Familie hüten musste wie die königlichen Kammerdiener im Märchen die Schatztruhe ihres Herrn, war sie doch ein Kind wie jedes andere. Auf langer Reise lechzte sie nach jeder Form von Abwechslung.

Ina nahm die Puppe Josephine mit den heiter klimpernden Ohrringen hoch und sagte: »Komm, mein Schatz.« Ihre Bewegungen waren so ruhig und graziös wie in den Tagen der Ruhe, doch wie Feuer brannte in ihr der Schmerz einer Großmutter, die ihrem Enkelkind nicht hatte zu Hilfe kommen dürfen. Einen furchtbaren Moment, den sie nie vergaß, spürte sie, dass diese Demütigung nur der Beginn des Leidens war. Sie schaute hoch und sah, dass Jettel ihre Schultern gestrafft hatte. Auf ihre Tochter war Ina stolz. Diesen wärmenden Mutterstolz würde sie erst recht nicht mehr vergessen. Jettel, von der ihr Mann stets behauptete, sie würde schon deshalb in jeder Notsituation versagen, weil sie nicht beizeiten gelernt habe, sich dem Leben zu stellen, ging mit erhobenem Kopf zum Speisewagen. Der Rock ihres gepunkteten Seidenkleids wippte. Wie die Fahnen zu Kaisers Geburtstag.

»Walter wird sich wundern«, sagte Ina, als der Kaffee vor ihnen dampfte und Regina mit ihrem Zeigefinger erst Fips und dann Josephine mit der Schlagsahne fütterte, die auf der heißen Schokolade dümpelte.

»Du meinst, wenn unser ganzes Gepäck geklaut wird«, sagte die verwegene Siegertochter. Ihr Lachen klang wie das Locken der jungen Jettel Perls auf dem Abschlussball der Tanzschule. Walter und Martin Batschinsky wollten beide den ersten Walzer mit ihr tanzen und hielten ihr eine rote Rose hin. Die kleine Kokette entschied sich damals jedoch für Karl Silbermann, der schon im achten Semester war und seine Anzüge aus Berlin kommen ließ. Jettel Redlich, ihre Wangen immer noch von Stolz gerötet, verweilte nur einen Herzschlag lang in der Welt, der sie erst vor ein paar Stunden für immer Adieu gesagt hatte. »Ich glaube nicht, dass da etwas passiert«, sagte sie munter und nickte in Richtung des Abteils. »Jedenfalls will ich doch hoffen, dass unsere deutsche Eiche armen Juden keine Koffer klaut.«

»Psst«, hisste Regina. Sie legte ihren Finger auf den Mund ihrer Mutter.

»Jetzt würde sich dein Mann noch mehr wundern«, staunte Ina, »er behauptet doch immer, dass du keinen Humor hast.«

»Ach, was weiß ein Mann schon von seiner Frau? Der macht sich oft noch nicht einmal die Mühe, seine Mutter richtig kennenzulernen.«

»Deshalb bin ich ja auch immer froh gewesen, dass ich drei Töchter habe und keinen einzigen Sohn.«

Obwohl Walter in zwei Briefen mit kräftigen Unterstreichungen geraten hatte, so wenig Geld wie möglich im Speisewagen auszugeben und für das Ersparte lieber Regina in Hamburg noch Gummistiefel für die Farm zu kaufen, gingen Ina, Jettel und Regina nicht zurück ins Abteil, als die Tassen leer waren. Um weitere Komplikationen mit ihrer Mitreisenden zu vermeiden, dehnten sie das ursprünglich nur kurz bemessene Fluchtprogramm zu einem späten Mittagessen aus. Mutter und Tochter waren in allerbester Stimmung. Sie waren ohnehin mit dem flexiblen Gedächtnis von Frauen gesegnet, die sich von männlichen Ratschlägen nicht die Laune verderben lassen. Nach dem Kaffee und vor der Schwarzwälder Kirschtorte bestellten sie – auch für die heftig protestierende Regina – Frikadellen mit Spinat und Salzkartoffeln.

Abermals sorgte Regina für eine unerwartete Pointe. Sie aß den Spinat mit einer solchen Lust, als hätte man ihr nicht seit ihrem dritten Lebensjahr weismachen müssen, der verhasste grüne Brei sei in Wirklichkeit eine Zauberspeise, der kleine Mädchen vor den Nachstellungen böser Buben und böser Hexen schütze. Selbst der Ober, der zu Hause vier kräftige Söhne hatte, denen keine Portion groß genug war und die Abstände zwischen den Mahlzeiten grundsätzlich zu lang, bestaunte Reginas Appetit. Er nannte sie ein Prachtmädel, klopfte ihr auf die Schulter und schenkte ihr eine Postkarte, auf der eine rote Lokomotive hellgelbe Wagen über eine Brücke zog. Reginas Augen funkelten Frohsinn. Sie sonnte sich im Beifall und griff vom Nachbartisch eine Anregung auf, die den Kellner noch mehr entzückte. Mit einem Stück Brot wischte sie ihren Teller rein.

»Was meinst du, wie sich unser Koch freut, wenn er deinen Teller sieht«, lobte er. »Die meisten Kinder mögen keinen Spinat.«

»Ich bin nicht wie die meisten Kinder«, sagte Regina.

Für Ina und Jettel gab es zum Abschluss der Tafelfreuden Danziger Goldwasser. Der Ober schenkte es bei Tisch aus einer viereckigen Flasche ein, die linke Hand auf dem Rücken. Die winzigen Goldplättchen schwammen in der klaren Flüssigkeit; sie erzählten vergessene Geschichten, die fortan nie mehr in Vergessenheit geraten und in der Herzgrube schmerzen würden. Josephine, Fips und Regina durften an den Gläsern nippen. Alle fünf wurden fröhlich wie die Sonnenkinder, die im Bilderbuch den Regenbogen hinunterrutschten, doch nur zwei von ihnen kannten den Grund. Bald fiel Regina auf, dass die meisten Sätze von Großmutter und Mutter mit den gleichen drei Zauberworten anfingen. Auch Fips ging dazu über, »Weißt du noch?« zu fragen, und die barfüßige Josephine tanzte wild auf dem Tisch. Auf der anderen Seite des Ganges saß ein älterer Herr, der seinen Schnurrbart in Bierschaum eintauchte. Er war viel in der Welt herumgekommen und wusste über die Menschen Bescheid. Regina zwinkerte er mit dem rechten Auge zu.

»Deine Puppe braucht einen Gürtel aus Bananen«, schlug er vor.

Regina vergaß, dass sie ein Kind zu sein hatte, das fremde

Menschen sehen, aber nicht hören sollten. Mit der deutlichen Stimme, die ihren verängstigten Eltern von Jahr zu Jahr mehr Kummer gemacht hatte, vertraute sie dem Kinderfreund an: »Den Gürtel kriegt Josephine erst, wenn wir in Afrika sind.« Beim letzten Wort erschrak sie dann doch. Sie schlug sich gar auf den Mund. Betreten schaute sie Jettel und Ina an, doch das Danziger Goldwasser hatte schon zu wirken begonnen. Beide nickten Josephines Mutter zu, als dürfte ein Kind alles sagen, wonach ihm zumute war.

Als der Zug dabei war, in Frankfurt an der Oder einzufahren, konnte Regina, erschöpft von den Aufregungen des Tages, der Nervosität der Erwachsenen, dem aufmerksamen Belauschen von Gesprächen, denen sie nicht folgen konnte, und dem ungewohnt vielen Essen, kaum noch die Augen offen halten. Ina und Jettel hatten erhitzte Gesichter und ein brodelndes Gewissen. Beide machten sich gewaltige Vorwürfe, dass sie sich so lange nicht um das Gepäck gekümmert hatten. Wie Kinder, die zum ersten Mal allein verreisen! Den Rückweg ins Abteil traten sie mit Blei unter den Schuhen und klopfenden Hasenherzen an.

»Kommen Sie wieder«, empfahl der Kellner mit den vier unersättlichen Söhnen, »bis Hamburg ist der Weg noch lang.«

»Woher der wohl weiß, wohin wir fahren?«, sorgte sich Jettel.

»Wahrscheinlich sagt der das immer«, beruhigte sie Ina, »der Zug fährt ja nach Hamburg.«

Alle Koffer standen auf ihrem Platz. Reginas Leinenhut lag auf der Reisetasche, ein Apfel, der zuvor noch nicht da gewesen war, auf dem Tischchen am Fenster. Jedoch war die Frau im Trachtenrock weg. Mitsamt ihrem kleinen Koffer. Es war niemand mehr zugestiegen. »Gott sei Dank!«, sagten Jettel und Ina im Chor. »Das hätten wir hinter uns.«

Eine halbe Stunde später, als Jettel zur Toilette ging, sah sie die ehemalige Mitreisende wieder. Sie hatte zwei Abteile weiter einen Platz gefunden und unterhielt sich angeregt mit einem Mann in ihrem Alter. Er sah absolut so aus, als würde er es nicht dulden, dass eine Tochter von ihm mit einer schwarzhäutigen Puppe spielte, die einen bloßen Busen und einen sehr undeutschen Namen hatte. Der Mann, auch das fiel Jettel mit ihrem geschärften Instinkt für Details auf, trug das Parteiabzeichen im Revers seines Sakkos. Noch während die Kundschafterin ihrer Mutter in verschlüsselten Worten und mit Hilfe einiger französischer Vokabeln die Begebenheit erzählte, wobei sie teils schauderte und teils glucksend wie ein Backfisch lachte, protestierte Regina: »Aber ich bin nicht müde.« Zwei Minuten später schlief sie ein. Das Rütteln des Zugs schaukelte sie in den Tiefschlaf. Es war genau das, was sich ihre Großmutter und noch mehr ihre Mutter gewünscht hatten – eine Schonzeit vor den zu aufmerksamen Ohren eines zu früh reif gewordenen Kindes. Es war, das spürten sowohl die Mutter als auch die Tochter, vielleicht die letzte Gelegenheit, um miteinander zu reden, ohne dass die Bedrängnis des Abschieds die Wortwahl diktierte.

Sehnsuchtsvoll schaute Jettel zum Fenster hinaus. Sie ließ keine Minute von der kostbaren Zweisamkeit verstreichen, die ihr Reginas plötzliche Müdigkeit beschert hatte. »Ich nehme an«, sagte sie, »die Oder werde ich in diesem Leben nicht mehr sehen. Weißt du, ich hätte nie gedacht, dass mir das so viel ausmacht. Ein Fluss war für mich doch nie etwas Besonderes, halt nur Wasser mit einer Brücke drüber und Häuser am Ufer. Auf einmal kommt es mir vor, als wäre in meiner Jugend jeder Tag ein Sommertag gewesen und wir hätten in einem Ruderboot gelegen und in den Himmel geschaut, in rosa Wolken mit hellblauen Bändern. Walter konnte wunderbar rudern. Und Martin Batschinsky erst.« Noch sprach sie leise, um Regina nicht zu wecken.

»Du darfst nicht so viel über Dinge grübeln, die nicht mehr zu ändern sind«, erkannte Ina. »Das macht krank. Und unzufrieden. Wer sich zu oft nach der Vergangenheit umdreht, bekommt einen steifen Hals. Hat schon mein Onkel Willi gesagt. Und der musste es wissen. Der war ja Arzt. Du musst dir immer wieder sagen, dass nur eins wichtig ist: Du bist unterwegs zu deinem Mann und Regina zu ihrem Vater. Das ist eine Gnade, auf die eine Frau weiß Gott kein verbrieftes Recht hat. Ich war vierunddreißig, als dein Vater starb und mich mit drei Kindern zurückließ. Suse war erst vier. «

»Aber ich war zwölf«, lachte Jettel, »und eine mächtige Hilfe für dich. Jedenfalls hast du das immer gesagt.« Einen Moment glühte ihr Gesicht. Es wurde wieder jung mit dem Stolz von damals, doch die gute, besänftigende Stimmung verflüchtigte sich so rasch wie die Bäume, die sich in Dunst auflösten, kaum dass sie am Bahndamm ihr Hoffnungsgrün geflaggt hatten. Schon kehrte die Angst zurück, noch fordernder und bösartiger als zuvor. »Ach, wenn wir doch nur irgendwo in Europa leben könnten«, klagte Jettel. »Von mir aus auch in Polen oder meinetwegen sogar in Litauen oder sonst wo da unten. Vera Schlesinger ist mit ihrem Mann und den Zwillingen nach

Vilna gegangen. Hugo Schlesinger ist ja auch Jurist. Und Thea Trautmann, die in der Schule in jeder Französischarbeit eine Fünf schrieb und die selbst zu dumm war, einen Mann zu finden, hat in Frankreich eine Anstellung als Kindermädchen bekommen. Nur Walter hat mal wieder seinen Dickkopf durchgesetzt. Es musste unbedingt Afrika sein. Das ist so verdammt weit weg, so hoffnungslos weit.«

»Wer weiß, wozu es eines Tages gut ist. Es hat keinen Zweck, mit dem Schicksal zu rechten, Jettel. Das war immer Sünde. Jetzt erst recht.«

»Ich kann mir überhaupt nicht vorstellen, wie das ist, durch ein ganzes Meer oder gleich mehrere von dir getrennt zu sein. Ich muss immerzu an das Gedicht von den zwei Königskindern denken. Weißt du noch, wie ich das in der Schule am Elterntag aufgesagt habe?«

»Und ob ich das weiß! Du warst die schönste von allen in deinem rosa Taftkleid. Eine dreizehnjährige Königin. Jeder Mann, der im Publikum saß, hat sich die Lippen geleckt.«

»Ach, Mutter, manchmal habe ich das Gefühl, wir werden uns nie mehr wieder sehen. In solchen Momenten will ich auch nicht mehr weitermachen.«

»Du darfst jetzt nicht weinen, Jettel. Was ist, wenn Regina wach wird? Es gibt nichts Schlimmeres für ein Kind, als die Mutter weinen zu sehen. Ich weiß genau, dass wir uns wieder sehen werden«, versprach Ina. Ihre Hände waren ruhig, die Stirn kühl. Noch nicht einmal das Herz, das sonst mit so viel Eifer den Menschen verrät, schlug schneller. Um ein Haar hätte Ina gelächelt. Es hatte sie immer verwundert, dass Kinder, die so früh mitbekommen, was um sie herum geschieht, und die vor jeder Veränderung zurückschrecken, kein Empfinden für die Notlügen einer Mutter haben. Oder wollten sie nicht merken, wie erst die Hoffnung und dann das Leben starb? Blieb ein Kind, solange es eine Mutter hatte, ein Kind, das an Wunder glaubte?

Ina wusste es nicht. Sie wusste nur eins: Wenn in drei Tagen die »Adolph Woermann« in Hamburg ablegte, war ihr Lebensmut dahin. Am 8. Januar, bei Walters Abfahrt, hatte sie den Schwiegersohn hergeben müssen, der ihr ein Sohn geworden war. Da war ihr Herz zerrissen. Ab dem 21. Juni, wenn ihr die geliebte Tochter und das Enkelkind genommen wurden, brauchte sie kein Herz mehr. Von da ab war Leben nur noch Pflicht – die Verantwortung für Käthe, ihr lebenslängliches Kind. Die Vorstellung ängstigte Ina nicht. Noch gebraucht zu werden und zur Stelle zu sein erschien ihr eine Gnade, die zur Zeit passte. Nur hatte sie noch zu lernen, für diese Gnade dankbar zu sein.

»Ich finde es wunderbar, dass wir diese Reise zusammen machen können«, schwindelte Ina weiter. »Und ausgerechnet nach Hamburg. Ganz wie in alten Zeiten, wenn wir in die Ferien nach Norderney fuhren. Oder nach Heringsdorf. Nur dass diesmal Käthe nicht über einen Fleck auf dem Kleid jammert und Suse nicht über Bauchweh, weil sie die Schokolade für alle drei in sich hineingestopft hat. Deine Schwestern waren keine sehr angenehmen Mitreisenden. Und ziemlich egoistisch. Heute kann ich das ja sagen, ohne gleich ein schlechtes Gewissen zu bekommen. Mit Regina umzugehen ist die reine Freude. Das verträgliche Naturell hat sie von dir.«

»Käthe war gar nicht so übel«, sagte Jettel geschmeichelt, »auch sie werde ich vermissen. Mit ihr habe ich mich nie gestritten. Es tut mir leid, dass ich ihr das nicht noch beim Abschied gesagt habe.«

»Warte nur ab. Vielleicht gelingt es Walter und dir, uns doch noch nach Afrika zu holen. Dann kannst du es ihr ja sagen, um sie willkommen zu heißen.«

Ina dankte dem Gott, dem sie nie vertraut hatte, dass Jettel sich so mühelos in die Irre führen ließ. Wie ein kleines Mädchen, das seinen Kummer vergisst, wenn man ihm ein paar bunte Glasperlen hinhält. Oder war Inas leicht zu lenkender Liebling am Ende doch klüger und reifer, als ihre Mutter ahnte? Log sie etwa auch aus Liebe?

Ina holte einen leichten Wollschal aus ihrer Reisetasche. Obwohl sie es war, die fröstelte, faltete sie ihn sorgsam zu einem kleinen Kissen, das sie unter Reginas Kopf schob. In ihr brannte der Wunsch, sie dürfte das Gleiche für Jettel tun, und die würde eine Weile nichts mehr hören, nichts mehr sehen und nichts mehr fühlen. Und keine Angst haben. Weder vor der Zukunft noch vor dem Abschied. Die Zeit war zu knapp bemessen, in der eine Mutter den Schlaf ihres Kindes bewachen konnte. Möchtest du das Märchen vom Schlaraffenland hören, Jettel? Ja, aber es soll nie zu Ende gehen.

»Was soll das?«, fluchte Ina. »Mitten auf der Strecke.«

Der Zug hatte abrupt abgebremst, war aber sofort wieder angefahren. Inas Handkoffer war umgefallen und auf dem Tischchen am Fenster ein halb ausgetrunkener Becher mit Milch. Jettel legte den See mit ihrem durchgeweinten Taschentuch trocken. »Siehst du«, sagte sie, »auch da hat Walter unrecht. Tränen sind doch zu was nutze. Man hat immer ein Taschentuch«

»Jammerschade, dass er das nicht gehört hat.«

Ein Mann in einer weißen Kellnerjacke schob einen Wagen mit Flaschen, Kannen und Keksen den Gang entlang. Leise klirrten Gläser und Tassen. Wie zu Hause, wenn das Geschirr aus der Küche ins Esszimmer getragen wurde. Gab es überhaupt noch ein Zuhause? Zwei Abteile weiter bestellte eine Frau eine Zitronenlimonade. »Aber nicht zu süß!« Jettel erkannte die Stimme und bekam, obwohl die Luft stickig war, Gänsehaut auf beiden Armen. Regina wurde wach. Sie stöhnte und gähnte, setzte sich nach einer Weile aufrecht hin, die Hand wie ein Schutzschild vor den Augen.

»Sind wir schon in Hamburg, Oma?«

»Später, Kind. Ein bisschen Geduld musst du noch haben. Erst kommt Berlin. Schlaf noch ein bisschen. Josephine ist auch ganz müde.«

»Ist sie nicht. Kein bisschen. Immer sagst du später. Gibt es jetzt nicht mehr?«

»Na, du stellst Fragen, Kind. Für die ist deine Oma noch nicht alt genug. Da müssen wir warten, bis du so weit bist, um die Antwort zu finden.«

»Später«, sagte Regina. Sie legte sich wieder hin, faltete die Hände und murmelte den Anfang ihres Nachtgebets. Wie sie es ihrem Vater versprochen hatte. Ihre Mutter zog die Jalousien vor dem Fenster herunter. Die waren grün wie die Tannen, die in der Welt des Friedens miteinander tuschelten. Die Mischung aus Schatten und Licht im Abteil erinnerte Regina an das grüne Tuch, mit dem die Kinder zu ihrem Geburtstag Blinde Kuh gespielt hatten. Sie wollte fragen, wer nun in Leobschütz ihr Schaukelpferd fütterte und mit was, doch sie kam nicht mehr dazu. Als sie fest schlief, legte ihr die Großmutter Fips, der seit dem Bremsmanöver unter dem Sitz lag, in den Arm. Im Abteil ging der Tag zur Neige, ehe die Zeit dazu gekommen war. Die Sonne auf den Sommerwiesen und über den Bächen schien nur für die, zu denen die Gespenster nicht kamen.

Ina und Jettel versprachen einander, nur nach vorwärts zu schauen und nicht mehr von der Vergangenheit zu sprechen. Ina schaffte es, die Augen zu schließen, aber statt dass der Tröster Schlaf zu ihr kam, bohrten sich die Erinnerungen wie heiße Nadeln in ihr Bewusstsein. Käthe und Jettel trugen zum ersten Mal ihre neuen weißen Matrosenkleider mit den weiten Röcken. Marineblaue Streifen säumten die breiten Krägen. Beide Mädchen hatten pechschwarze Ringellocken, große weiße Haarschleifen und, wenn sie lachten, Grübchen. Sie lachten immerzu, und ihr Lachen war so ansteckend wie Masern. Das sagten alle. Selbst die kecken kleinen Buben, die ihre Kindermädchen zur Verzweiflung trieben, rissen sich darum, für Jettel und Käthe das Handtuch und den Schläger für das Federballspiel zu tragen. Beim gemeinsamen Mittagsmahl an der Table d'hôte wurden die Perlsmädels von silberhaarigen, sehr vornehmen Damen mit kleinen Geschenken und teurem Zuckerwerk verwöhnt. Bei Spaziergängen und am Strand wurden sie von jungen Männern mit Komplimenten bedacht, für die sie zwar reif genug, aber noch nicht alt genug waren. Ina nannten alle im Hotel »die lustige Witwe«. Sie war es auch, sah aus wie die Schwester ihrer Töchter und war immer vergnügt. Sowohl Norderney als auch Heringsdorf waren unter den ersten deutschen Bädern, die mit Stolz verkündeten, sie wären »judenrein«. Ina grübelte, ob das in Leobschütz in den Zeitungen gestanden hatte.

Ein Mann stand in der Tür. Groß und unbeweglich, eine

dunkle Silhouette im diffusen Licht. Jettel und Ina wurden im gleichen Moment gewahr, dass er Uniform trug. Sie wurden bleich und klein, und beide hielten sie ihre Hände vor das schlafende Kind. Als könnten Frauenhände schützen!

»Heil Hitler, guten Tag die Damen«, rief der Schaffner in die Angst hinein. Nach einer Weile sagte er: »Personalwechsel.« Seine Stimme war laut. Sie klang grob, doch er war es nicht. Er war ein Mann von etwa fünfzig Jahren, hatte den Krieg überstanden und schon am dritten Tag den Tod seines Jugendfreundes. Zu Hause hatte er eine zänkische Frau und einen Sohn, der nie für sich selbst würde sorgen können. Dessen Vater ließ sich nicht beirren. Alle zwei Wochen ging er zur Beichte, denn er glaubte noch immer an Gott und dass der gerecht war. Freundlich war dieser Schaffner mit dem Berliner Zungenschlag, als er sich die Fahrausweise zeigen ließ. Er sah, dass nur Ina eine Rückfahrkarte hatte, die junge Mutter und das Kind aber nicht. In solchen Fällen war er seit Beginn der neuen Zeit angehalten, auf die Freundlichkeit und die persönlichen Bemerkungen, die bei Reisenden in der zweiten Klasse üblich waren, zu verzichten. Aus einem Grund, den er sich trotz Führertreue und Gehorsam nicht erklären konnte, gelang ihm das allerdings nicht immer. Ihm fiel auf, dass Jettels Augen gerötet waren, und er wusste Bescheid. Es war ihm nicht angenehm, dass er es wusste.

Trotzdem staunte er ein wenig, als er sich sagen hörte: »Alles Gute für Hamburg. Sie haben's bald geschafft. Seien Sie froh. Und lassen Sie sich nicht irremachen. In Berlin halten wir an den Haltestellen Berlin Ostbahnhof und Zoologischer Garten. Ich glaube nicht, dass noch viele zusteigen.« Er verabschiedete sich nur mit dem »Danke und eine gute Reise noch«, das bei der Reichsbahn vor 1933 für alle Reisenden üblich gewesen war. Auf das »Heil Hitler« verzichtete er.

Danach war das Schweigen im Abteil schwer und schwarz. Ina beugte sich nach vorn. »Jettel«, flüsterte sie, »du musst mir eins versprechen. Was immer auch kommt, vergiss nie, dass Walter dich liebt. Ihr müsst zusammenbleiben. Er ist so ein anständiger Kerl.«

»Wie in aller Welt kommst du drauf? Warum sagst du das gerade jetzt?«

»Wer weiß, ob wir in Hamburg noch eine Gelegenheit finden, so ungestört miteinander zu sprechen. Wände haben ja bekanntlich Ohren. Besonders wenn man Logierbesuch ist. Manchmal habe ich große Angst um euch. Ihr seid beide so schreckliche Dickköpfe. Doch in einem fremden Land geht das nicht mehr. Da müssen Mann und Frau zusammenhalten. Ihr habt nur noch euch. Das darfst du nie vergessen. Ich wollte dir das seit Tagen sagen, aber es ist nie dazu gekommen. Jetzt hab ich es als Wink des Schicksals empfunden, dass Regina so fest schläft.«

»Ich schlaf aber nicht«, jubelte Regina. Sie klatschte in die Hände. Fips klatschte mit. »Ich hab nicht geschlafen. Nie. Ich hab genau gehört, was meine Oma gesagt hast. Und ich versprech' dir ganz ganz fest, Oma, dass ich nie vergessen werde, was du gesagt hast.«

So ist es auch gekommen.

5
JAMBO, KENIA
Mombasa–Nairobi, 30. Juli 1938

»Kwenda«, knurrte Abraham Silverstone. Er machte eine abwehrende Bewegung und bedrohte eine bettelnde Frau von etwa vierzig Jahren mit der Faust. Sie hatte ihren in weißen Kattun gehüllten Körper so dicht an den abfahrbereiten Zug herangeschoben wie sonst nur Reisende. Auf ihrem kahl geschorenen Schädel hockten fette Fliegen. Die oberen Schneidezähne fehlten. Trotzdem lachte sie in regelmäßigen Abständen, wenn auch nicht vergnügt. Kennern wäre klar gewesen, dass die ausgemergelte Bettlerin weder die angewiderte Geste des jungen Mannes deuten konnte noch Suaheli verstand. Bis sie ihr Mann aus der Hütte und dann die Not nach Mombasa getrieben hatten, wo es allgemein hieß, die Menschen wären freigebiger als in Nairobi, hatte der Bettlerin die eigene Sprache gereicht.

Sie erlebte erst den dritten Vollmond an der Küste. Zwar war die Zeit lang genug, um sich die Gepflogenheiten der Besitzlosen anzueignen, doch waren drei Monate zu kurz, um sich mit Mimik und Gesten der Europäer vertraut zu machen. Als die Bettlerin die geballte Faust des Bwana erblickte, stieß sie also nur das lang gezogene »Eh« hervor, das den Menschen vom Stamm der Kikuyu in jeder Situation als die geeignete Form der Kommunikation erscheint, und streckte dem nun heftig fluchenden Mann weiter ihre geöffnete Hand entgegen. Der Umhang um ihre Schultern geriet ins Rutschen. Nur die rechte Brust war noch bedeckt, auf der nackten linken glänzte eine rote Narbe.

»Kwenda!«, schimpfte Silverstone abermals.

»Sie hat keine Haare«, flüsterte Regina und beugte sich tief über den Rahmen des geöffneten Zugfensters. »Und ihre Brust wackelt. Wie Pudding. Ich hab noch nie schwarzen Pudding gegessen.«

»Sei still. So etwas sagt man nicht.«

»Warum?«, beharrte Regina. »Wenn sie mich nicht versteht, kann ich doch sagen, was ich will. Warum hat sie denn keine Haare, Mama? Und keinen Büstenhalter?«

»Vorsicht«, warnte Silverstone. »Beuge dich bloß nicht so tief hinunter. Das fehlt mir noch, dass du kleines Biest aus dem Zug fliegst und die verdammten Scherereien mit euch beiden wieder von vorn anfangen.«

Regina und Jettel standen auf der gleichen sprachlichen Stufe wie die Bettlerin. Sie verstanden kein Wort, doch sie lächelten, denn der Instinkt, der entwurzelte Menschen durch die Wirrnisse des Lebens zu geleiten verspricht, empfiehlt Freundlichkeit. Regina lächelte in der schüchternen Art von Kindern, denen bereits das Ungewohnte Bedrohung ist. Ihre Mutter lächelte mit einem Anflug von Trotz. In ihren Mädchentagen hatte solch charmanter Mutwillen viel versprechende junge Männer zu verwegenen Gedanken und unvergessenen Beteuerungen gebracht. Noch mochte Jettel nicht hinnehmen, dass es im fremden Land so viel schwerer war, erotische Botschaften zu versenden. Sie zerknüllte ihr Taschentuch und nahm sich vor, nicht zu schniefen. Silverstone verhielt sich neutral. Er nahm ebenso wenig Kenntnis vom Lächeln eines Kindes aus Deutschland wie vom Lachen einer Bettlerin aus dem Stamm der Kikuyu. Und da er Erfahrungen mit Neueinwanderern hatte, machte es ihm auch keine Mühe, die feuchten Augen und zitternden Lippen der Mutter des verschüchterten Kindes zu übersehen.

Den jungen Mann beschäftigten ausschließlich seine eigene Erscheinung und eine äußerst unangenehme Erschöpfung. Er neigte wahrlich nicht dazu, sich gehen zu lassen. Nun aber war sein Khakihemd durchgeschwitzt, die helle Leinenhose zerknittert. Schweiß tropfte von der Stirn auf die Augenbrauen. Zudem hatte der ordnungsliebende Abraham Silverstone das unangenehme Gefühl, er hätte feuchte Hände und keinen angenehmen Körpergeruch, genau wie seine korpulente Schwiegermutter, die in die Jahre gekommen war und sich einen Palmwedel zugelegt hatte – samt einem melancholischen Jungen, der seiner kurzatmigen Herrin auf der Veranda Luft zufächelte. Silverstone schüttelte das anwidernde Bild aus seinem Kopf. Er legte Wert auf Ästhetik und die Disziplin, die ein Mann aufbringen muss, um das Leben ästhetisch zu gestalten. Schon morgens um sechs ließ er sich von seinem Diener eine Schüssel erwärmtes Wasser bringen, damit er die erste Tasse Tee des Tages – Morning's Delight – nicht im unrasierten Zustand trinken musste. Seine Hemden ließ er täglich waschen, seine weiße Boxerhündin Tumbo jeden Donnerstag. Verärgert schaute der adrette Pedant auf seine Uhr. Als er Stunde und Minute zur Kenntnis nahm, verwünschte er alle Menschen, die es in die Fremde zog. Der Zug hätte vor einer Viertelstunde abfahren müssen, doch die Lok dampfte noch nicht einmal. Der Bahnhofsvorsteher saß in seinem Häuschen und trank Tee. Ein lahmender Hund jagte auf den Gleisen ein Perlhuhn.

»Sind wir bald in Nairobi?«, fragte Regina.

»Psst«, sagte ihre Mutter.

»Es ist der Zug nach Nairobi«, bestätigte Silverstone. »Hier fährt gar kein anderer.«

Wieder lächelte Jettel. Sie grübelte, ob sie so befangen aussah, wie sie sich fühlte. Auch Silverstone war es nicht wohl. Es geschah nicht oft, dass er sich seine Ungeduld anmerken ließ. Geduld mit Menschen zu haben, die kurz seine Lebensbahn kreuzten, entsprach zwar nicht seinem Charakter, aber doch seinem Verlangen, jederzeit das Richtige zu tun. Und dank den Erziehungsprinzipien der renommierten Privatschule in Limuru, die den Knaben Abraham acht Jahre lang zum Gentleman dressiert hatte, war ihm Höflichkeit eine so selbstverständliche Pflicht wie sein Morgengebet und das abendliche Zähneput-zen. Der zu Ende gehende Tag hatte es dem wohlerzo-genen Mister Silverstone jedoch ungewöhnlich schwer gemacht, allzeit geduldig und höflich zu bleiben. Selbst für einen abgehärteten Kenianer aus Mombasa, der sogar in der bleischweren Mittagshitze weder eine Arbeitspau-se einlegte noch eine Kopfbedeckung trug, war das Klima kaum zu ertragen – Glut wie ein brennendes Buschfeuer, Feuchtigkeit wie im tropischen Dschungel. Hätte Silver-stone so wie sonst in seiner Exportfirma bei zugezogenen Gardinen und regelmäßigen Teepausen arbeiten dürfen, hätte er die Hitze auf die gewohnte Art ignorieren kön-nen. Jedoch den ganzen Tag unterwegs und mit fremden Menschen zusammen zu sein war auch für ihn, den seine Freunde »das Rennpferd« nannten, ein Opfer.

Wer ein solches Opfer verlangte? Die Jüdische Gemeinde Mombasa. Seit fünf Jahren und in letzter Zeit immer intensiver organisierte sie einen sehr ungewöhnlichen Samariterdienst. Aufgerufen in Sachen zeitgemäßer Nächstenliebe und Wohltätigkeit waren besonders die jungen männlichen Gemeindemitglieder. Schließlich hatten sie außer dem notwendigen Idealismus auch die Kraft zur guten Tat, zudem das notwendige Fingerspitzengefühl, den kühlen Kopf, der gebraucht wurde, und die Fähigkeit, spontan für Menschen Entscheidungen zu treffen, die in den seltensten Fällen begriffen, weshalb sie sich entscheiden sollten und wofür.

Es ging darum, die Neueinwanderer – Familienverbände, Einzelpersonen, junge Emigranten und immer häufiger auch Alte – bei ihrer Ankunft in Kenia so gut wie möglich zu betreuen. Wenn ein Schiff aus Europa einlief, waren es Silverstone und seine rührigen Mitstreiter, die dafür sorgten, dass die Glaubensgenossen aus der Alten Welt, die nichts von Kenia und nichts von Afrika wussten, während ihres kurzen Aufenthalts in Mombasa keine Minute sich selbst überlassen blieben. Nach übereinstimmender Meinung der Helfer, die in ihrem privaten Umfeld nicht zur Zimperlichkeit neigten, sahen die meisten Neuankömmlinge wie geprügelte Hunde aus. Oder wie entlaufene Kinder, die nicht mehr wussten, wo sie wohnten und wie ihre Eltern hießen. Die ratlosen Menschen von den Schiffen waren alle auf Hilfe angewiesen. Nur die allerwenigsten konnten sich in der Sprache ihres Gastlandes verständigen; viele hatten, was Silverstone erst im Laufe des Krieges begriff, für immer Schaden an Leib und Seele genommen. Einige Bedauernswerte waren fünf Wochen lang seekrank gewesen. Auch die

Gesunden wurden, sobald sie den Fuß auf Kenias Boden setzten, von Mombasas sengender Sonne gebeutelt. Im Hafengelände wurden die jüdischen Neueinwanderer namentlich ausgerufen und von da ab von ihren Betreuern so behutsam wie möglich durch den ersten Tag geleitet. Die aufgeregten Menschen wurden zu den Amtsstellen eskortiert, ihnen wurde mit den Einwanderungsformalitäten und dem Gepäck geholfen. Zum Schluss wurden sie, überwältigt vom unerwarteten gastlichen Empfang, zum Zug nach Nairobi gebracht. Die Schiffe liefen fast immer in den Morgenstunden ein, der tägliche Zug nach Nairobi fuhr am späten Nachmittag ab. Zum Programm der jungen Engel gehörte also, von der Gemeinde spendiert, ein Mittagessen in einem der guten Hotels. Das opulente Mahl und die einen Neuankömmling erdrückende elegante Atmosphäre, in der es serviert wurde, die vielen Diener mit bordeauxrotem Fes und passender Schärpe über dem langen weißen Serviermantel, kurz der ganze Pomp der Kolonialzeit verunsicherten die verschreckten Menschen allerdings noch mehr, als sie es ohnehin waren. Immer wieder führten geringfügige Missverständnisse zu größeren Kalamitäten. Regina schrie gellend, als ein Kellner beim Zurechtrücken eines mit Samt bezogenen Stuhls mit der Hand versehentlich ihre Schulter und mit der Bommel seines Fes ihr Gesicht berührte. Jettel, in ihrem Bemühen, Englisch zu sprechen, und in ihrem Eifer klarzustellen, dass ihre Tochter nach den Aufregungen von Aufbruch und Ankunft hundemüde wäre, nannte sie radebrechend »a tired dog«. Ihre klare schlesische Stimme war bis in den entferntesten Winkel des Saals zu hören. Die überraschten und konsternierten Blicke der Umsitzenden waren Mister

Silverstone noch peinlicher als der Umstand, dass sein Schützling die Kartoffel mit der Gabel zerdrückte, statt sie auf kluge britische Art mit dem Messer zu schneiden, und das Brot zerkrümelte, anstatt das dafür vorgesehene Messer zu benutzen. Regina spürte, wie aufgeregt ihre Mutter war. Vergeblich probierte sie, einen Niesreiz zu unterdrücken, doch verschluckte sie sich und spuckte die großen grünen Erbsen, die sie in der Backentasche für den armen hungernden Fips in der Reisetasche verwahrt hatte, ausgerechnet in Richtung von Mister Silverstones Roastbeef. Sie brach abermals in Tränen aus. Er unterdrückte mannhaft das Wort »disgusting« und schob seinen Teller ins Abseits.

»Ich will nach Hause«, jammerte Regina, »und Josephine auch.«

Wieder waren ihre Tischnachbarn ein wenig indigniert – nicht weil ein fünfeinhalbjähriges Mädchen sie zu unfreiwilligen Zeugen seines Heimwehs gemacht hatte. Seitdem Hitler Österreich annektiert hatte, wurde es vielmehr als rüde empfunden, wenn jemand in der Öffentlichkeit Deutsch sprach.

Sprachschwierigkeiten hatten fast alle Einwanderer und ebenso gewaltige Zukunftsängste. Die gab es nicht in der Welt von Abraham Silverstone und seinen Freunden. Europa war für die smarten jungen Männer aus Kenia so weit entfernt wie der Mond. Was mit ihren Glaubensgenossen in Deutschland geschah, blieb den Glücklichen von Kenia fern. Erfuhren sie gelegentlich doch vom jüdischen Schicksal in Hitlers Hölle, von den vernichteten Existenzen, den Konzentrationslagern und der täglichen Lebensbedrohung, mochten sie nicht glauben, was sie hörten. Zwar bemühte sich der junge Silverstone ab und zu doch um politischen Durchblick, doch zum Entsetzen seines Großvaters, der 1912 aus Warschau eingewandert war, hatte sein viel versprechender Enkel bei Hitlers Einmarsch in Österreich das Land mit Australien verwechselt – der fünf gleichen Anfangsbuchstaben wegen.

Fünf Jahre lang waren fast alle Emigranten, die in Mombasa eintrafen, aus Deutschland gekommen, neuerdings wanderten sie auch aus Österreich ein; immer mehr auch aus Polen. Polnische Einwanderer waren Abraham Silverstone mit Abstand die liebsten. Sie waren flexibler als die Leute aus Deutschland und verloren nicht so schnell die Nerven, stellten nicht immerzu Fragen, die ohnehin niemand verstand, und sie sorgten sich nicht so um ihre Kinder, als hätten sie Angst, die afrikanische Sonne würde sie auf der Stelle einschmelzen. Zwar konnten die Menschen aus Polen ebenso wenig Englisch wie die deutschen Emigranten, doch es war dem jungen Silverstone trotzdem möglich, in Kontakt zu kommen. Dank seiner polnischen Großeltern hatte er ein Ohr für Jiddisch, hatte sich bereits als Kind einzelne Worte und ganze Redewendungen gemerkt und seine Kenntnisse aufgefrischt, als ihm der Bedarf der neuen Zeit aufging. Die Juden aus Deutschland sagten zwar öfters mal »Nebbich«, doch sonst war ihnen Jiddisch so fremd wie Englisch oder Suaheli. Wenn sie von Silverstone in der Sprache des Ostens angesprochen wurden, reagierten sie mit gekränkten Gesichtern und fuhren fort, sich Notizen in kleine schwarze Hefte zu machen. Silverstone kam nie dahinter, was sie aufschrieben.

Die Sonne verfärbte sich, die Wolken wurden grau. Das Perlhuhn, der Hund und der Bahnhofsvorsteher waren verschwunden. Ein Schrankkoffer wurde von zwei stöh-

nenden Männern zum Zug geschoben. Ein dünne weiße
Rauchsäule stieg von der Lokomotive hoch. Die Bettlerin, die sich zu den Reisenden der eigenen Hautfarbe verzogen hatte, wurde von einem Mann in Uniform in den
Rücken geboxt und brüllte wehrhaft. Silverstone grübelte, wie er Jettel klarmachen konnte, dass sie nicht bis zur
Abfahrt des Zuges am Fenster zu stehen brauchte, aber
ihm fiel noch nicht einmal eine passende Geste ein. Er
seufzte sehr und tat so, als hätte er ein bisschen gehustet.
»Jetzt geht es bald los«, sagte er und deutete mit einer Bewegung, die ihm allerdings reichlich verfrüht erschien, in
Richtung der Lokomotive. Bei Abendzügen wie dem
nach Nairobi war es nicht die Frage, ob sie verspätet abfuhren, sondern mit wie viel Verspätung sie es taten. Ein-
gehende Untersuchungen der Kolonialbehörden, weshalb das so war und wie man den Hang des Personals
abstellen konnte, sich verspätet am Arbeitsplatz einzufin-
den, hatten bisher keine brauchbaren Ergebnisse gebracht. Der Lokomotivführer saß vor seiner Lokomotive,
säuberte seine Nägel mit einer Gabel und seine Zähne,
indem er eine weiße Wurzel kaute.
»Wo ist Oma?«, fragte Regina.
»Oma will nicht, dass du weinst. Das hast du ihr doch versprochen, Kind.«
»Sie sieht mich ja nicht.«
Um wenigstens eine Atempause lang keine Aufmerksamkeit vortäuschen zu müssen, blätterte Silverstone in seinem Taschenkalender. Erleichtert stellte er fest, dass das
nächste Schiff aus Europa frühestens in fünf Wochen fällig war; er wurde fast so optimistisch wie sonst auch. Wer
vermochte schon zu sagen, ob sich bis dahin die Zustän-
de in Deutschland und Österreich und auch im ver-

dammten Rest der Welt nicht zum Besseren verändert hätten und die Leute wohl dann nicht mehr in Mombasa einfallen würden, als wäre Kenia das gelobte Land.

»Are you okay?«, fragte er zum offenen Zugfenster hinein.

Gewöhnlich hatte der junge Familienvater viel Freude an dem Gedanken, dass er Menschen, die sich nicht selbst zu helfen wussten, eine gute Tat erweisen konnte. Das Ganze erinnerte ihn an seine Pfadfinderzeit. Abraham Silverstone war ein begeisterter Pfadfinder gewesen, allzeit bereit, Menschen aus brennenden Häusern und vor hungrigen Geparden zu retten. Die Uniform hing noch in seinem Schrank, eine Ehrenurkunde für außergewöhnliche Leistungen beim Spurenlesen in einem Holzrahmen an der Wand des Esszimmers. Wenn er seine Protegés zum Zug brachte, machten nach Silverstones Dafürhalten die meisten einen wohltuend zufriedenen Eindruck. Auch wenn sie es mangels Sprachkenntnissen nicht ausdrücken konnten, war ihnen ihre Dankbarkeit anzumerken. Einmal hatte eine alte Frau Silverstone sogar die Hand geküsst.

Dem hilfswilligen jungen Mann war klar, dass Jettel Redlich das nicht tun würde. Es hatte zu viele Missverständnisse und Begegnungen der unangenehmen Art gegeben. Zum Glück für die Flüchtlinge, die Jettel folgen sollten, ging Silverstone im Rückblick auf das Tagesgeschehen dann aber doch dazu über, die Dinge in einem etwas milderen Licht zu sehen. Wahrscheinlich war die junge Deutsche noch nicht einmal von Grund auf undankbar, vielleicht auch nicht so anspruchsvoll, wie er gedacht hatte, doch nach seiner Einschätzung war sie absolut unbrauchbar für die Anforderungen des täglichen Lebens in

Kenia. »Nervös wie ein durchgegangenes Pferd und ängstlich wie ein Muttersöhnchen, das in der ersten Nacht im Internat sein Kissen nass heult«, berichtete er seiner Frau zwischen Avocadosalat und Fischpastete. Sein Schützling, diagnostizierte der einstige Pfadfinder mit dem mäkelnden Blick der Jugend, war eine Frau, die einen Mann dazu bringen konnte, sich jedes Haar einzeln auszuraufen. Schon die ersten vier Stunden in Jettels Diensten waren Silverstone, der trotz seiner mannigfachen Erfahrungen mit Emigranten auch nicht den Hauch einer Ahnung hatte, was der Schock der Heimatlosigkeit und der Schrecken der Fremde bedeutete, als eine nicht zu überbietende Strapaze erschienen.

»Ein Albtraum, der selbst einen braven Ehemann wie mich zum Säufer machen könnte«, fasste er zusammen, als er sich – absolut gegen seine Art – den zweiten Whisky einschenkte.

»Was erwartest du auch von Menschen, die sich nur in ihrer eigenen Sprache verständigen können«, erwiderte Miriam Silverstone. Es sollte ein Scherz sein. Ihr feiner Humor galt viel in ihrem Freundeskreis. Miriam stammte aus Pretoria; sie hatte in drei Jahren Ehe kaum ein Wort Suaheli gelernt und war immer noch außerstande, ihrem Personal klarzumachen, dass die Butter in den Eisschrank gehörte und der frisch geröstete Kaffee nicht. Ausnahmsweise zollte Abraham seiner Miriam keinen Beifall für diesen Witz. Er war zu erschöpft für Ironie.

Jettels Erschöpfung übertraf noch die ihres rührigen Helfers. Von dem Moment an, da sie ihre Füße auf den Boden Kenias setzte, hatte sie sich zur ewigen Hölle verdammt, weil sie im Englischunterricht grundsätzlich Liebesromane gelesen und bei jeder Arbeit von Suse Pinner abgeschrieben hatte. »Und der blöde Buchbinderkurs war auch eine Schnapsidee«, schleuderte sie mit dem Temperament der vergangenen Zeit einem einbeinigen Mann entgegen, der vor dem Zollgebäude stand und glücklos versuchte, den Passagieren von der »Adolph Woermann« Ketten aus Muscheln und Armbänder aus Elefantenhaar zu verkaufen.

»Schnaps stinkt«, erinnerte sich Regina. »Warum hat der arme Mann nur ein Bein, Mama?«

»Um Himmels willen hör jetzt auf, mir Fragen zu stellen, die ich nicht beantworten kann. Wir sind doch nicht im Kindergarten.«

»Jüdische Kinder dürfen ja gar nicht in den Kindergarten.«

»Das darfst du hier nicht mehr sagen, Kind«, mischte sich eine Frau ein, die an ihrer Reisetasche zerrte. Sie schüttelte ihren Kopf und hob einen Finger.

»In Afrika darf ich alles sagen«, widersprach Regina. »Das hat mein Papa gesagt.«

Die lähmende Sprachlosigkeit in einem Moment, in dem es darauf ankam, sich präzise auszudrücken, hatte Jettel als eine Schmach empfunden, die sie bis zum Jüngsten Tag brandmarken würde. »Ich kam mir vollkommen verblödet vor«, weinte sie noch auf dem Bahnhof von Nairobi in Walters Hemd, »als ob alle mit dem Finger auf mich zeigten. Du hast mir so gefehlt. In so einer Situation braucht eine Frau ihren Mann.«

»Einer, der auf der Schule nur Latein und Griechisch gelernt hat, ist in diesem Land besonders tauglich als Dolmetscher, Jettel.«

Die Passkontrolle in Mombasa erweckte Erinnerungen, die ihren Körper in Brand setzten. Auf einen Schlag ausgelöscht waren die fünf Wochen auf dem Schiff, die gnädige Zeit der relativen Ruhe, die kurze Windstille in einem Lebenssturm, dem auf die Dauer nur die Starken gewachsen waren. Als sie ihren Pass in der Handtasche suchte, wurde Jettel von einem Blitzstrahl geblendet, der sie noch einmal zu der beschämten, entsetzten Frau machte, die sie in Hamburg gewesen war. Innerhalb von Sekunden war sie zurück in Deutschland, war sie wieder die Geisel von Menschen, die keine Gnade kannten, war wieder eine in Angst erstarrte Salzsäule. Die Erinnerungen waren so klar, so gewaltig, so peinigend, dass Jettel für einen furchtbaren Moment nicht begriff, dass sie in Mombasa angekommen war und dass der für die Zollkontrolle zuständige Angestellte, ein Afrikaner mit sanften Augen und riesigen Händen, kein menschenverachtender Sadist war. Er war liebenswürdig und ansteckend fröhlich.

Jettel sollte noch jahrelang die Beute ihrer Ängste werden. In der allerletzten Stunde, die sie in ihrer deutschen Heimat verbringen musste, hatte nämlich eine Hamburger Beamtin für eine von da an nie mehr überwundene Phobie vor Menschen in Uniform gesorgt. Diese Beamtin, eine untersetzte Frau mit hervorstehendem Kinn und einer durchdringenden Stimme, hatte der verängstigten Jettel befohlen, sich in einem winzigen, lediglich mit einer durchsichtigen Gardine zu schließenden Raum – vor den Augen ihrer laut schluchzenden Tochter – nackt auszuziehen. Bis zu der entwürdigenden körperlichen Untersuchung hatte Jettel dann siebenundvierzig Minuten warten müssen.

Hamburg war nicht mehr, nicht für die, die das rettende Paradies erreicht hatten. Der Passkontrolleur von Mombasa trug eine weiße Jacke mit goldenen Knöpfen. Seine Marinemütze saß keck auf einem grauen Lockengewirr, und seine imposante Hornbrille hatte kein Glas und nur einen Bügel. Er war ein Menschenfreund und Kindernarr. Auf keinen Fall wäre ihm die Idee gekommen, einer Reisenden und noch dazu einer Memsahib aus Europa das Ablegen ihrer Kleider zu befehlen und ihr zu unterstellen, sie könnte wertvolle Münzen oder Briefmarken in den Körperteilen versteckt haben, die nur der eigene Mann berühren durfte. Der freundliche Kenianer wusste gar nicht, wie ein Mensch andere Menschen schikaniert. Er kannte noch nicht einmal das Wort. Als er Jettel und Regina kennenlernte, war er viel zu beschäftigt gewesen, sich um Josephine mit der bloßen Brust zu kümmern. Im gespielt strengen Bass, den Menschen, die nicht soeben einer Schreckenskammer entkommen waren, ausnahmslos als Scherz eines gutmütigen Großvaters erkannt hätten, hatte der Riese nach Josephines Puppenpass gefragt. Jettel aber hatten sein entschlossener Ton und die scheinbare Wiederholung der Umstände umgehend aus der Bahn katapultiert. Zur Verblüffung des konsternierten Mister Silverstone hatte sie zu zittern begonnen. Ihre Augen hatten sich mit Tränen gefüllt, und sie hatte einen Ausdruck gebraucht, den er zum Glück nicht verstanden hatte. Trotzdem hatte Silverstone spontan das Fazit gezogen, die Frauen aus Europa wären allesamt ein bisschen schwächlich und neigten zur Hysterie. »Vielleicht sind die klimatischen Gründe dafür verantwortlich«, mutmaßte er, als er auf seiner Veranda entspannt in den Nachthimmel schaute, »wer weiß, was so ein Winter den Menschen antut.«

»Ich glaube, daran ist eher ihre Erziehung schuld«, vermutete Miriam. »Ich habe gehört, sie sind furchtbar verweichlicht und wehleidig. Sie würden sich nicht mit kaltem Wasser waschen und grundsätzlich bei geschlossenem Fenster schlafen. Vielleicht machen sie auch ihre Essgewohnheiten seltsam. Meine Freundin Sheila hat mir erzählt, sie hätte in Berlin erlebt, dass die Leute dort Kuchen und Brot mit Mohn essen und Unmengen von rohem Hackfleisch vertilgen. Und harte Eier, die in Salzwasser schwimmen. Das würden wir ja noch nicht einmal unserem Hund antun.«

Der Aufregung bei der Passkontrolle war noch eine Steigerung gefolgt. Weil Silverstone mit seinem Partner telefonieren wollte und dies nur im Büro des Hafenmeisters tun konnte, hatte er Jettel und Regina einen kurzen Moment in der Zollhalle sich selbst überlassen. Dort wurde das große Gepäck übergeben und die Formalitäten erledigt. In Jettels Fall handelte es sich um die vor Wochen von der Firma Danziger in der Breslauer Goethestraße abgeholten Kisten, die nach der Reise zu Schränken umgebaut werden sollten. Vier waren es gewesen, doch genau wie der Spediteur in einem branchenüblichen Scherz geunkt hatte, waren nur drei von ihnen in Mombasa eingetroffen.

Jettel, schon in ihrer Jugend mit einem ungewöhnlich scharfen Blick für kleine Kalamitäten und große Katastrophen bedacht, schlug ihre Hände vors Gesicht. Sie schrie so laut abwechselnd »Mein Gott« und »Walter«, dass die Umstehenden sofort auf sie zuliefen und mit ausgebreiteten, trostbereiten Armen ausgerechnet Regina umzingelten. Die fühlte sich eingeschlossen, sah einen Moment ihre Mutter nicht mehr und fing ebenfalls an zu schreien. Bereits aus einer Entfernung von einem Meter hatte Jettel registriert, dass ausgerechnet die Kiste mit ihrem teuren Pelzmantel und den besten Stücken ihrer Wintergarderobe fehlte. Trotz der wiederholten Hinweise von Heini Wolf auf das Klima in Kenia hatte sich die Auswanderin nicht von ihrem Persianer und den neuen Wollkleidern trennen mögen.

Abhanden gekommen war außer der Winterausstattung das Rosenthal-Service, die silbernen Sabbatleuchter von Jettels Großmutter, Walters kleine Reiseschreibmaschine und schließlich Reginas Puppen, der Teddybär, der geliebte Plüschhase und Unmengen von mechanischem Aufziehspielzeug, von dem eine Parole in Auswandererkreisen wissen wollte, es sei in Kenia heiß begehrt und man könne es sofort zu Geld machen. Auch der zerlegbare rote Teewagen war in der vierten Kiste gewesen. Das geliebte Tischchen war als einziges Möbelstück aus Leobschütz mitgenommen worden, er war das Hochzeitsgeschenk von Onkel Thomas. Noch am letzten Abend in Hamburg, bei Scholle und Spargel und roter Grütze, hatte der Onkel gesagt, der Gedanke täte ihm gut, sich den schönen Teewagen in Afrika vorzustellen. Ina die Sorgsame hatte die empfindlichen Glasplatten selbst verpackt – als Überraschung für Walter in alte, eigens dafür gesammelte Ausgaben der »Berliner Illustrirten«.

Als der nichts ahnende Mister Silverstone an den Schauplatz des Geschehens zurückkehrte, schluchzten Mutter und Tochter im Chor. Eng umschlungen saßen sie auf der Reisetasche, aus der der Schwanz vom Plüschaffen heraushing und für einen Moment selbst den nervenstarken Mister Silverstone zu einer schier unglaublichen Assoziation trieb. In regelmäßigen Abständen unterbrach Jettel ihr Wehklagen. In solchen Atempausen deutete sie mit ihrem Zeigefinger ins Leere und stellte einem Afrikaner in Khakiuniform und olivgrünen Kniestrümpfen, der sie so wohlwollend anlächelte, als hätte sie ihm soeben ihre Liebe gestanden, immer wieder die gleiche Frage. »Wie soll ich nachmittags den Kaffee servieren, wenn ich keinen Teewagen mehr habe?«, jammerte sie.

Der freundliche Mann kratzte sich an der Nase, zeigte mit der anderen Hand auf Regina und nannte sie Toto.

»Die vierte Box ist nicht da. Ich muss sofort Ihren Chef sprechen«, schrie Jettel, »auf der Stelle.«

Obwohl Silverstone klar war, dass sie nicht Englisch konnte, war ihm der Umstand, dass sie vor den Angestellten des britischen Zolls Deutsch sprach, noch peinlicher als das Geschrei selbst. Jettels Gesicht, ihr Hals und die Arme waren feuerrot. Sie wirkte, als würde sie sich kaum auf den Beinen halten können, atmete stoßweise und ballte beide Hände zur Faust. Silverstone überlegte, ob er einen Arzt holen sollte und welchem der drei europäischen Ärzten, die in Mombasa praktizierten, er eine Deutsch lamentierende Frau mit einem wahrscheinlich typisch kontinentalen Nervenzusammenbruch zumuten könnte. Charly Paine, seinem eigenen Arzt, bestimmt nicht! Das würde eine Animosität fürs Leben geben und ein Desaster, wenn der kleine Samuel nachts eine seiner Koliken bekam. Immerhin war der Kleine ja mitten in einer Keuchhustenschlacht. Silverstone dachte an seine Frau und an seinen Sohn und dass er, der schlaue, von seinen Freunden und Kunden hoch geschätzte Abraham Aron Silverstone, sich bislang viel zu wenig mit seinen Glaubensbrüdern vom Kontinent beschäftigt hatte. Was trieb die plötzlich in Scharen nach

Kenia? Was war tatsächlich im alten Europa los? Wahrscheinlich der Teufel.

Unsicher streckte der junge Vater seinen Arm aus und berührte Reginas Schulter. Wenigstens das Kind wollte er beruhigen, doch dieses spezielle Kind hatte ebenso viel Angst vor fremden Menschen wie vor Hunden, Hitlerjungen und Schneidern in roten Hosen, die mit großen Scheren in die Stube sprangen und daumenlutschenden Kinder die Daumen abschnitten. Seit dem Verlust ihrer vertrauten Umgebung geriet Regina in Panik, sobald sich nur ein fremder Arm auf sie zubewegte. Kaum lag Silverstones Hand auf ihrem Kopf, fing sie an zu brüllen wie ein Geschöpf in Todesnot. »Wo ist meine Oma?«, jammerte sie. »Ich will zu meiner Oma. Ich will wieder nach Leobschütz zu meinem Schaukelpferd.«

Es gab kaum einen im Raum, den Reginas Angstschreie nicht verstörten. Einige liefen auf das Kind zu, andere schüttelten den Kopf und schauten anklagend auf Silverstone. Sein Gesicht war feuerrot. Verlegen steckte er seine Hände in die Tasche. Er starrte auf den Boden und wünschte sich, er könnte Deutsch – wenigstens für zwei Minuten! Jettel aber hörte auf der Stelle auf zu weinen. Als wäre sie nur einen Moment unpässlich gewesen und hätte sich kurz hinsetzen müssen, sprang sie von der Reisetasche hoch. Mit ihrem zartvioletten Spitzentaschentuch, das den Mann vom Zoll dazu brachte, bewundernd zu pfeifen und dreimal »Misuri« zu murmeln, wischte sie das Gesicht ihrer zitternden Tochter trocken. Sie drückte sie an sich, nahm sie wie ein Baby hoch und bedeckte das bleiche, nasse Kindergesicht mit Küssen. »Wir fahren doch zum Papa«, tröstete Jettel. »Was meinst du, wie erschrocken der ist, wenn er sieht, dass du geweint hast. Du willst ihn doch nicht traurig machen. Er freut sich doch so auf dich.«

Noch Jahre später glühten Jettels Wangen, wenn sie an dieser Stelle ihrer Erinnerungen von der wundersamen Begegnung mit Gerd Freimann berichtete. Den jungen Mann, der so unerwartet und im genau richtigen Augenblick die Bühne ihres Lebens betrat, kannte sie flüchtig von der »Adolph Woermann«. Er sah Willy Fritsch ähnlich, und offenbar war es ihm ebenso leicht wie dem beliebten Filmschauspieler, am laufenden Band Frauenherzen zu brechen und doch mit Männern gut Freund zu bleiben. Auf dem Schiff hatte Jettel Freimann um seine Sicherheit und Lässigkeit beneidet. Nicht nur, dass er allein reiste, er schien tatsächlich ungebunden. Außerdem machte er einen absolut sorglosen Eindruck, obgleich er ja, wie die anderen Auswanderer auch, dabei war, sein Leben ganz von vorn zu beginnen. Nun stand der Charmeur in der Zollhalle von Mombasa, und er lächelte Jettel so warmherzig zu, als wären sie ein glücklich liebendes Paar. Dem afrikanischen Zollangestellten, der immer noch das Spitzentaschentuch in der Hand von der heulenden Memsahib fixierte, nickte Freimann kurz zu. Recht gebieterisch für einen Mann, der noch keine Stunde im Land war und die Gepflogenheiten der Kolonie nicht kennen konnte, zeigte er auf die drei Kisten mit der Aufschrift »Dr. Walter Redlich, Rongai, Kenya, East Africa«. Ziemlich harsch, aber in einem Oxfordenglisch, das von den Umstehenden mit neidvollen Seufzern bedachte wurde, fragte er den Afrikaner nach der vierten Kiste.

Die verblüffte Jettel krallte sich in den Jackenärmel ihres strahlenden Ritters, ließ ihn entschuldigend los, wischte ihre Augen trocken, strich sich übers Haar und zählte mit erstaunlich ruhiger Stimme auf, was in der vermissten Kiste, der wertvollsten des kostbaren Quartetts, gewesen war. »Meine Mohnmühle war da drin«, fiel ihr ein. Schon tropften wieder Tränen auf das weiße Leinenkleid. »Wie soll ich denn backen, wenn ich den Mohn nicht mahlen kann? Die ganze Reise hab ich mich darauf gefreut, meinem Mann einen Mohnkuchen zu backen. Wir haben uns über ein halbes Jahr nicht gesehen. Er war Rechtsanwalt. Und Notar. Ich hab mir extra von seiner Schwester aus Sohrau das Rezept für seinen Lieblingskuchen geben lassen. Er hat ihn immer bei ihr gegessen. ›Redlichs Hotel‹ in Sohrau war berühmt für seinen Mohnkuchen.«

»Das Problem dürfte sich von selbst lösen, gnädige Frau. Ich glaube, hier wächst kein Mohn.«

Von Ironie, für die sie kein Empfinden hatte, und von Männerlogik, die sie in keiner Lebenslage ausstehen konnte, war Jettel Redlich nicht von einem Kummer abzulenken, der sie zerriss. »Aber mein ganzes Herz steckt gerade in dieser Kiste«, klagte sie. Ihre Stimme überschlug sich. »Und sämtliche Puppen meiner armen kleinen Tochter.«

»Na, wenigstens eine hat sie vor der Sintflut gerettet«, stellte Gerd Freimann fest. Lächelnd schüttelte er Puppe Josephines Hand. Regina ließ es geschehen. »Jambo«, sagte er, denn die vielen schlaflosen Nächte auf der »Adolph Woermann« hatte der junge Mann nicht, wie die weiblichen Passagiere einander glaubhaft anvertrauten, mit schönen Mädchen, sondern mit einem Wörterbuch für Suaheli verbracht.

»Jambo«, flüsterte Regina entzückt zurück. Sie vergaß ihre Angst und leckte ihre Lippen. Der Ohren schmei-

chelnde Willkommensgruß von Ostafrika war das erste
Suaheliwort, das sie bewusst wahrnahm. Noch ahnte sie
nicht, dass es Sprachen gibt, denen ein besonderer Zauber innewohnt, und doch hatte dieser Zauber schon zu
wirken begonnen.

Der junge Frauentröster, Kinderbezwinger und Puppen-
freund war in Köln Englischlehrer an einem Gymnasium
gewesen. Er galt als pädagogisch außergewöhnlich begabt
und war – selbst bei unwilligen und unbegabten Schülern
– ungewöhnlich beliebt. Entgegen den Gepflogenheiten
der Zeit und trotz massiver Drohungen seitens seines
Nachfolgers hatten ihn drei Jungen aus seiner Unter-
sekunda vor sechs Wochen zum Zug nach Hamburg gebracht. Jettel, die nie einen Freund vergaß und schon gar
nicht einen blendend aussehenden Mann, der sie aus der
Verzweiflung der Sprachlosigkeit gerettet hatte, inspi-
rierte er für alle Zeiten zu dem Satz: »Die Kölner sind besonders sprachbegabt und sehr, sehr hilfsbereit.«

Gerd Freimann war nicht nur ein Philanthrop. Seine Geduld übertraf noch seine Selbstlosigkeit. Er ließ sich so
ausführlich vom verlorenen Teewagen und der nagelneuen Mohnmühle erzählen, als wären sie Erbstücke der
eigenen Familie; weder lachte er, noch lächelte er, als er
von Jettels abgängigen Wollkleidern und dem verlorenen Persianermantel erfuhr. Der aus seiner Heimat ver-
bannte Pädagoge, der einst geglaubt hatte, mit Faust
im Tornister und Leberwurstbroten in Pergamentpapier
wäre ein Mann für jede Lebenswanderung gerüstet, klärte Silverstone ausführlich und zu dessen Erleichterung
auf kurzem, direkten Weg über den Zusammenhang zwischen Jettels Tränenlawine und dem abhanden gekommenen Auswanderungsgut auf.

Die Details, soweit sie sich rekonstruieren ließen, wurden mit Hilfe eines schreibkundigen Angestellten aktenkundig gemacht und von amtlicher Seite mit der Zusage bedacht, ein eventuelles Auftauchen der Kiste unverzüglich nach Rongai zu melden. Einen Moment sah es ganz nach einem befriedigenden Finale aus, doch schon einige Sekunden später wurde evident, dass es selbst an der lichten Person des sympathischen Herrn Freimann eine winzige Schattenseite gab. Er war ein Kavalier, der Dankesworte scheute. So tauchte er in der Menschenmenge unter, ehe Jettel ihm für seine Ritterlichkeit danken durfte. Abermals fühlte sie sich vom Schicksal hintergangen, doch diesmal stoppte sie den Tränenfluss, ehe die Dämme brachen. »Der Mann war ein Engel«, schniefte sie.

»Er hat aber keine Flügel gehabt«, bemerkte die kritische Tochter.

»Du bist genau wie dein Vater«, erkannte die Mutter.

»Magst du meinen Papa nicht?«, erkundigte sich Regina.

An Bord der »Adolph Woermann« sahen die Passagiere, die ihre Fahrt »rund um Afrika« fortsetzten, erst das berühmte Fort Jesus, das steinerne Zeugnis der Geschichte, und danach die Küste von Mombasa verschwinden; einige sprachen aus, was viele dachten. »Erst ohne das Auswanderervolk«, formulierte es ein pensionierter Stadtrat aus Hildesheim, dessen Feinsinnigkeit allgemein geschätzt wurde, »setzt für uns die wirkliche Erholung ein.« Es war die letzte Stunde des Tages. Die Seemöwen hockten auf Pfählen und putzten ihr Gefieder. In den Baobab-Bäumen wurden die freundlichen Geister wach, die seit Äonen in ihnen wohnten. Mit geblähten Segeln strebten die Dhaus in den Hafen.

Abraham Silverstone gedachte des morgendlichen Erd-
bebens mit dem Behagen eines Mannes, der ein großes
Pensum mit Bravour bewältigt hat. Trotzdem grübelte er,
wie lange er wohl noch am Bahnhof vor einem Zugfenster auszuharren vermochte, ohne dass er seine Conte-
nance verlor und seine Erziehung verleugnete. Als der
strapazierte Samariter die Hoffnung aufgab, der Zug, den
Jettel und Regina auf sein Drängen bereits vor einer halben Stunde bestiegen hatten, würde noch bei Tageslicht
den Bahnhof von Mombasa verlassen, startete die Lokomotive – völlig unerwartet und so laut und ruckartig, als
würde der letzte Waggon von einem Armeetank ange-
schoben. Der Bahnhofsvorsteher kam noch nicht einmal
dazu, seine Trillerpfeife in den Mund zu stecken. Die
zwei barfüßigen Männer, die sonst mit weißen Fahnen
wedelten, um die Gleise frei zu machen und das Ansehen
der Lokomotivführer zu betonen, fanden noch nicht einmal die Zeit, das wieder aufgetauchte Perlhuhn von den
Schienen zu scheuchen. Es flatterte im letztmöglichen
Moment in ein rettendes Maulbeergebüsch und stellte
sich tot. Der sandfarbene Hund mit eineinhalb Ohren,
dem zum zweiten Mal an diesem jagdfeindlichen Tag die
Beute entgangen war, kniff den Schwanz ein und schlich
mit hängendem Kopf einen Hügel hinunter. Immer noch
optimistisch stellte sich die kahlköpfige Bettlerin an ihrer
alten Kampfstätte ein, die linke Hand geöffnet, die rechte
an der Stirn. Silverstone vertrieb sie mit einer eher halb-
herzigen Bewegung. Um ein Haar hätte er gar den Moment der Erlösung verpasst. Es gelang ihm gerade noch
»Goodbye, Misses Redlich« auszurufen. Dass er Haltung
annahm und salutierte, sahen lediglich die Reisenden in
den letzten zwei Waggons. Es handelte sich ausschließlich

um Menschen, die von den Briten als die »bloody natives« bezeichnet wurden. Die konnten noch nicht einmal mutmaßen, weshalb ein britischer Gentleman ins Leere salutierte, doch johlten sie Beifall. Der weiße Rauch der Lokomotive kringelte sich in den Abendhimmel.

»Du lieber Himmel«, seufzte Silverstone, »warum können die Leute nicht daheimbleiben, wo sie sich auskennen?« Er schämte sich, als ihm aufging, wie herzlos ein solcher Gedanke für einen Mann war, den die aufrechten, erfahrenen Herren vom Vorstand der Jüdischen Gemeinde und vielleicht gar Gott selbst mit der Aufgabe der Nächstenliebe betraut hatten. Mit einem schrillen Pfiff rief er die Bettlerin zu sich. Obwohl die Frau annahm, der Pfiff hätte dem Hund gegolten, kam sie doch zurück. Silverstone warf ihr ein Fünzigcentstück zu. Sie sagte erst einige Worte in ihrer Sprache, dann einen ganzen Satz. Hätte Abraham Silverstone Kikuyu verstanden, hätte er begriffen, dass besitzlose Menschen zwar gezwungen sind, Almosen anzunehmen, dass sie jedoch nicht gezwungen werden können, ihre Würde zu verkaufen.

Jettel, Regina, Josephine und der aus der Reisetasche endlich befreite Fips saßen im dritten Wagen – in der weich gepolsterten Klasse für die selbstbewusste, reisende Elite der Kolonie. Auf den Sitzen lagen kleine Kissen in weißen Leinenüberzügen, zwei grün-gelb karierte Reiseplaids und ein gestärktes Handtuch, dem ein Duft von Heu entströmte. Auf dem Klapptisch am Fenster standen zwei leere Tassen aus hauchdünnem Porzellan, zwei hohe Gläser, eine grüne Flasche mit der Aufschrift »Rose's Lime Juice«, eine mit Wasser gefüllte Karaffe und eine Taschenlampe. Auf dem Sitz an der Tür lag eine Zeitschrift mit dem Bild einer schwarz gekleideten Reiterin auf einem Schimmel. Der Luxus des Reisens war Pflicht. »Auch arme Schlucker, wie wir es sind, müssen sich daran halten, dass es für Europäer standeswidrig ist, mit den Schwarzen in der dritten Klasse zu fahren«, hatte Walter in seinem letzten Brief geschrieben.

Mutter und Kind waren erschöpft und verschwitzt, verwirrt von den Eindrücken und Aufregungen der Ankunft, gebeutelt von der einkesselnden Hitze und der drückenden Schwüle in Mombasa. Das ungewohnte Mittagessen rumorte in Jettels Magen, in ihren Schläfen pochte Panik. Die vertrockneten Dornakazien und das von der Sonne versengte Gestrüpp, Hütten mit runden Grasdächern und abgeerntete Felder, Menschen und dürres Vieh verschwanden im Abendgrau. Bald verschlang ein schwarzer Nebel Landschaft und Kreatur. Ein in solcher Intensität noch nie empfundenes Verlangen, nach Hilfe zu rufen, zerriss Jettels Brust. Laut schreien wollte sie, sich fallen lassen in die Unendlichkeit, einschlafen und nie mehr aufwachen. Und doch gelang es ihr, von der das Leben noch nie Disziplin und Initiative eingefordert hatte, sich von der klammernden Sehnsucht frei zu machen, aus der fremden, neuen Wirklichkeit zu fliehen. Mit einer Plötzlichkeit, die wie ein grollender Felsbrocken auf sie zustürzte, wurde Jettel klar, dass selbst dann niemand von ihr Kenntnis nehmen und dass die Welt sich weiterdrehen würde, wenn sie sich aus dem Zug stürzte. Nur einen Moment noch wollte sie ihre Augen zumachen, von Butterblumen und Sommertagen an der Oder träumen, sich vorstellen, sie wäre zu Hause, geborgen und behütet, wieder die geliebte, verwöhnte Lieblingstochter. Sie hielt ihre Hände vors Gesicht. Aus der Ferne hörte sie Regina entsetzt »Mama« rufen. In dem Bruchteil von Vergangenheit, der ihr noch blieb, schlug Jettels Herz Jubel. Sie sah ihre Mutter. Im weißen Leinenkostüm, mit einem Strauß von frischen Veilchen am Revers. Die Perlenkette schimmerte rosa.

»Mama«, fragte Regina, »schläfst du?«

»Aber nein.«

»Dann bist du tot.«

»Was du dir alles ausdenkst. Ich habe mich nur ausgeruht und einen Moment an unser Schiff gedacht.«

»An den Mann, der ins Wasser gesprungen ist?«, fragte Regina mit dem Eifer derer, die schon als Kind üben, nichts zu vergessen. »Der arme Engel mit meinem schönen weißen Hut.«

Ein weißhaariger Mann, den kaum einer näher kennengelernt und der seine Nächte meistens an Deck verbracht hatte, hatte sich im Morgengrauen in den Tod gestürzt. Kurz vor Tanger. Man erzählte sich, der Mann sei ein bekannter Schauspieler gewesen; er hätte den Gedanken nicht ertragen können, nie mehr auf der Bühne zu stehen. Das Schiff hatte, wie es die Vorschrift gebot, einen Tag umkehren müssen, um nach der Leiche zu suchen. Am dritten Tag nach der Tragödie berichtete ein Juwelier, den man in Baden-Baden mit einem Schild um den Hals durch die Hauptstraße getrieben hatte, der Selbstmörder sei im Hamlet-Kostüm und mit einer goldenen Königskrone auf dem Kopf ins tobende Meer gesprungen. Regina wusste es besser. Am Unglückstag, genau um elf Uhr sieben, riss ihr ein Sturmwind den weißen Leinenhut aus Breslau vom Kopf. Der Gedanke, dass der bedauernswerte Selbstmörder im Himmel mit ihrem teuren Hut eintreffen und von Gott mit Marzipanbroten und Nougatkugeln empfangen werden würde, tat ihr noch wohl, als sie starke Zweifel an der Existenz von himmlischen Heerscharen zu entwickeln begann.

»Mir hat es auf der ›Adolf Woermann‹ gut gefallen«, sagte sie.

»Mir auch«, erwiderte Jettel, »da konnte man wenigstens immer mit jemandem reden.«

Nun würgte Jettel das Gefühl, alle hätten sie verlassen. In solchen Momenten der Verzweiflung gab es für sie keine Farben mehr, keine Zukunft, keine Hoffnung, nur noch die Straßen von Breslau und das Gesicht ihrer Mutter. Die Sehnsucht nach ihrem Mann erstarb, und mit jedem Bild, das sie beschwor, witterte Jettel Unheil für Regina. Wie sollte sie ein Kind, das alles mitbekam und nichts vergaß, in ein Leben ohne Angst zurückführen? Im Abteil ging mattes gelbes Licht an. Ein Schatten schwankte an der Tür. Waren es Kochstellen, die draußen vor den Hütten leuchteten, oder Höllenfeuer? Auch Regina sah den roten Schein. Auch sie war eine Mutter. Beschützend drückte sie die Puppe Josephine und Fips an sich. Im Flüsterton erzählte sie ihnen das Märchen vom Brüderchen, das ein Reh wurde, und von seinem aufopfernden Schwesterchen, das nicht von seiner Seite wich.

»Warum bin ich kein Reh?«, fragte Regina.

Am Türrahmen klebte eine tote Fliege. Ihr Blut war noch nicht eingetrocknet. Jettel hatte ihrer Lebtag keine tote Fliege an einer Wand kleben sehen. Verstört überlegte sie, ob es außer Riesenfliegen in Afrika noch anderes Getier gab. Plagen wie in der Bibel. Sie versuchte, sich vorzustellen, was geschehen würde, wenn ein Skorpion oder eine Spinne ins Abteil gelangte. Oder eine Maus. Vielleicht gar eine Schlange. Schlangen gab es auf alle Fälle in Afrika. Das hatte Walter ja aus Rongai geschrieben. Sein Koch Owuor hatte eine tot geschlagen. Nein, zwei. Wie sollte eine Mutter ohne einen Koch ihr Kind vor einer Schlange retten?

»Du zitterst ja«, wunderte sich Regina. »Mir ist überhaupt nicht kalt. Und Josephine schwitzt.«

»Jetzt schwitze ich auch«, seufzte Jettel.

Sie hätte gern wenigstens ihre schwere Handtasche auf den Boden gestellt, doch obgleich sie nirgendwo einen Menschen erblickte und keinen Ton hörte, wagte sie es nicht. Silverstone hatte ihr beim Mittagessen im Hotel ein Couvert mit der Landeswährung zugesteckt. Ihr war das quälend peinlich gewesen. Wie eine Bettlerin war sie sich vorgekommen, doch nun war ihr klar, dass das Keniageld ihr wichtigster Besitz war, wichtiger als Hutschachtel, Seidentücher und alle Kleider. Mindestens so wichtig wie die Familiendokumente im kleinen braunen Lederkoffer. Vor dem Moment aber, da sie das Geld brauchen würde, graute Jettel fast noch mehr als vor Spinnen und Mäusen. Sie flehte Gott an, dafür zu sorgen, dass Regina bis zur Ankunft in Nairobi keinen Hunger bekam und keinen Durst, keine Ohrenschmerzen wie in den letzten drei Tagen auf dem Schiff und kein Heimweh. Zu allen Schicksalsmächten, die ihr je beigestanden hatten, betete Jettel, ihre empfindsame Tochter möge weder nach ihrer Großmutter fragen noch nach dem verflixten Schaukelpferd, in der Nacht nicht von schlechten Träumen heimgesucht und bloß von keinem Menschen angesprochen werden, der auf die Idee verfiel, ihr auf die Schulter zu klopfen.

»Ich hab Durst«, meldete Regina. »Und Fips auch. Dürfen wir das Wasser aus der Flasche trinken?«

»Was für eine Flasche?«

»Die Flasche auf dem Tisch. Am Fenster. Ich hab' furchtbaren Durst.«

Sämtliche Warnungen und alle Schreckensgeschichten, die sie vor der Auswanderung und auf der »Adolph Woermann« gehört hatte, trommelten auf Jettel ein. Schlagartig fühlte sie sich von Feinden umzingelt, dachte an Pest und Cholera und Fleckfieber und schließlich auch noch an den unglücklichen Afrikaforscher David Livingstone, über den sie einmal in einer Zeitschrift für die gebildete Frau gelesen hatte. Obwohl Livingstone sich ja genau im Land auskannte, war er mit einer dieser typisch afrikanischen Krankheiten zusammengebrochen und musste auf einer primitiven Trage durch den Urwald geschleppt werden. Jettel sah das Bild genau vor sich. Livingstone im weißen Tropenanzug und mit geschlossenen Augen, seine treuen Gefolgsleute mit Schaum vor dem Mund.

»Nein«, befahl die, die ihrem Kind noch nie etwas befohlen hatte, »aus der Flasche darfst du nicht trinken. Das verbiete ich dir.«

»Warum?«

»Wer weiß, was das für Wasser ist. Vielleicht soll man sich nur die Hände damit waschen. Oder es ist vergiftet. Denk an den Brunnen, aus dem das arme Brüderchen getrunken hat. Der wollte auch nicht hören, und dann wurde er in ein Reh verwandelt.«

»Aber Fips ist doch so schlecht«, bohrte Regina. »Und ich will ja ein Reh werden.«

Jettel starrte zum Fenster hinaus, starrte in die Landschaft, die sie nicht mehr sehen konnte. Die Dunkelheit verhüllte die Schrecken des Lebens, aber sie verhieß keinen Trost. Auch denen nicht, die ihre Hände zum Gebet falteten. Jettel flehte darum, blind und taub und stumm zu werden. Und unsichtbar. Ein unsichtbarer Geist ohne Kind, ohne Verantwortung, ohne Zukunft und ohne Angst.

Am Nachthimmel badeten Afrikas Sterne. Goldene Fülle auf schwarzem Samt. Doch keine einzige Sternschuppe regnete herab, um den Wunsch von Jettel Redlich aus der Breslauer Goethestraße zu erfüllen. Die hatte sich im Dschungel Afrika verirrt und rief nach ihrer Mutter. Ein kupferner Gong wurde geschlagen. Es war ein tiefer, beruhigender, lockender Klang. Kam er aus dem Speisewagen oder aus einer Vergangenheit, in der wohlerzogene Kavaliere junge Frauen in rosa und violett changierenden Seidenkleidern zum Tanz baten?

»Ich schenke dir mein Herz«, versprach Martin Batschinsky.

»Glaub ihm nicht«, warnte Walter, »er hat sein Lebtag nichts verschenkt.«

»Du bist ja nur eifersüchtig«, lachte Jettel. Sie fächelte sich Luft zu und schüttelte den Kopf, damit die langen Ohrringe klimperten. Wie die von Carmen.

»Ich habe Durst«, mahnte Regina, »und Fips hat gesagt, dass er Bauchweh hat. Ganz schlimmes Bauchweh. Ich glaub, der wird gleich kotzen.«

Nach den prägenden Erfahrungen der letzten fünf Wochen war Jettel klar, was die Uhr geschlagen hatte, wenn Fips übel war. Sie wusste, dass ihr dann allerhöchstens zwei Minuten blieben, um entweder die Nerven ihrer Tochter zu beruhigen oder ihr ein Taschentuch vor den Mund zu halten. Regina hielt ihren leidenden Affen hoch. Der Gepeinigte krümmte sich über ihrem Kopf. Wer das Gras wachsen hörte, vernahm der Menschheit ganzen Jammer. Und doch war es just auf dem Höhepunkt dieser kaum noch zu entkommenden Katastrophe, dass Regina dem Schicksal Einhalt gebot. Mit ihren fünf Jahren und zehn Monaten fasste sie einen für ihr Alter sehr atypischen Entschluss. Zu erklären war dieser nur mit dem ungewöhnlichen Verständnis und der unendlichen Liebe, die ein Kind in der Emigration für die entwickelt, die ihm bleiben.

Einen Augenblick, der nicht länger währte als ein Lidschlag, war es Regina, als müsste sie ihre Mutter beschützen. Sie war die Mutter und ihre Mutter ein verzagtes, hilfloses kleines Mädchen, das ermutigt werden musste, das Zärtlichkeit brauchte und die Zuversicht, es werde allzeit umsorgt und behütet. Fips, der seine Familie eben noch mit lebenslangem Siechtum bedroht hatte, wurde – ein wenig ungeduldig und ebenso unsanft – auf die Hutschachtel geworfen. Schon in der nächsten Kurve stürzte er zu Boden und blieb auf seinem freundlichen Affengesicht liegen, aber Regina beachtete ihn nicht. Sie griff nach Jettels Hand. »Zu kalt«, monierte sie streng. Sie beugte sich über den Ring mit einer Platte aus schwarzem Onyx, drückte ihren Zeigefinger auf die große Perle in der Mitte und atmete schwer, doch dieses eine Mal sagte sie nichts. Vor sechs Wochen hatte ihre Großmutter noch den Ring getragen.

Obwohl Jettel nie erfahren würde, was geschehen war, bat sie ihre Tochter um Beistand: »Regina, du musst jetzt zeigen, dass du ganz tapfer bist. Wie du es zu Hause dem Papa versprochen hast. Deine Mutter kann dir hier im Zug nichts zu trinken kaufen. Die ist zu dumm, um auch nur ein Wort mit den Menschen in Afrika zu reden. Sie ist zu dumm, um ihrem Kind ein Glas Wasser zu bestellen.«

»Meine Mutter«, empörte sich Regina, »ist überhaupt nicht dumm. Das hat auch meine Oma gesagt. Und mir ist es ganz egal, ob der blöde Fips Bauchweh hat. Er ist selbst schuld. Ich hab ihm doch die ganze Zeit beim Mittagessen gesagt, er soll nicht so viele Erbsen fressen.«

Jettel war gerade dabei, sich in eine Erleichterung fallen zu lassen, die so weich und wohltuend war wie das teuerste Plumeau aus der Bettenabteilung von Wertheim in Breslau. Da sagte diese wundersame Tochter plötzlich und mit einer neuen Weichheit in der Stimme »Jambo«. Das schöne Zauberwort, das Regina in der Zollhalle gelernt hatte, war wie Honig. Es kitzelte auf der Zunge und tropfte ins Ohr.

»Jambo«, kam das Echo. Ein Kellner vom Speisewagen, weiß gewandet, mit rotem Fes und schwarzer Bommel obenauf, stand in der Tür. Er hielt ein silbern glänzendes Tablett, auf dem eine dickbäuchige Teekanne thronte, daneben ein kleiner weißer Porzellankrug und zwei Schälchen, eines mit weißem Zucker, das zweite mit braunem. Auf einem Glasteller lagen zwei Stück Rosinenkuchen, quittegelb glänzend, und runde Kekse mit einem Loch in der Mitte. Es roch nach Zimt und Ingwer im Abteil. Der Mann trug Sandalen, die aus einem alten Autoreifen geschnitten waren. Die Khakihose unter seinem langen Servierhemd war zerfranst. Wann immer er lachte, lachten seine Augen mit. Mit der linken Hand schlug er einen kleinen Kaffeelöffel gegen die Kanne – er klimperte, was Jettel nicht erkannte, die Melodie von »It's a long Way to Tipperary«. Schließlich zeigte er auf die beiden Tassen, die auf dem Tischchen am Fenster standen, und fragte: »Willst Tee, du Frau?«

Es gab keinen Zweifel, dass diese freundliche Geister-

erscheinung aus dem tiefsten afrikanischen Nirgendwo Deutsch gesprochen hatte. Genau vier Worte. Vier
Worte aus der Heimat. Und doch konnte Jettel nicht glauben, dass es so gewesen war. Sie lächelte den Mann an.
Er straffte seine Schultern, wurde ein wenig größer und
breit wie ein Boxer, schlug ein zweites Mal mit dem kleinen Löffel gegen die Teekanne und sagte, obgleich er mit
einem Tablett in der Hand leider am Salutieren verhin-
dert war und auch seine Füße nicht in die richtige Stellung bekam: »Zu Befehl, Herr Leutnant.«
Die Stimme war laut und sehr viel deutlicher als zuvor.
Sie rollte aus den Tiefen der Geschichte ins Abteil. Die
Mühe mit den ungewohnten, so lange nicht mehr her-
beibeorderten Lauten war dieser dröhnenden Stimme
anzumerken, dem, der sich spontan erinnert hatte, die
jubelnde Freude über seinen Einfall. Der Mann hatte
prall gefüllte Backen wie die Bilder, die in den Büchern
für artige Kinder eine fröhliche Sonne zeigten, und er
schnalzte mit der Zunge wie einer, dem die Tafel im Paradies mit gebratenen Hühnern auf Bananenblättern gedeckt worden ist.
Regina vergaß ein für alle Mal, dass sie sich vor Fremden
fürchtete. »Das kann ich auch«, sagte sie beeindruckt und
bohrte ihre Zunge in die Backe.
»Psst«, warnte Jettel, »du darfst den Herrn nicht ver-
ärgern.«
Nicht einen Augenblick entging ihr die Absurdität der
Situation. Ratlos und aufs Neue verängstigt schaute sie
den fröhlichen Mann in seiner weißen Servierrobe an. Er
dachte an die weißen Bwanas, die er beobachtete, wenn
sie es nicht merken, und er zwinkerte der schönen jungen Memsahib zu. Jettel wurde noch unsicherer; sie

starrte auf die Teekanne und die Kekse, fing an zu weinen, weil sie sich erinnerte, wie gern ihre Mutter Ingwer aß, und hörte ebenso plötzlich wieder auf. Inas Lieblingstochter, die noch keinen Tag in ihrem Leben um das passende Wort verlegen gewesen war, stammelte abwechselnd »ja« und »nein«, presste »bitte« und »danke« zwischen ihren Zähnen hervor, fragte »warum?« und dreimal hintereinander »Nairobi?«.

»Danke«, entschied der Kellner. Er stolperte über das K, räusperte sich, klang wie ein Bühnenbär in einer deutschen Weihnachtsaufführung und wiederholte das Wort. Aus dem kleinen Krug goss er Milch, aus der großen Kanne den Tee. Der hellbraune, klare Strom färbte sich in der Tasse grau. »Zucker?«, fragte der joviale afrikanische Bär. Mit dem winzigen Löffel malte er einen kleinen Kreis in die Luft. Der Mann sprach Deutsch, ohne dass er die Mimik veränderte – als wären Deutsch sprechende Kenianer zwischen Mombasa und Voi, wo der Zug in zehn Minuten halten sollte, die Norm. Er stellte sein Tablett auf den Sitz neben Regina, sagte: »Nugu«, was in der Suahelisprache Affe heißt, hob Fips vom Boden auf und setzte ihn so vorsichtig auf die Hutschachtel, als wäre der Spielkamerad mit den biegsamen Beinen ein verletztes Kind. Den langen Plüschschwanz wickelte er sorgsam um den weichen Affenleib.

Als er endlich zufrieden mit seinen Pflegediensten war, setzte der mildtätige Riese seinen rechten Zeigefinger auf die eigene Brust. Sein Gesicht nahm Haltung an. Er sagte: »Askari«, und ein paar Sekunden danach: »Lettow-Vorbeck«, legte ein imaginäres Gewehr in Anschlag, blies in ein imaginäres Horn, stürmte in die Schlacht, ohne einen Fuß zu bewegen. Weil die Memsahib aus dem Land

183

der Deutschen jedoch immer noch nicht so reagierte, wie sich das ein ehemaliger Kämpfer der deutschen Afrikatruppe vorstellte, sagte er auch noch: »Heia Safari.«

Hätte Walter statt Jettel in seinem Zug gesessen und sich von diesem ganz besonderen Kellner den Tee einschenken lassen, wäre es für beide ein nie mehr zu vergessendes Erlebnis geworden, die ungewöhnliche Lebensgeschichte des Philanthropen aus dem Speisewagen zu rekonstruieren. Walter wusste alles über Lettow-Vorbeck, was ein deutscher Patriot zu wissen hatte. Er hätte sofort verstanden, wie ein junger Mann aus Daressalam im Jahr 1915 dazu gekommen war, für einen deutschen Kaiser, von dem er noch nicht einmal den Namen kannte, in Deutsch-Ostafrika in den Krieg zu ziehen. Seitdem hatte der ehemalige Askari viele Regenzeiten erlebt – und auch den Auszug der Deutschen aus seiner Heimat. Er selbst war von Tanganjika nach Kenia gezogen. Im Jahr 1938 besaß er drei Frauen, die ihm zusammen elf Kinder geboren hatten. Er hatte viel gesehen und noch mehr gelernt, doch von dem Land, für das er einst zu sterben bereit gewesen war, wusste er noch immer nicht mehr als in seiner Kämpferjugend. Sobald er jemand Deutsch reden hörte, probierte er die paar Worte aus, an die er sich nach zwei Jahrzehnten noch so gut erinnerte wie an den Namen seines Großvaters. Das große Staunen und das verblüffte Gelächter, wenn einer mit schwarzer Haut mit der Zunge der Weißen redete, genoss er wie ein erfolgreicher Jäger seine Beute.

Der Askari aus der Truppe Lettow-Vorbecks rückte nun nicht mehr zum Appell an; er schnürte keine Stiefel, hatte weder ein Gewehr noch Feinde und als Uniform ein Kellnerhemd. Den Text der deutschen Marschlieder hatte er vergessen, die Melodien nicht. Der brave Soldat, für den es keinen Krieg mehr gab, der ihm zusagte, servierte nun der selbstbewussten britischen Elite des Landes den Morgentee. Für die reichen Reisenden machte er abends die Betten, vor dem Schlafengehen holte er ihnen Whisky. Nie vergaß er die Eiswürfel.

Seit dem Ausbleiben der kleinen Regenzeit erlebte der ungewöhnliche Kellner allerdings Ungewöhnliches. Im Zug nach Nairobi hörte er immer häufiger die Sprache seines ehemaligen deutschen Generals. Zwar erfuhr der Soldat außer Diensten nie den Grund für die schlagartige Vermehrung der ihm vertrauten Laute, doch ihm fiel auf, dass die Menschen, die nun Deutsch redeten, anders aussahen als die Vorgesetzten, denen er einst als Krieger zu Diensten gewesen war. Auch verhielten sich die neuen Deutschen nicht wie die übrigen Europäer. Sie waren weder stolz noch herrisch, zählten immerzu ihr Geld und gingen selten in den Speisewagen. Einen Mann, der das Leben so gut kannte wie der Kellner, der viermal die Woche von Mombasa nach Nairobi und wieder zurück fuhr, erinnerten sie an verängstigte Gnukälber, die einem Löwen zu entkommen suchen. Die verstummten Fremden, deren Haut sich rötete, wenn der ehemalige Askari »Zu Befehl, Herr Leutnant« ausrief, gefielen ihm.

Mit Jettel, die ihren Augen nicht die Trockenheit befehlen konnte und ihren Händen nicht die Ruhe, empfand der ehemalige Kriegsmann Mitleid. Er witterte, wie es um sie stand, war er doch mehr als nur ein Kenner der Menschen. Anders als viele seiner Weggenossen, mit denen er Bier, Männererfahrungen und die Scherze der Nacht teilte, hatte er das Bedürfnis, Schwache, Kinder und Leidende zu schützen, und nie schämte er sich seiner Güte.

Er ahnte rasch und meistens richtig, was Menschen bewegte, konnte die Sprache von Augen deuten und verstand, was Leute sagten, die schwiegen. So mutmaßte der Verständnisvolle richtig, dass eine Frau, die nicht mit anderen Menschen zu reden imstande war, lieber mit ihrem Kind allein im Abteil statt am Tisch der stolzen Reichen im Speisewagen sitzen würde.

Der Memsahib mit den feuchten Augen und ihrem Toto brachte der aufmerksame Gesandte des Himmels ein Tablett, das nur ein Großer der Kellnerzunft so sicher in einem schaukelnden Zug zu balancieren vermochte. Beladen war die liebevoll gedeckte Tafel mit dampfender Schildkrötensuppe, Käsegebäck, Früchten und schneeweißen Sandwiches. Die lagerten auf zartgrünen Salatblättern und waren gefüllt mit gehacktem Ei, zarten Tomatenscheiben, Roastbeef und Kalbfleisch, Cheddarkäse und Sardinen. Die dreieckigen Brote, der Stolz der britischen Gastronomie, waren so fein geschnitten, dass selbst Fips, der beim Essen umgehend zu nörgeln pflegte, wenn er mit kulinarischem Neuland konfrontiert wurde, sich als ein jubelnder Vielfraß entpuppte. Jettel verliebte sich in gelb leuchtende Mangos, zartweiche Papayas und in die Passionsfrüchte mit den saftigen Kernen. Reginas Augen waren tellergroß, als der kellnernde Zauberer ihr die dritte Portion grüne Götterspeise brachte.

Nach dem Kaffee und einem Brandy, den ersten, den Jettel je trank, glänzten Afrikas Sterne auch für sie. Umhüllt von einem Moskitonetz, lag sie entspannt zwischen kühlen weißen Laken, über ihr eine federleichte Wolldecke. Mit einigen geschickten Handgriffen und einer Portion Gelächter hatten zwei barfüßige Männer in kurzen Hosen das Tagesabteil in einen Schlafwagen verwandelt. Regina lag gegenüber ihrer Mutter. Sie erzählte Fips unartige Witze, die sie von ihrem Vater gelernt hatte. Die gelehrige Tochter mit dem guten Gedächtnis nahm sich vor, keine Minute von den Freuden in einem rollenden Bett durch Schlaf zu vertun. Nach fünf Minuten schlief sie ein. Ihre regelmäßigen Atemzüge nahmen Jettel die Ängste von Monaten. Sie träumte weder von Breslau noch von Peinigern in Uniform.

Regina wurde im Morgengrauen wach. Sie hatte schon angesetzt, ihre Mutter zu wecken, als ihr auffiel, dass der Zug sich nicht mehr bewegte und ihr neuer Freund, der Herrscher über die grüne Götterspeise, im Abteil stand. Er legte den Finger auf seine Lippen, zog den Vorhang zurück und deutete in den beginnenden Tag. »Nugu«, flüsterte er. Regina erinnerte sich an das schöne Wort. Kichernd nahm sie Fips in den Arm, doch der Kellner schüttelte den Kopf, zeigte in den Tag, in die neue Welt, in eine Weite, die unendlich war.

Der Zug hatte nicht an einer Station gehalten, sondern auf offener Strecke. Die Felsen waren noch nacht-schwarz, auch dunkel die Silhouetten der Dornakazien, aber das Leben schon auf dem Weg in den Tag. »Nugu«, wiederholte der Götterspeisenkönig. Beim zweiten Mal entdeckten Reginas Augen, was die seinen sahen: eine Herde von Pavianen, die Säuglinge unter dem Bauch der Mutter, die Halbwüchsigen miteinander balgend. Die Alten schritten gemessen ins Morgengrauen.

»Heia Safari«, wisperte der Askari, der nicht vergessen mochte.

Regina drückte seine Hand. Ihr Kopf berührte sein Knie. Ehe der Zug in Nairobi einfuhr, hatte sie gelernt, dass die Menschen in Kenia eine Giraffe Twiga und ein Zebra

Punda milia nennen. Sie wusste, dass Afrikas Sonne wie ein glühender Ball am Himmel brennt und dass Vögel, die auf Dornakazien hocken, morgens in feuerrotem Licht baden. Nur eines wusste sie freilich noch nicht: Der als Kellner verkleidete Magier hatte auf der Strecke zwischen Mombasa und Nairobi einen Samen in ihr Herz gepflanzt. Aus ihm sollte eine lebenslange Liebe werden – die Liebe zu Afrika.

6
EINE KÖNIGIN KEHRT HEIM
Nakuru – Ol' Joro Orok, 17. Dezember 1941

Am 17. Dezember 1941 warnte Radio Nairobi vor Busch-
feuern in der Rift Valley. In Nakuru dampfte die Luft, die
Hitze machte schon bei Sonnenaufgang Hunde schläfrig
und die Vögel stumm. Der stechende Geruch vom See
reiste bis nach Gilgil. Die Flamingos hatten ihre Farbe
verloren. Sie waren zu erschöpft, um ihre Flügel zu spannen. Aber für die neunjährige Regina Redlich von der
Gibson-Farm in Ol' Joro Orok war dieser Tag einer von
grenzenloser Freiheit, Jubel und Glück – der schönste
seit drei Monaten, zwei Tagen und vierzehn Stunden.
Jede Stunde hatte sie gezählt und abends die Vergäng-
lichkeit mit Strichen in dem kleinen Kalender dokumentiert, den ihr Vater für sie aus den hellbraunen Kartei-
karten für die Arbeiter auf den Schambas gebastelt hatte.
Die 250 Schülerinnen und 203 Schüler der Nakuru Go-
vernment School hatten diesen Tag der Tage herbeige-
sehnt wie jedes Tier und jede Pflanze die bevorstehende
Regenzeit. Wunschfeen und Zauberer und Mungu, den
Gott ihrer Heimat, hatte Regina angefleht, die Zeit mit
Siebenmeilenstiefeln auszustatten und den Tagen das
Fliegen zu lehren. Nun war es endlich geschehen. Aufmerksame Beobachter wussten zu berichten, dass beim
letzten Frühstück in Knechtschaft elf von den dreizehn

Lehrerinnen und drei der fünf männlichen Pädagogen dabei beobachtet worden waren, dass sie in ihren Porridgeteller gelächelt haben. Die in der ganzen Schule gefürchtete Miss Scriver habe versehentlich Zucker auf ihr Spiegelei gestreut und so unüberhörbar geflucht, dass sie sich eigentlich selbst aus dem Frühstücksraum hätte schicken müssen.

Das Weihnachtssemester, aus organisatorischen Gründen zwei Tage länger als die beiden anderen, war abgeschlossen, vorbei, nur noch eine Erinnerung. Vor den Zöglingen der Nakuru School lagen vierunddreißig angstfreie Tage ohne Rohrstock und ohne Repressalien. Keine kalten Bäder am Morgen, kein Dauerlauf um das Hockeyfeld und kein Stubendienst. Nun stand das Tor zu einem immergrünen Paradies offen. Es war eigens für Kinder geschaffen worden, denen in einem Internat Wissen eingetrichtert wurde, für das sich die Mehrheit von ihnen nicht interessierte.

Am letzten Tag aber waren diese Kinder frei wie die Adler am Himmel und stark wie die Löwen in den Bergen. Ohne dass eine Respektsperson auch nur die Stirn runzelte, durften die Glücklichen aus jeder Ecke der Schule ihr Schlachtlied in die freie Welt schmettern. »Wir sind keine Sklaven mehr und trinken keine Tinte, wir verbrennen unsere Schuluniform und vergraben unsere Bücher.« Schluss mit den Strafarbeiten und der Hausordnung, mit dem fetten Hammelfleisch am Sonntag und mit Rizinusöl für alle am Montag. Grütze mit Backobst, in dem, laut einem Gerücht, das sich bereits seit zehn Jahren hielt, die Fußnägel des Kochs dümpelten, würde viereinhalb Wochen lang nicht mehr dienstags auf dem Speiseplan stehen. Vorbei war es mit halb gar gekochtem

Lauch und verkohlten Süßkartoffeln. Vergessen waren bis zum Jahr 1942, das in weiterer Ferne lag als die Milchstraße, die verhassten Schulkrawatten, die breitkrempigen Hüte mit den blau-weiß gestreiften Bändern und die schweren Lederschuhe, die jeden Morgen so blank geputzt werden mussten wie die Stiefel der Offiziere, die, so behauptete der Geschichtslehrer, im unbekannten Europa für die Freiheit der Menschheit kämpften.

Noch ehe an diesem 17. Dezember die Schatten kurz wurden, waren die Schülerinnen und Schüler der Nakuru School erlöst von aller Pein. Sie waren von unbekümmerten Eltern in großen Autos abgeholt und sofort mit Leckereien versorgt worden, auf die Internatsschüler drei Monate lang so klaglos zu verzichten haben, als wären sie Mönche in der Fastenzeit. Für die Schülerin Regina Redlich aus der Klasse 4b galt diese schlagartige Veränderung des Lebens allerdings vorerst nur mit Einschränkungen. Ihr Paradies am Fuße von Mount Kenya war noch verhüllt und unerreichbar, verborgen hinter einem Schleier aus Erinnerung und Heimweh.

Doch das Wunder – das große, unglaubliche – hatte bereits begonnen. Für die scheue Schülerin, die nur eine einzige Freundin hatte und auch nur einen einzigen Schulrock statt der vorgeschriebenen zwei, war eine Ausnahme von der geheiligten Schulordnung gemacht worden. Es war, wie sie am Vortag erfahren hatte, die erste seit Gründung der Nakuru School. Die Umstände für diesen unglaublichen Sonderfall waren nur Mister Whidett, dem Schuldirektor, dem Geographielehrer Mister Sloane und natürlich Regina selbst bekannt. Ihre Eltern, die so gut wie kein Wort Englisch konnten, hatten sich in einem ausführlichen Brief dem allmächtigen Mister Whidett anvertraut, freilich ohne zu ahnen, dass er ein Herrscher war, der aus Prinzip Eltern ablehnte, die ihn um eine nicht mit der Schulordnung zu koordinierende Gefälligkeit baten.

Wegen der eingeschränkten Sprachkenntnisse ihrer Eltern, die Regina noch peinlicher waren als der fehlende zweite Schulrock, hatte Mister Kinghorn den Brief verfasst. Kinghorn gehörte die vierzig Meilen entfernte Nachbarfarm. Er schwärmte für schlesisches Eierhäckerle, schlesisches Himmelreich und für Jettel. Jeden Freitag ritt er zu den Redlichs, um die Wochenendausgabe des »East African Standard« und die »Sunday Post« gegen das frisch gebackene Brot seiner Angebeteten einzutauschen. Der furchtlose Briefschreiber, der in seiner Jugend Löwen und Leoparden gejagt und dabei sein linkes Bein verloren hatte, hatte vorausgesetzt, Mister Whidett wäre ein Mensch wie andere auch. Arglos hatte der einstige Großwildjäger gebeten, Regina möge in Nakuru zum Bahnhof gebracht und in den Zug nach Thompson's Falls gesetzt werden. Dort würde er persönlich, Charles Archibald Kinghorn, »Miss Redlich« abholen und zu ihren Eltern auf die Gibson-Farm in Ol' Joro Orok »geleiten«. Die ungewöhnliche Bezeichnung für ein Mädchen ohne Vermögen und ohne gesellschaftlichen Rang und die noch ungewöhnlichere Formulierung für eine halbstündige Autofahrt hatten auch nach zweimaligem Lesen bei Mister Whidett Missfallen erregt. Wäre die betroffene Schülerin ein wenig kooperativer gewesen, hätte sich die antiquierte Ausdrucksweise mühelos erklären lassen. Der Briefschreiber stand in seinem achtzigsten Lebensjahr. Das wurde von Regina nicht erwähnt. Zu diesem Zeitpunkt ihrer Entwicklung verwehrten es ihr bereits ein-

schneidende Erlebnisse und entsprechende Erkennt-
nisse, die Ruhe hochgestellter Persönlichkeiten und erst
recht die von Pädagogen durch ungebetene Wortmeldun-
gen zu gefährden. Im Zimmer des Direktors, wohin sie
zwischen Rübeneintopf und Brotpudding befohlen worden war, verschwieg sie ferner, dass der hoch geschätzte
Hausfreund ihrer Familie vor zwanzig Jahren sein Auto
in einen Sumpf gefahren und sich nie mehr einen Ersatz
verschafft hatte. Er würde sie auf seinem Pferd von der
Bahnstation in Thompson's Falls abholen müssen.
Selbstverständlich gab Regina auch keine Auskunft über
das Pferd. Es handelte sich um einen jungen Apfelschim-
mel namens Creamcracker, auf dem sie bei Kinghorns
Besuchen bei den Redlichs sogar allein bis zum ausge-
trockneten Fluss reiten und sich in Königin Bodicea verwandeln durfte. Laut Versicherung seines Besitzers flog
Creamcracker mindestens einmal im Monat in den Himmel und war jederzeit darauf eingestellt und sehr bereit,
die Wünsche von neunjährigen Mädchen zu erfüllen.
Auch und erst recht solche, für die die Eltern entweder
kein Verständnis oder nicht genug Geld hätten.
»Creamcracker weiß, dass ich in Wirklichkeit eine Königin bin«, hatte die Regentin in den letzten Ferien Kinghorn anvertraut.
»Natürlich weiß er das. Ich habe mir die Freiheit genommen, ihm das zu erzählen, Memsahib kidogo.«
Kinghorn nannte Regina grundsätzlich so. Obwohl sie
es nicht hätten tun müssen, sprachen die beiden häufig
Suaheli miteinander. In diesem speziellen Glücksfall war
sich Regina indes im Klaren, dass Kinghorns Zauberross
überhaupt nicht bemüht worden war. Ihr eigener Gott,
zu dem sie allabendlich um Beistand für sich und um

rasche Hilfe für ihre Großmutter, den Großvater und die zwei Tanten flehte, die in Deutschland zurückgeblieben und in allergrößter Gefahr waren, hatte das große Wunder an Königin Regina geschehen lassen. Vielleicht mit Unterstützung des schwarzen Gottes Mungu, der sich besonders gut auf die Bedürfnisse von Kindern in Afrika verstand.

Harry William Whidett war ein Mann von Prinzipien. Seinen Schutzbefohlenen hatte er immer nur dann die Nichteinhaltung der Schulordnung gestattet, wenn Vater oder Mutter während eines Schulsemesters verstarben. Dieses eine Mal aber hatten sich die himmlischen Heerscharen Reginas angenommen und den eisernen Schuldirektor so milde gestimmt, dass er zwar äußerst grantig »Nur dieses eine Mal« gedroht, sie aber doch angelächelt hatte.

Am folgenden Tag saß die vom Schuldirektor angelächelte Regina auf ihrem abgeschabten braunen Lederkoffer. Ihre Beine in schwarzen Kniestrümpfen streckte sie in die Mittagssonne, wobei sie diese unvergleichliche Süße des Lebens auf dem stillen Bahnhof von Nakuru auskostete – unter Aufsicht eines Lehrers mit zornbebenden Nasenflügeln, der Ausschau nach dem Zug hielt, der ihn endlich zu einem freien Mann machen würde. Das Kind in der dunkelblauen Schuluniform, das ihm vorerst den Weg in ein Leben ohne Pflicht verwehrte, war zu beschäftigt, um die üble Laune seines Begleiters zu bemerken. Regina konzentrierte sich ausschließlich auf ihre lautlosen Danksagungen an Mungu und an Gott, wobei sie mit Mungu Suaheli und mit dem Gott aus Deutschland Englisch redete. Erst wenn sie bei ihren Eltern war, würde sie wieder Deutsch beten.

Um der Schule zu entkommen, wäre Regina bereit gewesen, auf einem Bein zum Bahnhof zu hüpfen oder die drei Meilen entfernte Stätte der Erlösung per Handstand anzusteuern, doch solche Hochleistungen hatte niemand von ihr verlangt. Im Gegenteil. Wie eine Königin war Regina Redlich, das Refugeekind, das zu Semesterbeginn nicht einmal das vorgeschriebene Taschengeld vorweisen konnte, zum Bahnhof gefahren worden. In einem glänzenden, froschgrünen Ford T, den ein jeder in der Schule kannte. Das Prachtauto war nicht mehr neu, aber es hatte blank geputzte Scheinwerfer, eine Hupe, die sieben Tage in der Woche funktionierte, zwei ebenso zuverlässige Scheibenwischer, vorn schwarze Ledersitze und hinten für das Reserverad und eventuell mitgenommenes einheimisches Personal eine Holzbank.

Obwohl die letzte Regenzeit ausgefallen und das Wasser entsprechend knapp war, wurde der Wagen wöchentlich zweimal mit einem Gartenschlauch abgespritzt und von zwei Gärtnern mit weißen Tüchern trockengerieben. Das umhegte Gefährt gehörte Steven Sloane. Ausschließlich seines Autos wegen sahen die Schüler und Schülerinnen ihm nach, dass er rote Haare wie der Teufel und die Iren hatte und dass seine Haut milchweiß war. Eine so farblose Haut wurde in der Nakuru School grundsätzlich als das Charakteristikum einer verweichlichten Konstitution eingestuft. Es gab Gerüchte, Mister Sloane wäre sowohl schwindsüchtig als auch moribund. Regina hatte sich nie eingehend mit seinen körperlichen Mängeln beschäftigt. Sie hatte noch kein Wort mit Sloane gesprochen, nicht einmal eine Gelegenheit gehabt, ihn auf dem Weg zur Morgenandacht zu grüßen.

Bis zu dem Tag, da sich die beiden auf Befehl von Mister

Whidett nicht voneinander trennen durften, ehe der Zug nach Thompson's Falls in Nakuru abfuhr, lebten die Schülerin Regina Redlich aus Ol' Joro Orok und der Lehrer Steven Sloane in zwei exakt voneinander getrennten Welten. Die waren so unterschiedlich wie die Westminster Abbey zu London und das Klo mit den drei geschnitzten Herzen in der Tür, das der ehemalige Rechtsanwalt Dr. Walter Redlich auf der Farm in Ol' Joro Orok von einem indischen Schreiner hatte bauen lassen.

Sloane unterrichtete Geographie und Geschichte in der 4 c, eine reine Jungenklasse. Trotz seiner blassen Haut, der roten Haare und dürren Arme galt er als der erfolgreichste Coach für Cricket seit Gründung der Schule. Allein durch seine Bewährung auf dem Cricketfeld war die Vorstellung, Mister Sloane, der eine Allergie gegen Ausländer jeglicher Provenienz hatte, würde sich je mit einem solchen Mädchen abgeben müssen, undenkbar gewesen. Die Aufgabe, die ihm am Tag vor den Ferien von seinem Direktor aufoktroyiert worden war, fand der Lehrer absolut absurd, eine ungeheuerliche, beleidigende Zumutung. Keinesfalls hatte der gekränkte Cricketcoach die Absicht, herauszufinden, weshalb Regina nicht auf die übliche Art in die Ferien gestartet war und was Mister Whidett wohl dazu veranlasst hatte, einer Schülerin, die offensichtlich noch keine zehn Jahre alt war, dies zu erlauben. »Sehen Sie zu, dass die Kleine gut wegkommt«, hatte Whidett befohlen. Er hatte tatsächlich »die Kleine« gesagt, wie ein besorgter Großvater in einem viktorianischen Familienroman.

»Ich höre den Zug kommen, Sir«, meldete Regina.

»Dann siehst du mehr als ich.«

»Ich habe den Zug gehört, Sir, nicht gesehen. Owuor sagt,

einen Zug sieht man nicht, ehe man den Rauch riechen kann.«

Erschrocken merkte Regina, dass sie in ihrer Aufregung Mister Sloane angesprochen und so getan hatte, als wäre er ein ganz gewöhnlicher Mann. Bei Lehrern, bei denen man keinen Unterricht hatte, war dies weder gern gesehen noch üblich.

»Sorry, Sir«, entschuldigte sich Regina.

Um zu signalisieren, dass er akustisch verstanden hatte, begnügte sich Mister Sloane mit einer leichten Kopfbewegung in Richtung Kinn. Seine Hände hatte er in den Hosentaschen zu Fäusten geballt. Noch hatte der Ungeduldige die Hoffnung, Regina würde rechtzeitig seinem Blickfeld entschwinden – wenn das Schicksal es besser mit ihm meinte als sein Chef, in den nächsten fünfzehn Minuten. Dann war der Tag für einen, den es in die Ferien drängte, noch zu retten.

»Er kommt wirklich, Sir. Jetzt kann ich den Rauch riechen. Er ist aber noch ganz weit weg. Ganz weit.«

»Wahrscheinlich auf der dritten Wolke links«, brummte Sloane. Er nagte verärgert an seinem Oberlippenbart. Witz und Ironie an ein neunjähriges Mädchen mit einem unaussprechlichen Namen zu verschwenden widersprach seinem Empfinden für Maß und Würde.

»Es ist weißer Rauch«, jubelte Regina, »weißer Rauch. Owuor sagt, weißer Rauch bedeutet, dass es ein guter Tag wird.« Einen Moment vergaß sie, dass sie, so lange Mister Sloane neben ihr stand, noch eine Gefangene war. Die durfte man zwar sehen, aber nicht hören.

Steven Sloane hätte die Anforderung an ein Kind, das ihm aufgehalst worden war wie ein überflüssiges Gepäckstück, ganz bestimmt so definiert. Ohne Regina wäre er längst in seinem teuren froschgrünen Ford unterwegs nach Naro Moru gewesen. Von dort wollte er um vier Uhr in der Früh mit zwei Kameraden zur Besteigung des Mount Kenya aufbrechen. Das Freundestrio brauchte den Tag davor dringend, um die restliche Ausrüstung zusammenzustellen und Vorräte zu kaufen. Der junge Lehrer hatte jedoch nicht gewagt, Whidetts Bitte abzulehnen, auf dem Weg nach Naro Moru Regina in den Zug zu setzen. Nun stand der Meisterkletterer da und versuchte, so auszusehen, als hätte er bis zum Jüngsten Tage Zeit, um sich auf den Weg zu seinem geliebten Berg zu machen, und doch scharrte er mit den Füßen wie ein ungeduldiges Pferd. Zweimal hintereinander murmelte er »verdammter Zug« und sagte einmal recht verschämt und kleinlaut: »Wer weiß, ob es in dieser gottverlassenen Gegend überhaupt ein funktionierendes Verkehrssystem gibt.«

Regina schwankte ein paar Sekunden, ob sie Bestätigung nicken oder ihren Kopf schütteln sollte, verzichtete jedoch auf beide Äußerungen und entschied sich, auf einem Bein so still zu stehen, dass Mungu sie für einen Baum halten würde. Der grübelnde Baum wunderte sich sehr, dass ein Geographielehrer so wenig von der Welt wusste. Immerhin hatte er soeben an einer Verkehrsverbindung gezweifelt, die jedes Kind in Ol' Joro Orok kannte. Selbst die, die zum Zählen ihre Finger brauchten.

Sloane hatte nicht den Hauch einer Idee, wo Thompson's Falls lag. Er stammte aus Wales, war bei Ausbruch des Krieges eher zufällig in Kenia hängen geblieben und hatte bis zum Vortag noch nicht einmal von Thompson's Falls gehört. Er wischte seine Stirn trocken und kickte nach Bubenart einen Stein auf die Gleise. Seine Schutzbefohlene hüstelte. Die wortkarge Form der Kommunikation entsprach beider Seelenzustand.

Regina reichte es, sich ausschließlich mit den einmaligen Vorkommnissen der letzten zwei Tage zu beschäftigen. Schon der Bahnhof von Nakuru war für sie ein Stück vom Glück. Die beiden Schienen funkelten in der Sonne, im Gras lag eine verrostete Lore, in der ein Stock mit einem weißen Wimpel lag, und vor dem gelb gestrichenen, mit Hibiskus und Rosen bewachsenen Häuschen des Bahnwärters standen drei Dornakazien. Im Schatten der dritten saß eine große graue Katze und putzte ihre Barthaare. Zwar war Regina Redlich in den zweieinhalb Jahren ihrer Schulzeit darauf gedrillt worden, sich nicht mehr als unbedingt nötig mit der eigenen Person zu beschäftigen. Dennoch bezweifelte sie an diesem Tag der Tage keinen Augenblick, dass Mungu selbst sich eingesetzt hatte, um sie zu dem glücklichsten Mädchen der Welt zu machen.

Drei traurige Wochen lang hatte ein ungewisses Schicksal Regina Ruhe und Zuversicht geraubt. Einundzwanzig lange Nächte hatte sie sich in den Schlaf geweint. So sicher war sie gewesen, dass sie in den Weihnachtsferien ihre Eltern nicht würde sehen dürfen. Weil die ja kein Auto hatten, um wie alle anderen Eltern ihre Tochter von der Schule abzuholen, war Regina zu Ferienbeginn stets von Louis de Bruin nach Hause gebracht worden. Dem lebensfrohen, kinderreichen Buren gehörte in Ol' Joro Orok eine Farm, die nur dreißig Kilometer von der Gibson-Farm entfernt war, die Walter Redlich zu managen hatte. De Bruin war jedoch zu seiner kranken Mutter nach Südafrika gefahren, seine Tochter Anna und ihre drei älteren Brüder, die auf der Nakuru School waren, sollten die Ferien bei ihren Verwandten in Eldoret verbringen. Als Regina dies von Anna erfuhr, vergaß sie auf einen Schlag, dass sie ihrem Vater versprochen hatte, nie den Mut zu verlieren und immer auf Gott zu vertrauen. Sie sah sich viereinhalb Wochen lang allein im Schulgebäude hocken, bewacht von einer Lehrerin, die bestimmt umgehend versuchen würde, sie zu vergiften, um wenigstens einen Teil ihrer Ferien zu retten. Regina beschloss, in der letzten Nacht des Schulsemesters davonzulaufen und bis zu Schulbeginn im Wald um den Nakuru-See zu leben. Indes erschien ihr bereits die Flucht lebensgefährlich. Wie sollte sie unbemerkt an der Schlafzimmertür der äußerst hellhörigen Miss Chart vorbeischlüpfen können? Miss Chart mit dem rosigen Engelsgesicht und den silbernen Locken führte mit Rohrstock und der Courage, die es braucht, mit einem Stock aus Bambus auf den Hintern von zehnjährigen Mädchen einzudreschen, die Herrschaft im Schlafsaal fünf. Regina bezweifelte nicht, dass sie eine Schülerin, die auf der Flucht gestellt wurde, mit ebendiesem Stock tot schlagen würde.

Als die Dinge in einen so entsetzenden Schwebezustand gerieten, dass Reginas Bauchschmerzen längst nicht mehr von den weißen Bohnen in erkalteter Tomatensoße herrührten, die allabendlich auf dem Tisch standen, und ihre Kopfschmerzen nicht von den Strafarbeiten, die man ihr wegen mangelnder Konzentration im Unterricht auferlegte, wurden ihre Gebete doch noch erhört. Es war wie in den Märchen. In ihnen ergoss sich zum Schluss das Glück stets auf die armen Kinder, und von den reichen und stolzen sprach niemand mehr.

Mister Whidett mit den grauen Augen, in denen Funken stoben, wenn er wütend war, sah nicht wie eine gütige Märchenfee aus, die sich verzweifelter Kinder annimmt, und doch war er eine. »Es gibt keinen Grund«, hatte das strenge Feuerauge die Schülerin Redlich in seinem Zimmer ermahnt, »jedem in dieser Schule mitzuteilen, wie du diesmal nach Hause kommen wirst.« Reginas Kopf und Hals wurden feuerrot, als der Direktor sie ins Vertrauen zog. Sie wusste sehr gut, was es bedeutete, wenn er leise sprach und dabei zum Fenster hinausschaute, als wollte er für die Vögel im Garten das Abendgebet sprechen. Die von einer Fee im grauen Männeranzug mit wundersamer Güte und Verständnis Beschenkte hatte noch nicht einmal gewagt, sich zu bedanken. Nur vor der Direktorentür hatte Regina mit erhobener Rechten geschworen, selbst allen Teufeln dieser Welt würde es nicht gelingen, ihr das Geheimnis zu entreißen, wie sie in den Weihnachtsferien des Jahres 1941 nach Hause gekommen war. Am Abend, als das Licht im Schlafsaal gelöscht wurde, erwog die neunjährige Glücksmarie allerdings doch, Inge ins Vertrauen zu ziehen, aber die Versuchung währte nur zwei erregende Herzschläge lang. Noch vor dem dritten machte sich Regina klar, dass ihre einzige Freundin erstens zum Neid neigte und zweitens nicht an die Zauberkraft von Gebeten glaubte. Inge Sadler war kein gewöhnliches Refugeekind. Sie war stark, tapfer und selbstbewusst. Vor allem konnte sie es sich leisten, sowohl auf Mungus Weisheit als auch auf Gottes Beistand zu verzichten. Sadlers hatten eine eigene Farm und ein eigenes Auto, und ihre Tochter hatte keine Großeltern und keine Tanten, die in Deutschland zurückgeblieben waren.

Der schönste Zug auf der Welt hielt bei seinem Erscheinen auf Stil. Er tauchte aus einer grauen Dampfwolke auf und fuhr donnerlaut in Nakuru ein. Am Bahnwärterhäuschen zitterten die Rosen, sanft schaukelten die Hibiskus-

201

blüten. Die graue Katze wurde aus Jagdträumen gerissen. Sie wölbte ihren Rücken zum Löwenbuckel und sprang fauchend in die Lore. »Tatsächlich«, sagte Mister Sloane, als ihm der Felsen der Anspannung von der Brust rollte. »Los, rein mit dir, aber ein bisschen fix! Wer weiß, wann der Zug weiterfährt.«

Regina hätte ihn über das Verkehrswesen im kenianischen Hochland aufklären können. Sie hatte in den Ferien öfters mit Kinghorn in Thompson's Falls auf den Zug mit der Post gewartet und derweil mit dem weißhaarigen Philosophen, der Kinder ebenso liebte wie Pferde, das Leben und die Welt analysiert. Deshalb wusste sie sehr wohl, dass Maschinen ebenso ihre Ruhe brauchten wie Menschen. Lokomotiven wollten langsam abkühlen, wie am Abend die Felsen. Lokomotivführer mussten Kopf und Rücken in der Sonne baden, ehe sie wieder Kraft genug hatten, ihre fauchenden Drachen über Berge und durch Wälder zu treiben. Zudem hatte so ein Lokomotivführer empfindliche Ohren und Zähne. Die Zähne wollten sich an kurzen, weißen Wurzeln kräftigen, den Ohren musste er nach dem Lärm vom Wind und den Rufen der Wildnis das Geschenk der Stille gönnen.

Erst in den letzten Ferien hatte Kinghorn Regina unter einer Zeder am Bahnhof von Thompson's Falls klargemacht: »Wer schnell fahren muss, will langsam leben.« Damals hatten die beiden zwei Stunden nach Ankunft des Zugs warten müssen, ehe die Post entladen wurde. Kinghorn hatte die zwei Stunden zu zehn Minuten geschrumpft. Er hatte Regina über Liebe und Ehe aufgeklärt. Dreimal war er verheiratet gewesen und hatte mit elf Kindern sein Leben geteilt, doch alle, Frauen und Kinder, waren verschwunden wie das Wasser in der Trockenzeit und das Sonnenlicht in der Nacht. Nun lebte er mit seinen Pferden und mit Choroni zusammen, einem Mann aus dem Stamm der Nandi, der ihn in den gestorbenen Tagen auf die Jagd begleitet hatte.

»Los«, mahnte Mister Sloane. Als wäre er noch zu Hause in England und hätte eine Bahnhofsuhr im Blick, hetzte er mit Regina am Zug entlang. Ihre Beine waren zu kurz, um Schritt zu halten mit dem besten Sportlehrer, den die Nakuru School je auf ein Cricketfeld berufen hatte. Weil ihr Koffer schwer und die Sonne sengend war, atmete sie so laut, dass es die Vögel in den Bäumen hören konnten.

»Pardon, Sir«, hechelte Regina.

Wäre sie in der Schule so mutig gewesen wie in ihren fiktiven Ferienabenteuern, hätte die furchtlose Amazonenkönigin den Besitzer des viel bewunderten grünen Ford aufklären können. Hoch zu Ross oder mit einem gespannten Bogen vor der nackten Brust hätte sie den Trottel in Bergschuhen im barschen Ton darauf hingewiesen, dass der Waggon für Europäer unmittelbar hinter der Lokomotive und nicht am Ende des Zugs zu sein pflegte. Gerade dorthin aber trieb sie Mister Sloane. Den Koffer, auf den sie aufzupassen hatte wie auf einen Korb voll neugeborener Küken, weil er aus Breslau stammte und ihren Eltern also eine jener geliebten Erinnerungen war, von denen sie ständig sprachen, schleifte Regina mit großer Besorgnis und schlechtem Gewissen hinter sich her.

Schließlich stöberte selbst der begriffsstutzige Mister Sloane den Waggon für die reisende Elite mit weißer Haut auf.

»Los«, drängte er. Die Erleichterung, die er spürte, als er die Tür des Waggons aufriss, machte weder sein Gesicht weich noch seine Stimme sanft. Als wäre ihm die ganze Zeit bewusst gewesen, dass Kinderarme noch nicht so belastbar sind wie die von Schiffsjungen, hievte er Reginas Koffer in den Eisenbahnwaggon. Die teure Breslauer Erinnerung stieß er mit dem Fuß in Richtung der beiden Abteile.

»Mein Gott«, wunderte er sich, »was schleppt ihr Mädels bloß durch die Welt?«

»Sorry, Sir«, entschuldigte sich Regina.

Das waren die letzten Worte, die sie im Jahr 1941 an Steven Sloane richtete. Seinerseits ersparte sich der Pädagoge jegliches Abschiedsritual. Mit einem flüchtigen Blick vergewisserte er sich, dass er weder Reginas Finger noch einen ihrer Füße eingeklemmt hatte. Zeitgleich entfiel dem Junglehrer seine Zusage an Mister Whidett, bis zur Abfahrt des Zuges seine ungeteilte Aufmerksamkeit der Schülerin aus Miss Charts Schlafsaal zu widmen. Der pflichtvergessene Bergfreund prüfte noch, ob auf die Tür des Waggons Verlass war. Dann verschwand er aus Reginas Leben. Sie wandte den Kopf ab, kreuzte die Finger und schloss die Augen, damit er, falls er sich umdrehte, nicht auf die Idee käme, sie würde ihm nachschauen. Die Taktik, Feinde kaltzustellen, ohne dass die dessen gewahr wurden, hatte ihr Owuor in den letzten Ferien beigebracht.

Zum ersten Mal in drei Monaten war Regina allein, befreit von Zwang und Furcht und Pflicht. Das bedeutete, sie brauchte mit niemandem zu reden, keinem zu gehorchen, sich für nichts zu entschuldigen, weder vor Miss Chart mit dem Rohrstock aus Bambus den Kopf zu senken noch sich vor den Mahlzeiten mit Klumpen im Porridge und kalt gewordenen giftgrünen Erbsen zu graulen. Regina Redlich aus der Klasse 4 b und vom Bett Nummer 24 im Schlafsaal fünf war nicht mehr eine kleine Schraube im Räderwerk der Nakuru School. Die Schülerin mit der blau-weiß gestreiften Krawatte, die ständig Heimweh hatte, musste sich nicht mehr bei Tag der Tränen schämen, die sie nachts geweint hatte. Ihr Heimweh war nur noch Erinnerung.

Regina trug wieder ihre Krone. In der Hand hielt sie ein goldenes Zepter mit einem Griff aus Rubinen, denn sie war die Alleinherrscherin von Ol' Joro Orok. Ihr Thron war ein Pferd namens Creamcracker, ihr Kammerherr ein weißer Boxerhund, der Rummler hieß und der ihretwegen mit Owuor, ihrem Haushofmeister, von Rongai auf die Gibson-Farm nach Ol' Joro Orok gelaufen war. Auf Regina I. warteten Vater und Mutter, gute Worte, schöne Scherze, Liebe und Wärme. Auf der Farm mit den blau blühenden Flachsfeldern und den weißen Pyrethrum mit dem goldenen Dotter wussten alle Menschen, jede Kuh und jeder Hund und alle zweihundert Hühner, das Paviankind Blimey und die Rosen im Garten, die Wicken auf der Veranda und die Sonne am Himmel, dass der Name Regina, den die Lehrer von der Nakuru School nicht richtig aussprechen konnte, Königin bedeutete und dass sie eine war.

Regina presste beide Hände auf ihr Herz. Das konnte seine Freude nicht halten; es trommelte lauter als die Ngoma, die morgens in den Wäldern die Schauris der Nacht verkündeten. Als die Schläge ruhiger wurden und der Atem kühler, schob die Jubelnde den Koffer langsam vor sich her. Jedes Ächzen war Befreiung. Hin und wieder blieb Regina stehen und streichelte das braune Leder. Auf dem Weg in die Ferien war der Koffer ein

Freund. Er kannte Geheimnisse, von denen weder Vater noch Mutter wussten und wahrscheinlich noch nicht einmal Mungu. Wenn Regina mit Salz in der Kehle zu Schulanfang ihren Koffer packte, schämte sie sich des runden Aufklebers, auf dem in verschnörkelter Schrift »Adolph Woermann« stand. Die zwei Worte reichten, um sie auf einen einzigen Blick als Außenseiterin zu brandmarken. Kehrte sie jedoch zu den Ihren zurück, strich sie zärtlich über das vergilbte Papier mit den tänzelnden Buchstaben, denn der Aufkleber erzählte herrliche Märchen aus der Zeit, als Regina noch ein Kind gewesen war und sich mit einem Plüschaffen unterhalten hatte. Manchmal, wenn sie sich weit genug zurückträumte, roch Regina gar das Meer. Dann sah sie die Fliegenden Fische und ihren weißen Leinenhut in den Fluten versinken. Befahl sie ihren Augen nicht beizeiten die Umkehr, stand die Großmutter am Kai von Hamburg und winkte ihrer Lieblingstochter und ihrer einzigen Enkelin mit einem roten Chiffonschal zu. Es kam so gut wie nie vor, dass die Farmer in der Rift Valley von Nakuru nach Thompson's Falls mit dem Zug fuhren. Deshalb gab es nur einen einzigen Waggon für Europäer. Von den zwei Abteilen war das erste leer, die Fenster abgedunkelt. In dem daneben saß ein Mann. Regina sah nur seine Arme und Beine und dass er Schuhe anhatte, die er als Spiegel hätte benutzen können. Auf seinem rechten Fuß schlief ein massiger Hund. Es war ein weißer Boxer wie Kammerherr Rummler, der bestimmt schon wusste, dass Königin Regina unterwegs nach Ol' Joro Orok war. Der Hund im Zug hatte, genau wie Rummler, einen großen schwarzen Fleck über einem Auge. Er schnarchte und sabberte im Schlaf. Weil Regina wusste, dass Hunde mit geschlossenen Augen sehen können, lächelte sie ihm zu. Hunde waren anders als Menschen. Es lohnte sich immer, sie zum Freund zu gewinnen. Sie gaben keine Befehle, mäkelten nicht an Kindern herum und leckten ihnen mit einer warmen Zunge Tränen aus Augen, die das Salz nicht halten konnten. Hunde rochen Kummer, Trauer und die Angst des Herzens, ihre Nase schlief nie.

Das Gesicht des Mannes konnte Regina ebenso wenig sehen wie sein Haar. Sein Kopf steckte immer noch hinter einer Zeitung. So wusste sie nicht, ob er alt wie ihr Freund Kinghorn war, der ja in Wirklichkeit Bwana Simba hieß, oder jung wie Mister Sloane, der Kinder nicht mochte und Mädchen schon gar nicht. Unschlüssig blieb die Monarchin in dem ausgebleichten Trägerrock an der Tür stehen. Einerseits erschien es ihr eine besondere Freude, die erste Stunde ihrer Ferien zu genießen, ohne dass sie mit irgendwem reden musste – und vielleicht lächeln oder lachen, wenn sie es gar nicht wollte. Andererseits drängte es Regina, sich mit dem Hund zu unterhalten und herauszufinden, ob sie sich einem Tier noch so gut verständlich machen konnte wie vor dem Weihnachtssemester. Alle Sprachen, die sonst in ihrem Leben von Bedeutung waren, hatte Regina bereits am Abend zuvor rekapituliert. Sie hatte kein Wort Suaheli vergessen, um mit Jogona, Kimani, Kamau, Choroni, Burugu, Chebeti und allen anderen Freunden in Ol' Joro Orok zu reden. Und sie konnte genauso gut Jaluo wie in den letzten Ferien, um mit Owuor in seiner eigenen Sprache das Leben, die Freude und allen Kummer zu teilen.

Mit Deutsch, das sie ja während der Schulzeit noch nicht einmal unter der Bettdecke zu üben wagte, weil es die Sprache der Feinde war und manche ihrer Mitschülerinnen sie ohnehin eine Spionin nannten und andere ein Nazigirl, stand es bestimmt nicht so gut. Obwohl ihr Vater immer wieder sagte, Deutsch sei Reginas Muttersprache, schlüpften während der drei Monate im Internat eine ganze Menge Wörter aus ihrem Kopf. Bestimmt würde der Vater, sobald er das merkte, wieder traurige Augen bekommen und einen Stein aus der Kehle husten müssen. Und ihre Mutter würde den Kopf schütteln und sagen: »Hör endlich auf mit dem ganzen Quatsch von Heimat und Vaterland. Sie ist nun mal hier zu Hause. Sei froh, wenn sie nicht gegen den Strom schwimmen will. Einer in der Familie reicht.« Worauf Regina weder Vater noch Mutter ansehen, zum Fenster hinausschauen und ziemlich verlegen sagen würde: »Aber ich schwimme doch gar nicht gern.«

»Und wozu«, würde dann der Vater fragen, »haben wir dir einen Badeanzug kaufen müssen?«

So ein Gespräch war genau das, was für Regina Heimat bedeutete. Nicht zu rätseln, was Worte bedeuteten, ob sie gut oder gemein waren, beruhigend oder eine Drohung, sich nicht überlegen zu müssen, vor wem sie sich schützen musste. Zu Hause sein hieß, in die Arme genommen und gedrückt zu werden, bis sie kaum noch atmen konnte, jeden Tag aufzuwachen und zu wissen, dass die Liebe ein Ring aus Gold und Edelsteinen ist, ohne Anfang und ohne Ende. So ein Ring aus Liebe funkelte in der Sonne und leuchtete hell im Mondlicht.

Der Zug fuhr los. Regina musste sich festhalten, um nicht hinzufallen. Sie kicherte, als wäre sie ein Schulmädchen wie andere – mit blonden Zöpfen und strammen Waden, mit starken jungen Müttern, die große Vans chauffierten, fröhlich winkten und »Bye-bye« sagten und sich eine

Zigarette anzündeten, wenn sie ihre Kinder für drei Monate im Internat ablieferten. »Bye-bye«, sagte Regina und salutierte.

Im letzten Moment sah sie noch die graue Katze und den Rücken des Bahnhofsvorstehers. Er wedelte mit einer grünen Fahne. Regina beneidete ihn, weil er jeden Tag die Züge sehen und hören durfte, in Nakuru lebte und trotzdem nichts mit der Schule zu tun hatte. Die Bäume schwankten, ehe sie dunkel wurden. Der Nakuru-See, der am Morgen von der Sonne vergessen worden war, hatte sich die Farbe zurückgeholt. Als rosa Wolken flogen die Flamingos in einen Himmel, der so blau war wie an keinem anderen Tag. Der Menengai war nicht mehr der grollend feindliche Berg, auf dessen Abhängen in der Dürrezeit höllenrote Buschfeuer loderten und mit Vernichtung und der ewigen Trennung von den Eltern drohten. Der gezähmte Berg glänzte in der Sonne und trug einen Helm aus einer durchsichtigen Wolke. Auch die Nakuru School auf dem Hügel war in ihre Schranken gewiesen worden. Bestimmt vom Muchau, dem Medizinmann. Der bewohnte zwei Hütten in Ol' Joro Orok, obwohl er noch nicht einmal eine einzige Frau hatte. Weil er Regina verehrte, hatte er vor zehn Atemzügen das große weiße Schulgebäude eingeschrumpft. Nun war es so klein wie die Häuser in Liliput. Mit einer glühenden Zange waren dem Schloss des Schreckens die giftigen Krallen gezogen worden.

Um zu prüfen, ob sie tatsächlich ohne Auflagen frei war, wünschte Regina der Schule, deren Uniform sie noch trug und die sie geschworen hatte ihr Leben lang in Ehren zu halten, Feuer, Wasser und Sturm. Die mutige Verräterin lachte wie Goliath – vor dem Kampf mit

David! Dem Zwergenhaus, das sie schon nicht mehr sehen konnte, drohte sie mit der Faust; sie streckte die Zunge heraus, als wäre sie eine Vierjährige, die Phantasie und Wirklichkeit verwechselt.

Die neunjährige Regina, die genau wusste, wie weit ein Kopf auf Safari gehen durfte und wann er umkehren musste, um nicht in eine Falle zu geraten, wurde gewahr, dass der weiße Boxerhund sie beobachtete. Sie zwinkerte ihm zu, als er sie fragte, weshalb sie noch immer wie ein Kind, das nie von der Mutter wegdarf, weil es zu wenig Verstand mitbekommen hat, an der Tür stand. Noch wagte sie nicht, dem aufmerksamen Hund zu erzählen, dass sie im Rausch des Ferienglücks soeben ihre Schule verflucht hatte. Sie wusste ja nicht, ob jeder Hund wie Rummler war. Der hatte noch nie ein ihm von Regina anvertrautes Geheimnis verraten. Selbst nicht ihren Herzenswunsch, dass ihre Eltern lernen würden, so gut Englisch zu sprechen, dass keiner mehr auf die Idee käme, sie wären Deutsche.

Die Zeitung bewegte sich, erst langsam und leise, dann raschelnd schnell. Sogar ein wenig fordernd.

»Hallo«, sagte der Mann, der sie gelesen hatte, »wo kommst du denn her, Little Miss Muffet?«

Regina quietschte so vergnügt wie das erkältete Ferkel in »Alice im Wunderland«. Little Miss Muffet war so Englisch wie Plumpudding und die beiden Prinzessinnen im Buckingham Palace. Die kleine Miss trug weiße Kleider und hellblaue Spitzenhäubchen und hatte Angst vor Spinnen. Sie entstammte dem wunderbar unsinnigen Versen, die den reichen englischen Kindern von ihren Nannys vorgelesen wurden. Regina hatte Miss Muffet in den ersten sechs Wochen ihrer Schulzeit kennengelernt und in den darauf folgenden Ferien ein paar Mal probiert, die sechs Gedichtzeilen ihrer Mutter beizubringen, aber alle Lektionen hatten vorzeitig abgebrochen werden müssen. Jettel hatte sich im Englischen verheddert wie eine Fliege im Spinnennetz, und die Zungenstolperin hatte geseufzt: »Lieber sage ich sämtliche Strophen der Glocke auf und stehe dabei auf einem Bein.«

Der Mann, der Regina mit Little Miss Muffet verwechselte, war weder alt noch jung. Er hatte eine einschmeichelnde Samtstimme, die beim Sprechen in die Tiefe tauchte, und er betonte seine Worte sehr sorgsam. Sein Anzug war aus einem dichten schwarzen Stoff. Ein enger weißer Kragen umschloss seinen Hals. Regina fand, dass der Mann wie ein Geistlicher aussah. Er war auch einer – unterwegs von Nairobi zu einer Missionsschule in Ol' Kalau, die er nach den Schulferien leiten sollte. Regina hatte die Schule einmal gesehen. Sie hatte immer gehofft, dorthin zu kommen, denn Ol' Kalau lag ja in unmittelbarer Nähe von Ol' Joro Orok, doch ihr Vater hatte nicht mit sich reden lassen.

»Eine Missionsschule passt nicht für ein jüdisches Kind«, hatte er gesagt. »Du musst wissen, wohin du gehörst.«

»Aber ich muss doch in der Nakuru School auch in die Kirche gehen.«

»Nur sonntags und nicht freiwillig. Das gilt als entlastend.«

Anders als der Pfarrer, der jeden Sonntag zur Abendandacht in die Nakuru School kam, der meistens gelb im Gesicht war, von Fieberschüben gequält wurde und nur vom Podium herab mit den Kindern redete, vermochte Reginas Mitreisender mit den Augen zu lächeln und Menschen dazu zu bringen, Dinge zu sagen, die sie nicht hatten sagen wollen. Schon weil er mit einem Hund reiste, der genau wie Rummler aussah, und weil Regina sehr ernsthaft erwog, ob der Mann nicht ein verkleideter Engel sein könnte, vergaß sie, dass sie schüchtern und zurückhaltend war. Vor allem vergaß sie, dass ein Kind fremde Menschen nicht mit Gerede belästigen durfte. Es sei denn, die Begegnung fände am Nordpol statt und die unbekannten Fremden hätten Frostbeulen im Gesicht und müssten rechtzeitig gewarnt werden. Ehe Regina überhaupt Zeit fand, sich zu überlegen, ob solche Verhaltensregeln auch für eine Reise in der Eisenbahn galten, folgte sie dem Drang ihrer Zunge. Die war am ersten Ferientag absolut nicht wie sonst, sondern so übermütig wie ein Fohlen und so ungehorsam wie ein junger Hund. Als wäre sie ein ganz gewöhnliches Keniamädchen mit der richtigen Konfession und flinken Beinen und nicht ein Refugeekind, das ausgerechnet aus dem Land stammte, das mit seinen Todesbomben Coventry vernichtet hatte, redete Regina ganz unbefangen mit dem Engelsmann. Erst erzählte sie ihm und seinem Hund von Rummler in Ol' Joro Orok, und anschließend klärte sie beide recht umfassend auf, wie es dazu gekommen war, dass sie allein in die Ferien reiste.

»Ich hab dich am Bahnhof in Nakuru gesehen«, sagte der Pfarrer. »War das ein Verwandter von dir, der dich zur Bahn gebracht hat? Er schien mir nicht gerade freundlich zu einem so netten kleinen Mädchen zu sein, wie du es bist.«

»Er war auch nicht freundlich«, erwiderte Regina. »Aber mir hat das nichts ausgemacht. Er war ja nur ein Lehrer. Ich habe gar keine Verwandten.«

»Keine Verwandten?«, wunderte sich der Pfarrer.

»Jedenfalls nicht in Kenia«, murmelte Regina. Obwohl sie wusste, dass es sich für eine Schülerin der Nakuru School nicht gehörte, das zu tun, was sie tat, schaute sie beim Sprechen nur den Hund an.

»Nicht in Kenia?«, wiederholte der Pfarrer.

Es war noch nicht lange her, dass Regina gelesen hatte, Geistliche vermochten in die Herzen der Menschen zu schauen. Offenbar hatte der, der ihr gegenübersaß und, wie Owuor, alles Wichtige zweimal sagte, von Gott nicht die passenden Augen bekommen. In einem Moment voller Verlangen überlegte Regina, ob sie schwindeln und ihrem freundlichen Safarigenossen weismachen sollte, ihre Großmutter und Tante Käthe lebten in Südafrika und fädelten Perlenketten, und der Großvater und Tante Liesel wären nicht mehr in Sohrau, sondern in Australien. Besser noch in China. Von einem jüdischen Mädchen, das mit ihr auf der Nakuru School war, wusste Regina, dass sie seit zwei Jahren Großeltern in Shanghai hatte. Lotte Edelmanns Großmutter lebte in Pretoria und konnte von dort immer schöne Karten schicken, wenn Lotte Geburtstag hatte. Mit einem englischen Text! Die Versuchung, zu schwindeln und sich an dem wunderbaren Lächeln des schwarzen Engels und am Schwanzwedeln seines Hundes zu erfreuen, indem sie ihnen nichts von Deutschland erzählte, währte allerdings nur einen Augenblick. Dann schob sich eine Wolke vor die Sonne, und Regina besann sich, dass sie ihrem Vater versprochen hatte, nie zu lügen. Noch nicht einmal aus Not und in Angst.

»Wenn wir uns auch keine neuen Schuhe leisten können und kein Auto«, pflegte er zu sagen, sobald die Rede vom

Fluch und Segen des Lebens in Ol' Joro Orok war, »so wenigstens einen anständigen Charakter.«

Regina seufzte. Ihr Vater, der nicht sehr viel mehr vom Leben wusste als ein neugeborenes Kalb und den sie trotzdem so liebte, als wäre er der klügste, tapferste und reichste Mann der Welt, hatte leider nicht die Spur einer Ahnung von den Dingen, die wirklich zählten. Vor allem wusste er nicht, dass ein anständiger Charakter ebenso drücken konnte wie ein zu kleiner Schuh. Für ein Kind auf einer englischen Schule, das zugleich jüdisch und deutsch war, war ein anständiger Charakter eine riesengroße Belastung.

»Hallo?«, wunderte sich der Geistliche. »Was um Himmels willen machen wir hier?« Seine Augenbrauen kletterten über den Brillenrand. Der Hund brummte Zustimmung.

»Der Lokomotivführer wird müde sein«, verstand Regina, »oder seine Lokomotive. Maschinen sind wie Menschen. Sie wollen nicht gehetzt werden.«

»Na, du bist mir eine. So schlau war ich in deinem Alter nicht. Du musst gute Lehrer haben.«

»O ja, aber nicht in der Schule. Alles, was ich weiß, weiß ich von Owuor und Bwana Simba. Und von meinem Vater natürlich. Owuor ist unser Koch und kann mit der Sonne reden und mit dem Regen. Mein Vater kann sogar Latein und Griechisch und kennt die Hauptstädte von allen Ländern in Europa. Bwana Simba ist für alle, die nicht seine Freunde sind, Mister Kinghorn. Er weiß alles und hat nur ein Bein. Aber ein Zauberpferd. Es heißt Creamcracker und kann in die Wolken fliegen. Ich glaube, Bwana Simba und Creamcracker kommen mich in Thompson's Falls abholen.«

»Langsam, langsam, Miss Muffet, das kann ich ja gar nicht alles auf einen Schlag behalten«, lachte der Pfarrer. Der Zug hatte unvermittelt angehalten. Nun stand er in einem dichten Wald, der weder die Glut der Mittagssonne noch Sturm zu fürchten brauchte. Die Luft aus der Welt der Stille, die durch das geöffnete Zugfenster ins Abteil kam, roch wie Honig. Sie war gefeit gegen die Schwere einer langen Dürre und berauschend wie das Tembo, das an fröhlichen Tagen von fröhlichen Männern aus Zuckerrohr gebraut wurde. Regina nahm ihre Schulkrawatte ab, stopfte sie in die Rocktasche und öffnete ihre Bluse. Die Honigluft erreichte Stirn und Hals, der Ruf eines balzenden Vogels das Ohr.

Sie wusste nicht, wie lange der Zug noch bis Thompson's Falls brauchen würde, und noch mochte sie nicht darauf vertrauen, dass Kinghorn tatsächlich dort am Bahnhof stehen würde, wie er Mister Whidett geschrieben hatte, doch der Geruch von Heimat und Geborgenheit hatte sie bereits erreicht. Reginas Nase war in Ol' Joro Orok angekommen. Nasen waren schneller als Beine. Und auch klüger. Sie konnten Spuren riechen und vergessene Geschichten erzählen, aufregende und tröstende. Die mit der klugen Nase lehnte sich so weit zum Fenster des stehenden Zuges hinaus, dass sie mit ihren Fingerspitzen den Ast eines riesigen Baums mit dunklen Blättern und weißen Blüten berühren konnte. Jeder Atemzug ließ Regina wissen, dass sie zu Hause angekommen war. Das Salz, das ihre Kehle aufgerieben hatte, drängte in die Augen. Ausgerechnet in dem Moment, da der Tränenschleier so dicht war, dass die Schatten nicht mehr von den Bäumen zu unterscheiden waren, hörte die Heimkehrende einen Zweig knacken. Das Geräusch, vertraut und lockend und drei Monate lang vermisst wie die Farm und seine Menschen, war nur für die wahrnehmbar, deren Ohren Owuor geschult hatte. Regina unterdrückte den Impuls, ihre Freude in den Wald zu rufen, denn sie erinnerte sich rechtzeitig an Owuors Mahnung, auf einer Safari den Ohren nicht mehr zu vertrauen als den Augen. Da sah sie den Affen.

Es war ein mächtiger, ungefähr achtzig Zentimeter großer männlicher Colobusaffe, der in Armeslänge vom Zug entfernt auf einem kräftigen Stamm saß und an einer gelben Blüte suckelte. Bestimmt war er ein Leittier, dem ein Harem von Frauen mit Kindern gehorchte.

»Ich merke immer ganz schnell«, erklärte Regina und jubelte, dass ihre Augen in der Schule nichts vom wirklichen Leben verlernt hatten, »ob ein Mann ein Mann ist. Da muss ich nicht erst sein Geschlechtsteil oder seinen Hintern sehen.«

»Oh«, sagte der Pfarrer und beugte sich zu seinem Hund.

Das langhaarige, glänzende Affenfell war schwarz, weiß der üppige Behang, der von den kräftigen Schultern hing und im leichten Wind wehte. Auch die imponierende Brust schimmerte hell. Das Gesicht mit den aufmerksam funkelnden Augen, das jedem Affenmann einen Ausdruck von Weisheit, Würde und Wissen gibt, war von dichtem weißen Fell eingerahmt. Der buschige Schwanz, so hell wie die Sonnenflecken schimmernd, die in den Ästen tanzten, war ungefähr hundert Zentimeter lang. Obwohl Regina von Kinghorn gelernt hatte, dass Colobusaffen, diese Pracht des ostafrikanischen Hochlands, besonders scheu sind, schaute die Affenmajestät seine Bewunderin an, als würde er jeden Tag einer Schülerin der Nakuru School die Liebe zu Afrika lehren.

»Ein Colobusaffe«, flüsterte die glücklich Liebende.

»Wenn Sie sich neben mich stellen, können Sie ihn auch sehen.«

»Darf ich das?«

»Aber ja. Nur vorsichtig. Ich hab mir noch nichts gewünscht. Colobusaffen können Wünsche erfüllen, wenn man sie nicht stört.«

»Wer hat dir denn das beigebracht, du kleines Heidenmädchen?«

»Owuor. Er kann mit den Affen reden.«

»Mir scheint er ist ein Zauberer, dein Mister Owuor.«

Regina lachte, weil der Gottesmann ihren Owuor einen Mister genannt hatte. Als er sich neben sie stellte, fühlte sie den Druck seiner Hand auf ihrer Schulter. Die Hand war so heiß, als würde die Kühle des Hochlands sie nie erreichen. Auch hatte der schwarze Engel mit der zupackenden Hand nicht gelernt, seinen Atem abzukühlen, ehe er ihn verriet. Wie stampfende Füße waren die Stöße aus seiner Brust. Das Geräusch muss den Colobusaffen gestört haben; er ließ die gelbe Blüte fallen, zeigte sein kräftiges Gebiss und sprang in die Tiefe.

»Kwaheri«, flüsterte Regina. »Haben Sie ihn noch gesehen?«

»Ja, aber ich war zu langsam. Ich habe mir nichts mehr wünschen können. Und du?«

»Ich hatte Zeit genug. Ganz viel Zeit. Und er hat mich auch verstanden. Das hat er mir gesagt.«

»Und was hast du dir gewünscht?«

»Das darf man nicht sagen, wenn man will, dass der Wunsch in Erfüllung geht. Aber ich habe mir nichts für mich gewünscht.«

»Recht so«, sagte der Pfarrer. Obwohl er seinen Kopf an

die Fensterscheibe presste, als er Gott für seinen Beistand im Moment der Versuchung dankte, fiel Regina auf, dass sein Gesicht einen Schatten eingefangen hatte. Zehn Minuten später fuhr der Zug an; da hatte sie bereits begriffen, dass der Mann im schwarzen Anzug kein Engel war. Engel waren nicht neugierig und hatten keinen dampfenden Atem. Vor allem hätte ein Engel, ohne zu fragen, gewusst, was sich ein Refugeekind wünschte, dessen Großeltern und beide Tanten nicht rechtzeitig aus Deutschland herausgekommen waren.

»Wir müssen bald in Thompson's Falls sein«, sagte der Pfarrer, »selbst wenn ich unseren Aufenthalt bei deinem Affenfreund abziehe, kann die Fahrt nicht mehr lange dauern. Ich nehme an, du hältst es vor Freude schon gar nicht mehr aus. Ich erinnere mich noch an meine Schulzeit. Die letzten zehn Minuten, ehe ich meine Eltern wieder sah, waren die längsten im ganzen Semester.«

»Ich habe Zeit«, überlegte Regina. »Und ein bisschen Angst. Bwana Simba hat keine Uhr, und die Sonne zählt die Minuten nicht. Wenn er nicht am Bahnhof ist, um mich abzuholen, weiß ich gar nicht, was ich tun soll. Von Thompson's Falls kann ich nicht nach Ol' Joro Orok laufen. Auch mit starken Füßen würde ich den Weg nicht finden. Nicht ohne Rummler und eine Lampe.«

»Dann weiß ich, was du dir gewünscht hast. Dass Bwana Simba pünktlich ist.«

»Nein, ich hab doch gesagt, dass ich nichts für mich gewünscht habe. Für sich selbst etwas zu wünschen, wenn man einen Colobusaffen sieht, wäre so, als würde ich für mich selbst beten«, belehrte ihn Regina.

»Die Fähigkeit dazu gilt allgemein als Gnade. Mach dir keine Sorgen. Ich werde ja auch in Thompson's Falls abgeholt, und ich verspreche dir, dass ich bei dir bleibe, bis ich dich in guten Händen weiß.«

Er hob seine rechte Hand zum Schwur. Die Hand, das war Regina klar, gehörte einem Mann, denn es war eine Männerhand, die auf ihrer Schulter gelegen hatte. Allerdings schwankte sie ein letztes Mal, ob es nicht doch ein Engel war, der sie anlächelte. In seinen Augen leuchtete Feuer.

Als wäre Regina ein hilfloses Kind, hob er sie aus dem Zug, dann ihren Koffer mit dem Aufkleber der »Adolph Woermann«. Mit der Stimme, die Ohren streichelte, auch wenn sie nicht um Trost gebeten hatten, sagte er: »Wetten, dass auf deinen Bwana Simba so gut Verlass ist wie auf die Uhr von Big Ben.«

Noch ehe das letzte Wort im Wüten einer Säge erstickte, sah Regina die beiden Pferde im gleißenden Sonnenlicht stehen. Creamcracker, das Wunderross, das über jeden Graben und hinauf in die Wolken springen konnte, ohne seinen Reiter abzuwerfen, bewegte seinen schönen Kopf. Neben ihm wartete Harry, der bescheidene, betagte Braune, der schnaufte, wenn er über einen gefallenen Baumstamm klettern sollte und der selbst Jettel auf seinen Rücken ließ, ohne dass seine Pferdewürde Schaden nahm, weil Owuor sie hinaufschieben musste.

Da das Absteigen mit seinem einen Bein Bwana Simba Mühe machte, rief er »Jambo, Memsahib kidogo« vom Pferderücken aus. Er schwenkte seinen Hut im Kreis. Sein weißes Haar leuchtete in der Sonne – so schön wie das Fell vom Colobusaffen.

»Jambo«, schrie die Königin zurück, denn nun war sie endgültig heimgekehrt. Harry, der Treue mit der großen Pferdevergangenheit, stand mit leerem Sattel da, denn der Reiter, den er von Ol' Joro Orok nach Thompson's Falls getragen hatte, eilte mit ausgebreiteten Armen auf seine Tochter zu.

Regina, zu benommen von der Freude ihrer Augen, sah ihren Vater erst, als er am Holzstoß mit der kreischenden Säge vorbeilief. Sie rannte mit Füßen, die nur bei jedem dritten Schritt die Erde berührten, auf ihn zu und wurde stumm. Auch das war Heimkehr, im Rausch des Glücks die Kraft der Zunge zu verlieren.

»Papa«, schluchzte sie, als sie wieder sprechen konnte, »ich habe gedacht, ich werde dich nie wieder sehen.«

»Ich auch, Regina, ich auch. Das denke ich immer.«

»Und immer ist es anders«, lachte sie.

Eng umschlungen liefen sie zurück zu den Pferden und Kinghorn. Die Haut des Vaters roch nach Heimat, Sicherheit und Liebe. Der Vater aber roch nur das frisch geschnittene Holz. Auf seine Nase war kein Verlass. Er hatte sie nicht mit auf die Safari genommen, als er in Leobschütz aufgebrochen war. »Bei wem willst du reiten?«, fragte er. »Mit Kinghorn oder mit mir? Ich kenn' dich doch. Du hast schon im Zug davon geträumt, auf Creamcracker in Ol' Joro Orok einzureiten.«

Nur einen Augenblick, der nicht länger als einen Lidschlag währte, lockte Creamcrackers Seidenmähne. Dann sagte Regina, ohne zu schlucken und auch ohne zu schwindeln: »Bei dir natürlich.«

Noch trug sie leicht an dem Opfer, das die Liebe von jenen fordert, die ihre Väter zu sehr lieben. Erst im Schatten des ersten Baums fiel ihr der Engelsmann ein, der ihre erste Reise ohne Begleitung zu einer Safari gemacht hatte, in der weder Meilen noch Minuten zählten. Mit Hund und Koffer und einer Bewegtheit, wie sie ihn seit Jahren nicht mehr erreicht hatte, stand er noch am Bahnhof von Thompson's Falls und hielt Ausschau nach denen, die zugesagt hatten, ihn abzuholen. Obwohl er nach allen Seiten spähte, wurde er nicht gewahr, dass eine heimkehrende Königin sich von ihm verabschiedete.

7

ENDE DER UNGEWISSHEIT

Leobschütz–Breslau, 8. Januar 1942

Es war morgens um sieben, sechs Grad minus und der
Leobschützer Bahnhof noch nachtdunkel. Eine zerschlissene braune Tüte und ein kleiner Tannenzweig mit einem
einzelnen Faden Lametta lagen zwischen den Gleisen.
Wäre die Tüte nicht kaputt gewesen, hätten sich selbst
Alte und Kranke nach ihr gebückt. Tüten waren eine Kost-
barkeit geworden. In fast allen Geschäften mussten die
Kundinnen sie beim Einkauf von Mehl, Zucker, Grieß,
Graupen und Hülsenfrüchten mitbringen. Greschek prüf-
te, ob sein Koffer gut verschlossen war. Ihm fiel ein, wie
er sich über Grete lustig gemacht hatte, weil sie am 1. September 1939 schlagartig begonnen hatte, außer Fett und
Mehl feste Tüten, Schnur und Stopfgarn zu horten.
»Wirst schon sehen«, hatte sie sich erinnert, »wo viel mar-
schiert wird, wird das Stopfgarn knapp. Hat mir meine
Muttel immer vom Weltkrieg erzählt.«
»Der ist seit heute der Erste Weltkrieg«, hatte sie Gre-
schek belehrt.
Das Plakat, das an der Bahnhofstür klebte, war von einem
Schneeball getroffen worden, der glücklicherweise nach
seiner Landung festgefroren war. Sonst hätten vaterlands-
treue Staatsbürger lesen müssen, dass die frevlerische
Hand, die den Bahnhof einer oberschlesischen Kreis-

stadt mit Schneebällen bombardierte, unter die Warnung »Feind hört mit« ein defätistisches »Hoffentlich bald!« gekritzelt hatte.

Außer Greschek warteten drei Erwachsene und zwei Kinder auf den Zug nach Gleiwitz: ein Mann von der Post, eine junge Frau mit zwei hustenden Buben in grauen Wollmützen und die Walburga Schmolka aus Hennerwitz. Greschek, der das Jahr mit einem schlimmen Hexenschuss und Vorahnungen begonnen hatte, die ihn als einen besonders treffsicheren Beobachter der Zeitläufte auswiesen, runzelte die Stirn, als er die »Schmolkasche« sah. Er hoffte sehr, sie hätte in Ratibor zu tun und würde nicht mit ihm nach Breslau umsteigen. Es war besser, wenn keiner sein Reiseziel kannte und niemand sich über ihn Gedanken machte. Am Ende noch solche, die zutrafen! Zufällige Begegnungen konnten gefährlich werden, Mitwisser, selbst wenn sie aus anständiger Familie stammten und jeden Sonntag in die Kirche gingen, sogar lebensgefährlich.

Greschek kannte die Familie Schmolka seit seiner Kindheit, die einzige Tochter des tragisch geendeten Hofbesitzers allerdings nur flüchtig. Unmittelbar vor Weihnachten hatte sie bei ihm zwei Gänsekeulen gegen zwei Glühbirnen eingetauscht und Greschek mit der üblen Laune, für die er im ganzen Landkreis berüchtigt war, ihr vorgehalten: »Eigentlich müssten meine Birnen genauso mickrig sein wie deine Gänsebeine.« Sie hatte eine Lieferung Entendaunen zu Ostern in Aussicht gestellt.

Nun schien ihr nicht bewusst zu sein, dass solche flüchtigen Geschäftsbeziehungen außerhalb der Legalität wahrhaftig nicht zu einem Austausch von Höflichkeiten auf neutralem Boden verpflichteten. Die schwarz gekleidete junge Frau nickte dem Elektrohändler zu. Obwohl sie leicht kurzsichtig war, entging ihr nicht, dass Greschek ihren Gruß erwiderte, ohne sie anzuschauen.

Höchstens drei Sekunden tippte er an das Schild seiner Mütze. Tatsächlich war die freundliche Kopfbewegung von Walburga Schmolka ein grober Verstoß gegen die Vernunft und wider den Zeitgeist gewesen.

»Ach«, murmelte die Walburga. Schon in der Schule war sie bekannt dafür gewesen, dass sie ein wenig langsamer dachte als die übrigen Kinder. Bei ihrer überflüssigen Entschuldigung schaute sie ausschließlich auf ihre schwarzen Schnürschuhe. Sie trug seit drei Jahren Trauer. Ihr ältester Bruder, der Hoferbe Hans, auf den jeder seiner vier Onkel so stolz gewesen war, als wäre er der eigene Sohn, war am dritten Tag des Polenfeldzugs gefallen. Vierzehn Monate später hatte es ihren Bruder Karl getroffen. Der Vater hatte ihn seiner guten Auffassungsgabe und einer etwas schwachen Konstitution wegen aufs Gymnasium geschickt. Beim Tod von Hans hatte er seinem zweiten Sohn ins Feld geschrieben: »Nun wirst du doch ranmüssen.« Von Karl war ausgerechnet an dem Tag, als die Familie eine Messe für ihn hatte lesen lassen, noch eine Karte aus Frankreich mit dem Text »Wir lassen es uns hier saugut gehen« gekommen. Der Vater hatte da bereits sowohl seine Sprache als auch seinen Lebenswillen verloren. Am darauf folgenden Sonntag, während seine Frau Gertrud, die Walburga, ihre zehnjährigen Zwillingsschwestern und die dienstverpflichtete Helferin aus Düsseldorf in der Kirche waren, erhängte er sich auf dem Speicher.

Seit Allerseelen galt der Verlobte von Walburga als vermisst. Auch er war Hoferbe. Und ein flotter Tänzer, um den alle Mädchen seine Braut beneideten. Von seinem Kind, das im Sommer geboren werden würde, wusste bisher nur ein Frauenarzt in Ratibor. Zum großen Kummer der Schwangeren jedoch noch nicht ihre Mutter. Gertrud Schmolka ging nämlich nicht mit der Zeit und war absolut nicht davon zu überzeugen, dass der Führer jeden deutschen Erdenbürger willkommen hieß. Auch die in Sünde empfangenen.

Die Mutter der beiden Kinder mit den grob gestrickten Wollmützen, die ihnen fortwährend über die Augen rutschten, so dass sie wie kleine Clowns aussahen, stammte augenscheinlich nicht aus Leobschütz. Greschek hatte die Frau noch nie gesehen. Zudem waren der schwarze Mantel mit dem grauen Pelzkragen, den sie trug, und der abgeschabte, prall gestopfte Tornister auf ihrem Rücken eine viel sagende Kombination. Grescheks Erfahrungen nach neigten nur Menschen aus der Großstadt zu solchen auffälligen Ungereimtheiten. Im dritten Kriegsjahr besuchten die Städter ja immerzu Verwandte auf dem Land, von denen sie in Friedenszeiten nicht viel Notiz genommen hatten. Im Erfolgsfall kehrten sie dann mit Schätzen der deutschen Scholle heim, die sie früher keineswegs als Delikatesse empfunden hatten. Auch an den Tischen der Begüterten, die selbst an Werktagen noch nicht auf ihr Tafelsilber und feines Porzellan verzichten mochten, galten nun der Speck und das Schweineschmalz vom Land, Plunze, Graupen und Zuckerrübensirup als standesgemäße Nahrung.

Greschek hätte jede Münze, die er in der Tasche hatte, darauf gesetzt, dass die Hamstermutter nach Breslau unterwegs war. Verdrossen starrte er die beiden mageren Jungen an und diagnostizierte mit der Bosheit, die seine

Seele von Jahr zu Jahr mehr wärmte, dass die schwächlichen Kerlchen so gar keine Ähnlichkeit mit den kräftigen blonden Burschen hatten, die auf Plakaten und in Zeitungsanzeigen als Deutschlands Zukunft präsentiert wurden. Obwohl die Kinder noch längst nicht in dem Alter waren, um die Blicke eines Zynikers zu deuten, spürten sie Grescheks Abneigung und klammerten sich scheu an den Tornister der Mutter. Deren Blick blieb in der Ferne, doch schon zwei Minuten später seufzte sie: »Gott sei Dank, da kommt unser Zug. Hoffentlich sitzen nicht zu viele Leute im Abteil. Das können wir nicht gebrauchen bei eurem Husten.«

Greschek hatte das gleiche Bedürfnis nach Abgeschiedenheit – zumindest bis er umsteigen und nicht mehr befürchten musste, auf Leute zu stoßen, die ihn kannten. Er rechnete sich aus, dass er die besten Chancen auf einen günstigen Sitzplatz hätte, wenn er bei der Einfahrt des Zuges keine Zeit mit überflüssigen Rücksichtsbezeugungen vertat. Tatsächlich war er als weitaus Ältester der kleinen Gruppe mit Abstand der Erste, der eine Zugtür erreichte, mit festem Schritt und drohender Miene. Ohne sich umzuschauen, was für die meisten Leute aus mannigfachen Gründen zu einer Reflexbewegung geworden war, hievte Greschek seinen Koffer in den Waggon. Das unauffällige Gepäckstück war wesentlich schwerer, als es aussah, wobei die optische Täuschung sowohl bewusst gewählt als auch von Vorteil war. In einer Gesellschaft, in der die Redensart von der Butter, die einer dem anderen nicht aufs Brot gönnt, traurige Realität geworden war, vermochten solche Überlegungen über das Scheitern oder das Gelingen eines Vorhabens zu entscheiden.

In dem trügerisch kleinen Koffer des Josef Greschek

waren außer einem Pfund Bohnenkaffee, drei Pfund Zucker, Mehl und einem gesalzenen Rinderbraten noch zwei Pfund Butter, Hülsenfrüchte, ein Mohnkuchen, vier Päckchen Harzer Käse und Gläser mit den nahrhaften Proben aus Gretes Küche, dazu Seife und Waschpulver – und, was Greschek nicht wusste und niemals zugelassen hätte, ein kleines Heiligenbild. Für Heini Wolf, der ja wahrscheinlich auch nicht mehr rechtzeitig aus Deutschland herausgekommen war, hatte Greschek drei Päckchen Zigaretten beigelegt.

Er war selbst verblüfft, dass bereits das dritte Abteil, dessen Tür er aufriss, leer war. Erleichtert ließ er sich auf den Sitz fallen, zog seine dunkelgraue Mütze tief in die Stirn und verkroch sich in seinen Mantel. Es waren noch dieselbe Mütze und derselbe dicke Mantel, die es Josef Greschek auf seiner unvergessenen Reise von Breslau nach Genua ermöglicht hatten, je nach Bedarf und Stimmung der Wirklichkeit zu entfliehen. Den zweiten, noch engeren Bezug zu seiner Italienreise hatte der als Handlungsreisende verkleidete Wohltäter mit Bedacht gewählt. Obgleich ihm jede Form von Aberglauben fremd und Emotionen ebenso suspekt waren, war ihm kurz vor Weihnachten bei einem ihn sehr beunruhigenden Spaziergang durch den verschneiten Stadtpark der Einfall gekommen, am 8. Januar nach Breslau zu fahren. »Es ist dann auf den Tag genau vier Jahre her, seitdem ich mich mit dem Herrn Doktor aufgemacht habe«, hatte er seiner Grete erklärt.

Die schweigsame Getreue hatte mit keiner Bewegung zu verstehen gegeben, dass sie die Erinnerungen an eine Reise, die sie damals so geängstigt hatte, dass sie weder essen noch schlafen konnte, mit ihm teilte. Sie hatte weiter Grescheks braune Strickjacke mit den Lederknöpfen geflickt und mit leicht geöffnetem Mund dagesessen, als wäre sie blöd und taub und gefühllos. Und doch hatte sie Wort für Wort registriert, was der Hausherr gesagt hatte, denn schon am darauf folgenden Tag begann sie, Mehl, Eier und Butter zu horten, um den Mohnkuchen zu backen. Die Idee, dem einzigen Freund, den er je gehabt hatte, durch eine Reise nach Breslau am Jahrestag seines Aufbruchs ins Exil nahe zu sein, hatte Greschek Tag und Nacht beschäftigt. Es war eine Herausforderung gewesen, die Vorräte für Frau Ina und ihre Tochter zusammenzubekommen, doch das Werk war ihm gelungen – wie ihm das meiste zu glücken pflegte, das das Organisationstalent eines Pfiffigen und den Mut eines Mannes erforderte, der nicht imstande war, sich dem Terror des Staats zu beugen.

Greschek war, wie er den Redlichs versprochen hatte, unmittelbar nach Jettels Abfahrt nach Breslau gefahren, im Sommer 1938 noch unbekümmert und mit einem Korb voll ländlicher Produkte, die bei niemandem, der sie sah, ein besonderes Interesse erregten. Nach dem Brand der Synagogen jedoch und als die Verordnungen herauskamen, dass Juden die öffentlichen Parkanlagen, Theater und Kinos nicht mehr betreten durften, ihren Mieterschutz verloren, besonders gekennzeichnete Ausweise bekämen und nach acht Uhr abends nicht mehr auf die Straße durften, waren erst der Korb durch eine Aktentasche ersetzt und danach die Besuche seltener geworden. Zwei Monate nach Kriegsausbruch war Greschek das letzte Mal in die Goethestraße gekommen – morgens um zwei und im Schutz der Verdunklung. Danach hatte er sich nicht mehr getraut, die Ausgestoßenen aufzusuchen, sie jedoch regelmäßig auf dem Postweg mit Nahrungsmitteln und dem übrigen Bedarf des täglichen Lebens versorgt.

Sein System der Nächstenliebe erschien ihm unfehlbar. Die Pakete in die Goethestraße hatte er ohne Absender verschickt und stets an verschiedenen Postämtern aufgegeben. Für manche war er eigens nach Gleiwitz gefahren, in Ratibor hatte er ohnehin öfters zu tun. Das letzte Paket indes hatte er in einer Flüchtigkeit, über die er noch nach Kriegsende grübeln sollte, ohne zu einer ihn entlastenden Erklärung zu kommen, doch mit seinem Absender versehen. Dieses Paket, in Beuthen aufgegeben, war drei Wochen vor Weihnachten als unzustellbar zurückgekommen. Als das geschah, drängte es Josef Greschek, von dem es hieß, er sei der größte Menschenfeind in der ganzen Stadt, zur Tat. Obwohl er da schon Vermutungen hatte, über die er noch nicht einmal nach einer halben Flasche Kümmelschnaps mit seiner Schwester gesprochen hätte, die immerhin noch 1933 die Sozis gewählt hatte, entschied er sich, unmittelbar nach Jahresbeginn nach Breslau zu fahren.

Ein leeres Abteil im Jahr 1942 war ein Stück vom Himmel, war wie Leberwurst ohne Streckmittel, war wie echter Bohnenkaffee und wie warme Umschläge bei Leibschmerzen. Das Gefühl, von fremden Menschen und von allem, was sie sagten und sahen, verschont zu bleiben, versetzte Greschek in Hochstimmung. Er faltete seinen Mantel zu einem adretten Schlauch, legte ihn ins Gepäcknetz, nahm die Mütze ab und beschloss, die halb gerauchte Zigarre vom Bahnhof für schlechte Tage aufzuheben und eine frische anzuzünden. Sie stammte aus der Kollektion, die er regelmäßig von einem Tabakhändler in

Ratibor erhielt. Der Mann hatte aus Gründen, die sein Leobschützer Lieferant nie hinterfragte, einen übergroßen Bedarf an Glühbirnen, elektrischen Kabeln und Taschenlampen und Greschek schon im ersten Kriegsjahr die Einsicht gewonnen, dass Zahlungen in Naturalien ebenso praktisch wie weitsichtig waren.

Die Zigarre belebte Sinne und Stimmung. Einen kurzen Moment kam dem genussfreudigen Reisenden gar der Gedanke, die Glut stünde für Hoffnung und Zuversicht. Allerdings neigte Josef Greschek selten zu abstrakten Vergleichen und nie länger als drei Minuten zu Illusionen. Er schalt sich einen alten Esel und schaute sich um. Als er sicher war, dass ihn niemand beobachtete, holte er seinen Koffer unter dem Sitz hervor. Er sah sich abermals um, als er ihn öffnete. Schon der Anblick der Schmalzschnitten, die Grete ihm als Reiseproviant eingepackt hatte, machte ihm Appetit. Obwohl er allein im Abteil war, sagte er nur ganz leise: »Ah«. Er war gerade dabei, das erste der vier in Zeitungspapier gewickelten Päckchen aus dem Koffer zu nehmen, als er sich klarmachte, dass sein letztes Paket – und am Ende auch etliche davor – nicht in Breslau eingetroffen war. Er fragte sich, wie es überhaupt um die Versorgung von Ina Perls und ihrer Tochter stand, und es beschämte ihn sehr, dass er überhaupt nur erwogen hatte, eine der Schmalzschnitten zu essen. Er kam sich vor, als wäre er beim Diebstahl erwischt worden.

Aus den Windungen des Gedächtnisses tauchte das Gesicht seines verstorbenen Bruders Waldemar auf, keck und fröhlich und mit dem nussbraunen Haar, das für den Kirchgang am Sonntag stets mit Butterschmalz gebändigt wurde. Zwei Wochen vor seinem Tod hatte der Vater seinen Lieblingssohn einen Höllenlump genannt und ihn wie eine alte Matratze durchgewalkt, weil er dem stummen Knecht, der ja nicht imstande war, den Sohn seines Brotherrn zu verraten, fünfzig Pfennig aus der Hosentasche gestohlen hatte. So behutsam, als wäre die Schmalzschnitte ein kostbares Erbstück, legte sie Greschek unter das zerschlissene Handtuch zurück, das über dem Zucker und dem Mehl ausgebreitet war. Er wollte gerade die Koffergurte festziehen, da entdeckte er die Zeitung. Grete hatte sie klein gefaltet und unter das Ersatzhemd gelegt.

»Donnerwetter!«, murmelte er beeindruckt. Er war so gerührt wie nicht mehr seit der Nacht, als er sich mit der verdorbenen Wurstsuppe vom Bauern Kaminsky vergiftet und Grete die ganze Nacht an seinem Bett gewacht hatte – mit warmen Leibtüchern und Kamillentee. Eine Weile überlegte Greschek, ob er seine Grete nicht doch eines Tages heiraten sollte, wie ihm der Herr Doktor in den schönen Leobschützer Jahren so oft geraten hatte. Selbst noch am letzten Tag in Genua. »Eine anständige Frau verdient es, dass man sie anständig behandelt«, hatte er gesagt.

Als sich Greschek aber auszurechnen begann, dass Hochzeiten auch dann Geld kosteten, wenn man niemanden einlud, und Ehefrauen ja auch recht kostenträchtig waren, beschäftigte ihn ein weniger aufwendiges Gedankenspiel; er nahm sich vor, bei seiner Rückkehr der guten Grete ausführlich zu schildern, wie wohl es angespannten Nerven tat, wenn ein Mann in der Bahn etwas zu lesen hatte.

Die Freude und die milde Stimmung währten nur kurz. Bei dem überraschenden Fund handelte es sich ausgerechnet um »Das Illustrierte Blatt«, und das wiederum hielt Greschek für verdummend und für »Weiberkram«. Zudem war die Zeitschrift dreizehn Monate alt und total zerfleddert. Offenbar war sie von einem ganzen Familienverband gelesen worden – Leute, die, wie Greschek grimmig feststellte, augenscheinlich noch über ausreichende Fettvorräte verfügten, zumindest deuteten die entsprechenden Flecken darauf hin. Die gute Grete, die seit ihrem siebten Lebensjahr, als sie ihre sparsame Mutter um den Kauf einer Lesefibel angefleht hatte, nicht mehr auf die Idee gekommen war, Geld für Gedrucktes auszugeben, hatte die Illustrierte bestimmt irgendwo gefunden. Trotz seiner Vorbehalte holte Greschek die Brille aus seiner Jackentasche.

Der größte Vorteil des »Illustrierten Blatts« war das Format. Selbst mit einer brennenden Zigarre in der Hand ließ es sich bequem halten. Ansonsten hielten sich die Redakteure an die Usancen der Zeit, ihre Leser nicht über Gebühr durch Nachrichten oder wirklichkeitsgetreue Fotos darauf zu stoßen, dass Krieg war. Den meisten Raum nahm eine Fortsetzungsserie ein, in der mit hämischen Formulierungen »das sittenlose Leben französischer Politiker« und der »unheilvolle Einfluss der Gebrüder Rothschild« auf die französische Innenpolitik geschildert wurden.

Mehr Bezug zur Wirklichkeit hatten die Anzeigen, in denen sich propere junge Frauen um die Wäsche von Fronturlaubern bemühten oder sich gut gelaunt »an der Heimatfront« in Männerberufen bewährten. Typisch für die Versorgungslage waren drei Rezepte, das erste für eine Suppe aus Brennnesseln, das zweite für einen Steckrübenauflauf ohne Fett und das dritte für einen Haferflockenkuchen mit Süßstoff und Kunsthonig. Obwohl ihm Steckrüben, Brennnesseln und Kunsthonig widerwärtig waren, wurde Greschek so hungrig, als hätte er zum Frühstück nicht zwei Doppelschnitten mit gerösteten Speckwürfeln gegessen. Er beruhigte seinen Magen mit einem Schluck Ersatzkaffee aus der Thermosflasche – der echte verließ aus Prinzip nicht sein Haus – und anschließend mit einer Dosis Bullrich Salz. Beim Blättern fand er die Doppelseite mit den Witzen. Die Karikaturen beschäftigten sich ausschließlich mit den Erfolgen der deutschen Luftwaffe. Resigniert legte Greschek die Zeitung weg.

Die trüben Gedanken kehrten zurück und mit ihnen eine quälende Unruhe, wenn er sich vorzustellen versuchte, was ihn in Breslau erwartete. Das Abteil erschien ihm dunkler als bei der Abfahrt. Die Deckenbeleuchtung funktionierte nicht, ein eisiger Wind drang durch die Fensterritzen. Greschek befürchtete, er würde beim Umsteigen in Ratibor umso mehr frieren, wenn er sich schon im Zug die Wärme seines Mantels gönnte. Er verfluchte den Winter, den Krieg und Deutschland, und schließlich verfluchte er auch Grete, weil sie ihm am Morgen nicht den dicken Pullover aus Vorkriegswolle herausgelegt hatte. Später fiel ihm die Mutter vom Herrn Doktor ein, die ihren Kindern gepredigt hatte: »Warme Gedanken ersetzen einen Wintermantel«, und schließlich machte ihn die Vorstellung besonders melancholisch, dass sein einziger Freund nie mehr einen Wintermantel brauchen würde, aber höchstwahrscheinlich trotzdem nicht glücklich war.

»Das ganze Leben ist beschissen«, fluchte Greschek. Er erschrak, als ihm aufging, wie laut er gesprochen hatte. Gefühlsausbrüche in öffentlichen Verkehrsmitteln konnten lebensgefährlich sein, doch er gab sich selbst Entwarnung, denn er sah niemanden, der ihn gehört haben konnte. Erleichtert schloss er die Augen. Mit der Routine eines Soldaten, der an der Front gelernt hat, bei jeder sich bietenden Gelegenheit in den Schlaf zu flüchten, nickte er ein.

Wie er beim Blick auf die Taschenuhr seines Großvaters im Moment des Wachwerdens feststellte, hatten die Annehmlichkeiten der Weltflucht nur vierzehn Minuten gewährt. Als Grescheks Ohren von hohen Frauenstimmen und einem spitzen Ton verkrampften Gelächters in die Realität zurücktorpediert wurden und er gleichzeitig Augen und Mund öffnete, sah er das Fräulein Schmolka aus Hennerwitz in ihren Zähnen bohren. Zeitgleich entdeckte er die junge Mutter mit dem Tornister, die ihm am Bahnhof in Leobschütz aufgefallen war, ihre zwei käsebleichen Jungs, deren Mützen noch weiter ins Gesicht gerutscht waren als zuvor, und schließlich eine ungefähr vierzig Jahre alte Frau mit grauen Augen und ergrauendem Haar. Auch ihr Kleid war grau, doch es wurde durch das Mutterkreuz in Silber erhellt.

In ungewohnter Schnelle überwand der einzige Mann im Abteil die Nachwirkungen des Schlafs. Sein Instinkt schlug Alarm; er starrte auf das in der Mitte des Frauenordens angebrachte Hakenkreuz, als hätte er zuvor noch nie eins gesehen. Mit leicht schief gehaltenem Kopf entzifferte er den rund laufenden Text »Der deutschen Mutter«, den er tatsächlich noch nie gelesen hatte, weil er sonst nie so nahe an gebärfreudige deutsche Mütter herankam. Angestrengt überlegte er, für wie viele Kinder das Mutterkreuz in Silber vergeben wurde. Die Frau, die er fixierte, verstand sich augenscheinlich nicht nur auf

Kinder, sondern auch auf die Menschengattung, der sie einen solchen Segen zu verdanken hatte. Sie lächelte gar ein wenig, als sie Greschek anschaute.

»Sechs«, sagte sie, »aber zweimal Zwillinge.«

Das Fräulein Walburga sagte: »Oh«, und strich das Kleid glatt, das über ihren Leib zu spannen begann. Sie zerknüllte das feuchte Taschentuch in ihrer Rechten und stammelte, an Greschek gewandt und so landsmannschaftliche Verbundenheit herstellend: »Wir mussten den Soldaten Platz machen, mussten wir.«

»Der Zug hat doch nirgends gehalten«, wunderte sich Greschek.

»Sie sind ganz plötzlich aus einem anderen Abteil gekommen«, erklärte die Mutter der hustenden Jungen, »und da mussten wir alle aus unserem raus.«

»Nicht alle«, stellte die Frau mit dem Mutterkreuz feinsinnig klar, »die beiden hübschen Pflichtjahrmädel durften bleiben. Zur Betreuung unserer tapferen Helden. Darauf haben die Jungs Anspruch, wenn sie auf Urlaub von der Front sind.«

Greschek sah angespannt in die verschneite Landschaft. Obgleich er von Natur aus argwöhnisch gegenüber Fremden war, hatte er das Bedürfnis, der Frau zu signalisieren, dass er ihre Botschaft verstanden hatte. Nicht nur, dass die Mutterkreuzträgerin in der Terminologie der Zeit geredet hatte, sie hatte kein Schlagwort ausgelassen, das sie als eine Patriotin auswies. Und doch hatte sie aus ihrem Herzen keine Mördergrube gemacht – jedenfalls nicht für die, die Ohren hatten zu hören und Hirn genug, um zu verstehen. So etwas kam wahrhaftig kaum noch vor. Nicht in der Öffentlichkeit und bestimmt nicht oft bei Frauen. Ihnen wurde ja immer wieder geschmeichelt, sie würden für Deutschlands Zukunft das Gleiche leisten wie die Soldaten im Feld.

Die Mutter der Kinder holte ein Stück dunkles Brot aus ihrem Tornister. Sie presste ihre Lippen zusammen, sägte zwei dünne Scheiben mit einem zu kleinen Taschenmesser ab und gab jedem Buben eine. Der größere fragte weinerlich: »Nur eine?«, und der kleinere schniefte. Fräulein Walburga sah es, schnäuzte ihre gerötete Nase in ein blau-weiß kariertes Tuch und holte ein ordentliches Stück Blutwurst aus ihrer braunen Reisetasche. Selbst Greschek, der seine wenigen weichen Momente für Menschen reservierte, die er kannte, war gerührt, dass die Schmolkasche so freigebig gegenüber fremden Kindern war. Schließlich hieß es doch immer, der Gram über den Tod vom Vater und seinen beiden Söhnen hätte die Frauen dort hart werden lassen. Hart wie Stahl. Die Walburga biss zu wie ein Pferd. In weniger als zwei Minuten hatte sie die ganze Wurst verputzt. Auch die Pelle. Zum Nachtisch aß sie einen Apfel, der selbst im Januar noch duftete. Beim Kauen schaute sie an den Kindern vorbei und zum Fenster hinaus.

Die Frau mit dem Mutterkreuz schnalzte mit der Zunge. An ihrem Gesicht war abzulesen, was sie dachte. Sie stieß an Grescheks Arm. Ganz leicht und doch im richtigen Augenblick, als nämlich die Mutter ihren beiden Buben je eine Ohrfeige verpasste, weil sie einander geboxt hatten und der Ältere dem Fräulein Schmolka auf den Fuß getreten war. Auf dem Höhepunkt des Schrecks verschluckte das empörte Kindergeschrei jedes andere Geräusch. Die Frau, die Greschek angestoßen hatte, flüsterte nicht, doch sprach sie auffallend leise. »Fahren Sie nach Ratibor?«, fragte sie.

»Nein«, erwiderte er.

»So genau wollte ich es wirklich nicht wissen«, sagte sie nach einer Weile.

Greschek gab eines der unbestimmbaren Geräusche von sich, aus denen allein Grete zweckdienliche Schlüsse über sein Befinden und seine Absichten zu ziehen wusste. Er kramte nach seinem Taschentuch, brauchte fünf Minuten, um es zu finden, und putzte dann mit einer Gründlichkeit seine Brille, die schließlich selbst ihm übertrieben erschien.

»Wenn Sie zufällig nach Ratibor gefahren wären, um nach Breslau umzusteigen, hätte ich Sie gebeten, mir in Ratibor mit meinem Koffer zu helfen. Meine Tasche ist schon bleischwer.«

»So«, sagte Greschek. Er dehnte die eine Silbe zu bedeutungsvoller Länge aus. Die Intuïtion dieser Frau verblüffte ihn. Gerade deshalb wurde er noch misstrauischer als sonst. Er überlegte, ob es nicht sehr unklug wäre, mit einer fremden Person, von der er nicht mehr wusste, als dass sie sechs Kinder und zwei zu schwere Gepäckstücke hatte und die für seine Begriffe ziemlich forsch war, über sein Reiseziel zu sprechen. Bestimmt würde sie es nicht dabei belassen, dass sie wusste, wohin er fuhr. Die meisten Frauen kamen ihm vor wie Hunde, die einen Knochen ergattert hatten: Wenn sich so ein Köter erst einmal festbiss, ließ er freiwillig nicht mehr los. Andererseits erschien es dem vermeintlichen Kenner der weiblichen Psyche, der einen Horror vor unvorhergesehenen Begegnungen jeder Art hatte, vielleicht doch von Vorteil, mit jemandem zu reden, der sich höchstwahrscheinlich in Breslau auskannte. Die Leute erzählten ja immer wieder, der Krieg hätte auch Städte verändert, auf die noch keine

Bomben gefallen waren. Greschek hatte seit seinem letzten Besuch bei Frau Ina den Kontakt zur Stadt verloren; erst auf der Fahrt zu ihr vergegenwärtigte er sich, dass er ja nicht einmal wusste, ob die Straßenbahnen noch ihre alten Routen fuhren. Vielleicht gab es auch bestimmte Zeiten, zu denen man besser nicht unter die Leute ging und schon gar nicht auf die Idee kam, Freunde zu besuchen, die einen gelben Stern auf ihre Kleidung nähen mussten, damit sie auf der Straße ein jeder als Juden erkannte.

Greschek fröstelte. Er sah seine Schrift auf dem Paket, das aus Breslau als unzustellbar zurückgekommen war, und er sah, dass jeder einzelne Buchstabe ihn bedrohte. Für einen wahnwitzigen Augenblick spürte er nichts als das brennende Verlangen, am nächsten Bahnhof auszusteigen und den nächsten Zug zurück nach Leobschütz zu nehmen, doch noch in der Hitze von Scham, Niedergeschlagenheit und Zorn belebten sich seine Kräfte und Nerven. Er schaute die Frau mit dem Mutterkreuz so gelassen an, als hätte er sich die ganze Zeit mit ihr unterhalten, und er sagte noch einmal: »So« – diesmal, ohne ironisch die Silbe zu dehnen.

Die junge Mutter verschwand mit ihren beiden verheulten Jungen in Richtung Toilette. Weil nicht allein ihre Kinder Durchfall hatten, kehrte sie lange nicht zurück. Walburgas offen stehender Mund und ihr Schnarchen machten Greschek kühn. Zu der, die ihn immer noch gespannt beobachtete, sagte er: »Ja« – nicht zu laut und nicht zu leise, im absolut natürlichen Ton, wie ein höflicher Reisender, der Auskunft über die richtige Uhrzeit gibt.

Die Frau nickte. Später lächelte sie und wurde gar gesprächig. Ehe der Zug in Ratibor einfuhr, erwähnte sie zwischen zwei Sätzen, die Zarah Leanders Film »Es war eine rauschende Ballnacht« betrafen, in Breslau würde sie ihr ältester Sohn von der Bahn abholen. Greschek war erleichtert. Menschen, die ein Stück Weg gemeinsam gingen, sich aber beizeiten voneinander zu trennen wussten, waren besser als andere gegen die Fallstricke des Schicksals gewappnet.

Auf dem Bahnhof in Ratibor stand kein einziger Zug, noch nicht einmal ein Tender. Nicht das kleinste Stück Kohle lag herum. Auch kein Dienstpersonal war zu sehen. Ein älterer Mann mit einer schwarzen Augenklappe und einer Schiffermütze, wie Hans Albers sie trug, stand vor einem winzigen Holzkohlenofen und rührte mit einem langen Löffel in einem riesigen, verbeulten Blechtopf. Er bot ein rosa gefärbtes, künstlich gesüßtes Heißgetränk an. »Becher sind mitzubringen« hatte der findige Händler mit Rotstift auf ein Stück Pappe gemalt.

Greschek holte die beiden ineinander verschachtelten Becher aus braunem Bakelit, ohne die ihn seine Grete seit Kriegsausbruch nie auf Reisen ließ, aus der Innentasche seines Mantels. Er ließ auch den kleineren Becher füllen, reichte ihn der Frau aus Breslau und wunderte sich sehr über seine Spontaneität. Seitdem er im Jahr 1935 in Prag nach einem üppigen Pilzomelette eine doppelte Portion Schinken in Brotteig und Marillenknödel zum Nachtisch gegessen hatte, hatte er keiner Frau mehr ein Getränk spendiert. Damals war allerdings die Anregung vom Herrn Doktor gekommen. Nach dem vierten Glas Budweiser und dem dritten Verdauungsschnaps. In einem Lokal kurz vor der Karlsbrücke mit Riesenschnitzeln, anständigen Preisen und nicht ganz anständigen Frauen.

Das Gebräu von Ratibor hatte einen gallenbitteren Nach-
geschmack, dennoch stimmte die Farbe den freigebigen
Spender melancholisch. Das Rot erinnerte ihn an das
Puddingpulver, das er bis Kriegsausbruch regelmäßig für
die kleine Regina nach Kenia geschickt hatte. Eine Zeit
lang bemühte sich Greschek, sich an die Adresse der
Farm zu erinnern, doch sie fiel ihm nicht mehr ein. Ebenso wenig wann und vom wem in Leobschütz das Gerücht
aufgebracht worden war, Dr. Walter Redlich wäre von einem Löwen gefressen worden, seine Frau und sein Kind
hätten die Briten nach Abessinien abgeschoben.

»Das Gedächtnis wird immer schlechter«, brummte Greschek.

»Haben Sie ein Glück!«, befand seine neue Reisebegleiterin. »Ein schlechtes Gedächtnis ist heutzutage ein Segen. Und ein Schutz vor Menschen, die von einem Dinge wissen wollen, die sie nichts angehen.«

Sie saßen auf ihren Koffern und wärmten ihre Hände an
den noch halb vollen Bechern mit dem Heißgetränk. Es
mangelte ihnen an einem Pfefferminzbonbon, um den
penetranten Geschmack von Saccharin zu neutralisieren,
doch gnädigerweise fehlte es ihnen auch an der Ungeduld
von Reisenden, die noch den größten Teil der Strecke vor
sich haben. Zwei Jahre und vier Monate Krieg hatten die
Menschen Geduld und Fatalismus gelehrt. Schweigend
beobachteten sie, wie Walburga in einer Gruppe von
Frauen mit Kopftuch und schweren Taschen untertauch-
te; beide dachten sie an die Blutwurst und den Apfelduft
und den Neid im Abteil, für den sie gesorgt hatte; sie deuteten gleichzeitig ein Kopfschütteln an und tauschten
stumm ihre Ansicht vom Bauernstand aus. Die Frau mit
den beiden hustenden Kindern, von der Greschek in

Leobschütz tausend Eide geschworen hätte, sie wäre unterwegs nach Breslau, war nirgends mehr zu sehen. Er war froh und kannte auch den Grund. Die Scheu vor fremden Menschen und die kranken, vollkommen absurden Phantasien, die sich aus zufälligen Begegnungen entwickelten, waren ein Phänomen der letzten Jahre geworden, das auch ihn, den gelassenen Nervenstarken, nicht verschont hatte.

»Lästig wie eine Schmeißfliege«, raunte er in die eisige Luft.

»Ja«, stimmte die Frau zu. Sie leckte den letzten Rest vom bitteren Heißgetränk aus und gab ihm den Becher zurück. »Das hat gut getan«, dankte sie.

Am anderen Ende des Bahnsteigs hatte sich die Gruppe der Soldaten versammelt, für die die Frauen im Zug ihre Plätze hatten hergeben müssen. Es waren alles junge Kerle, doch keiner von ihnen sah aus, als hätte er sich je an der Blüte des Lebens erfreuen dürfen. Dennoch muss sich einer an seine Schulzeit und an Sangeslust im Ferienlager erinnert haben, denn er stimmte mit einem Gesicht, das für die Dauer eines Herzschlags Kindersicherheit widerspiegelte, das Lied »O du schöner Westerwald« an, aber die Melodie verebbte noch vor dem Ende der ersten Strophe. Die Kameraden tippten sich an die Stirn. Der Sänger wurde rot, bückte sich und kümmerte sich um seine Stiefel.

»Arme Kerle«, sagte die Frau. »Urlaub im Krieg bedeutet nie etwas Gutes. Mein Ältester ist auch bald dran.«

»Mit Urlaub oder mit Krieg?«

»Mit beidem.«

In der ersten Stunde ihrer gemeinsamen Wartezeit sprachen die Frau und Greschek nur wenig und Belangloses.

Als die Hälfte der zweiten Stunde verstrichen und der Zug nach Breslau immer noch nicht gemeldet war, wurde ein weiteres Charakteristikum der Zeit evident: Hatten Reisende erst einmal ihre Angst voreinander überwunden, spürten sie manchmal eine Verbundenheit, die ihnen in den nervenzehrenden Schwebezuständen zwischen Aufbruch und Ziel eine beruhigende Sicherheit gab. Zunächst redeten die Reisegenossen über die Pflichten des Alltags, die immer fordernder wurden; sie waren sich einig, dass es kaum noch Möglichkeiten gab, ihnen wenigstens für ein paar Stunden zu entfliehen. Die Frau sprach viel vom Kino. Mit einer Betonung, die Greschek spontan zu deuten wusste, erzählte sie, dass sie ausschließlich heitere Filme mit viel Musik sehen wollte. »Und wenn schon Männer in Uniform«, lächelte sie, »dann höchstens die langen Kerle vom alten Fritz. Der verstand noch was vom Flötenspiel und von der Schönheit. Er ließ sich ja auch von einem Philosophen und nicht von einem Klumpfuß die Welt erklären.«

»Meinen Sie Goebbels?«

»Nein, Voltaire.«

Greschek staunte über ihre Freimütigkeit gegenüber einem Mann, den sie noch keine drei Stunden kannte. Angeregt von der Begegnung mit Walburga, die ja aus seinem Heimatdorf stammte, erzählte er – was ihn im Moment des Geschehens noch sehr viel mehr verblüffte als zuvor der unerwartete Bekennermut seiner Gesprächspartnerin – von der Hochzeit seiner Schwester in Hennerwitz. »Da hat ein Vetter von mir so schön auf dem Schifferklavier gespielt«, erinnerte er sich, »dass alle geweint haben. Auch der Kater und der Hund.«

Keiner der beiden, die auf einem Bahnsteig in Ratibor auf

Koffern voller Nahrungsmittel hockten, hätte bei flüchtigen Beobachtern den Verdacht erweckt, sie wären unzufrieden und würden sich nach den überschaubaren Zeiten zurücksehnen, als ein Pfund Butter noch ein Brotaufstrich oder eine Backzutat und nicht eine kostbare Währungseinheit auf dem Markt des Überlebens gewesen war. Als jedoch die Kälte immer weiter in den Körper kroch und das Hirn nicht mehr so auf der Hut war, wie es sich allzeit aus Gründen des Selbstschutzes empfahl, erweiterten sie das Areal ihrer rhetorischen Wanderungen und spitzfindigen Andeutungen. Schritt für Schritt tasteten sie sich in die urzeitlichen Regionen vor, in denen Menschen, die einander sympathisch fanden, sich ohne Arg unterhielten.

»Ich dachte, als ich ihr Kreuz sah«, begann Greschek. Erschrocken kniff er die Augen zu. Hüstelnd gab er vor, er hätte sich verschluckt. Es grämte ihn, dass sein Hunger, die beißende Luft und das müßige Herumsitzen Schleusen geöffnet hatten, die er sonst fest geschlossen hielt. Vertrauensseligkeit war eine Falle, in die nur Narren stolperten. »Oder alte Weiber«, pflegte Grete zu sagen. Verdrossen stopfte er seine Zungenspitze in die linke Backentasche. Im wirklich allerletzten Moment gelang es ihm schließlich doch, den verräterischen Ansatz seiner Überlegungen in eine neutrale Richtung zu steuern. »Ich hab' immer gedacht«, sagte er, »das Mutterkreuz darf gar nicht im Alltag getragen werden, sondern nur bei feierlichen Anlässen. Das habe ich mal gelesen. Irgendwo und ganz zufällig.«

»Jetzt sagen Sie mal selbst, guter Mann. Gibt es einen besseren Anlass als eine Bahnreise? Dieser famose Orden auf meiner Brust berechtigt mich nämlich zu einem Sitzplatz. Deshalb trage ich mein Mutterkreuz ausschließlich in der Eisenbahn.«

»Und das bringt Ihnen was?«

»Warten Sie mal ab. Sie werden schon erleben, wie unser Vaterland seinen Frauen dankt.«

Sie hatte, jedenfalls im Moment ihrer Beteuerung, zu viel versprochen. Als fünfzig Minuten später der Zug nach Breslau einlief, war er überfüllt und die Türen kaum von außen zu öffnen. Die Soldaten stürmten den Zug mit Stimm- und Ellbogenkraft, mit riesigen Tornistern vor ihrer Heldenbrust und mit den entschlossenen Mienen, die ihnen die Zeichner von Kriegspropaganda verpassten. Das Wort von der gebotenen Rücksicht auf die aufopfernden Menschen an der Heimatfront war nicht mehr das Papier wert, auf dem es überall geschrieben stand. Hätte nicht ein stämmiger Reichsbahner eingegriffen, wäre eine hochschwangere Frau auf die Gleise geschoben worden. Im Zug brüllte eine Kinderstimme gellend nach der Mutter. Die Schmolka Walburga mit den Äpfeln im Gepäck und dem traurigen Gesicht war wieder da. Das Gesicht schaute aus einem Abteil heraus, in dem ausnahmslos alte Frauen saßen, ihre Hände unter grob gestrickten Jacken verbargen und kauten.

Greschek mutmaßte zu Recht, dass sie Äpfel aus Hennerwitz aßen, und er verfluchte die Schmolkasche bis in alle Ewigkeit. Er hatte seine neue Weggefährtin mit beiden Händen in den Waggon schieben und danach seine gesamte Körpermasse und zusätzlich beider Gepäck einsetzen müssen, um selbst in den Zug hineinzukommen. Aus Gründen, die er nie hätte in Worte fassen können und die ihm selbst nicht klar waren, lag ihm daran, nicht von seiner Reisebekanntschaft getrennt zu werden. Auch ihm, dem Einzelgänger, wurde in gewissen Situationen bewusst, dass sich das Leben besser zu zweit als allein an den Hörnern packen ließ. Schwer atmend schob er seine Reisebegleiterin vor sich her, als wäre sie ein Koffer. Sie ließ es geschehen. Es war lange her, seitdem sie die Kraft von Männerarmen gespürt hatte.

In den muffig riechenden Abteilen gab es noch nicht einmal mehr Stehplätze. Sperrige Rucksäcke, kleine braune Kartons und prall gepackte braune Papiertüten, Einkaufsnetze mit Kartoffeln, Rüben und Kohlköpfen lagen in den Gepäcknetzen und unter den Sitzen. Auf bleichgesichtigen Müttern hockten blasse, schweigende Kinder mit geröteten Augen und roten Nasen. Schwangere lehnten sich so weit wie möglich zurück, damit ihr Bauch sichtbares Zeugnis für ihre Bedürfnisse ablegen konnte. Die paar Männer, die saßen, waren im Greisenalter und entsprechend kurzsichtig und schwerhörig. Von dem Anspruch einer Mutterkreuzträgerin auf einen Sitzplatz wäre keiner von ihnen zu überzeugen gewesen. Die übrigen Reisenden männlichen Geschlechts waren entweder kriegsversehrt oder in Uniform. Greschek gab umgehend und endgültig die Hoffnung verloren, vor Breslau noch einmal sitzen zu können. Er dachte an die Schmalzbrote in seinem Koffer und wunderte sich, dass der Hunger ihn außer im Bauch auch in den Waden plagte.

»Das war's«, sagte er. Er versuchte, was ihm in der Menschenmenge allerdings nicht möglich war, mit den Schultern zu zucken.

Zu seiner Verblüffung antwortete seine Zugbekanntschaft mit einer Stimme, die sehr laut, in den Höhen penetrant schrill und unangenehm herrisch war. »Glauben Sie wirklich«, geiferte sie, »der Führer wäre einver-

standen, wenn er wüsste, dass bei der Deutschen Reichsbahn die Auszeichnung für eine deutsche Mutter so wenig wert ist wie eine Bahnsteigkarte. Außerdem fühle ich
mich verpflichtet, Sie wissen zu lassen, dass mein Schwager hier in einer kriegswichtigen Mission unterwegs ist.«
Erst beim letzten Satz und weil sie sich umgedreht hatte,
um auf ihn zu deuten, ging Greschek auf, dass sie die
ganze Zeit mit dem Schaffner gerechtet hatte. Der Mann
in Uniform war alt, müde und schon lange der Meinung,
Menschen seien in unruhigen Zeiten am besten zu Hause
aufgehoben. Wäre nicht Krieg gewesen, hätte er auf ein
Leben in treuer Pflichterfüllung zurückblicken dürfen
und hätte in seinem Schrebergarten mit Kinderschau-
kel und Vogelhäuschen Kopfsalat geerntet und die Ra-
dieschen wachsen sehen. »Ich bin ein Vorkriegsmodell«,
pflegte er zu sagen, wenn ihm nach Seufzen zumute war,
doch er meinte den Krieg von 1914.
Der in den Dienst zurückbefohlene Bahnbeamte hatte
einen fahlen Teint, ständig entzündete Augen und, wenn
er abends endlich nach Hause durfte, rheumatische
Schmerzen im Knie und im Kreuz. Täglich musste er
erleben, dass Reisende und vor allem weibliche seiner
Uniform nicht mehr den ihr gebührenden Respekt ent-
gegenbrachten. Er wehrte sich nur in Maßen, hatte er
doch für solche Fälle eine Gleichgültigkeit entwickelt, die
im Kreise seiner Gleichgesinnten als »Adolfs Balsam« bezeichnet wurde und die sich in nahezu allen Krisen bewährte. Dennoch hörte der Schaffner der aufgebrachten
Frau mit dem Mutterkreuz und dem schnaufenden Begleiter sehr aufmerksam zu. Ihm, der für Vorgänge be-
schimpft wurde, die er wahrlich nicht zu verantworten
hatte, war nämlich – vielleicht zur rechten Zeit – ein Kol-

lege eingefallen, der erst vor einem halben Jahr in fast der gleichen Situation einer Frau entgegengeschleudert hatte: »Ihr verdammter Gebärorden interessiert mich einen feuchten Dreck.«

Der Mann, ein feiner, strammer junger Kerl mit frischem Abitur, war ursprünglich von einer Karriere bei der Luftwaffe ausgegangen. Er war jedoch wegen seines Asthmas und weil er nur ein Auge hatte nicht für tauglich befunden worden, auch nicht bei der Wehrmacht. Drei Wochen nach dem unglückseligen Vorfall mit der Mutterkreuzträgerin war er versetzt worden. Zur Abfertigung der Züge, die in Richtung Osten fuhren. Obwohl es – wiederum ausschließlich im Kreis der Gleichgesinnten und nur hinter vorgehaltener Hand – sarkastisch hieß, der Dienst im Transportwesen Ost sei sehr angenehm, weil es sich bei den Reisenden ausschließlich um solche ohne Fahrausweise handle, die zudem nie und gegen nichts protestierten, galt die Arbeitsverpflichtung auf den so genannten »Viehzügen« als eine Strafversetzung.

»Jetzt beruhigen Sie sich erst mal, gnädige Frau«, sagte der Schaffner. Er überlegte, ob er lächeln sollte. Seiner Erfahrung nach wurden weibliche Reisende in den meisten Fällen eine gewaltige Spur zugänglicher als zu Beginn der Auseinandersetzung, wenn sie mit der Anrede »gnädige Frau« bedacht wurden, was besonders für solche Frauen galt, die augenscheinlich keine Damen waren. Diesmal allerdings erwies sich die Menschenkenntnis des Schaffners als ein Spiel mit zu vielen Unbekannten. Die Frau mit dem Mutterkreuz lief rot an und kniff ihre Lippen zusammen. Sie hatte gar den Schneid, einem Mann in der Uniform der Reichsbahn, der alt genug war, ihr Vater zu sein, und der Tag für Tag mehr Arbeit leistete, als die Dienstordnung von ihm verlangte, den rechten Zeigefinger in die Brust zu bohren.

»Sie werden schon sehen, was Sie davon haben«, sagte die aufgebrachte Gekränkte; sie sah den, der noch kein Wort der Widerrede gewagt hatte, mit so viel Verachtung an, als hätte er ihr genau auseinandergesetzt, was er von ihr hielt. »Eine Frau, die dem Führer sechs Kinder geboren hat und die nun das siebte unter ihrem Herzen trägt und die nicht weiß, ob sie den Vater ihrer Kinder je wiedersehen wird, hat es nicht verdient, dass ihr Opfer mit Füßen getreten wird. Mein Mann ist seit zwei Monaten in Russland vermisst.«

»Das wusste ich nicht«, sagte der Schaffner.

»Natürlich nicht«, schnappte die Frau. »Ihr Männer seid doch alle gleich. Bis eine Frau nicht kugelrund ist oder nach der Hebamme ruft, bemerkt ihr nichts von einer Schwangerschaft. Wahrscheinlich erwarten Sie jetzt auch noch, dass ich mich bei Ihnen entschuldige.«

»Aber nein«, wehrte der Schaffner ab, »Sie haben doch absolut keine Veranlassung, sich bei mir zu entschuldigen.« Seine Augenlider begannen zu flattern – das alte Leiden, wenn seine Nerven einer Belastung nicht standhalten konnten. Das Zucken war eine der vielen bösen Hinterlassenschaften von den Monaten im Schützengraben. Zum zweiten Mal in einem Zeitraum von weniger als fünf Minuten erinnerte sich der beschimpfte Bahnbeamte, dessen Gelassenheit und Kompetenz seine Vorgesetzten in keinem Arbeitsbericht zu erwähnen vergaßen, an seinen strafversetzten Kollegen. Für einen kurzen Moment, für den der gläubige Katholik noch monatelang Buße tun sollte, fragte er sich, ob sein Lebensabend vielleicht nicht ruhiger verlaufen würde, hätte er es ausschließlich mit Menschen zu tun, die im Sprachgebrauch als »Stückzahl« bezeichnet wurden und die ihr Reiseziel nicht kannten. Er senkte den Kopf und flehte Gott an, ihn künftig von der Last des Wissens und der Versuchung der Gleichgültigen zu verschonen.

»Also?«, bohrte die Frau. Ihr gelang es, ein einziges Wort wie einen Stein aus der Schleuder zu schießen. Die rechte Hand hielt sie schützend über das Mutterkreuz.

»Ich könnte«, schlug der Schaffner vor, erleichtert und sehr zufrieden, weil ihm der Einfall gekommen war, »Sie und ihren werten Herrn Schwager bis Breslau in meinem Dienstabteil sitzen lassen. Wenn es Ihnen nicht unangenehm ist, dass ich von Zeit zu Zeit dort selbst zu tun habe.«

»Das wird sich schon machen lassen«, befand die furchtlose Taktikerin. »Ich sage ja immer, dass wir in diesen schweren Zeiten alle unsere Kompromisse machen müssen.«

Greschek, der noch nie eine Frau bewundert hatte außer die vom Herrn Doktor – doch an Jettel eher die weiblichen Reize und wahrhaftig nicht ihre Energie und Durchsetzungskraft –, folgte der Einfallsreichen wie ein treuer Paladin seinem Herrn. Er trug ihren Koffer und sie die Verantwortung. Der Schaffner, nun wieder der kompetente Gelassene, bahnte im schmalen Gang den Weg zwischen Reisenden, die dem ungewöhnlichen Trio murrend Platz machten. Obwohl er gehört haben musste, dass eine Frau »Bonzen« und eine andere »Protektion« zeterten, schloss er das Dienstabteil auf. Er würde, sagte er, später vorbeikommen, und es wäre besser, wenn »die Herrschaften« die Vorhänge an der Tür zuziehen würden. »Man kann nie wissen«, klagte er, »was Leuten ein-

fällt, die einem anderen noch nicht einmal einen Sitzplatz gönnen.«

Das Abteil war halb so groß wie die üblichen. Es hatte
eine Sitzbank, auf der drei Menschen nebeneinander
Platz fanden, und unter dem Fenster war ein Klapptisch,
auf dem außer einem aufgeschlagenen Kursbuch noch
zwei schwarze Kladden lagen. Auf einem blau-weiß ge-
würfelten Küchenhandtuch stand eine braune Thermosflasche. Unter der Sitzbank war Platz für zwei Koffer, der
dritte kam ins Gepäcknetz. Der kleine Raum roch nach
kaltem Zigarettenrauch und scharfem Senf, von dem auf
den Frauenseiten der Zeitschriften neuerdings behauptet wurde, er sei gut als Brotaufstrich zu verwenden und
ohnehin bekömmlicher als Butter. Der Senfgeruch erinnerte Greschek an die Knoblauchwurst, die Grete ihm
mitgegeben hatte. »Die kannst du ruhig unterwegs essen,
wenn du Hunger kriegst«, hatte sie beim Kofferpacken
gesagt. »Für die Frau Schwiegermutter vom Herrn Doktor würde ich dir ja nie Schweinefleisch mitgeben. Die
dürfen das ja nicht essen. Das weiß ich noch.«

Die Lebensmittel für Breslau sorgsam auf dem Küchen-
tisch gestapelt, war Greschek am Abend zuvor Gretes
Geplauder nur als der gedankenlose Unsinn erschienen,
zu dem seiner Meinung nach alle Frauen neigten. Der
guten Grete war kein Vorwurf zu machen. Sie wusste ja
nichts von der Welt. Schon gar nicht, seitdem er nicht
mehr, wie früher, mit dem Herrn Doktor auf Reisen
gehen und ihr von der Fremde erzählen konnte. Zu
Hause, in der Geborgenheit von Leobschütz, hatte sich
Greschek nicht die Mühe gemacht, mit Grete über die
Veränderungen des Lebens zu reden. Ihm selbst war nur
allzu klar, dass Frau Ina und ihre Tochter in ihrer Not

ganz andere Sorgen hatten, als sich mit der Frage zu beschäftigen, ob Gott den Juden eine Wurst aus Schweinefleisch zugestehen würde oder nicht. Nun aber, da Breslau nicht mehr nur ein Wort, sondern vielleicht das Ende seiner Hoffnung war, die Menschen wiederzusehen, denen er zu helfen versprochen hatte, war Greschek im Nachhinein die ganze Szene zuwider. Bei dem Gedanken, was ihn in Breslau erwartete, würgte es ihn.

»Sie sollten was essen«, riet die Frau. »Das Geräusch kenne ich. Nur zu gut. Mein Mann machte das auch, wenn er Sodbrennen hatte.«

»Das mit ihrem Mann tut mir leid.«

»Er ist gar nicht in Russland vermisst. Er ist zwei Tage vor Kriegsausbruch gestorben. An einer Blutvergiftung. Doch ein Mann, der auf dem Feld der Ehre geblieben ist und eine Witwe mit sechs unversorgten Waisen hinterlässt, macht sich heutzutage wesentlich besser als einer, der nicht rechtzeitig zum Arzt ging und in seinem Bett starb. Und ehe Sie weiter so blöd auf meinen Bauch starren, mein Herr, schwanger bin ich natürlich auch nicht.«

»Sie meinen, sechseinhalb Kinder sind besser als sechs?«

»Viel besser.«

»Na, Sie sind mir eine. Von Ihnen kann sich mancher Mann eine Scheibe abschneiden. Eine gewaltige. Auf so etwas wäre ich nie gekommen.«

»Wie auch?«

Sie lachten – im gleichen Moment und in der gleichen Tonlage. Es war das spontane Gelächter von Verschworenen, die für eine kurze Gnadenpause der Wirklichkeit entfliehen können. Die Frau hatte Augen, an die sich Greschek noch erinnern sollte, als der Tag seiner Reise nach Breslau nur noch ein Schatten inmitten der übrigen war.

Sie zog ein Messer aus ihrer Reisetasche und nickte. Weil sie nicht nur ein freigebiges Herz, sondern auch einen Instinkt für Menschen und das Ungesagte hatte, schnitt sie von einem Laib Roggenbrot, den sie aus ihrem Koffer holte, vier dicke Scheiben ab. Vor ihren frappierten Reisegenossen, der seinen Mund aufriss, ohne dass ihm nur ein Wort einfiel, das er hätte sagen können, stellte sie ein mit Leberwurst gefülltes Rexglas hin.

»Greifen Sie ruhig zu. Hier sieht uns ja niemand. Nein, Sie nehmen meinen Kindern nichts weg. Ihre Mutter bringt diesmal mehr von der nützlichen Verwandtschaft auf dem Land mit als der Weihnachtsmann und der Osterhase zusammen. Ich nehme an, Sie haben einen Grund, weshalb Sie nicht an die Vorräte gehen, die ich in Ihrem Koffer vermute. Der Harzer Käse hat Sie schon in Ratibor verraten.«

»Ich hab zu Hause gleich gesagt, Käse ist Quatsch«, kaute Greschek. Er sann darüber nach, wie er der Frau ein Kompliment machen könnte, ohne dass er ihr zu forsch oder – schlimmer noch – wie ein Bauerntölpel erschien. Weil er jedoch einen zu großen Bissen im Mund hatte, konnte er noch nicht einmal mit den Zähnen knirschen, als er die Gelegenheit verloren gab, sich als Weltmann zu erweisen. Er griff in seine Jackentasche, holte ein flaches Fläschchen in einem Etui aus grünem Filz heraus und hielt es dem Engel mit der Leberwurst hin. »Kroatzbeere«, sagte er.

»Ist das zum Trinken?«

»Und wie!«

»Wir sollten«, schlug sie nach einem gewaltigen Schluck vor, »abwechselnd ein Nickerchen tun, falls uns danach ist. Sonst haben wir am Ende statt drei Koffern vier.

Selbst honorige Leute sind ja nicht mehr von der Meinung abzubringen, dass Diebstahl keine Sünde ist. Das fängt ganz oben an.«

»Ganz oben«, stimmte Greschek zu. Er hätte Gretes gesamten Mehlvorrat und zwei Flaschen Schnaps verwettet, dass er viel zu sehr auf der Hut war, um sich auch nur eine Mütze Schlaf zu gestatten. Weil er aber der Spenderin von Brot und innerer Wärme zeigen wollte, dass er jeden ihrer Vorschläge für gut befand, schloss er die Augen, folgsam wie ein Kind, das zu müde ist, um sich gegen die Autorität der Mutter zu wehren.

Ehe er einschlief, verlor er sich in einem Irrgarten von Überlegungen und Theorien. Am intensivsten grübelte er, ob sein Leben anders, vielleicht gar besser verlaufen wäre, wenn er geheiratet hätte – am Ende eine Frau, die mehr konnte als kochen und fegen und ihm jeden zweiten Sonnabend das Badewasser einlassen und die Betten frisch beziehen. Josef Greschek, ein Geschäftsmann, dem die Leobschützer attestierten, er wäre mit »allen Wassern gewaschen« und er »hätte nur ein Herz für die, die nicht mehr da waren«, war der Liebe nie begegnet. Für seine Person glaubte er auch nicht, dass es sie gab. So ging ihm nicht auf, dass es zärtliche, sehnsuchtsvolle Gedanken waren, die ihn in den Schlaf geleiteten. Er schlief eineinhalb Stunden lang und hatte beim Aufwachen Schmerzen im Nacken.

»Sie hätten mich wecken sollen«, brummte er, sobald er begriff, was geschehen war, »nun haben Sie überhaupt keinen Schlaf gekriegt.«

»Ist schon gut. Es hat mir wohl getan, wieder einmal den Schlaf eines Mannes zu bewachen. Eine Witwe mit sechs eifersüchtigen Kindern hat dazu nicht oft Gelegenheit.«

»Das verstehe ich nicht ganz.«

»Wie auch?«, sagte sie abermals.

Sie starrten beide zum Fenster hinaus und ließen sich von ihren Gedanken malträtieren. Leben und Landschaft waren am Nachmittag noch so erstarrt in ihrer winterlichen Unerbittlichkeit wie am frühen Morgen. Es schneite wieder, kleine Flocken, die zu einem schweren Teppich der Melancholie und Beklemmung wurden. Krähen saßen lauernd auf den Ästen kahler Bäume. Verkündeten sie den Hunger oder das Ende aller Zuversicht? Mehrmals versuchte Greschek, sich Inas schönes Gesicht vorzustellen, doch er sah immer nur ihre Perlenkette und den fünfarmigen Leuchter über dem Esszimmertisch. Was hatte die Todesangst aus dem schönen Gesicht von Frau Käthe gemacht? Was sollten Menschen, deren Gotteshäuser man verbrannt und die man auf die Straße getrieben hatte, mit einem Mohnkuchen und Persil?

Die Aufenthalte an den Bahnhöfen wurden immer kürzer. Es war, als hätte der Lokomotivführer den Befehl bekommen, vor der Zeit das Ziel zu erreichen. An jeder Station stiegen scheinbar mehr Menschen ein als aus. Trotzdem war es ruhig im Zug geworden, eine bleischwere Stille, die schwer zu ertragen war. Der Schaffner hatte sich kein einziges Mal gezeigt. In seinem Dienstabteil wurde nur noch wenig gesprochen. Die Freigebige packte das Glas mit der Leberwurst zurück in ihre Reisetasche. Es war immer noch mehr als zur Hälfte gefüllt, weil die Menschen gelernt hatten, ihren Bedürfnissen und Begierden nicht mehr als nötig nachzugeben.

»Danke«, sagte Greschek. Ihm war es, als wäre ihm endlich das Wort eingefallen, nach dem er so lange gesucht hatte.

Sie verstand, denn sie vermochte zu ahnen, was ungesagt bleiben musste. «Haben Sie es weit in Breslau?«, fragte sie.

»Zur Goethestraße«, erwiderte er. Seine Stirn wurde heiß und feucht; er dachte an das Paket, das aus Breslau zu ihm zurückgekommen war – das einzige, das mit seinem Namen als Absender versehen gewesen war.

»Nanu«, sagte sie.

Er hätte sie gern gefragt, was ihr »Nanu« bedeutete und weshalb sie aufgehört hatte, sich zu kämmen, und ihn forschend anschaute, doch er traute sich nicht. In dem verwirrenden Moment, da ihn die Einsamkeit schwach machte, drängte es ihn gar, ihr zu erzählen, was er vorhatte. Fragen wollte er die verständnisvolle Hilfsbereite, ob sie vielleicht von Geschehnissen wusste, die er hätte kennen sollen, ehe er mit einem Koffer voller Nahrungsmittel in der Goethestraße auftauchte, um nach einer Ausgestoßenen zu fragen. Die nie wieder empfundene Versuchung, sich einer Fremden anzuvertrauen, währte nur einen Herzschlag. Er war lang genug. Dann holte Greschek den einen Koffer aus dem Gepäcknetz und zog die anderen zwei unter den Sitzbänken hervor. Nun konnte auch er den Harzer Käse riechen.

»Die Goethestraße ist nicht weit vom Bahnhof«, sagte sie, »Sie sehen aus wie einer, der einen guten Schritt vorlegen kann.«

»Kann ich. Wenn ich muss.«

»Wer muss heutzutage nicht?«

Sie trennten sich am Bahnhof ohne Abschiedsgruß. Greschek hob trotzdem seine Rechte. Er sah, dass sie von einem groß gewachsenen, blonden Jungen abgeholt wurde. Ihm fiel ein, dass sie ihm erzählt hatte, ihr ältester Sohn stünde unmittelbar davor, zum Militär eingezogen zu werden. Der Gedanke, dass sie ihm einen kräftigen Schritt zugetraut hatte, tat Greschek wohl.

Tatsächlich erreichte er die Goethestraße viel schneller, als er gedacht hatte. Das Haus mit den schönen Balkons und der kleinen Putte im Vorgarten fand er, als hätte er Ina und Käthe erst Weihnachen besucht. Trotzdem lärmte sein Herz. Sein Atem kam stoßweise aus der Brust. Wieder hatte er den für ihn atypischen Drang, den Kampf verloren zu geben, ehe er begonnen hatte. Davonrennen wollte er wie ein Schulbub in kurzen Hosen, der aus Übermut auf die Klingel von Leuten drückt, die er nicht kennt.

Ein kleiner roter Ball rollte vor seine Füße. Er stolperte, wäre fast auf einer gefrorenen Pfütze ausgerutscht und beschimpfte ein kleines Mädchen, das dem Ball nachrannte. Der Schweiß, der von seiner Stirn tropfte, blendete ihn so, dass er nur noch die Umrisse von Häusern und Zäunen sah. Sein Instinkt für Gefahr versagte. Dem Misstrauischen, der sonst die kleinsten Abweichungen von der Norm registrierte, als wären sie Ereignisse von geschichtlicher Bedeutung, fiel nicht auf, dass der Name Ina Perls nicht mehr an der Haustür stand. Er drückte auf den Klingelkopf, auf den er immer gedrückt hatte. Unmittelbar darauf hörte er eine Tür quietschen und eine Frauenstimme schimpfen. Die Haustür war nur angelehnt. Obwohl ihm sein Koffer nach der Hetze vom Bahnhof so schwer wurde, dass Arme und Beine schmerzten, lief Greschek so schnell in den zweiten Stock wie in den guten Jahren, da er um die Weihnachtszeit mit Hasen und Gänsen für Frau Ina gekommen war.

Im düsteren Hausflur roch es nach Kohl und feuchter

Wolle. Es irritierte ihn, dass der Geruch nicht in seine Erinnerungen passte und dass eine solche Lappalie ihn zu verwirren vermochte. Benommen stellte er den Koffer auf den Boden. Er war noch dabei, die Klingel an der Wohnungstür zu suchen, als die bereits aufgerissen wurde. Vor ihm stand eine Frau in einem geblümten Kittel. Ein etwa dreijähriges Mädchen mit stramm geflochtenen Zöpfen, das gerade zum Weinen ansetzte, klammerte sich an ihre Schürze. »Wir haben schon gegeben«, sagte die Frau, »hört denn das nie auf, dieses verfluchte Gesammele?«

Als wäre er ein Mann ohne Ahnung und ohne Wissen von der Drachenklaue der Zeit, fragte Greschek: »Ist Frau Perls denn nicht zu Hause? Sie hat doch immer hier gewohnt. Meine ich jedenfalls.«

»Wenn Sie meinen, dann meinen Sie ruhig mal weiter«, sagte die Frau. »Das ist Ihre Sache.« Sie starrte beim Sprechen den Koffer an, schob ihr Kind zurück in die dunkle Diele und machte eine Bewegung, um die Tür zuzuschlagen.

Ihre Hand umklammerte den Rahmen. Die Knöchel waren weiß, das Gesicht rot und scharf geschnitten. Greschek hatte die irrwitzige Vorstellung, er hätte die Frau schon einmal gesehen – die lange Nase, den großen Mund, Augen, die zu Boden blickten. Es machte ihn zornig, dass er sich ausgerechnet in einem Moment zu erinnern versuchte, in dem es galt, das Gespräch in Gang zu halten. Er setzte an, etwas zu sagen, doch er hörte nur heiseres Husten, seinen pfeifenden Atem. Sie war es, die redete.

»Verschwinden Sie, und zwar sofort! Was fällt Ihnen ein, hierherzukommen und nach einer zu fragen, die sie schon im September ins Judenhaus gebracht haben. Mit ihrer feinen Tochter. Was haben Sie mit den' zu schaffen? Oder sind Sie auch einer von ihnen? Sie sagen doch immer, es gibt keine Juden in Breslau mehr. Mann, Sie haben genau eine Minute Zeit, um von hier wegzukommen. Dann ruf ich meinen Gatten. Der ist bei der Polizei.«

Greschek hatte das Wort »Judenhaus« noch nie gehört, und trotzdem begriff er. Noch ehe er die Hälfte des Rückwegs zum Bahnhof geschafft hatte, fiel ihm auch ein, weshalb er gemeint hatte, er würde die Frau kennen. Sie war Dienstmädchen im Hause Perls gewesen. Auch ihm hatte sie die Wohnungstür aufgemacht, und schon damals hatte sie Greschek nie angeschaut und immer auf seinen Koffer gestiert.

Die Tränen, die ihm kamen, hielt er für Schweiß, denn er war Tränen nicht gewohnt. Es war das erste Mal, dass er weinte, seitdem er im Hafen von Genua die »Ussukuma« hatte abfahren sehen.

8

DIE DIENSTREISE

Nairobi–Gilgil, 5. September 1944

»Ausgerechnet zu deinem Vierzigsten«, klagte Jettel beim
Frühstück, »schicken sie dich in die Wüste. Und ich hab'
dir extra einen Apfelkuchen gebacken. Nach Mutters Rezept. Weißt du noch, wie sie zu Reginas erstem Geburtstag mit dem Kuchen in Leobschütz angerückt ist? Du
warst so aufgeregt, weil sie sich so schrecklich verspätet
hatte. Sie war beim Umsteigen in den falschen Zug ge-
stiegen.«
»Nicht, Jettel, nicht heute und nicht, wenn ich wegfahre.
Es ist wichtig, dass wir unsere Trauer gemeinsam tragen
und nicht jeder für sich.«
»Jedenfalls hat Owuor stundenlang suchen müssen, ehe
er Äpfel gefunden hat. In diesem Kaffernland wachsen
sie ja nicht. Er will mir nicht verraten, wo er sie doch noch
aufgetrieben hat.«
»Im Paradies, vermute ich. Da soll es ja einen Apfelbaum
gegeben haben. Und Frauen wie dich, die Männer um
den Verstand bringen. Übrigens liegt Gilgil nicht in der
Wüste. Du warst oft genug da, um zu wissen, dass unsere
einzigen Freunde eine wunderschöne Farm in Gilgil
haben und dass dort ein riesiges Militärcamp ist. Vielleicht kannst du zum Apfelkuchen unseren lieben Nachbarn einladen. Der erwägt, sich nach seiner Naturalisa-

259

tion nicht mehr Rosenthal, sondern Rosevalley zu nennen. Mir hat der arme Trottel gestanden, dass er zu Hause Not leidet, denn seine Frau übt jetzt schon die englische Küche und traktiert ihn mit Nierenpastete, kocht das Kraut nicht mehr weich und serviert selbst zum Kartoffelsalat Minzsoße.«

»Ich wollte, du würdest auch endlich mal Minzsoße essen. Alle anderen hier tun's längst. Sie ist wirklich was Besonderes, wenn man sich an sie gewöhnt hat.«

»Wenn ich General bin, gibt's schon zum Frühstück Minzsoße. Das versprech ich dir. Und wir trinken immer nur Tee. Und zum Sundowner Gin mit Lime.«

»Ich versteh' immer noch nicht, weshalb sie ausgerechnet dich schicken müssen. Du bist doch verheiratet.«

»Ich kann lesen und schreiben, Jettel. Gerade in Kriegszeiten ist das nicht zu unterschätzen.«

Das Gespräch fiel Walter ein, als der Zug Nairobi verließ. Zu seinem Kummer erinnerte er sich auch an Owuors Gesicht. Der getreue Koch der Familie Redlich mochte es in Nairobi noch weniger als auf der Farm in Ol' Joro Orok, wenn weder die kleine Memsahib noch der Bwana zu Hause waren, um seine Ohren mit Lob zu verwöhnen. Obwohl Walter sich auf die vier Tage Urlaub und die Möglichkeit gefreut hatte, seinen Geburtstag mit Jettel zu feiern, war er gut gestimmt – sogar besser als seit Jahren am 5. September. Das Gespräch mit seiner Frau hatte ihm wieder einmal deutlich gemacht, wie entscheidend sich die Lebensumstände zum Positiven verändert hatten, seitdem er beim Militär und im nahen Ngong stationiert war. Jettel erschien ihm – zum ersten Mal seit der Auswanderung – zufrieden.

»Du bist«, hatte er ihr erst am Abend zuvor gesagt, »jün-

ger geworden in Nairobi. Du siehst aus wie in der Tanzstunde. Wahrscheinlich suchst du dir demnächst einen
jungen Kerl, und ich muss wieder lernen, was Eifersucht
ist.«

»Also, wenn du etwas nicht vergessen hast, dann das. Das
hab ich begriffen, als Martin Batschinsky uns im letzten
Jahr in Ol' Joro Orok besucht hat.«

Jettel genoss das Leben in der Stadt. Sie hatte seit der Ankunft in Kenia in Nairobi leben wollen. Durch einen
glücklichen Zufall hatte sie zwei Zimmer mit Küche im
»Hove Court« gefunden, einer ehemaligen für britische
Beamtenfamilien großzügig konzipierten Hotelanlage.
Seit drei Jahren logierten dort vorwiegend Emigranten in
kleinen, ein wenig primitiven, doch für sie bezahlbaren
Wohnungen. Die brachten dem Eigentümer ein Vermögen ein und gaben den Mietern die Möglichkeit, mit
Menschen zusammenzuleben, die die gleiche Herkunft
und das gleiche Schicksal teilten. Man sprach vom »Vierten Reich«. Im Übrigen sprach man Deutsch – jedenfalls so lange niemand in Sicht war, dem man vormachen
musste, man sei seltsamerweise seiner Muttersprache
nicht mehr mächtig.

Nicht nur die äußeren Lebensumstände hatten sich für
Walter und Jettel geändert, sondern auch ihr Umgangs-
ton und ihre Gefühlswelt. Wenn Walter seine Frau besuchte, was meistens jedes zweite Wochenende der Fall
war, waren ihre Plänkeleien wie in den ersten Jahren ihrer
Ehe – kratzbürstig und ironisch, aber ohne Häme und
ohne die bewusst bösartigen Kränkungen, die das Leben
auf der einsamen Farm zur Hölle der Ausweglosigkeit gemacht hatten. Owuor, der Mann mit einem feinen Instinkt für die Menschen, die ihm nahestanden, war der

Erste, der das neue Selbstbewusstsein seines Bwana kommentierte. Ausgerechnet, als er einen Pfannkuchen enormen Ausmaßes in die Luft warf, eine Herausforderung, die im Allgemeinen seine gesamte Konzentration erforderte, stellte er fest: »Wenn in Nairobi dein Mund schimpft, lachen deine Augen immer noch.«

Owuor lachte nur noch selten. Zwar sonnte er sich im Glanz von Walters Uniform und bestaunte immer noch das fließende Wasser, die geteerten Straßen und die Herrlichkeiten, die es in der Markthalle zu kaufen gab. Jedoch vermisste er, ebenso wie Regina, die Farm und das Gleichmaß der Tage unter Menschen, die ihm so vertraut gewesen waren wie der Himmel über dem Kopf und das Gras unter den Füßen. Nur, anders als Regina, ließ Owuor keine Gelegenheit aus, um darauf hinzuweisen, dass er weder Nairobi noch die Leute mochte, die dort wohnten und die ihn nicht einmal so gut kannten, dass sie ihm »Jambo« sagten, wenn sie an ihm vorübergingen.

»Brauchen Sir etwas?«, fragte ein Mann mit einer dunkelroten Mütze und einer weißen Kanne auf einem kleinen Tablett. Mit der Linken deutete er in Richtung Speisewagen. Seine englische Aussprache, hart und mit gutturalen Lauten, ähnelte der Walters.

»Sir braucht nichts«, sagte der mit den lachenden Augen und dann, weil seine gute Laune ihn gesprächig machte, in der Sprache der Kikuyu: »Danke. Du bist ein guter Mann.«

Der Kellner wieherte. Die schwarze Bommel seines Fes hüpfte. Das weiße Kännchen auf dem spiegelnd blank geputzten Silbertablett schlitterte von einer Seite zur anderen und wurde mit dem übelsten Fluch, den die Kikuyusprache kannte, vor einem selbstmörderischen Sprung in die Tiefe bewahrt. Wäre es nicht in Kenia ein unverzeihlicher Verstoß wider Sitte und Kolonialstolz gewesen, wenn einer in der Uniform Seiner Majestät mit einem einheimischen Kellner parlierte, als sei der ein Mann vom eigenen Stand, wäre es ein animierendes Gespräch über Geborgenheit, Vertrautheit und Muttersprache geworden.

»Ich komme bald wieder«, sagte der Kellner. Er sprach immer noch Kikuyu.

Die Wehmut kannte kein Pardon. Sie brannte wie Salz in einer frischen Wunde. Es gab überraschende Momente, die Walter aus dem Hinterhalt anfielen und Hohn lachten. Da vermisste er die Farm nicht weniger als Owuor und vergaß, dass er sich Tag für Tag aus Ol' Joro Orok weggesehnt, um seine Ehe und seinen Verstand gefürchtet hatte. Nun widerfuhr es ihm, dass er sich in melancholischer Stimmung nach der Schönheit des Hochlands sehnte, nach den heiteren Menschen auf der Farm und den Kindern, die sich an den Scherzen und Wortspielen des Bwana erfreut hatten. Vor allem vermisste Walter seinen Freund Kimani. Er war Vorarbeiter auf der Farm gewesen, und mit ihm hatte Walter – oft schon bei Sonnenaufgang nach einer Nacht ohne Schlaf – am Rande der Flachsfelder gesessen und von Krieg, Mord, Leben und Tod gesprochen. Nur Kimani und noch nicht einmal Owuor hatte gewusst, dass der Vater und die Schwester vom Bwana in Deutschland sterben würden. »Und du«, hatte Kimani verstanden, »wirst nicht da sein, um deinen sterbenden Vater vor die Hütte zu tragen. Das ist schlecht für einen Sohn.«

»Nein, Kimani, ich werde nicht da sein. In Deutschland ist das Leben nicht so gut für Söhne wie in Ol' Joro Orok.«

Als der Tag gekommen war, für immer »Kwaheri« zu
sagen, hatte Kimani, der alles verstand, ohne dass es einer
auszusprechen brauchte, die Vorstellung nicht ertragen,
nach dem Abschied vom Bwana in das alte Leben der Un-
wissenden zurückzukehren – ohne die Bilder und Worte
aus einer Welt mit vielen Fenstern und gewaltigen Türen.
Zwei Tage nachdem die Redlichs die Farm verlassen hatten, fand eine alte Frau beim Holzsammeln Kimanis Körper im Wald.

Walter hatte mehr Zeit gehabt als Kimani, sich mit dem
Tod auseinanderzusetzen. Nach Inas letztem Brief, der
im November 1941 durch das Rote Kreuz nach Kenia ge-
langt war, wusste er von ihrer und Käthes anstehender
Deportation in den Osten. Und er wusste auch, dass diese Reise den Tod im Konzentrationslager bedeutete. Eine
Stunde später hatte es auch Regina gewusst. Sie war damals neun Jahre alt und sagte zum ersten Mal: »Ich has-
se die Deutschen«, ohne dass sie ihr Vater ermahnte, sich
vor Verallgemeinerungen zu hüten.

Der Zug, der auf die Minute pünktlich aus Nairobi abgefahren war, was so gut wie nie vorkam, hatte noch
kein einziges Mal auf freier Strecke gehalten. Auch das
war eine Ausnahme. Walter schaute sich im Abteil um:
Es war auffallend sauber, die Fensterscheiben waren
blank geputzt und die Glühbirne an der Decke augenscheinlich erst am Vortag von Insekten und toten Fliegen
befreit worden. Himmelblau und maisgelb waren die
Polstersitze. In einer Ecke lagen kleine, frisch bezogene
weiße Kissen, unter ihnen eine dünne grüne Wolldecke.
Im Speisewagen hatte Walter beim Einsteigen weiß ein-
gedeckte Tische und dickbäuchige Cognacgläser gesehen, in denen zu Segelschiffen gefaltete Leinenservietten

steckten. Einen Moment voller Süße und voller Verlangen, in dem er wieder kurze Hosen und weiße Kniestrümpfe trug und seine Schwester Liesel eine gestärkte weiße Trägerschürze über ihrem Matrosenkleid, hatten ihn die Gläser, Servietten und Tischtücher an die Sonntagsessen in »Redlichs Hotel« in Sohrau erinnert.

Er lachte laut bei dem Gedanken, dass er als Kind immer geglaubt hatte, nur reiche Leute dürften auf Reisen gehen. Nun saß Max Redlichs Sohn in einem Zug, der von Mombasa am Indischen Ozean über Gilgil bis nach Kampala in Uganda fuhr, und er, der mittellose Emigrant ohne Beruf und Zukunft, durfte so selbstverständlich den Luxus der Reichen genießen wie die Stallknechte seines Vaters ein Schmalzbrot.

Als eine Wolke die Sonne verdeckte, erblickte der Reisende in Militäruniform sein Gesicht in der Fensterscheibe. Walter nickte sich zu und machte eine Bewegung, als wollte er salutieren, beließ es jedoch dabei, eine widerspenstige Haarsträhne zu maßregeln. Der Zug rüttelte. Im starken Wind stieg der Dampf der Lokomotive steil zu den Wolken. Als Walter das Fenster aufmachte, hörte er eine Herde von Pavianen lärmen. Die olivgrünen Affen schlichen durch das mannshohe Gras, die Kleinsten auf dem Rücken und unter dem Bauch der Mutter. Die Alten zeterten im Bass. Ihre Hinterteile leuchteten flammend rot.

»Rundum glückliche Menschen«, diagnostizierte Walter, der sie beobachtete. Obwohl er seufzte, wurde er fröhlich und jung. Er erinnerte sich an einen Jüngling namens Taugenichts und pfiff das Lied: »Wem Gott will rechte Gunst erweisen, den schickt er in die weite Welt.« Walter sah sich als Student mit einem Mädchen in einer

Schankwirtschaft am Neckar sitzen und sich Männermut wünschen. Dann sang er alle vier Strophen des alten Volksliedes und wunderte sich sehr, dass er kein Wort des Textes vergessen hatte. Noch kurioser erschien es ihm, dass er immer noch wusste, dass der von Eichendorff war. »Joseph Freiherr von Eichendorff«, sagte der Literaturkenner beeindruckt. Beim zweiten Mal schmetterte er das Lied donnerlaut in die Landschaft. Dem fröhlichen Sänger fiel der Mittelstufenchor der Fürstenschule zu Pless ein. Dem hatte der Schüler Redlich bis zum Stimmbruch angehört. Jeden Dienstag um zwei war Chorprobe beim Lehrer Kotzlick. »Lernt ihr heutzutage denn gar nichts Vernünftiges mehr?«, hatte die Mutter gemäkelt. »Wenn du singen willst, um dein Brot zu verdienen, musst du Kantor werden. Möglichst in einer Großstadtsynagoge. Nur die Gojim können es sich leisten, auf einer Bühne zu stehen und zu behaupten, sie seien ein Mohr und hießen Othello.«

Einen Herzschlag lang, der seinen Kopf zu sprengen drohte, verwechselte der gescholtene Sohn Zeit und Ort. Dann sang er nochmals die letzte Strophe: »Den lieben Gott lass ich nur walten.« Ihm gefiel die Vorstellung, dass er es künftig auch so halten wollte.

Aus dem Nachbarabteil klopfte jemand heftig gegen die Wand. Walter grinste. Ihm wurde bewusst, dass in Deutschland eine solche Form der Kommunikation zu den vielen Wesensmerkmalen von Nachbarschaftsstreit und Bedrohung zählte. Eine Zeit lang versuchte er, sich an den Klempnermeister zu erinnern, den er wegen Nötigung vertreten hatte. Der Mandant hatte sich mit einer Axt sein Recht auf Ruhe erstritten, doch Walter fiel dessen Name nicht mehr ein, nur, dass die Ehefrau von der

Gegenpartei bildhübsch gewesen war und rote Schuhe und einen zu engen Rock getragen hatte.

«Sind Sie verrückt geworden?«, rief eine schrille Frauenstimme aus dem Nachbarabteil. »Wir sind doch hier nicht bei den Pfadfindern.«

»Woher wissen Sie?«, brüllte Walter zurück. Erst viel später ging ihm auf, dass sowohl die schimpfende Frau als auch er Deutsch gesprochen hatten.

Walters Ohren, Stimme und Gedächtnis waren gerade dabei, in die Gegenwart zurückzukehren, als er sich erinnerte, dass Eichendorff auf Schloss Lubowitz bei Ratibor geboren wurde und in Neiße gestorben war. Beide Städte, ihre Straßen und Gassen und Plätze, die Kirchen, Geschäfte und Häuser sah er so deutlich, als hätte er Oberschlesien nie verlassen müssen. Mit geschlossenen Augen wartete der, der sich an der Kreuzung verirrt hatte, auf die Melancholie, die ungebeten auf ihn niederkommen würde, um aus den Erinnerungen an die guten Jahre quälende Niedergeschlagenheit zu machen. Jedoch bewahrten ihn die schönen Bilder und Eichendorffs Wanderlied und auch der Gedanke an die nüchterne Lebensauffassung seiner Mutter vor dem Abgrund. Es gelang ihm sogar, noch einige Minuten lang an seine Heimat zu denken wie einer, der eine Heimat hatte.

Obwohl es tropenschwül war im Abteil, nahm sich Walter vor, sich bei nächster Gelegenheit von dem freundlichen Kikuyukellner einen Tee bringen zu lassen. Zwar hatte er viel mehr Lust auf ein kühles Bier, doch bei Hitze kochend heißen Tee zu trinken, erschien ihm ein erforderlicher Schritt auf dem Weg zur Integration. Um noch eine Zeit lang mit der Möglichkeit zu spielen, es würde ihm eines Tages doch gelingen, seine Herkunft zu negieren und sich Deutschland aus dem Herzen zu reißen und seine Tochter mit einem britischen Pass zu beglücken, begann er »It's a long Way to Tipperary« zu summen.

Er hatte das beliebte alte Marschlied aus dem Ersten Weltkrieg erst bei der Army kennengelernt. Der Schwung und die Melodie hatten ihm sofort gefallen. Nachdem er sich die Mühe gemacht hatte, den Schlager zu übersetzen, und herausgefunden hatte, dass Tipperary in Irland lag, fühlte er sich dem anonymen Soldaten im Lied wesensverbunden. Fortan litt er mit dem Mann, der im Herzen von London stand und eine unstillbare Sehnsucht nach seiner irischen Heimat hatte. Private Redlich mit dem jüdischen Galgenhumor war noch weitergegangen. Als er einmal Nachtwache hatte, hatte er das Lied neu getextet und der afrikanischen Nacht und einem herrenlosen Hund anvertraut: »It's a long Way to Leobschütz.«

Der Sangesfreudige holte den »East African Standard« aus seinem Tornister. »Als wär's das ›Sohrauer Tageblatt‹«, beglückwünschte er sich. Er sprach besonders deutlich, wenn er mit sich selbst redete. Umso mehr bedauerte er, dass er kein Publikum hatte und also niemand mitbekam, mit welcher Nonchalance einer, der vor kurzem kaum einen englischen Satz lesen konnte, nun eine englischsprachige Zeitung auseinanderfaltete.

Walter seufzte, weil das Leben auf Wiederholungen setzte und weil die Erinnerungen noch nach Jahren schmerzten – nein, nach Jahrzehnten. Das, was Private Redlich soeben widerfahren war, in einem großen Moment allein zu sein, war dem Knaben Walter schon als Sechsjährigem passiert. Seine Mutter, die ihre Kinder selten lobte, und auch sein Vater, der in Gleiwitz einen neuen Pferdeschlitten bestellen wollte, hatten eine nie mehr zu wiederholende Sternstunde im Leben ihres einzigen Sohnes verpasst. Lehrer Prohaska hatte seine Armbanduhr zu Hause vergessen und den Erstklässler Redlich kurz vor der großen Pause aus dem Klassenzimmer geschickt – Walter war nämlich das einzige Kind in der Klasse, das schon die Kirchturmuhr ablesen konnte. Hoch erhobenen Kopfes, die Wangen glühend, das Kreuz durchgedrückt, war dieses auserwählte, dieses kluge Kind über den Schulhof stolziert und überzeugt gewesen, es würde nie wieder in seinem Leben einen so schönen, einmaligen Moment geben. So war es auch gekommen.

Nachdenklich begann Walter, den Leitartikel vom »East African Standard« in für ihn verständliche Sätze zu zerlegen.

»Redlich, zum Donnerwetter, du musst erst das Verbum finden. Sonst wirst du Cäsar nie anständig übersetzen können.«

»Aber wir lesen doch Cicero, Herr Oberstudienrat.«

»Glaubst du, der kam ohne Verben aus?«

Gerade in sprachlicher Beziehung waren Veränderungen eingetreten, die keiner der drei Redlichs für möglich gehalten hatte, am wenigsten die zwölfjährige Regina mit ihrem feinen Oxfordakzent und der unfeinen britischen Neigung, alle Leute zu missbilligen, die des Königs Englisch nicht korrekt aussprachen. Ein halbes Jahr bei der Army hatte gereicht, um den fast vierzigjährigen Rekruten, der zu Beginn seiner Militärzeit kaum mehr als »Yes, Sir«, »No, Sir« und »Thank you« zu stammeln vermochte, in einen tüchtigen Soldaten zu verwandeln, der sich leidlich verständigen und der recht gut lesen konnte.

Allerdings hatte ein aufgebrachter Major aus Mombasa

Private Redlich, der an einem Montagmorgen den Auftrag hatte, im Camp Ngong das Telefon zu bedienen, seiner Aussprache wegen für einen Inder gehalten und äußerst ungehalten gebrüllt: »Fetch me a European, you bloody fool!« Die Begebenheit hatte im Camp so schnell die Runde gemacht wie zu Zeiten des Burenkriegs ein Bulletin auf einer Buschtrommel, doch hatte sie auch zu Walters Popularität beigetragen. Private Redlich hatte nämlich eine Charaktereigenschaft, die in England mehr wert ist als Verstand und alter Adel: Er konnte über sich selbst lachen, und das tat er mit vergnügter Selbstverständlichkeit. Er benahm sich genau so, als hätte man ihm als Elfjährigem im Internat die Ärmel seiner Pyjamajacke zugenäht und eine Kaulquappe ins Bett gelegt, um zu testen, ob er lachend den Kakao zu trinken vermochte, durch den man ihn zog.

In der Mannschaftsmesse kam es mindestens jeden zweiten Abend vor, dass junge Kameraden mit Walter ein Bier oder einen Brandy trinken wollten. Bei den anderen vier Refugees, die in der Einheit dienten, war das absolut nicht der Fall. Sie konnten zwar sehr viel besser Englisch als Walter und bemühten sich, allzeit den Eindruck zu erwecken, sie hätten keine geistigen Interessen und würden ihr letztes Hemd verkaufen, um einem Cricketmatch beizuwohnen, doch sie hatten nicht gelernt, auf die gute englische Art beim Spielen zu verlieren – blendend gelaunt und mit einer Runde Drinks für die Mitspieler.

Mit Walter das Glas zu heben galt als ein kapitaler Spaß. Durch die Jahre auf der Farm und aufgrund der finanziellen Verhältnisse, die ihm kaum seinen Lebensunterhalt sicherten, war er Alkohol nicht mehr gewöhnt, schon gar nicht die hochprozentigen Seelenfreuden seiner jungen Kameraden. Zu ihrem Vergnügen begann er schon nach dem ersten Glas zu singen, meistens »Gaudeamus igitur« und anschließend fast immer das Lied von der Lili Marleen – zum allgemeinen Staunen in der englischen Fassung. Die hatte er drei Tage lang mit Regina eingeübt.

Seinen Vorgesetzten fiel der vierzigjährige Familienvater mit dem entsetzlichen Akzent und dem Eifer, jeden Befehl so gut und so prompt wie möglich auszuführen, noch durch eine andere geschätzte Eigenschaft auf: Bei fortschreitenden Sprachkenntnissen ließ er sich optimal zum Abfassen schriftlicher Berichte einsetzen. Soldat Redlich, schließlich immer noch »a bloody refugee«, machte kaum orthographische Fehler. Außerdem hatte er nach Einschätzung seiner Vorgesetzten ein gutes Empfinden für die thematische Gliederung des zu behandelnden Stoffs. Diese Fähigkeit, an der es den frisch vom Mutterland eingetroffenen Soldaten in der Regel mangelte, hatte Walter nun zu einem sehr frühen Zeitpunkt seiner militärischen Laufbahn einen ehrenden Auftrag eingebracht. Er sollte seine Kompanie in Gilgil vertreten. Dort würde er zusammen mit drei Schotten, die gleich ihm im Camp Ngong stationiert und erst zwei Monate im Land waren, an einem Informationsgespräch teilnehmen. Es ging um das Fazit, das aus dem Abessinienkrieg zu ziehen war, und die Anwendbarkeit der Studie auf Kenia, Uganda und Tanganjika.

Walter hatte in Nairobi das schottische Trio, das im Übrigen zuvor noch nie von Abessinien gehört hatte, einsteigen sehen: Andrew, genannt Andy, George und Harry – Namen, die sich ein Mann mit deutscher Zunge mühelos merken und ziemlich mühelos aussprechen konnte. Es waren liebenswürdige junge Burschen, die mit Walter reisten. Sie waren höchstens zweiundzwanzig, sahen aus wie siebzehn, waren übermütig wie junge Pferde und zu Walters Verblüffung von dem Gedanken besessen, Schottland müsste nach dem Krieg seine Unabhängigkeit vom englischen Mutterland erstreiten und wieder ein eigenständiges Königreich werden. In Walter witterten sie einen willkommenen Zuhörer, der sich für ihre politischen Ansichten interessierte. Außerdem war er zweifellos kein Engländer, und es hieß, er sei auch nicht katholisch.

»Wir hassen die Engländer«, begann Andy die Lektion. »Sie haben uns wie räudige Hunde behandelt.«

»Sie verachten uns«, erklärte George, »und wir verachten sie. Sie haben uns ausgeblutet. Wie die Schweine.«

»Wann?«, wollte Walter wissen.

»Immer«, entschied George. »Mein Vater zahlt sich tot an Steuern, und mein Onkel ist auch pleite.«

»Und sie werden wieder hinten stehen und zusehen, wie sie uns in Verdun verheizen«, prophezeite Harry. »Von wegen alliierte Bruderschaft. An die glaubt noch nicht einmal meine Großmutter. Und die ist blind und taub.«

Das bemerkenswerte Gespräch hatte drei Tage nach der Ankunft der Schotten im Camp Ngong stattgefunden – nach dem Abendessen und vor dem Whisky, den sie aus Wassergläsern tranken. Weil Walter den schottischen Kämpen erklärt hatte, dass um Verdun im Ersten und nicht im Zweiten Weltkrieg gekämpft worden war, hielten sie ihn für einen außergewöhnlich gebildeten Mann. Sie bewunderten ihn auch, weil er in seiner Freizeit Zeitung las und eine Patience legte, für die es einhundertundvier Karten bedurfte. Groß war die Freude, als Harry,

Andy und George erfuhren, dass Walter aus Deutschland stammte.

»Gott sei Dank«, lachte Andy, »endlich mal kein verfluchter Engländer in dieser verdammten Army!«

Sie nannten ihn »Jerry«; sein Vorname, entschieden sie, gebühre einzig ihrem Nationaldichter Sir Walter Scott, und den Nachnamen könnten sie nicht aussprechen. Walter lächelte Einverständnis. Von da an teilte er mit seinen neuen Freunden immer den Rosinenkuchen mit Zitronenguss, den Owuor für ihn bei seinen Wochenendbesuchen im »Hove Court« buk. Was das Wort Jerry im britischen Sprachraum bedeutete, wusste Walter damals noch nicht. Für die Engländer waren die Deutschen »Jerries«. Der englische Wortschatz von Jerry aus Camp Ngong reichte jedoch nicht aus, um seine unbeschwerten schottischen Kameraden ins Bild zu setzen, was es bedeutete, in einer englischen Kolonie sowohl Deutscher als auch Jude zu sein.

Polterndes Männergelächter am anderen Ende des Waggons ließ Walter wissen, dass Andy, George und Harry einander Witze erzählten. Er nahm sich vor, sein Einzelabteil wenigstens bis Naivasha zu genießen. Dann würde immer noch genug Zeit sein, den Tornister zu schultern und den Kopf auf Heiterkeit umzustellen. Walter erschien es wichtig, seinen fröhlichen Kameraden möglichst oft zu beweisen, dass er kein einsamer Wolf war, sondern ein geselliger Kumpel, mit dem sie Pferde stehlen konnten. Die drei erinnerten ihn an seine Studentenzeit; in ihrer Gesellschaft fühlte er sich jung und nicht vom Leben gebeutelt.

Walter hörte Harry ein Bier bestellen. George spielte auf seiner Mundharmonika eine Melodie, die ihn spontan an den alten Schlager »Ich hab mein Herz in Heidelberg verloren« denken ließ. Die Erinnerung war wie ein Keulenschlag. Walter grub seine Hände in die Hosentaschen und ballte sie zur Faust, bis die Knöchel schmerzten. Er versuchte mit aller Kraft, den Fangarmen seines Gedächtnisses zu entkommen. Das Lied ließ sich nicht mehr verdrängen. Erst summte Walter nur die Melodie, dann sang er die erste Strophe, und die wiederholte er so oft, bis er tatsächlich in lauer Sommernacht am Neckarstrand stand.

Jedes Wort traktierte ihn mit den Bildern, die nie vergilbten. Erst stand Walter vor dem Heidelberger Schloss und auf der Alten Brücke, er sah Giebel und Gassen und Häuser und seine Kommilitonen. Dann saß er mit seinem Freund Martin Batschinsky im Theater. Es war Mai, und in den Gärten blühten die Apfelbäume. Walter war einundzwanzig Jahre jung und Martin auch noch leicht zu rühren. Gespielt wurde »Alt-Heidelberg«. Auf der Bühne stand Prinz Karl Heinrich und sang: »Was ist aus dir geworden, seitdem ich dich verließ, Alt-Heidelberg, du feine, du deutsches Paradies?«

So wütend, so entsetzt und so hilflos in seinem Zorn war Walter lange nicht mehr gewesen. Er sah sich stürzen und ließ es geschehen. »Kein Wort vergessen«, klagte er, »kein verdammtes Wort. Melde gehorsamst, Herr Goebbels, ich bin immer noch ein deutscher Trottel. Sie haben es nicht geschafft, aus mir einen vaterlandslosen Gesellen zu machen.«

Er schämte sich, denn für ihn waren Menschen, die Selbstgespräche führten, Schwächlinge und Verrückte. Er schämte sich seiner Tränen, weil er von seinem Vater gelernt hatte, nur Frauen und kleine Mädchen dürften weinen, und er verachtete sich, weil ihm bewusst war, dass er ganz andere Gründe zum Weinen hatte als die Erinnerung an ein Lied. Er schalt sich einen verkalkten, sentimentalen Narren, dass er es nicht hatte lassen können, den Weg zurückzulaufen und in Wunden zu bohren, die nie verheilt waren, doch er ließ seiner Trauer freien Lauf.

Kurz darauf war es Andy, der mit dem Leben und der Gegenwart haderte. Er sang: »My Heart's in the Highlands, my Heart is not here.« Er hatte eine schöne tiefe Stimme, die weit reiste. Das wehmütige Lied überwand das Klappern von Geschirr, das Rattern der Bahn und den Krieg zweier Kellner, die einander mit Fluch und Tod bedrohten. Obgleich Walter die Liebeserklärung an das schottische Hochland nie zuvor gehört hatte und er längst nicht alles verstand, was er hörte, vernahm er die Botschaft, und wieder wurden seine Augen feucht und seine Gedanken unruhig.

Er folgte mit Augen, die schwer waren vom Schmerz der Erinnerung, den Sonnenflecken, die auf einem kleinen Spiegel unter dem Gepäcknetz tanzten. Eine schwarzgrün schillernde Fliege, so groß wie ein Käfer, schlief auf Private Redlichs olivgrüner Schildmütze. Aus der Richtung des Speisewagens duftete es nach gebratenem Fleisch. Der Kellner vom Morgen brachte eine Karaffe abgekochtes Wasser und stellte sie auf den Tisch.

»Für den Bwana Captain«, sagte er und brüllte Gelächter, denn er wusste, dass der Witz bei allen zündete, die keine Offiziere waren.

Walter setzte seine Mütze auf und salutierte. Er schluckte das Wasser so gierig, als wäre er tagelang durch die Wüste gewandert. Es kühlte nicht nur seine Kehle, sondern auch seinen Kopf. Obgleich er immer noch auf der Alten Brücke in Heidelberg stand und mit Martin Batschinsky von seiner Sehnsucht nach Jettel sprach, die ihm aus Breslau Briefe schrieb, die ihn eifersüchtig und unruhig machten, war er weder unglücklich noch unzufrieden. Mit dem Selbstbewusstsein eines Baron Münchhausen, der sich am eigenen Schopf aus dem Sumpf gezogen hatte, befahl er die letzten Monate zum Appell. »Rührt euch«, rief er und klatschte theatralisch in die Hände.

Im März waren die Militärbehörden in Kenia dem Vorbild des Mutterlandes gefolgt und hatten die jüdischen Emigranten aus Deutschland endlich in die Army aufgenommen. Seitdem strahlte für Walter ein neuer Stern am Himmel. Noch vor sechs Monaten war er ein verzweifelter Farmangestellter gewesen; sein Monatsverdienst hatte gerade für Reginas Schulgeld gereicht. Einen Besuch beim Zahnarzt hatte er sich nicht leisten können, sechs Monate lang war er mit einem vereiterten Zahn herumgelaufen. Ein jüdischer Tierarzt, den er flüchtig kannte, hatte Jettels Blutvergiftung und Reginas Lungenentzündung behandelt. Walters letzte finanzielle Reserve war für das Krankenhaus in Nakuru aufgebraucht worden, in dem Jettel im August 1942 ein totes Kind geboren hatte. »Ich bleibe«, hatte er an dem Tag gesagt, als er sie im Auto seines Nachbarn aus dem Krankenhaus zurück auf die Farm holte, »in diesem verfluchten Land immer ein Nebbich, auf dem jeder herumtrampeln kann.«

Jettel hatte ihm nicht widersprochen. Kurz hinter Thompson's Falls hatten sie zusammen auf einem Baumstamm gesessen und kaum gewagt, einander anzuschauen. Es gebe keinen Gott, hatte Jettel gesagt. »Wenn es ihn nicht gäbe, wären wir in Leobschütz geblieben und alle drei tot«, hatte Walter ihr widersprochen.

Sie hatten beide geweint, eng umschlungen und hilflos wie Kinder, die nicht begreifen, was mit ihnen geschah.

Inzwischen wurde Jettel sehr gut vom Militär versorgt, und zudem gehörte sie zur Creme der Gesellschaft im »Hove Court«, wurden doch in Emigrantenkreisen die Ehefrauen, deren Männer die britische Uniform trugen, mit allergrößtem Respekt bedacht. Der Glanz bestrahlte auch das Personal. Owuor lief in seinem neuen Leben in Nairobi keinen Tag ohne Schuhe, und er hatte bei einem indischen Händler zwei neue Hemden gekauft. Und ein Taschenmesser. Im »Hove Court« sprachen die Leute vom »sympathischen, immer freundlichen Herrn Doktor Redlich«, und keiner von ihnen – schon gar nicht Jettel – wusste, dass er in Ol' Joro Orok mehr als einmal daran gedacht hatte, sich mit seinem letzten Geld einen Strick und einen festen Haken zu kaufen.

Nun trug er, wie er bei denen zu prahlen pflegte, die noch ein Gedächtnis für ihre Muttersprache hatten, »des Königs Rock«. In drei Sprachen zählte er die Geschenke auf, die ihm der Himmel hatte zuteil werden lassen. Sein Khakihemd und die Unterwäsche wurden täglich gewaschen, die Shorts hatten Bügelfalten wie einst in Breslau die Smokinghose zum Tanzstundenball. Kein Strumpf hatte ein Loch, es gab zwei saubere Pyjamas pro Monat und eine Ausgehuniform. Ein Kikuyubursche namens Manjala wienerte jeden Morgen vor Sonnenaufgang Walters Stiefel spiegelblank und brachte ihm anschließend den Morgentee.

Längst eine hübsche Anekdote war das erste Kapitel dieses neuzeitlichen Märchens: Rekrut Redlich hatte sich beim ersten Marsch seines Lebens in Stiefeln, die ihm eine Nummer zu klein waren, Blasen gelaufen, und er hatte nicht genug Englisch gekonnt, um sich bei dem übellaunigen Corporal, dem die Kleiderkammer unterstellt war, die richtige Schuhgröße verpassen zu lassen.

Zu jedem Frühstück im Camp Ngong gab es Porridge mit frischer Sahne, Eier, Speck, gebratene Tomaten, Würstchen und Corned Beef und, wenn ein Schiff aus dem Mutterland seinen Weg nach Mombasa gefunden hatte, geräucherten Fisch.

»Schon deswegen werden wir den Krieg gewinnen«, prophezeite Walter, womit er seinen Ruf erhärtete, ein Mann mit Humor zu sein. Er aß täglich drei Spiegeleier, über die er Unmengen von Tomatenketchup goss, und im Hove Court erzählte er, sobald er genug Englisch könne, damit er seine Einheit nicht blamierte, wolle er Churchill einen Brief schreiben und sich dafür bedanken, dass sich die Engländer auch im Krieg nicht die Freude am Frühstück hätten nehmen lassen.

Der Frühstückssoldat hatte in einem halben Jahr trotz der rigorosen militärischen Grundausbildung zehn Pfund zugenommen. Der faule Zahn war gezogen, Walter gegen Pest, Typhus, Cholera und Gelbfieber geimpft. »Alles auf Kosten von King George«, wie er nie zu erwähnen vergaß. Die Zigarettenration war so groß, dass Walter sie nie aufbrauchte, obwohl er ein starker Raucher war, und so immer ein Geschenk für Owuor hatte. Aus dem Nebbich mit Selbstmordgedanken, der erst seine Heimat und dann seine Selbstachtung verloren hatte, war – zumindest bei Tag, wenn er zu viele Pflichten hatte, um an Deutschland zu denken – ein Hans im Glück geworden. Allerdings einer, dem sehr wohl bewusst war, dass seit der Landung der Alliierten in der Normandie die Truppen aus Kenia verstärkt in Burma gebraucht und eingesetzt wurden.

»Als ob du in Burma irgendwem nützen würdest«, hatte Jettel die Zukunft entschieden, »du hast doch Frau und Kind und einen ganz empfindlichen Magen.«

Walter blies mit Behagen einen Rauchkringel in die Luft. Er konnte wieder lächeln, wenn er an Jettel dachte. Bereitwillig ließ er seine Augen auf Safari ziehen. Sein vierter Geburtstag fiel ihm ein. Er sah sich in einer grünen Lodenjacke mit seinem neuen vierrädrigen Holländer über das Kopfsteinpflaster von Sohrau rollen. Keiner, das hatte er genau gewusst, war so reich, klug und bedeutend wie er. Nun fuhr der Knabe aus Sohrau in Afrika Eisenbahn erster Klasse; sein war aller Komfort der Welt und der Luxus, der ausschließlich für die sorglose, wohlhabende weiße Minderheit bestimmt war. Als Walter sich vergegenwärtigte, wie selbstverständlich ihm sein Leben im Überfluss geworden war, spürte er einen scharfen Stich in der Brust. Seine Stirn brannte. Beschämt bat er um ein gutes Gedächtnis, damit er nie vergaß, dass Gott ihn in der Zeit seiner Not nicht im Stich gelassen hatte.

Jeder Blick aus dem offenen Fenster gab einen kleinen Ausschnitt Leben frei. Der Himmel war wolkenlos, das Licht so weiß und klar, wie es in Kenia nur in der Stunde des kurzen Schattens ist. Schwarze Ziegen, denen das kurze Gras der Trockenzeit genügte, weideten meckernd am Bahndamm. Eine Greisin mit maisgelbem Kopftuch hockte unter einem aufgespannten, zerlöcherten Regenschirm, vor sich Stauden von grünen Bananen und Ananas. Meistens hielten die Züge auf freier Strecke vor der Anhöhe, und die Reisenden kauften schon zur Kurzweil das Obst. Auf einem Flecken roter Erde scharten sich Glanzstare mit blau leuchtenden Flügeln um einen Tümpel. Ächzend zog die Lokomotive ihre Wagen eine Steigung hoch. Danach fuhr der Zug so langsam, dass Bewegung und Zeit einschliefen.

Nur eine Gruppe von Kindern war wach. Die ältesten Jungen waren höchstens zehn Jahre alt, kahlköpfig und in ungegerbte Tierhäute gehüllt. Sie sprangen auf, als sie den Zug entdeckten, stützten sich, wie die alten Männer, auf lange Stöcke und winkten mit der Linken. Walter hörte sie »Jambo« rufen. Er lehnte sich zum Fenster hinaus. So laut er konnte, erwiderte er den Gruß. Die Kleinen saßen und lagen unter einem mächtigen Affenbrotbaum. Es schliefen auch die Hunde und die dürren Buckelrinder. »Misuri«, sagte Walter. Unmittelbar darauf sagte er »Rongai«. Als die Erinnerungen wie Geröll vom Berg auf ihn einstürzten, bereitete er seine Arme aus. Die Freude eines Tages, für den er in seinen Gebeten nie zu danken vergaß, brannte noch nach sechs Jahren.

Am 4. April 1938, nachmittags um zwei, hatte Owuor den Vanillepudding serviert, den er seit acht Wochen Tag für Tag auf den Tisch brachte und den Walter zum Vergnügen seines Koches immer noch schmatzend lobte, doch dieses eine Mal war alles anders. Nach dem ersten und vor dem zweiten Bissen erzählte der Bwana, die Memsahib und das Toto würden bald in Kenia eintreffen. Jettel hatte aus Breslau geschrieben, sie und Regina hätten Passagen für die »Adolph Woermann«. War Walter je so erleichtert, je wieder so glücklich und dankbar gewesen?

Owuor, im Allgemeinen gesegnet mit der Phantasie eines Dichters und der flinken Zunge der antiken Rhetoren, hatte nur ein Wort gesagt, denn er wusste nichts von Deutschland, nichts von den Nazis und nichts von Juden, die in Todesnot waren. Ihm reichte es, wenn er »Misuri« sagte.

»Misuri«, so erkannte Walter an diesem Tag der Erlösung, da Gott sein Flehen um die Rettung seiner Frau und Tochter erhört hatte, war eines dieser wunderbar vieldeutigen, wundersamen Begriffe in der Suahelisprache. Solche Worte waren biegsam wie eine junge Wurzel. Sie vermochten, Beginn oder Ende einer Geschichte zu sein, Fazit oder Frage. Je nach Betonung und Mimik hieß »Misuri« gut, schön, herrlich, absolut richtig und in Ordnung. Und weil Walter, eine Stunde Bahnfahrt vor Gilgil, so eins war mit der Weite und der Stille und der Schönheit der afrikanischen Landschaft, wie er es auf der Farm nie gewesen war, hatte er »Misuri« gesagt. Er ahnte, was geschehen war. Jahrelang hatte er eine zu schwere Last getragen, mit Ketten hatte ihn das Schicksal an Deutschland geschmiedet. Nun aber war der Ballast von ihm abgefallen, und ein beherzter afrikanischer Riese hatte die Ketten durchgesägt. Dieser unglaubliche Augenblick der Befreiung währte nur einen Wimpernschlag – und dauerte doch eine Ewigkeit. In dieser Ewigkeit erschien dem Reisenden die üppige Schönheit Afrikas ein Stück Heimat, eine Heimat, die ohne Erinnerungen war, ohne Angst und ohne Ballast. Walter war so zufrieden und so voller Hoffnung wie zu keiner Zeit in seinem afrikanischen Leben. Die Wolken wurden rosa, vergoldete Blätter raschelten in den Bäumen, am Horizont leuchtete ein Silberstreif. Ein Vogel flog aus einem Busch. War es Noahs Taube mit einem Ölzweig im Schnabel? »Misuri«, sagte Private Redlich zum zweiten Mal.

Sein Herz tanzte, und dann begann Walter wieder zu singen, laut und lustvoll und selbstvergessen. Er sang vom Jäger aus Kurpfalz, dem Wirtshaus an der Lahn und von der Lorelei auf ihrem Felsen. Er vergaß Zeit, Ort und Ziel. Der Trunkene sang vom Heideröslein und vom Doktor Eisenbart, von Maienduft und Säuferlust; er war zugleich Student und ein afrikanischer Mzee, ein kluger Greis, der gesehen und gehört hat, was er sehen und hören will.

Der doppelte Walter erinnerte sich an Lieder, an die er seit zwanzig Jahren nicht mehr gedacht hatte. Mit seiner Militärmütze dirigierte er ein Orchester, und mit dem Chor der Fürstenschule zu Pless sang er zu Kaisers Geburtstag: »Üb immer Treu und Redlichkeit.« Alle Blessuren des Lebens lösten sich in einem wohlduftenden Nebel auf. Es gab nur noch eine Stimme auf der Welt. Sie war gewaltig wie ein Vulkan.

Und doch hörte diese schöne Welt schlagartig auf zu sein, denn abermals hämmerte eine Faust gegen die Wand von Walters Abteil. Eine schrille Frauenstimme forderte: »Aufhören, Sie verdammter Idiot.«

Im Gegensatz zum ersten Mal ging Walter sofort auf, dass jemand in einem Eisenbahnabteil der East African Railways and Harbours Deutsch gesprochen hatte. Private Redlich, ein selbstbewusster Soldat seiner Majestät König Georg VI., setzte seine Mütze auf. Er knöpfte seine Jacke zu, grinste sein Gesicht im Spiegel an und öffnete die Tür. Mit nur zwei Schritten erreichte er das Nachbarabteil. Drinnen saß, außer sich vor Empörung, das Ehepaar Bruckmann aus dem »Hove Court«.

»Blimey«, sagte Walter. Er kannte den Ausdruck erst seit zwei Wochen.

Henny und Arthur Bruckmann, wohnhaft in Appartement sieben an der begehrten Nordseite, zählten in dreifacher Hinsicht zur Elite der Emigranten von Nairobi. Zum Appartement sieben gehörten nämlich eine kleine Terrasse und zwei Personalquartiere. Also hätschelten die Bruckmanns einen Rosenbaum und beschäftigten sowohl einen Koch als auch einen Mann mit Besen und Eimer. Der versorgte Haus und Wäsche und reinigte den Hundenapf.

Das Ehepaar war überreichlich vom Schicksal beschenkt worden, und zwar mit ordentlichen Vornamen für die Englisch sprechende Welt. Ebenso ideal war der Geburtsort. Henny und Arthur Bruckmann waren gebürtige Wiener und also nach Hitlers Einmarsch in Österreich, wie ihre übrigen Landsleute, von den Kolonialbehörden in Kenia als »friendly aliens« eingestuft worden. Und wie alle österreichischen Emigranten verachteten sie ihre jüdischen Schicksalsgenossen aus Deutschland. Nicht nur, weil die zum Dessert wackelnde Puddings statt Mehlspeisen auf den Tisch brachten und ein Wiener Schnitzel in Soße ertränkten, sondern noch mehr, weil sie in Kenia den Status von »enemy aliens« hatten.

Arthur Bruckmann, vom Naturell her ein umgänglicher Mann, hätte sehr viel lieber mit einer Zeitung und einem Mokka in einem Wiener Kaffeehaus gesessen, statt in einem Zug nach Gilgil, in dem er auf Befehl seiner Frau gegen die Nachbarwand hatte hämmern müssen. Zu Hause war er Beamter auf Lebenszeit bei der österreichischen Bahn gewesen und nun Buchhalter im New Stanley Hotel in Nairobi. Schon weil seine Sprachkenntnisse nicht mit den Assimilationsbestrebungen seiner patriotischen Gattin Schritt hielten, redete er nicht viel.

Henny Bruckmann tat allzeit kund, dass dies bei ihr nicht der Fall war. Mit ihrem Pudel, ihrer Freundin aus Linz und meistens auch mit ihrem Mann sprach sie Englisch. Dass ihre neuenglische Zunge in einem besonders kritischen Moment ins Wiener Idiom abgerutscht war, war Mrs Bruckmann mehr als peinlich. Immerhin hatte sich Dr. Redlich beim Singen der deutschen Lieder ungeniert laut der Sprache des Feindes bedient. Nach Dafürhalten einer »friendly alien« war das eindeutig Volksverrat, doch war der unbotmäßige Sänger im ganzen »Hove Court« berüchtigt dafür, dass er bei Streitigkeiten äußerst unangenehm werden konnte und zudem bei seinen Gegnern spontan Schwachstellen aufzudecken wusste. Walter verlor keine Zeit, seinen Ruf zu festigen.

»Sieh mal an«, sagt er in einem Flüsterton, den alle, die ihn kannten, als eine eindeutige Kampfansage gewertet hätten, »unsere reizende Misses Bruckmann. How nice to meet you, Madam. Ich glaube, Sie haben nach mir gerufen. Wie kann ich Ihnen behilflich sein?«

Henny Bruckmann starrte Walter an. Es war ihr gelungen, zur Sprache ihres neuen Vaterlandes zurückzufinden. Allerdings mangelte es ihr im entscheidenden Moment am passend kräftigen Ausdruck. So sagte sie überraschend kurz: »Sie dürfen doch hier nicht Deutsch sprechen.«

Private Redlich stemmte seine Hände in die Hüften. Eine Weile begnügte er sich damit, das Ehepaar Bruckmann schweigend zu fixieren. Als sowohl Henny als auch Arthur, flächendeckend in zorniger Röte erglüht, schon sicher waren, der rüde Eindringling würde wieder in sein Abteil zurückgehen oder sich vielleicht gar entschuldigen für seine Rüpelei, fing Walter an zu brüllen. Bruckmanns

284

mochten ihren Ohren nicht trauen. Walter sprach immer noch Deutsch. »Glauben Sie«, brüllte er, »ein Soldat in der Uniform Seiner Majestät lässt sich von zwei miesen Emigranten den Mund verbieten? Das war einmal, dass Leute wie Sie mich demütigen konnten, nur weil Sie ein paar lumpige Pfund mehr verdienten und Blumenkohl mit Karfiol anredeten.«

In dem kleinen Eisenbahnabteil schwoll Walters kräftige Stimme zum lauten Donner an. »Wissen Sie was, Sie können mich am Arsch lecken«, schrie er, »in jeder x-beliebigen Sprache.«

Walter merkte, wie er außer Atem geriet und dass er sich in eine Rage gesteigert hatte, die absolut nicht zu dem Anlass passte. Er beschloss, in sein Abteil zurückzugehen, ehe die Bruckmanns sich von dem Schock seines Angriffs erholt hatten, doch bevor er sich umdrehen konnte, klatschte ihm eine Hand auf den Rücken. Es war eine kräftige, schwere Hand, ohne Zweifel die Hand eines Freundes, und sie gehörte Andy, dem fröhlichen Schotten mit den Sommersprossen. Hinter ihm, Schulter an Schulter, standen Harry und George.

»Was ist los, Jerry?«, fragte Andy.

»Wer will dir was?«, fragte George.

Walters Augen funkelten immer noch Zorn. Oder war es schon Schadenfreude? »Diese Leute hier«, sagte er, und er brauchte nach keinem einzigen Wort zu suchen, »wollen mir verbieten, in meiner Muttersprache zu reden. Und das an meinem Geburtstag. «

»Das«, sagte George »werden wir gleich haben.« Er spuckte, weil er ohnehin langsam sprach, jedes Wort einzeln aus. Nach dem letzten rieb er sich die Hände.

Ein David, der in der Not solche Freunde hatte, konnte

sich Großzügigkeit leisten. »Lass sie«, sagte Walter und schaute Henny Bruckmann an, »es sind doch nur bloody Refugees.«

»Erst entschuldigen Sie sich, oder ich schmeiße Sie quer aus dem Fenster«, befand George. Von den dreien war er der Mann der Tat. Er rüttelte am Fenstergriff.

»Sorry«, murmelte Henny Bruckmann. Sie schaute auf ihre Schuhe und stellte ihre Füße adrett nebeneinander. Weil sie sehr aufgeregt war, hatte sie Schwierigkeiten mit ihrem Englisch. »Das war doch alles nur ein Missverständnis«, stammelte sie auf Deutsch.

»Bloody Germans«, grinste Walter.

»Fucking Germans«, verbesserte Harry.

»Wir wussten gar nicht, dass du auch im Zug bist, Jerry. Hast du Andy nicht singen gehört?«

»Nein«, schwindelte Walter.

Alle drei begleiteten ihn zu seinem Abteil, als er seinen Tornister holte. Harry entdeckte die Karaffe mit dem abgekochten Wasser. »Sag nur, du hast das Zeug getrunken?«

»Nein, damit hab ich mir den Hals gewaschen. Ihr trinkt doch nicht jetzt schon Whisky?«

»Und ob. Einen echten sogar. Den hab' ich noch von zu Hause mitgebracht.«

Schon der erste Whisky wirkte. Walter tauchte endgültig in ein Paradies ab, in dem er an einem blumenbekränztem Tisch mit guten, zupackenden Freunden saß. Die scherten sich nicht darum, woher ein Mann kam und zu wem er abends betete. So ritt Walter an seinem vierzigsten Geburtstag auf einem geflügelten Ross in den Himmel der Seligkeit. Und doch fiel ein Schatten auf seinen schönen Traum. Das Tor zum Paradies mit den zupackenden Freunden stand ausschließlich Private Redlich offen, nicht dem Mann, der nach seiner Entlassung vom Militär noch froh zu sein hatte, wenn er wieder als kümmerlich bezahlter Farmangestellter in Ol' Joro Orok seinen Lebensunterhalt verdiente.

»Nebbich«, seufzte Walter. Seine Zunge war schon schwer. Die zwei kurzen Silben fühlten sich in seinem Mund wie chloroformierte Watte an.

Andy, der Grübler, betrachtete nachdenklich seinen schlafenden Kameraden. »Möchte mal wissen«, sagte er, »wie die Deutschen den Krieg gewinnen wollen, wenn sie noch nicht einmal einen kleinen Whisky vertragen.«

9

ZURÜCK NACH HAUSE?

Nairobi–Mombasa, 9. März 1947

»Die sind doch nicht alle für uns gekommen?«, staunte Regina. »So viele Leute habe ich noch nie hier am Bahnhof gesehen. Ich wusste gar nicht, dass wir so viele Freunde haben.«

»Haben wir auch nicht. Doch in einer Situation, in der es in erster Linie auf Krokodilstränen und Sensationslust ankommt, tun es auch Feinde. Schließlich will sich keiner die Gelegenheit entgehen lassen, dabei zu sein, wenn sich deine Mutter die Kleider vom Leib reißt, weil sie sich von den Fleischtöpfen Ägyptens trennen muss. Zur Befriedigung solcher Schaulust gab es in der guten alten Zeit öffentliche Hinrichtungen.«

»Mach das Kind nicht meschugge«, ärgerte sich Jettel.

»Welches?«, fragte Walter.

»Beide, du gottverdammter Narr. Regina ist blass wie die Wand, und Max hat sich gerade in die Hose gemacht.«

»Umgekehrt wär's schlimmer. Du musst endlich lernen, das Beste aus dem Leben zu machen, Jettel. Es ist das erste Mal seit neun Jahren, dass wir zusammen auf eine Reise gehen dürfen. Denk doch nur an den 8. Januar 1938 in Breslau. Wir hätten dem Teufel unsere Seelen verkauft, wenn wir uns nicht voneinander hätten trennen müssen.«

»Dafür hast du ihm jetzt deine Seele verkauft. Sonst würden wir zu Hause im ›Hove Court‹ sitzen, statt auf dem Weg in das Land der Mörder zu sein. Alle sagen, du bist ein hirnverbrannter unverantwortlicher Egoist.«

»Das ist das Wunderbare an dir, Jettel – deine Reaktionen sind genau berechenbar. Du sehnst dich immer nach dem Ort, an dem du gerade nicht bist. Wäre ich doch nur früher auf die Idee gekommen, dass du das ›Hove Court‹ als dein Zuhause empfunden hast! Ich hab dich immer nur Stein und Bein jammern hören.«

»Sei du mal in Nairobi schwanger, wenn der große Regen ausbleibt.«

»Das wird dir nicht mehr passieren. Ehrenwort. Wenn du willst, lasse ich dir von all diesen ehrenhaften Leuten, die gekommen sind, um uns das letzte Geleit zu geben, schriftlich bestätigen, dass ich dir das beim Leben meiner Kinder versprochen habe.«

Regina schob ihren schlafenden Bruder von ihrer rechten auf die linke Hüfte. Er öffnete die Augen und sagte, weil das Wort ihn stets beim Aufwachen entzückte: »Jambo«. Mit der freien Hand hielt ihm seine Schwester ein Ohr zu und drückte das andere an ihren Körper. Ihre Pflicht war es, Max vor den Schlachten seiner kriegslüsternen Eltern zu schützen, denn es war gefährlich für den Kopf und das Herz, wenn auch nur der Schatten eines vergifteten Pfeils die Stirn eines Kindes streifte, ehe es auf seinen Beinen stehen konnte. Das hatte Regina von Owuor gelernt, als sie selbst noch ein Kind gewesen war und eine Heimat gehabt hatte. In Ol' Joro Orok, wo die Erde rot leuchtete und der schwarze Gott Mungu morgens seine Augen mit dem Schnee vom Mount Kenya kühlte.

Seit einem Jahr und drei Tagen waren die Redlichs zu viert. Als Jettel ihrem Mann von ihrer Schwangerschaft erzählte, hatten sie, wie nach dem Tod ihres zweiten Kindes, gemeinsam geweint und bis zum Tag der Erlösung nicht gewagt, die Freude in ihr Herz zu lassen. »Das Einzige, das mir in diesem Land je gelungen ist«, sagte Walter am 6. März 1946, als ihm das Kind der Sehnsucht in die Arme gelegt wurde. »Du wirst kein Refugee mehr sein, mein Sohn. Das schwöre ich dir.«

»Ich werde ihn immer beschützen«, versprach Regina.

»Er wird dich beschützen«, widersprach ihr Vater. »Dafür habe ich ihn ja gemacht. Du bist ein so gutmütiges Schaf wie dein Vater. Du kannst dich im Leben nicht wehren.«

»Und ich werde dafür sorgen, dass er nicht Jura studiert«, nahm sich seine Mutter vor. »Die Juristen sind überall auf der Welt verloren.«

»Nur zu Hause nicht, Jettel. Warte nur ab, das kommt wieder.«

Am Tage seiner Geburt gab es keinen Zweifel, dass das energische Baby Max heißen würde – im Gedenken an seinen Großvater Max Redlich, der ein deutscher Patriot gewesen war und der von einem Mörder in deutscher Uniform erschlagen wurde. Anfang 1946 war in Nairobi ein Brief von einem russischen Lehrer eingetroffen. »Ihr Vater«, hatte der Unbekannte geschrieben, »ist am 17. November 1942 in Tarnopol von einem SS-Mann auf der Straße ermordet worden. Er war sofort tot und hat nicht zu leiden brauchen. Ihre Schwester Liesel hat man mit dem dritten Transport in das Konzentrationslager Belzec deportiert. Eine Woche vor seinem furchtbaren Tod gab mir Ihr Vater Ihre Adresse. Da wusste ich, dass er wollte, dass ich Ihnen schreibe, wenn ihm etwas passiert.«

Max Ronald Paul Redlich, dem das Schicksal die Bürde des Spätgeborenen bestimmt hatte, war ein Kind der Sonne. Umgeben von Rosen, gelb blühenden Kakteen und Zitronenbäumen schlief und spielte er den ganzen Tag unter demselben Baum, in dessen Schatten seine schwangere Mutter die gnadenlose Hitze von Nairobi verflucht hatte. Er griff nicht, wie die Kinder Europas, nach Klappern und Gummienten, sondern nach weißen Schmetterlingen und Vögeln mit kobaltblauem Gefieder. An seinem Kinderwagen ging keiner der Bewohner des »Hove Courts« schweigend vorbei, hatte doch bei den Emigranten, die seit Jahren auf der Suche nach einer neuen Heimat waren, ein in Kenia geborenes Kind von Schicksalsgenossen den gleichen Stellenwert wie die ersehnte Einbürgerung. Das viel beneidete Baby hatte nicht nur Anspruch auf Nahrung und elterlichen Schutz, auf den Zuspruch der Nachbarn, auf ihr Lächeln und ihre Schmeicheleien, sondern vor allem auf einen britischen Pass.

»Du hast gut lachen, mein Sohn«, hielt ihm sein Vater vor und drückte ihm seine Militärmütze auf den Kopf, »deine Leute haben den Krieg gewonnen und sind dabei, die Welt neu aufzuteilen. Die Heimat deines Vater ist jetzt polnisch, und du wirst sie nie kennenlernen.«

Im Gegensatz zu seinen britischen Landsleuten war der kleine Engländer sehr aufgeschlossen für das reiche sprachliche Angebot im Lande seiner Geburt. Allerdings auch ein wenig heikel. Er reagierte viel lebhafter auf die vollen Laute des Suaheli als auf das Deutsch seiner Eltern oder auf die englischen Annäherungsversuche der nach

Assimilation durstenden Nachbarn. Sein erstes Wort war weder Papa, Mama noch hello, sondern »Aja«.

Seine Eltern und seine Schwester bestaunten immer wieder das Wunder, dass es ihn gab. Am Freitagabend wurde, wie einst in Leobschütz, der Tisch für den Sabbat gedeckt und das Brot gesegnet. Es roch nach Hühnerbrühe und ein wenig auch wieder nach dem alten Gottvertrauen. Nach der Geburt seines Sohnes nahm Walter auch wieder die Gewohnheit seiner Jugend auf und ging am Samstagmorgen in die Synagoge. Dem Gott, dem er gezürnt hatte, weil ihm Vater und Schwester, seine geliebte Schwiegermutter und die Schwägerin genommen worden waren, dankte er nun für die Gnade, die ihm widerfahren war, und die Hoffnung, die ihm sein Sohn gebracht hatte.

Regina bezweifelte keinen Moment, dass Gott ausschließlich ihr das Wunderkind geschenkt hatte. In den Ferien saß sie jeden Nachmittag mit ihrem Frohsinn gurgelnden Bruder unter dem süß duftenden Guavenbaum, in dem ursprünglich die englische Wunschfee logiert hatte. Die wurde nun nicht mehr gebraucht und war unbekannt verzogen. Weil Regina unmusikalisch war und keinen Ton richtig singen konnte, las sie ihrem Bruder Romane von Dickens und die Gedichte der englischen Romantiker vor. War er wach genug, um ihn mit seiner Umwelt und Zukunft vertraut zu machen, erklärte sie ihm in drei Sprachen, wie schwer es wäre, Kind in einer Familie zu sein, in der das Wort Heimat ein Synonym für Streit, Trauer und Tod sei. Max allein gestand sie, dass ihre Heimat Afrika war und dass sie eine lähmende Angst vor der geplanten Rückkehr nach Deutschland hätte.

»Kannst du dir vorstellen«, fragte sie den, um den sie

jahrelang gebetet hatte, »dass wir dorthin zurückgehen, wo unsere Großeltern ermordet worden sind?«

Max konnte es nicht. Er lutschte an seinem Zeh und rief nach seiner Aja. Sie hieß Chebeti und war eine schöne groß gewachsene Frau von noch nicht einmal dreißig Jahren. Sie trug einen sonnengelben Turban, weite geblümte Röcke und perlenbestickte Lederarmbänder. Chebeti hatte fünf Kinder zu versorgen, ebenso ihre Mutter in Thika, bei der die Kleinen lebten, und eine Schwester, deren Mann ihr im ersten Jahr der Ehe ein Auge ausgeschlagen hatte. Ihren Schützling mit der rosigen Haut mochte die Aja nicht weinen sehen. Obwohl auch sie keinen Grund hatte, die Wirklichkeit zu beschönigen, erzählte die Kinderfrau Max nur Gutes von den Männern. Morgens rieb sie seinen Schnuller mit Honig ein, nach dem Mittagessen mit einem Tropfen Gin. Mit wehmütigen Liedern aus der Zeit, ehe die Weißen ins Land gekommen waren, fütterte sie seine Ohren, und auf ihrem üppigen Busen schaukelte sie ihn in den Schlaf. Wenn ihre Finger keine Ruhe fanden, stahl sie seine hübschen blauen Jäckchen und die gestrickten Schuhe mit den hüpfenden Bommeln für ihr Jüngstes.

Obwohl Owuor die Aja selbst ins Haus gebracht hatte und auch mit ihr schlief, duldete er es nicht, dass das Gleichgewicht der Kräfte im Hause seines Bwana durch eine Frau aus dem Lot gebracht wurde. Während Walter im Camp war, behauptete Owuor seine Vorherrschaft jeden Tag aufs Neue und beanspruchte, wann immer es ihm danach war, den Thronfolger für sich. In einem klappernden Kinderwagen chauffierte er das Königskind auf den Kieswegen des »Hove Court«, und er redete mit ihm, genau wie er es mit Regina auf der Farm getan hatte, immer in Luo, seiner Stammessprache. Es hieß, wer mit einem fremden Kind in der eigenen Sprache redete, würde es für immer an sich ketten. Für die volle Entfaltung dieses Zaubers, von dem nur Regina und Owuor wussten, reichte bei Max allerdings die Zeit nicht. Lachend ließ sich das bilinguale Plappermaul am Tag der Abreise für die erste Safari seines Lebens fertig machen.

Owuor mit dem Hund Rummler und Beinen, die ihm nicht gehorchen mochten, und die Aja mit einer noch viertel vollen Flasche Gin und einem gestreiften Schal aus Leobschütz, den die weinende Memsahib ihr zum Abschied geschenkt hatte, waren schon am Vortag aus dem Lebenskreis der Familie Redlich getreten. »Wer an einem Bahnhof ›Kwaheri‹ sagt«, hatte Walter dem Freund seines afrikanischen Lebens erklärt, »dem stirbt das Herz.«

Owuor hatte genickt. Mit Abschieden kannte er sich ebenso gut aus wie der Bwana. Zwei Mal schon hatten sie zusammen ein Messer schleifen müssen, um den Lebensfaden zu zerschneiden – in Rongai und in Ol' Joro Orok. Und nun geschah in Nairobi der letzte Schnitt.

Regina hatte sich oft gewünscht, es ihren wohlhabenden Mitschülerinnen gleichzutun und in den Schulferien mit den Eltern ans Meer nach Mombasa zu fahren. Sie hatte nicht nur von einem Bett in einem Hotel und Getränken mit Eiswürfeln in gekühlten Räumen geträumt, sondern sich noch plastischer die Heimkehr auf die Farm vorgestellt. Mit der Vorfreude der geborenen Geschichtenerzählerin hatte sie sich ausgemalt, wie sie Owuor vom blauen Wasser des Indischen Ozeans, vom weißen Sand und von den Dhaus mit den geblähten Segeln berichten würde. Dass ihr Kindertraum von Meer, Salz und Wind nun Wirklichkeit wurde, sie jedoch bereits am Bahnhof von Nairobi alle Mühe hatte, ihre Augen trocken zu halten und dass es nie mehr einen Owuor geben würde, den sie mit Worten würde satt machen können, verwirrte sie nur im Moment des Begreifens. Regina hatte beizeiten verstanden, dass das Leben für ironische Pointen schwärmt und dass den Menschen die meisten Wünsche zur falschen Zeit erfüllt werden. Ihr Bruder lieferte ihr umgehend einen Beweis. Mit beiden Händen zog er an ihrem Haar und krähte: »Owuor.«

»Zu spät«, erklärte ihm Regina. »Das hätte dir gestern einfallen müssen, mein Lieber. Owuor hat sich so gewünscht, dass du seinen Namen sagen kannst, ehe wir abfahren. Nur ein einziges Mal wollte er ihn aus deinem Mund hören.«

»Aja«, krähte Max.

»Die ist auch nicht mehr da«, seufzte Regina, »ich glaub, du machst das absichtlich.«

Sie sah, wie zwei Frauen sich anschauten und dass beide den Kopf schüttelten, merkte, dass getratscht wurde, und hörte Frau Schlachter, die ihr immer einen Eiswürfel geschenkt hatte, wenn sie an deren Wohnung vorbeiging, »schrecklich« sagen. »Es ist doch ein Verbrechen, das arme Ding hier aus allem so herauszureißen. Sie spricht ja immer nur Englisch mit dem Kleinen. Das sagt doch alles.«

»Oft auch Suaheli«, widersprach Frau Ehrmann. »Die redet wie eine Eingeborene. Das zeigt doch besser als tausend Worte, dass das Mädchen hier ganz tiefe Wurzeln geschlagen hat. Sie soll ja auch so gut in der Schule sein. Wenigstens an seine Kinder hätte doch der famose Doktor Redlich denken können. Man reißt Kinder nicht ohne einen triftigen Grund aus ihrer vertrauten Umgebung heraus. Schon gar nicht, um sie nach Deutschland zu verfrachten. Nach allem, was geschehen ist. Aber mir war der gute Mann schon immer suspekt. Hat kein Schamgefühl. Geht zur Army und singt deutsche Lieder. Mich wundert es, dass sie ihn dort nicht längst rausgeschmissen haben. Er hat sich ja auch geweigert, seine Einbürgerungspapiere einzureichen.«

»Ich hab gehört, die Frau will absolut nicht zurück. Es soll ganz schreckliche Kräche gegeben haben in der Ehe. Die Aja hat meinem Boy erzählt, wie dort die Tassen geflogen sind.«

»Das hat die gnädige Frau nun davon, dass sie sich nicht von ihrem Rosenthal-Service trennen wollte. Ich hab meines längst verkauft. Erinnerungen sind Löcher im Herzen.«

Regina drückte ihre Augen fest zu. Nichts mehr hören und sehen wollte sie. Sich in einer Wolke von Rauch und Feuer auflösen wie die Ritter und Drachentöter, wenn die Gefahr sie umzingelte und sie den Himmel um Rettung anflehen mussten. Bis sie im Zug saß und sich dem Schutz der vorbeifliegenden Bäume und der untergehenden Sonne anvertrauen durfte, sollte sie keiner sehen und niemand mehr ansprechen. Vor allem sollte es keiner noch einmal wagen, von ihrem Vater zu reden, als sei er zugleich ein Narr, der nicht wusste, was er tat, und ein Frevler, der seine Kinder ins Verderben führte.

»Auf einem Besenstiel werde ich durch die Luft fliegen«, flüsterte sie ins linke Ohr ihres schmatzenden Bruders. »Und mit einem Scheuerlappen werde ich allen Leuten den Mund zustopfen, die nur ein böses Wort über unseren Vater sagen. Ich weiß, wie man mit einem Scheuerlappen Leute erstickt.«

»Hapana«, spuckte Max und winkte mit einem Schoko-
ladenkeks einem Hund zu.

»Warum lernst du nicht endlich mal ›diu‹ zu sagen? Diu
heißt ja. Hörst du, diu, diu, diu.«

»Warum soll er überhaupt noch Suaheli lernen, wo wir
doch fortmüssen von hier?«, klagte Jettel mit dem Trotz
in der Stimme, den sie in Sekundenschnelle herbeizube-
fehlen wusste. »Sprich lieber Englisch mit ihm, Regina.
Englisch ist eine Weltsprache. Die kann er immer gebrauchen. Das haben wir ja erlebt.«

»Quatsch«, sagte Walter. Er war auf dem Weg, um sich
von dem alten Arthur Sedlacek zu verabschieden, der
auch aus Oberschlesien stammte und mit dem er sich so
gern über Oppeln und Wellwürste unterhalten hatte.
Walter gab seiner Tochter einen zärtlichen Klaps auf den
Rücken. »Mach meinen Sohn nicht verrückt. Der hat von
jetzt an nur ein Vaterland und eine Muttersprache. Englisch braucht er frühestens in der Sexta zu lernen. Aber
wahrscheinlich wird er aufs humanistische Gymnasium
gehen. Wie sein Vater.«

»Damit er überall auf der Welt ein Trottel ist«, parierte
Jettel.

Auf der Stelle in den Zug einsteigen wollte Regina. Der
sollte zwar erst in einer halben Stunde abfahren, aber er
stand schon seit zehn Minuten da. Ein müder Mann in
einer grünen Hose wischte mit einem dreckigen Lap-
pen über die verschmierten Scheiben. Die ersten Bettle-
rinnen tauchten auf, die Hände schon geöffnet. Allerdings waren ihre Augen noch zu fröhlich. Zwei schwatz-
ten so lebhaft miteinander, als gehörten sie zu dem Kreis,
der gekommen war, um Abschied von den Redlichs zu
nehmen.

Regina schob ihren Körper in Richtung Bahnsteig. Ihre Mutter sah es, unterbrach ihren vermutlich letzten Disput mit ihrer Nachbarin im »Hove Court« und hielt ihrer Tochter vor: »Wir haben doch noch massig Zeit. Du bist wie dein Vater. Der denkt auch immer, der Zug fährt ohne ihn ab. Hat er schon in Breslau gemacht. Warum setzt du dich nicht auf den braunen Koffer und stellst Max mal auf die Füße? Das wird euch beiden gut tun.«

Jettel sah jung und vornehm aus in dem roten Kleid mit einem tiefen Ausschnitt und passender kurzer Jacke. Der indische Schneider in der Delamare Avenue, von dem alle sagten, er sei weitaus der beste in Nairobi, hatte das Complet eigens für die Reise genäht; im »Hove Court« hatten alle Damen Jettel versichert, das originelle Kleid wäre eine beneidenswerte modische Schöpfung, hinter ihrem Rücken waren sie sich allerdings ausnahmslos einig gewesen, es wäre geschmacklos und instinktlos, ausgerechnet nach Deutschland wie eine »aufgetakelte Carmen« aufzubrechen.

Jettel unterhielt sich gerade mit Frau Kellner, von der sie bei jeder Gelegenheit behauptet hatte, sie wäre eine falsche Schlange, schuld an der Wasserknappheit und ganz bestimmt dafür verantwortlich, dass am Freitagnachmittag niemand außer ihr und ihrem missratenen Sohn zu einem warmen Bad käme. Frau Kellners Wangen waren tief rot.

»Sie Arme«, bedauerte sie gerade, »ich kann mir gut vorstellen, wie Ihnen zumute ist. Mich würden keine zehn Pferde zurück nach Deutschland kriegen. Und meinen Mann schon gar nicht. Der hat mich noch nicht einmal dazu bewegen können, nach Limuru umzuziehen, obwohl man ihm dort ein einmaliges Angebot gemacht hat. Mit

Mitbeteiligung. Ich hab gehört, in Deutschland gibt es nichts, was der Mensch zum Leben braucht. Noch nicht einmal Salz und Brot.«

»Aber Badewasser«, sagte Jettel.

Reginas Körper wurde heiß und steif. Sie hatte drei Jahre lang befürchtet, die Kriege zwischen ihrer temperamentvollen Mutter und der bösartigen Frau Kellner würden zu einer Katastrophe führen. Frau Kellner malte ihre Lippen und Fingernägel blutrot an; sie sah aus wie eine Hexe und braute sich jeden Abend ein Getränk aus Tee, schwarzem Pfeffer und Senfkörnern – zweifellos ein Hexentrunk. Man erzählte sich, sie hätte ihren ersten Mann in den Tod getrieben und würde den zweiten so knechten, dass er es nicht wagte, sich auf einen Stuhl zu setzen, ohne seine Frau um Erlaubnis zu bitten. Regina schaute ihre Mutter flehentlich an. War die auch eine rasende Amazone wie Frau Kellner geworden, oder war sie ihr ausgerechnet am letzten Tag zu Hause in die Falle gegangen? Hatte Owuor denn seiner Memsahib nie erzählt, dass derjenige, der mit verärgerten Ohren auf eine große Safari ging, für immer seine Kräfte verlor? Und sein Lachen. Und nie mehr zurückkommen würde an den Ort, an dem dies geschehen war.

»Mama«, raunte Regina, »der Papa will das nicht.«

»Dein Vater hat mir gar nichts zu wollen. Es reicht schon, wenn er uns nach Deutschland schleppt.«

In diesem Moment geschah das Wunder der Wunder. Eine vertraute, geliebte Stimme rief: »Ich bin ja schon da.« Ein winziger Hund fiepte. Im Himmel über Nairobi spielten die Engel Harfe, die Wolken wurden rosa, die Sonne eine Kugel aus Gold. Stimme und Bellen hatten erst den blau blühenden Jacarandabaum vor dem Bahnhofsgebäude erreicht, doch in Reginas Ohren schwoll der Jubel sofort zum Donner an. Sie war wieder ein Kind, das seine Wünsche nur der einen anvertraute, deren Phantasie noch die eigene übertraf. Sie hieß Diana Wilkins und war die Feenkönigin, grazil wie eine Gazelle, mit wehenden blonden Haaren und porzellanweißer Haut, melancholisch bei Tag und in der Nacht sprühend vor Lust. Von der schönen Diana behaupteten die Männer aller Nationen und jeden Alters, sie wäre jede Sünde wert, die Frauen nannten sie eine Gestrauchelte und machten es sich zur Aufgabe, ihre heranwachsenden Söhne vor ihr zu warnen. Diana, in Lettland geboren und nirgends daheim, war mit fünfundzwanzig Jahren im vornehmen Norfolk Hotel zu Nairobi zur Witwe geworden – einer ihrer feurigen Liebhaber hatte ihren Mann, einen englischen Captain, im Bett erschossen.

Nach Kenia gekommen war Diana mit einem polnischen Klavierspieler, von dem sie behauptete, er wäre bereits im Zug von Mombasa nach Nairobi entführt worden. Zuvor hätte sie die beste Ballettschule in St. Petersburg besucht. In besonders heißen Nächten fiel ihr ein, sie hätte in Moskau das Bolschoiballett gegründet und wäre von Lenin in einer Sondermission nach Kalkutta geschickt worden. Nach dem sechsten Brandy kam die Geschichte vom Kosaken in Finnland, der in einer Mittsommernacht ihr Kind geraubt und am nächsten Morgen ihr Gedächtnis gestohlen hatte.

Diana hasste die Bolschewisten. Beim Seelenfrieden ihrer verstorbenen Großmutter schwor sie, die »Bolschewiki« hätten ihren Onkel, den Zaren, erschlagen und ihr, seiner neunzehnjährigen Nichte, die Smaragde vom Hals und einen Rubin, so groß wie ein Hühnerei, vom Finger gerissen. In einem Schneesturm hätten die Kosakenhorden sie nackt auf einen Schimmel gesetzt und über die Grenze gejagt. Nur Regina glaubte ihr, und weil noch nie einer Diana irgendetwas geglaubt hatte, wurde aus der ersten Begegnung zwischen dem Kind und der Frau eine geheimnisvolle, nie mehr zu vergessende Freundschaft.

Zum Abschied trug Diana, wie am Tag des Kennenlernens auf einem verzauberten Rasenstück im »Hove Court«, ein bodenlanges Kleid aus weißem Tüll. Die Diva mit der großen Vergangenheit hatte die rosafarbenen Schuhe an, von denen sie ausschließlich Regina anvertraut hatte, sie hätte in ihnen die Odette in »Schwanensee« getanzt und den Kaiser von China zum Weinen gebracht. Nun hielt Odette, die nur noch tanzte, wenn es keiner sah, ihren winzigen Hund Reppi im Arm. Er hatte Ohren wie eine Fledermaus, roch nach Brandy und dem Rosenparfüm seines Frauchens und holte in kurzen Abständen Geräusche aus seiner Kehle, die Keuchhusten ähnelten. Wie sonst auch um fünf Uhr nachmittags, war Diana nicht mehr nüchtern. Ihre Augen waren glasig, die Beine nicht mehr sicher. Hinter ihr stand der getreue Chepoi, der die Zimmer seiner Memsahib in Ordnung hielt, den Hund versorgte und Diana ins Bett brachte, sobald sie ansetzte, ihre Kleider und ihre letzten Pretiosen zu verschenken. Mit der kleinen Verbeugung, die sie ihm für festliche Okkasionen beigebracht hatte, reichte er ihr eine kleine Kiste aus Mahagoni, die in ein weißes Spitzentuch verpackt war. Diana tauschte Hund gegen Kiste. Behutsam öffnete sie den Deckel. Ihr Lächeln machte sie jung, schön und strahlend. »Die Zarenkrone«, sang sie mit der Stimme eines Troubadours. »Unter Lebensgefahr habe ich sie aus Russland gebracht.«

Es war tatsächlich eine goldene Krone, die die Monarchin aus dem Feenreich der kleinen Kiste entnahm. Besetzt war das glitzernde Schmuckstück mit roten, gelben, grünen und blauen Farbsteinen. In der Mitte strahlte ein goldfarbenes Kreuz. Die Gespräche verstummten. Selbst Reppi, der Fledermaushund, hörte auf zu fiepen. Als er seinen Kopf schüttelte, fiel Regina auf, wie schön auch die vermeintlich hässlichen Tiere sind. »Ich glaube, er ist ein verzauberter Prinz«, vertraute sie ihrem Bruder an.

Das Kind ahmte den Hund auf Chepois Arm nach und schüttelte seinen Kopf.

»So klug ist mein Kleiner«, lachte Königin Diana, »und so stark. Wenn er groß ist, wird er die Bolschewiki alle ins Meer treiben und an die Haie verfüttern.«

Königin Diana hatte meerblaue Augen mit Wimpern aus Seide. Sie leckte ihre korallenroten Lippen und murmelte einige Worte in einer Sprache, die keiner der Anwesenden je gehört hatte. Dann küsste sie die Krone und drückte sie Regina auf den Kopf. Ihrer scheidenden Hofdame gab sie den letzten Kuss. Jede Träne in ihren Augen, Regina wusste es genau, war in Wirklichkeit ein Diamant. Die Juwelen, die in der Krone glänzten, das wussten alle anderen, waren aus Glas, das goldene Kreuz nur bemaltes Blech. Diana, den Hund wieder auf ihrem Arm, schritt zurück zum Jacarandabaum, dessen Blüten im letzten Strahl der Sonne badeten. Wieder war es Regina, die mehr sah als die anderen. Nur ihr ging auf, dass die stolze Monarchin in einen goldenen Himmel mit opalbesetzten Wolken flog.

»Um Himmels willen, Regina, setz das lächerliche Ding ab. Wir sind doch hier nicht auf einem Kostümfest.«

Regina, die sich noch nie getraut hatte, irgendeinem Lebewesen außer dem Hund Rummler zu widersprechen, sagte, weil sie den Kopf ja nicht mehr auf gewohnte Art schütteln konnte, resolut: »Nein. Nicht so lange ich Diana noch riechen kann.«

»Wenn du jetzt auch so hysterisch wirst wie deine Mutter, erschieße ich mich auf der Stelle«, drohte ihr Vater.

»Womit?«, fragte Jettel.

Die Lokomotive hörte auf, langsam zu schnaufen und pfiff Entschlossenheit. Der Zug fuhr einige Meter in Richtung Mombasa, dann umgehend wieder zurück. Die Bettler richteten ihre Gesichter auf Arbeit ein, fielen auf die Knie und streckten murmelnd ihre Hände aus. »Einsteigen«, rief der alte Herr Mannheimer, von dem ein jeder wusste, dass er sich zu keinem Zeitpunkt seines Lebens einen schlechten Scherz hatte entgehen lassen, »dies ist der letzte Zug, der heim ins Reich fährt.«

»Bravo!«, rief Walter. Er klatschte in die Hände und verneigte sich höhnisch. Es war weder Zufall noch Gewohnheit, dass er das Wort Englisch aussprach, aber das R wie ein soeben ins Land gekommener Refugee rollte, bei dem alle Hoffnung auf Sprachassimilation vergebens sein würde. Die sarkastische Reaktion auf eine bewusste Kränkung, die ihn sehr viel mehr aufwühlte, als es gedankenlose Dummheit getan hätte, war jene Selbstironie, die Walter bei seinen Kameraden beliebt gemacht hatte.

»Jerry«, hatte der Sergeantmajor beim Abschied gesagt, »du bist viel zu schade für ein Land, in dem die Leute immer nur lachen können, wenn jemand auf einer Bananenschale ausrutscht oder wenn einer dem anderen eine Sahnetorte ins Gesicht schmeißt.«

»Da sehen Sie, Sir, wie sich manche Dinge durch einen

Krieg zum Guten wenden. In Deutschland gibt es keine Sahnetorte mehr und Bananen erst recht nicht.«

Alle, die gekommen waren, um einen Soldaten in britischer Uniform mit seiner unschuldigen Familie ins Land der Feinde abziehen zu sehen, hatten präzise Vorstellungen, wie sich die letzten Minuten in dem ungewöhnlichen, seit Wochen im »Hove Court« leidenschaftlich diskutierten Drama abspielen würden. Ein Spektakel mit unvergesslichem Höhepunkt war nicht auszuschließen. Zumindest erwartete das gespannte Publikum, Dr. Walter Redlich, der von der Idee besessen war, wieder Rechtsanwalt und Notar in Deutschland und ein respektierter Mann zu werden, würde mit irgendeiner bemerkenswerten Geste das Land verlassen – »das Land, dem er immerhin sein Leben verdankt«, wie kaum einer anzumerken versäumte. Bestimmt würde der Wahnwitzige eines jener deutschen Lieder auf den Lippen haben, die er, ohne sich zu genieren, so oft seinem bedauernswerten Sohn vorgesungen hatte. Bei offenem Fenster und in Uniform!

Walter aber dachte weder an die Lorelei auf ihrem Felsen noch an den Studenten im dritten Semester, der mit seinem Freund Martin Batschinsky in Heidelberg auf einer Brücke gestanden und von großer Zukunft geträumt hatte. Der Rückkehrende ins Land seiner Väter sah keine grauen Burgen und keine Frühlingswiesen. Er stand nicht am Neckar, und er hob sein Weinglas nicht am Rhein; die deutschen Wälder hörte er nicht rauschen, den Kuckuck nicht rufen. Es würde, das wusste er, sein geliebtes Schlesierland am Oderstrand nie mehr wieder sehen. In den letzten Minuten, die Sergeant Redlich in Nairobi verblieben, sah er einzig die blauen Hügel des

Ngong. Sie badeten im Licht der aufgehenden Sonne, am Horizont galoppierte eine Herde Zebras.

Mit Dankbarkeit dachte Walter an seine kecken Kameraden Andy, Harry und George. Sie hatten einen verdorrenden Baum, dem Vandalen die Wurzeln abgeschlagen hatten, wieder aufgerichtet. George, der fröhlichste der drei, hatte sogar die Patience mit den hundertundvier Karten gelernt und sich in einer langen Nacht schildern lassen, wie »Redlichs Hotel« in Sohrau aussah. Er war in Burma gefallen. Zwei Tage vor seinem zweiundzwanzigsten Geburtstag. Walter hatte Andy geholfen, einen Brief an Georges Eltern zu schreiben. Sie lebten auf der Insel Skye, und der Mann aus Deutschland hatte ihnen erklären müssen, wo Burma lag und weshalb ein schottischer Soldat dorthin geschickt wurde.

Weil es ihm nicht gelang, rechtzeitig den Angriff der Wehmut auf seine Vernunft und Haltung zu zügeln, stieg Sergeant Redlich sehr schwerfällig in den Zug nach Mombasa ein. Erst im allerletzten Moment dämmerte ihm, dass die Bewohner des »Hove Court« wenigstens ein kleines Finale von ihm erwarteten. Er nahm seine Mütze ab und hielt seinen Sohn kurz in die Höhe, damit sie ihn noch einmal sehen konnten. Sie winkten versöhnlich und riefen so herzlich »Kwaheri«, als würde ein jeder von ihnen das Ziel der Reise gutheißen.

Andy, Harry und George waren eigensinnig wie immer. Sie weigerten sich hartnäckig, von der Bühne abzutreten. Zunächst summte Walter »My Heart's in the Highlands« nur leise, doch zum Schluss sang er mit einer Stimme, die so weit zu reisen vermochte wie auf den Schambas von Ol' Joro Orok, »The hills of the Highlands for ever I love«. Er dachte dabei so intensiv an die Farm im Hochland mit den blau blühenden Flachsfeldern, an Kimani und an Owuor, dass ihm schwindelte.

Kimani hatte sich umgebracht und Owuor, der Kamerad der allerersten afrikanischen Stunde, war unterwegs nach Kisumu am Victoria-See, in eine Heimat, die ihm bestimmt fremd geworden war. Ebenso wie Jettel und Regina nahm Walter von Nairobi durch einen Tränenschleier Abschied. Der durchsichtige graue Vorhang schob sich vor die schwatzenden Menschen, die seinetwegen gekommen waren, vor schöne indische Frauen mit klimpernden Goldreifen am Arm und großäugigen Kindern an der Hand und vor die jammervoll klagenden Bettler mit eiternden Wunden an Kopf und Gliedern. Auf geregte Kikuyufrauen schleppten prall gefüllte Säcke und quetschten protestierende Hühner unter die Achseln. Demütig folgten sie ihren Ehemännern. Die trugen auf Hochglanz polierte Lederschuhe und eilten mit großen Schritten in die westliche Welt.

»Weinst du Papa?«, flüsterte Regina.

»Nur ein ganz kleines bisschen«, gestand der Vater, der von seinem Vater gelernt hatte, dass ein deutscher Junge nicht weinen durfte.

Sie schwiegen, bis der Zug abfuhr. Ein jeder von ihnen zupfte am kleinen Max herum. Jettel knöpfte sein Jäckchen auf und falsch wieder zu, Walter schlug ihm so kräftig auf die Schulter, dass er zur Seite rutschte, und Regina kämmte ihrem Bruder das Haar mit einer silbernen Bürste, auf der ihr Namen eingraviert war, denn die Bürste war ein Geschenk ihrer Großmutter zu ihrem ersten Geburtstag gewesen. Das Abteil war kühl und dunkel. Die, die in ihm Abschied von ihrem afrikanischen Leben zu nehmen hatten, waren die Stille nicht gewohnt und schon gar nicht die Einsamkeit, die ihr innewohnt, wenn die Zeit stillsteht und die Vergangenheit sich in Bilder aufteilt, die das Gemüt quälen.

Ein Blechgong wurde geschlagen. »Chai«, rief eine Männerstimme. Es duftete nach frisch aufgebrühtem Tee und Ingwerkuchen. Reginas Nase erreichte eine Botschaft aus untergegangener Zeit. Sie stand für Aufbruch und Hoffnung. Nach einigen Minuten erinnerte sich die Vierzehnjährige tatsächlich an das ängstliche fünfjährige Mädchen mit dem Plüschaffen Fips und der schwarzen Puppe Josephine. Auch der liebevolle Kellner fiel ihr ein, der ihr im Zug von Mombasa nach Nairobi Tee und Ingwerkuchen auf einem Silbertablett gebracht und ihr im Morgengrauen die Affen und die Giraffen gezeigt hatte.

»Ich finde es schön, dass wir Fips noch haben«, sagte Regina.

»Du bist so sentimental wie dein Vater«, brummte Walter, »du wirst es im Leben nicht weit bringen.«

Der Kind, das vor drei Tagen seinen ersten Geburtstag gefeiert hatte, schlief auf einem der nach Lavendel duftenden weißen Kissen, die schon für die Nacht bereitlagen. Sein Vater, die Mutter und seine Schwester saßen steif auf den gepolsterten Sitzbänken und verkrampften ihre Hände. Sie scheuten sich, einander anzuschauen. Mit Augen, die noch feucht waren, aber doch schon wieder vom Salz der Trauer brannten, starrten sie zum Fenster hinaus. Sie sahen, wie sich die Häuser von Nairobi in dem grauen Abenddunst auflösten, der typisch war für die Stadt.

Nach nur wenigen Minuten öffnete sich die Landschaft. Am Rande großer Maisfelder wuchsen Dornakazien. Buben in zerlumpter Kleidung hüteten das Vieh von Farmern, die sie nicht kannten. Kälber drückten sich an die Mutterkühe, die Bärte der Ziegen waren noch im Dämmerlicht zu erkennen. Erst tauchte ein großes weißes Gebäude auf, das von einem schmiedeeisernen Zaun umgeben war, bald die runden Hütten der Farmangestellten. Mit ihren geflochtenen Dächern glichen die Hütten denen in Ol' Joro Orok. Den Bildern, die in Nairobi vergilbt waren wie verdorrte Blätter, gaben sie die Farbe zurück.

Vor den Hütten scharrten Hühner. Feuerstellen glühten. Junge Mädchen mit Eimern auf dem Kopf kamen einen Hügel herauf. Obwohl Reginas Sinne nicht gelernt hatten, in einem fahrenden Zug Beute zu machen, stellte sie sich vor, wie die Frauen bald aus den Hütten herauskommen würden, um in breiten braunen Schüsseln das Ugali für den Abend zu rühren. Eine Zeit lang wehrte sich die kleine Memsahib aus Ol' Joro Orok gegen die Klauen der Sehnsucht, auf Dauer konnte sie es nicht verhindern, dass sie die Männer jene Schauris des Tages erzählen hörte, aus denen in der Nacht Heldentaten wurden, für die selbst Gott Mungu seine Ohren öffnete.

»Es ist das erste Mal seit Leobschütz«, sagte Walter, »dass die ganze Familie zusammen in einem Zug sitzt. Wir haben lange auf diesen Tag warten müssen.« Seine Stimme war fest, doch er rieb seine Hände aneinander. Waren sie noch kalt von der Spannung der letzten Stunde, oder brannte in ihnen schon wieder das Feuer eines mutigen Mannes, der sich sein Leben lang weigerte, um den Beifall der Mehrheit zu buhlen?

Regina trennte sich von den Hüttenfeuern und den dunklen Silhouetten der Bäume. Sie leckte ihre Lippen feucht, hatte sie doch sehr früh gelernt, auch nach jenen Worten zu greifen, deren Bedeutung ihr nicht auf Anhieb klar wurde, um ein junges Gespräch am Leben zu halten. »An Leobschütz kann ich mich gar nicht mehr richtig erinnern«, sagte sie. »War da nicht etwas mit einem Schaukelpferd?«

»Und ob da was mit einem Schaukelpferd war! Du hast monatelang davon geredet«, hielt ihr Jettel vor. »Meistens, wenn du mit der ganzen Welt böse warst. Du kannst dir gar nicht vorstellen, wie oft ich mir gewünscht habe, wir hätten das verdammte Ding mitgenommen. Aber dein Vater hat wieder einmal alles besser gewusst.«

»Und jetzt weiß ich überhaupt nicht, wie so ein Holzpferd aussieht. Und was ein Kind damit macht.«

»Vielleicht können wir deinem Bruder eins kaufen«, sagte Walter. »Als Symbol, dass wir alle in ein neues Glück reiten.«

»Welches Glück?«, schniefte Jettel. Sie glättete ihr nasses Taschentuch auf dem Schoß.

»Das Glück, dass wir noch einmal von vorn anfangen dürfen.«

»So etwas Dämliches kann nur ein Mann sagen.«

»Tut mir leid, Jettel, du hast nun mal einen Trottel geheiratet. Du hättest auf deinen Onkel Bandmann hören müssen.«

»Das habe ich ja. Er hat gesagt, ich soll dich heiraten, obwohl du ein Trottel bist. Du wärst ein anständiger Kerl.«

»Nur die Trottel sind anständig.«

Regina lachte, obwohl sie den Dialog ihrer Eltern seit Jahren kannte. Wort für Wort. Sie kannte jeden Blick und jede Geste. Sie wusste Bescheid. In der Nacht, als sie um den Bruder geweint hatte, der nicht hatte leben dürfen, hatte ihr Owuor das Geheimnis ihrer Eltern verraten. Sie kämpften bei jeder Gelegenheit miteinander wie Kinder ohne Verstand, doch ihre Liebe hielt sie zusammen wie zwei Bäume, deren Wurzeln zusammengewachsen waren.

»Woran denkst du, Regina? Du siehst so vergeistigt aus.«

»Lass sie«, sagte Jettel, »es reicht doch, wenn du dich mit mir zankst.«

»An Romeo und Julia.«

»Das sieht meiner klugen Tochter ähnlich. Geht auf große Reise und denkt an Romeo und Julia. Die beiden sind keinen Meter von Verona weggekommen. Und außerdem konnten sie noch nicht einmal eine Nachtigall von einer Lerche unterscheiden.«

»Woher weißt du?«, fragte Regina überrascht.

»Dein Vater ist gar nicht so ungebildet, wie er aussieht. Auch deswegen will er wieder zurück nach Deutschland. Damit ihn seine Kinder nicht als einen Refugee verachten, der nicht bis drei zählen kann.«

»Das habe ich nie getan«, verteidigte sich Regina, »das wäre mir überhaupt nicht eingefallen.«

Sie schämte sich, als sie das sagte, denn sie wusste genau, dass ihr Leben nicht in so glatten Bahnen verlaufen und sie keine Heldin gewesen war. Sie dachte an die Nakuru School und ihre Träume, eines Tages aufzuwachen und eine Mutter zu haben, die karierte Männerhemden trug und mit ihrem Mann auf die Löwenjagd ging, und einen Vater, dessen Zunge nicht über jedes zweite englische Wort stolperte und der wusste, wer Florence Nightingale war. Regina biss sich auf die Lippen. Als Erinnerung und Warnung. Es war eine Provokation, zu viel zu reden, wenn die Gedanken auf Safari gingen.

Walter sollte die Safari seines Kopfes keinen Tag mehr

vergessen – sie war die schmerzlichste, zu der er je aufgebrochen war. In all den Jahren der Emigration war er davon ausgegangen, dass er auf der Rückfahrt nach Deutschland nichts als den Jubel des Heimkehrers empfinden würde. Als beseligten Odysseus hatte er sich gesehen, begrüßt von Frau und Hund und Dienerschaft. Doch bereits auf dem Bahnhof in Nairobi hatte der Reisende ein für alle Mal begriffen, dass das Schicksal seiner Geschichte ein anderes Ende zugedacht hatte. Sergeant Walter Redlich, der deutsche Patriot, auf den in Mombasa das britische Militärschiff »Almanzora« wartete, um ihn und die Seinen zurück nach Europa zu bringen, hatte keine Heimat mehr. Heimat, das wären Sohrau und Leobschütz gewesen, die Freunde, die vertraute Sprache, die geliebte Landschaft. Heimat hätte das Wiedersehen mit Vater und Schwester, mit Ina und Käthe bedeutet. Das Wort Heimat stand für Leben, nicht für Tod. Walter hatte zu keinem Zeitpunkt seines Lebens versucht, sich selbst zu täuschen. Er war der Mann der Logik geblieben, der auch die eigenen Empfindungen, Wünsche, Niederlagen und Irrtümer zu analysieren imstande war. Wie ein naives Kind, das nur glaubt, was es glauben will, hatte er sich jahrelang von seinen Illusionen und Hoffnungen blenden lassen und sich geweigert, wissentlich Traum und Hoffnung verloren zu geben. Walter Redlich, geboren in Sohrau, verjagt aus Leobschütz, im letztmöglichen Moment aus Breslau geflüchtet, senkte den Kopf. Er verzichtete auf das letzte Wort und nahm das Urteil an.

Zwischen Nairobi und Mombasa begriff er nicht nur, dass er nie mehr eine Heimat haben würde. Der Richter hatte ihn auch zum lebenslänglichen Schweigen verurteilt.

Den größten Irrtum seines Lebens durfte Walter auch nicht derjenigen gestehen, die seinem Herzen am nächsten war, denn er hatte Regina die Heimat genommen. Noch war ihr reuiger Vater nicht mit den strengen Regeln der Lebenslüge vertraut, schüttelte er doch seinen Kopf wie einer, der nichts zu verbergen hat, und ohne dass er die Stimme senkte, sagte er: »Sie haben's geschafft.«

»Hast du was?«, fragte Jettel. »Du bist ja plötzlich ganz blass.«

»Quatsch. Was soll ich haben? Wo in aller Welt ist meine Tochter? Und wer hat meinen einzigen Sohn entführt?«

»Er wurde plötzlich unruhig. Da habe ich Regina mal ein bisschen mit ihm rausgeschickt. Du warst so weit weg und hast so schwer geatmet, dass ich mich erschrocken habe. Da dachte ich, du könntest ein bisschen Ruhe gebrauchen.«

»Ach, Jettel, manchmal glaub ich doch, dass deine Mutter recht hatte. Sie hat immer zu mir gesagt, dass du mich liebst.«

»Komisch, dasselbe hat sie zu mir gesagt. Es war das Letzte, was sie überhaupt zu mir gesagt hat.«

Sie hielten sich an den Händen – wie zwei verängstigte Kinder, die nicht wissen, ob sie je aus dem dunklen Wald herausfinden werden.

Der Zug hielt auf freier Strecke. In der Ferne klagte ein Schakal. Auf dem Gang schaute Max auf die mächtigen schwarzen Bäume im Land seiner Geburt und wusste nicht, was er sah. Er sagte zum ersten Mal »lala«, was auf Suaheli schlafen heißt, und einige Male »Aja«. Dann suckelte er am Daumen seiner Schwester und schlief weiter. Regina versuchte, wenigstens eine ihrer Tränen in einen leuchtenden Stern zu verwandeln, doch sie begriff rasch, dass Owuors wunderbarer Zauber an die Heimat gebunden war.

»Das«, erklärte sie ihrem schlafenden Bruder, »hat nur zu Hause geklappt. Unter dem Baum am Wassertank.«

Über die Autorin

2 Die Frankfurter Allgemeine
über Stefanie Zweig

5 Die Bestseller von
Stefanie Zweig

Lesen Sie weiter

6 »Nirgendwo in Afrika«
Leseprobe aus dem
preisgekrönten Roman

Frankfurter Allgemeine Zeitung
Donnerstag, 28. Dezember 2006, Nr. 301/ Seite 39

„Merk dir alles, das kann dir niemand wegnehmen"

Stefanie Zweig bleibt sich treu

Afrika und Frankfurt. Der Schwarze Kontinent war, die Mainmetropole ist Stefanie Zweigs Heimat. Und weil die Schriftstellerin nur über das schreiben kann, was sie genau kennt, hat sie über Afrika und über Frankfurt geschrieben. Über ihre Kindheit in Afrika ein Buch mit dem Titel „Nirgendwo in Afrika", über Frankfurt zahllose Glossen in der „Abendpost-Nachtausgabe". Zeitweise jeden Tag erschien in dieser Zeitung eine ihrer kleinen Betrachtungen, sechs Mal in der Woche ein Bild von Stefanie Zweig, darunter aufmunternde Gedanken, klug-amüsante Alltagsüberlegungen. Und wenn ihr nichts einfiel, schrieb sie über ihren Dackel. Das kam bei den Lesern besonders gut an, weshalb an Weihnachten immer ein paar Geschenke für das Tier eingingen.

„Nirgendwo in Afrika" hat Stefanie Zweig angefangen, als es die „Abendpost-Nachtausgabe" und damit auch die Feuilleton-Chefin Stefanie Zweig nicht mehr gab. Das Blatt wurde 1988 wegen chronisch roter Zahlen eingestellt. Zweig versuchte es noch zwei Jahre mit Mini-Glossen bei der „Bild"-Zeitung, dann verlegte sie, die als Journalistin nebenbei sieben Kinderbücher geschrieben hatte, sich ganz aufs Bücherschreiben. Bücher über das, was sie genau kennt: Afrika und Frankfurt.

„Nirgendwo in Afrika", Stefanie Zweigs autobiographischer Roman über ihre Kindheit in Kenia, ihr erstes Buch für Erwachsene, ist mehr als ein Bestseller geworden. Sechs Millionen Auflage bisher, Übersetzungen in viele Dutzend Sprachen, eine Oskar-geehrte Verfilmung. Kurzum: ein modernes Märchen. Ein Bücherregal in Stefanie Zweigs Wohnung an der Rothschildallee ist vollgestopft mit Übersetzungen: „Nirgendwo in Afrika" in Englisch, Tschechisch, Französisch, Koreanisch. Oder war das Japanisch? Die Autorin hat längst den Überblick verloren.

Warum das Publikum sich auf ihre afrikanischen Jugenderinnerungen regelrecht gestürzt hat, kann sie sich immer noch nicht so ganz erklären. Die Exotik, vermutet sie. Das fremde Afrika, weniger das Los einer in die Emigration getriebenen deutschjüdischen Familie, habe die Leser gefesselt. Die Jugend auf der Farm Ol' Joro Orok im Hochland von Kenia war auf jeden Fall der Stoff ihres Lebens, und als die gewesene Journalistin Stefanie Zweig ihn damals niederschrieb, zögerte sie die Vollendung des Werkes hinaus, weil sie sich vor der Enttäuschung fürchtete, möglicherweise keinen Verlag finden zu können. Tatsächlich hat der erste Verlag, dem sie das Manuskript schickte, zugegriffen.

Die Sorge „Werde ich gedruckt?" brauchte sie nicht mehr zu quälen. Langen-Müller, ihr Hausverlag, weiß, was er an seiner Bestsellerautorin hat, das Cover des neuen Buches „Nur die Liebe bleibt" hat die Werbeabteilung auf große Papiertaschen drucken lassen, auf der Buchmesse verstauten Hundertschaften ihre Prospekte darin. Natürlich hat Stefanie Zweig eine dieser Taschen als Erinnerung aufgehoben. Afrika – in einem halben Dutzend Bücher hat sie diesen fremden Kontinent zum Schauplatz der Handlung gemacht. Im neuen Roman, dessen neun Kapitel allesamt von Eisenbahnfahrten handeln, dampft die Lokomotive von Breslau nach Hamburg, von München nach Genua oder von Leobschütz, ihrem oberschlesischen Geburtsort, nach Breslau. Fahrten ins Ungewisse, Fahrten in den Abgrund der deutschen Geschichte. Der alte Greschek, der getreue Freund der Familie, will der in Breslau zurückgebliebenen Ina Perls und ihrer Tochter Käthe Lebensmittel bringen. Doch die beiden wohnen nicht mehr im alten Haus. Stefanie Zweigs Großmutter und ihre Tante waren damals schon deportiert, vielleicht sogar schon in Auschwitz umgebracht worden.

Aber Afrika steht doch im Zentrum des Buches: Die Reise geht von Mombasa nach Nairobi, von Nakuru nach Ol' Joro Orok, von Nairobi nach Gilgil. Daß Stefanie Zweig sich in diesem fesselnden Buch nicht gegenüber früheren Afrika-Büchern wiederholt, liegt daran, daß sie so viel erlebt hat. Und daß sie sich an so vieles erinnert. Damals, auf der Farm in Kenia, wo es gerade mal drei Bücher gab – „Tausend Worte Englisch", „Afrika – dunkel lockende Welt" von Tanja Blixon und ein Nesthäkchen-Buch –, mußte das Erzählen das Lesen ersetzen. Geprägt von den Erfahrungen der erzwungenen Auswanderung sagte sich das Mädchen Stefanie: „Merk dir alles, das kann dir niemand wegnehmen."

Später, auf der englischen Nakuru-Government-Internatsschule, las sie alle greifbaren Bücher. Fast alle von englischen Autoren. Und als sie 1947 nach Frankfurt kam, wo ihr Vater Richter wurde, kannte sie von den deutschen Klassikern eigentlich nur Goethe. Schiller und die anderen Großen lernte sie erst auf der Herderschule kennen. Dagegen kamen Krieg und Nazis, die das Leben ihrer Familie entscheidend bestimmt hatten, im Unterricht und auch in den Köpfen der Schulkameraden nicht vor. Obwohl die Stadt damals in weiten Teilen noch zerstört war, wie man in ihrem Frankfurt-Buch „Irgendwo in Deutschland" nachlesen kann.

Karl Marx ist nach dem Abitur Stefanie Zweigs großer Lehrer geworden. Nicht der Theoretiker des Kommunismus, sondern Karl Marx, der Chefredakteur der „Jüdischen Allgemeinen", wo die junge Frau aus Frankfurt volontiert hat. Warum sie Journalistin geworden ist? Weil ihr Vater, als sie mit dem Beruf der Kindergärtnerin liebäugelte, fragte: „Willst du mit Fünfzig noch Ringelreihen spielen?" Und weil sie einfach eine Frau des geschriebenen Wortes war. „Meine Schwester kann nichts anderes als Lesen und Schreiben", hat ihr Bruder einmal über sie gesagt. Nach sechs Jahren kam sie zurück aus Düsseldorf, weil ihre Mutter nach dem Tod des Vaters eine Stütze brauchte. Die Jahre bei der „Abendpost" in Offenbach, wo sie ihre journalistische Karriere fortsetzen konnte, nennt sie im nachhinein „meine glücklichsten Berufsjahre".

Möglich, daß ihre Berichte, ihre Theaterkritiken und ihre schönen Glossen notwendige Vorübungen waren für ihre zweite, ihre große Karriere als weltweit gelesene Autorin. Vielleicht hat Stefanie Zweig aber auch einfach zu lange nicht gemerkt, daß sie eine große Geschichte zu erzählen hatte. Schon als Frankfurter Journalistin hat sie sich immer mal wieder überlegt, ob sie nicht als Freie arbeiten und nebenher noch Bücher schreiben sollte. Den Sprung ins Ungewisse hat sie, deren Familie im Dritten Reich gezwungenermaßen ins Ungewisse Afrikas sprang, nicht gewagt. Wie hätte sie auch ahnen sollen, daß das Zeug zu einer Erfolgsschriftstellerin in ihr steckte.

HANS RIEBSAMEN

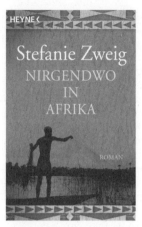

Nirgendwo in Afrika
978-3-453-81129-4

Irgendwo in
Deutschland
978-3-453-81130-0

Und das Glück
ist anderswo
978-3-453-81126-3

Doch die Träume
blieben in Afrika
978-3-453-81127-0

Leseprobe aus dem preisgekrönten Roman

»Nirgendwo in Afrika«

Kapitel 2

»Toto«, lachte Owuor, als er Regina aus dem Auto hob. Er warf sie ein kleines Stück dem Himmel entgegen, fing sie wieder auf und drückte sie an sich. Seine Arme waren weich und warm, die Zähne sehr weiß. Die großen Pupillen der runden Augen machten sein Gesicht hell, und er trug eine hohe, dunkelrote Kappe, die wie einer jener umgestülpten Eimer aussah, die Regina vor der großen Reise im Sandkasten zum Kuchenbacken genommen hatte. Von der Kappe schaukelte eine schwarze Bommel mit feinen Fransen; sehr kleine schwarze Locken krochen unter dem Rand hervor. Über seiner Hose trug Owuor ein langes weißes Hemd, genau wie die fröhlichen Engel in den Bilderbüchern für artige Kinder. Owuor hatte eine flache Nase, dicke Lippen und einen Kopf, der wie ein schwarzer Mond aussah. Sobald die Sonne die Schweißtropfen auf der Stirn glänzen ließ, verwandelten sie sich in bunte Perlen. Noch nie hatte Regina so winzige Perlen gesehen.

Der herrliche Duft, der Owuors Haut entströmte, roch wie Honig, verjagte Angst und ließ ein kleines Mädchen zu einem großen Menschen werden. Regina machte ihren Mund weit auf, um den Zauber besser schlucken zu können, der Müdigkeit und Schmerzen aus dem Körper trieb. Erst spürte sie, wie sie in Owuors Armen stark wurde, und dann merkte sie, daß ihre Zunge fliegen gelernt hatte.

»Toto«, wiederholte sie das schöne, fremde Wort.

Sanft stellte sie der Riese mit den mächtigen Händen und der glatten Haut auf die Erde. Er ließ ein Lachen aus der Kehle, das ihre Ohren kitzelte. Die hohen Bäume drehten sich, die Wolken fingen an zu tanzen, und schwarze Schatten jagten sich in der weißen Sonne.

»Toto«, lachte Owuor wieder. Seine Stimme war laut und

gut, ganz anders als die der weinenden und flüsternden Menschen in der großen grauen Stadt, von der Regina nachts träumte.

»Toto«, jubelte Regina zurück und wartete gespannt auf Owuors sprudelnde Fröhlichkeit.

Sie riß die Augen so weit auf, daß sie glitzernde Punkte sah, die im hellen Licht zu einem Ball aus Feuer wurden, ehe sie verschwanden. Papa hatte seine kleine weiße Hand auf Mamas Schulter gelegt. Das Wissen, wieder Papa und Mama zu haben, erinnerte Regina an Schokolade. Erschrocken schüttelte sie den Kopf und spürte sofort einen kalten Wind auf der Haut. Ob der schwarze Mann im Mond nie mehr lachen würde, wenn sie an Schokolade dachte? Die gab es nicht für arme Kinder, und Regina wußte, daß sie arm war, weil ihr Vater nicht mehr Rechtsanwalt sein durfte. Mama hatte ihr das auf dem Schiff erzählt und sie sehr gelobt, weil sie alles so gut verstanden und keine dummen Fragen gestellt hatte, doch nun, in der neuen Luft, die gleichzeitig heiß und feucht war, konnte sich Regina nicht mehr an das Ende der Geschichte erinnern.

Sie sah nur, daß die blauen und roten Blumen auf dem weißen Kleid ihrer Mutter wie Vögel umherflogen. Auch auf Papas Stirn leuchteten winzige Perlen, nicht so schön und bunt wie auf Owuors Gesicht, aber doch lustig genug, um zu lachen.

»Komm, Kind«, hörte Regina ihre Mutter sagen, »wir müssen sehen, daß du sofort aus der Sonne kommst«, und sie merkte, daß ihr Vater nach ihrer Hand griff, doch die Finger gehörten ihr nicht mehr. Sie klebten an Owuors Hemd fest.

Owuor klatschte in die Hände und gab ihr die Finger zurück.

Die großen schwarzen Vögel, die auf dem kleinen Baum vor dem Haus gehockt hatten, flogen kreischend zu den Wolken, und dann flogen Owuors nackte Füße über die rote Erde. Im Wind wurde das Engelshemd eine Kugel. Owuor weglaufen zu sehen, war schlimm.

Regina spürte den scharfen Schmerz in der Brust, der

immer vor einem großen Kummer kam, aber sie erinnerte sich rechtzeitig, daß ihre Mutter gesagt hatte, sie dürfe in ihrem neuen Leben nicht mehr weinen. So kniff sie die Augen zu, um die Tränen einzusperren. Als sie wieder sehen konnte, kam Owuor durch das hohe gelbe Gras. In seinen Armen lag ein kleines Reh.

»Das ist Suara. Suara ist ein Toto wie du«, sagte er, und obwohl Regina ihn nicht verstand, breitete sie die Arme aus. Owuor gab ihr das zitternde Tier. Es lag auf dem Rücken, hatte dünne Beine und so kleine Ohren wie die Puppe Anni, die nicht mit auf die Reise hatte kommen dürfen, weil kein Platz mehr in den Kisten gewesen war. Noch nie hatte Regina ein Tier angefaßt. Aber sie spürte keine Angst. Sie ließ ihr Haar über die Augen des kleinen Rehs fallen und berührte seinen Kopf mit ihren Lippen, als hätte sie schon lange danach verlangt, nicht mehr nach Hilfe zu rufen, sondern Schutz zu geben.

»Es hat Hunger«, flüsterte ihr Mund. »Ich auch.«

»Großer Gott, das hast du in deinem ganzen Leben nicht gesagt.«

»Mein Reh hat das gesagt. Ich nicht.«

»Du bringst es hier noch weit, scheue Prinzessin. Du redest jetzt schon wie ein Neger«, sagte Süßkind. Sein Lachen war anders als das von Owuor, aber auch gut für die Ohren.

Regina drückte das Reh an sich und hörte nichts mehr als die regelmäßigen Schläge, die aus seinem warmen Körper kamen. Sie machte ihre Augen zu. Ihr Vater nahm das schlafende Tier aus ihren Armen und gab es Owuor. Dann hob er Regina hoch, als sei sie ein kleines Kind, und trug sie ins Haus.

»Fein«, jubelte Regina, »wir haben Löcher im Dach. So etwas hab' ich noch nie gesehen.«

»Ich auch nicht, bis ich herkam. Warte nur ab, in unserem zweiten Leben ist alles anders.«

»Unser zweites Leben ist so schön.«

Das Reh hieß Suara, weil Owuor es am ersten Tag so genannt hatte. Suara lebte in einem großen Stall hinter dem

8

kleinen Haus, leckte mit warmer Zunge Reginas Finger ab, trank Milch aus einer kleinen Blechschüssel und konnte schon nach einigen Tagen an zarten Maiskolben kauen. Jeden Morgen machte Regina die Stalltür auf. Dann sprang Suara durch das hohe Gras und rieb bei der Heimkehr den Kopf an Reginas braunen Hosen. Sie trug die Hosen seit dem Tag, an dem der große Zauber begonnen hatte. Wenn abends die Sonne vom Himmel fiel und die Farm in einen schwarzen Mantel hüllte, ließ sich Regina von ihrer Mutter die Geschichte von Brüderchen und Schwesterchen erzählen. Sie wußte, daß sich auch ihr Reh in einen Jungen verwandeln würde.

Als Suaras Beine länger waren als das Gras hinter den Bäumen mit den Dornen und Regina schon die Namen von so vielen Kühen kannte, daß sie ihrem Vater beim Melken sagen mußte, wie sie hießen, brachte Owuor den Hund mit weißem Fell und schwarzen Flecken. Seine Augen hatten die Farbe heller Sterne. Die Schnauze war lang und feucht. Regina schlang ihre Arme um den Hals, der so rund und warm war wie Owuors Arme. Mama rannte aus dem Haus und rief: »Du hast doch Angst vor Hunden.«

»Hier nicht.«

»Den nennen wir Rummler«, sagte Papa mit einer so tiefen Stimme, daß Regina sich verschluckte, als sie zurücklachte. »Rummler«, kicherte sie, »ist ein schönes Wort. Genau wie Suara.«

»Rummler ist aber Deutsch. Dir gefällt doch nur noch Suaheli.«

»Rummler gefällt mir auch.«

»Wie kommst du auf Rummler?« fragte Mama. »Das war doch der Kreisleiter in Leobschütz.«

»Ach, Jettel, wir brauchen unsere Spiele. Jetzt können wir den ganzen Tag Rummler, du Mistkerl, rufen und uns freuen, daß uns keiner verhaften kommt.«

Regina seufzte und streichelte den großen Kopf des Hundes, der mit seinen kurzen Ohren die Fliegen vertrieb. Sein Körper dampfte in der Hitze und roch nach Regen. Papa

9

sagte zu oft Dinge, die sie nicht verstand, und wenn er lachte, kam nur ein kurzer heller Ton, der nicht wie Owuors Gelächter vom Berg zurückprallte. Sie flüsterte dem Hund die Geschichte vom verwandelten Reh zu, und er schaute in die Richtung von Suaras Stall und begriff sofort, wie sehr sich Regina einen Bruder wünschte.

Sie ließ sich vom Wind die Ohren streicheln und hörte, daß ihre Eltern immer wieder Rummlers Namen nannten, aber sie konnte sie nicht richtig verstehen, obwohl die Stimmen sehr deutlich waren. Jedes Wort war wie eine Seifenblase, die sofort platzte, wenn man nach ihr greifen wollte.

»Rummler, du Mistkerl«, sagte Regina schließlich, doch erst als die Gesichter ihrer Eltern so hell wurden wie Lampen mit einem frischen Docht, erkannte sie, daß die drei Worte ein Zauberspruch waren.

Regina liebte auch Aja, die kurz nach Rummler auf die Farm gekommen war. Sie stand eines Morgens vor dem Haus, als die letzte Röte vom Himmel verschwand und die schwarzen Geier auf den Dornakazien den Kopf unter den Flügeln hervorholten. Aja war das Wort für Kinderfrau und schon deshalb schöner als andere, weil es sich ebenso gut vorwärts wie rückwärts sprechen ließ. Aja war, genau wie Suara und Rummler, ein Geschenk von Owuor.

Alle reichen Familien auf den großen Farmen mit tiefen Brunnen auf den Rasenflächen vor den mächtigen Häusern aus weißem Stein hatten eine Aja. Ehe Owuor nach Rongai gekommen war, hatte er auf so einer Farm bei einem Bwana gearbeitet, der sich ein Auto und viele Pferde hielt und natürlich eine Aja für seine Kinder.

»Ein Haus ohne Aja ist nicht gut«, hatte er an dem Tag gesagt, als er die junge Frau von den Hütten am Ufer des Flusses anbrachte. Die neue Memsahib, der er beigebracht hatte, »asante sana« zu sagen, wenn sie danken wollte, hatte ihn mit ihren Augen gelobt.

Ajas Augen waren so sanft, kaffeebraun und groß wie die von Suara. Ihre Hände waren zierlich und an den Innenflächen weißer als Rummlers Fell. Sie bewegte sich so schnell wie junge Bäume im Wind und hatte eine hellere Haut als Owuor, obgleich beide zum Stamm der Jaluo gehörten. Wenn der Wind an dem gelben Umhang riß, der an einem dicken Knoten auf Ajas rechter Schulter lag, schaukelten die festen kleinen Brüste wie Kugeln an einem Strick. Aja wurde nie böse oder ungeduldig. Sie sprach wenig, aber die kurzen Laute, die sie aus ihrer Kehle ließ, klangen wie Lieder.

Lernte Regina von Owuor das Sprechen so gut und schnell, daß sie sehr bald von den Menschen besser verstanden wurde als ihre Eltern, so brachte Aja das Schweigen in ihr neues Leben. Jeden Tag nach dem Mittagessen saßen die zwei im runden Schattenfleck vom Dornenbaum, der zwischen dem Haus und dem Küchengebäude stand. Dort konnte die Nase besser als irgendwo sonst auf der Farm den Duft von warmer Milch und gebratenen Eiern jagen. Waren die Nase satt und die Kehle feucht, rieb Regina ihr Gesicht leicht am Stoff von Ajas Umhang. Dann hörte sie zwei Herzen klopfen, ehe sie einschlief. Sie wachte erst auf, wenn die Schatten lang wurden und Rummler ihr Gesicht leckte.

Es folgten die Stunden, in denen Aja aus langen Gräsern kleine Körbe flocht. Ihre Finger rissen kleine Tiere mit winzigen Flügeln aus dem Schlaf, und nur Regina wußte, daß es Luftpferde waren, die mit ihren Wünschen zum Himmel flogen. Aja machte beim Arbeiten kleine, schnalzende Laute mit der Zunge, aber sie bewegte dabei nie die Lippen.

Die Nacht hatte auch ihre immer wiederkehrenden Geräusche. Sobald es dunkel wurde, heulten die Hyänen, und von den Hütten drangen Gesangsfetzen herüber. Selbst im Bett fanden Reginas Ohren noch Nahrung. Weil die Wände im Haus so niedrig waren, daß sie nicht bis zum Dach reichten, hörte sie jedes Wort, das ihre Eltern im Schlafzimmer sprachen.

Auch wenn sie flüsterten, waren die Laute so deutlich wie die Stimmen vom Tage. In guten Nächten klangen sie schläfrig wie das Summen der Bienen und Rummlers Schnarchen, wenn er mit nur wenigen Bewegungen seiner Zunge den

Napf geleert hatte. Es gab aber sehr lange und böse Nächte mit Worten, die beim ersten Heulen der Hyänen aufeinander losgingen, Angst machten und erst im Schweigen erstickten, wenn die Sonne die Hähne weckte.

Nach den Nächten mit dem großen Lärm war Walter morgens früher in den Ställen als die Hirten, die die Kühe melkten, und Jettel stand mit roten Augen in der Küche und rührte ihren Zorn in den Milchtopf auf dem rauchenden Ofen. Nach den Qualen der Nacht fand keiner von beiden mehr den Weg zum anderen, ehe die kühle Abendluft von Rongai die Glut des Tages löschte und sich der verwirrten Köpfe erbarmte.

In solchen Momenten einer Versöhnung voller Scham und Verlegenheit blieb Walter und Jettel nur das seltsame Wunder, das die Farm an Regina hatte geschehen lassen. Dankbar teilten sie Staunen und Erleichterung. Das verschüchterte Kind, das zu Hause die Arme hinter dem Rücken verschränkt und den Kopf gesenkt hatte, wenn es von Fremden nur angelächelt wurde, hatte sich als Chamäleon entpuppt. Regina war am Gleichmaß der Tage von Rongai gesundet. Sie weinte selten und lachte, sobald Owuor in ihrer Nähe war. Dann hatte ihre Stimme keinen Hauch von Kindlichkeit und sie selbst eine Entschlossenheit, die Walter neidisch machte.

»Kinder finden sich schnell ab«, sagte Jettel an dem Tag, als Regina erzählte, sie habe Jaluo gelernt, um mit Owuor und Aja in ihrer Sprache reden zu können, »das hat schon meine Mutter gesagt.«

»Dann gibt's ja noch Hoffnung für dich.«

»Das finde ich nicht komisch.«

»Ich auch nicht.«

Walter bereute seinen kleinen Ausbruch sofort. Er vermisste sein früheres Talent zu harmlosen Scherzen. Seitdem seine Ironie bissig geworden war und Jettels Unzufriedenheit sie unberechenbar machte, hielten beider Nerven nicht mehr die kleinen Sticheleien aus, die ihnen in besseren Zeiten selbstverständlich gewesen waren.

Zu kurz hatten Walter und Jettel das Glück des Wiederfindens erleben dürfen, ehe die Niedergeschlagenheit zurückkehrte, die sie peinigte. Ohne daß sie es sich einzugestehen wagten, litten beide noch mehr an der erzwungenen Gemeinsamkeit, die die Einsamkeit auf der Farm ihnen abforderte, als an der Einsamkeit selbst.

Sie waren es nicht gewöhnt, sich vollkommen aufeinander einzustellen, und mußten doch jede Stunde des Tages ohne die Anregungen und Abwechslungen der Welt außerhalb ihrer Gemeinschaft miteinander verbringen. Der kleinstädtische Klatsch, den sie in den ersten Jahren ihrer Ehe belächelt und oft sogar als lästig empfunden hatten, erschien ihnen im Rückblick heiter und spannend. Es gab keine kurzen Trennungen mehr und so auch nicht die Wiedersehensfreude, die den Streitereien den Stachel genommen hatten und die ihnen in der Erinnerung wie harmlose Plänkeleien erschienen.

Walter und Jettel hatten sich seit dem Tag gestritten, an dem sie sich kennengelernt hatten. Sein aufbrausendes Temperament duldete keinen Widerspruch; sie hatte die Selbstsicherheit einer Frau, die ein auffallend schönes Kind gewesen und von ihrer früh verwitweten Mutter vergöttert worden war. In der langen Verlobungszeit hatten sie die Auseinandersetzungen über Banalitäten und ihrer beider Unfähigkeit zum Einlenken noch beschwert, ohne daß sie einen Ausweg gefunden hatten. Erst in der Ehe lernten sie das vertraute Wechselspiel zwischen kleinen Kämpfen und belebenden Versöhnungen als Teil ihrer Liebe zu akzeptieren.

Als Regina geboren wurde und sechs Monate später Hitler an die Macht kam, fanden Walter und Jettel mehr Halt aneinander als zuvor, ohne sich bewußt zu werden, daß sie bereits Außenseiter im vermeintlichen Paradies waren. Erst im monotonen Lebensrhythmus von Rongai erkannten sie, was tatsächlich geschehen war. Sie hatten fünf Jahre lang die Kraft ihrer Jugend für die Illusion eingesetzt, sich eine Heimat zu erhalten, die sie schon längst verstoßen hatte.

Nun wurden beide von der Kurzsichtigkeit und dem Wissen beschämt, daß sie nicht hatten sehen wollen, was viele bereits sahen.

Die Zeit hatte leichtes Spiel mit ihren Träumen gehabt. Im Westen Deutschlands wurden schon am 1. April 1933 mit dem Boykott der jüdischen Geschäfte die Weichen für die Zukunft ohne Hoffnung gestellt. Jüdische Richter wurden aus dem Amt, Professoren von den Universitäten gejagt, Anwälte und Ärzte verloren ihre Existenz, Kaufleute ihre Geschäfte und alle Juden die anfängliche Zuversicht, der Schrecken würde nur von kurzer Dauer sein. Die Juden in Oberschlesien blieben jedoch dank des Genfer Minderheitenschutzabkommens zunächst vor einem Schicksal verschont, das sie nicht fassen konnten.

Walter begriff nicht, daß er dem Schicksal der Verfemten nicht entkommen konnte, als er seine Praxis in Leobschütz aufzubauen begann und sogar Notar wurde. So waren in seinen Erinnerungen die Leobschützer – freilich mit einigen Ausnahmen, die er namentlich aufzählen konnte und es in Rongai auch immer wieder tat – freundliche und tolerante Menschen. Trotz der auch in Oberschlesien beginnenden Hetze gegen die Juden, hatten es sich einige, deren Anzahl in seinem Gedächtnis immer größer wurde, nicht nehmen lassen, zu einem jüdischen Anwalt zu gehen. Er hatte sich mit einem Stolz, der ihm im Rückblick ebenso unwürdig wie vermessen erschien, zu den Ausnahmen der vom Schicksal Verdammten gezählt.

Am Tag, als das Genfer Minderheitenschutzabkommen auslief, erhielt Walter seine Löschung als Anwalt. Das war seine erste persönliche Konfrontation mit dem Deutschland, das er nicht hatte wahrhaben wollen. Der Schlag war vernichtend. Daß sein Instinkt ebenso versagt hatte wie sein Verantwortungsbewußtsein für die Familie, empfand er als sein nie wieder gutzumachendes Versagen.

Jettel hatte mit ihrer Lust am Leben noch weniger Sinn für die Bedrohung gehabt. Ihr hatte es genügt, umschwärmter Mittelpunkt eines kleinen Kreises von Freunden und

Bekannten zu sein. Als Kind hatte sie, eher zufällig als beabsichtigt, nur jüdische Freundinnen gehabt, nach der Schule bei einem jüdischen Anwalt eine Lehre gemacht und durch Walters Studentenverbindung, den KC, wiederum nur mit Juden Kontakt gepflegt. Ihr machte es nichts aus, daß sie nach 1933 nur mit den Leobschützer Juden verkehren konnte. Die meisten waren im Alter ihrer Mutter und empfanden Jettels Jugend, ihren Charme und ihre Freundlichkeit als belebend. Zudem war Jettel schwanger und rührend in ihrer Kindlichkeit. Bald wurde sie von den Leobschützern ebenso verwöhnt wie von ihrer Mutter, und sie genoß, im Gegensatz zu ihren anfänglichen Befürchtungen, das kleinstädtische Leben. Und sobald sie sich langweilte, fuhr sie nach Breslau.

Sonntags ging es oft nach Tropau. Es war nur ein kurzer Spaziergang zur tschechischen Grenze. Dort gab es zum schmackhaften Schnitzel und der großen Tortenauswahl wenigstens für Jettel immer zusätzlich die Illusion, daß auch die Auswanderung, von der man schon deshalb gelegentlich sprechen mußte, weil so viele Bekannte es taten, nicht sehr viel anders sein würde als die heiteren Ausflüge in das gastliche Nachbarland.

Nie wäre Jettel auf die Idee gekommen, daß Bedürfnisse wie der tägliche Einkauf, Einladungen zu Freunden, die Reisen nach Breslau, Kinobesuche und ein teilnahmsvoller Hausarzt am Bett, sobald die Patientin nur erhöhte Temperatur hatte, nicht gestillt werden könnten. Erst der Umzug nach Breslau als Vorstufe zur Auswanderung, die verzweifelte Suche nach einem Land, das zur Aufnahme von Juden bereit war, die Trennung von Walter und schließlich die Angst, ihn nie mehr wiederzusehen und mit Regina allein in Deutschland zurückbleiben zu müssen, rüttelten Jettel wach. Sie begriff, was in den Jahren geschehen war, in denen sie eine Gegenwart genossen hatte, die schon lange keine Zukunft mehr versprach. Und so schämte sich auch Jettel, die sich für lebensklug gehalten und die geglaubt hatte, einen sicheren Instinkt für Menschen zu haben, im nachhinein ihrer Sorglosigkeit und Gutgläubigkeit.

In Rongai wucherten ihre Selbstvorwürfe und Unzufriedenheit wie das wilde Gras. In den drei Monaten, die sie auf der Farm war, hatte Jettel nichts anderes gesehen als Haus, Kuhstall und den Wald. Sie hatte einen ebenso großen Widerwillen gegen die Trockenheit, die bei ihrer Ankunft den Körper kraftlos und den Kopf willenlos gemacht hatte, wie gegen den bald darauf einsetzenden großen Regen. Er reduzierte das Leben auf den aussichtslosen Kampf gegen den Lehm und das fruchtlose Bemühen, das Holz für den Ofen in der Küche trocken zu bekommen.

Immer da war die Furcht vor Malaria und daß Regina todkrank werden könnte. Vor allem lebte Jettel in der ständigen Panik, Walter könnte seine Stellung verlieren und sie müßten alle drei von Rongai fort und hätten keine Unterkunft. Mit ihrem geschärften Sinn für die Realität erkannte Jettel, daß Mr. Morrison, der bei seinen Besuchen selbst zu Regina unfreundlich war, ihren Mann für die Geschehnisse auf der Farm verantwortlich machte.

Für den Mais war es erst zu trocken gewesen und dann zu naß. Vom Weizen war die Saat nicht aufgegangen. Die Hühner hatten eine Augenkrankheit; mindestens fünf Stück verendeten täglich. Die Kühe gaben nicht genug Milch. Die letzten vier neugeborenen Kälber waren keine zwei Wochen alt geworden. Der Brunnen, den Walter auf Mr. Morrisons Wunsch hatte bohren lassen, gab kein Wasser. Größer wurden nur die Löcher im Dach.

Der Tag, als das erste Buschfeuer nach dem großen Regen den Menengai zur roten Wand machte, war besonders heiß. Trotzdem stellte Owuor Stühle für Walter und Jettel vor das Haus. »Ein Feuer muß man ansehen, wenn es lange geschlafen hat«, sagte er.

»Warum bleibst du dann nicht hier?«

»Meine Beine müssen fort.«

Lesen Sie weiter:
»Nirgendwo in Afrika« von Stefanie Zweig

Stefanie Gercke

»*Nehmen Sie die Emotionen von*
Vom Winde verweht und die Landschaftsbilder
von Jenseits von Afrika, und Sie bekommen
eine Vorstellung von Gerckes Roman:
richtig schönes Breitbandkino im Buchformat.«
                Brigitte über *Schatten im Wasser*

978-3-453-58022-0

978-3-453-58023-7

Mit 320 km/h von Deutschland nach Paris.

9 x täglich hin und retour schon ab 39 Euro*.

Nachbarschaft verbindet: Dank der Kooperation von DB und SNCF gibt es ab 09.12. täglich 5 ICE-Verbindungen von Frankfurt über Mannheim, Kaiserslautern und Saarbrücken nach Paris. Und 4 TGV-Verbindungen von Stuttgart über Karlsruhe nach Paris. Einer der TGV fährt sogar ab/bis München. So erreichen Sie dabei Ihr Ziel nicht nur schneller, sondern auch entspannter.
Jetzt buchen unter **www.bahn.de**.

*Angbot, Stand 10/07, nur gültig in der 2. Klasse und solange der Vorrat reicht (3 Tage Vorverkaufsfrist, Zugbindung, keine Erstattung)

ICE und TGV verbinden Sie.

in Kooperation/en coopération